KB211910

제로의　늦여름

제로의 늦여름

零 の 晩 夏

이와이 슌지

岩井俊二

홍은주 옮김

비채

차
례

零
の
晩
夏

1

그
림

작년 2월 초순의 일이다. 회사 후배 하마사키 스미레가 사진을 한 장 보내왔다. 정확히는 2월 2일 토요일 오후 3시 27분. 날짜와 시각은 지금도 이 사진의 메타데이터에 남아 있다.

창가에 한 여자가 서 있다. 뭘까. 누구일까. 무슨 오디션 사진처럼 보이기도 한다.

뒤이어 메시지가 들어온다.

'이 사람, 카논 선배 닮지 않았어요?'

카논 선배는 나다.

닮았다고? 듣고 보니 그런 것도 같은데, 옆얼굴이라 확실히는 알 수 없다. 내 옆얼굴도 이럴까. 애초에 그것이 어떻게 생겼는지부터 모호하다.

'누군데? 이 사람.' 내가 물었다.

'모르죠'란다. 대체 무슨 소리인지. 하마사키의 대화법에는 독특한 리듬이 있어 종종 성가시다. 애니메이션 덕후이자 세상 물정에 어두운 사차원 캐릭터, 라는 것이 그녀를 따라다니는 사내 평판이다.

'지금 로케 헌팅 나왔는데요.'

오늘 하마사키는 한 기업 사이트의 기획 대담 장소를 물색하러 갔을 터였다. 윌리엄 윌로스라는 광고 회사의 기획 제작부가 그녀와 나의 일터다.

'괜찮은 데 있어?'

'여기 좋겠다 했는데, 클라이언트가 생각하는 이미지에는 안 맞는다네요. 지바에 있는 꽤 멋진 미술관이거든요. 지금 상당히 사실적인 구상화 전시회를 개최중인데, 클라이언트는 조금 더 추상화 쪽을 원하신대요. 배경에 그런 그림이 어슴푸레 비치는 정도가 좋겠다고요.'

'저런.'

'거기 이 그림이 있었어요. 와, 카논 선배잖아? 하고 저도 모르게 사진을 찍었지 뭐예요.'

'이거, 그림이야?'

'네.'

'유화?'

'네.'

나는 새삼 스마트폰 화면을 들여다봤다. 아무리 봐도 사진이다. 컴퓨터로 전송해 이미지를 확대해 살펴봐도 마찬가지다. 충격적인 퀄리티였다. 사실화Realism는 기법의 특성상 사진과 구별하기 힘든 작품도 있게 마련이지만, 이것은 가히 압권이다. 육안으로 도저히 가려낼 수 없는 수준이었다. 더욱이 단순히 '사진 같다'는 것과는 좀 다른 존재감과 깊이가 느껴졌다. 이런 완성도에 다다르기까지 도대체 얼마나 많은 시간과 공력을 쏟았을까. 상상하니 소름이 돋았다.

'누가 그렸어?'

'零.'

일순 무슨 소린가 했다. 하마사키의 메시지가 이어졌다.

'이름이 이래요. 한 글자예요.'

'한 글자? 뭐라고 읽어, 제로? 레이?'

'다른 화가들은 알파벳 표기도 있는데 이 사람은 작가명도 작품명도 한자만 있네요.'

'그렇구나.'

'물어볼까요? 참고로 제목은 늦여름이에요.'

마침내 그녀의 연속 메시지가 멈췄다.

'아냐, 됐어, 뭘 굳이……'라고 써 보낸 내 메시지는 좀처럼 '읽음'이 되지 않았다. 아마 미술관 직원을 붙잡고 알아보는 중일 터다. 답을 기다리면서 또 한 번 그림을 들여다보았다.

한 여자가 창가에 서 있다. 고등학생일까. 복장이 교복처럼 보인다. 감색 점퍼스커트에 흰 블라우스. 가슴에는 감색 리본. 내 모교의 교복과 매우 비슷했다.

"늦여름…… 늦여름……."

어느새 나도 모르게 중얼거리고 있었다.

이윽고 내 메시지가 읽음이 되고, 답이 왔다.

'죄송해요. 모르는 모양이에요.'

'저런.'

뒤이어 작가명과 제목을 찍은 사진이 도착했다.

〈늦여름〉零

"……늦여름…… 제로…… 제로의 늦여름……."

나는 무의식적으로 零을 '제로'라 읽고 있었다.

인터넷에서 검색해보았다. 예상과 달리 零 한 글자만으로는 인명이 아예 뜨지 않았다. 죄다 게임이나 레스토랑 이름이다. 혹시나 싶어 〈늦여름〉도 나란히 넣어 검색했다. 곧바로 지금 하마사키가 있는 것이 분명한 지바의 미술관이 떴다. 히카리노모리 미술관. '극사실화Hyper-realism의 젊은 재능들'이라는 제목으로 특별전을 개최중. '零의 〈늦여름〉'은 그 가운데 한 점인 듯했다. 그 밖에는 검색되는 정보가 없었다. 아직 무명의 화가라는 뜻일 터다.

'이 사람의 다른 작품도 보고 싶어!' 나는 메시지를 보냈다.

답이 바로 돌아왔다.

'이거 하나뿐이래요.'

갑자기 내 안에서 작품의 가치가 급상승했다.

'보고 싶다! 내 눈으로 직접 보고 싶어!' 충동은 거기서 수그러들지 않고 예기치 못한 쪽으로 방향을 틀었다. '나도 그림을 그리고 싶다.' 그림의 길을 깨끗이 접은 게 언제 적 일인데. 느닷없이 어린애 같은 충동이 나를 덮쳤다. 동시에 이 충동을, 어쩌면 한 번도 마음속을 떠난 적 없던 욕구를 내가 줄곧 억눌러왔음을 깨달았다. 그것이 지금 이 그림을 보고 요동치기 시작했다. 그 생각에 가 닿자 실로 오랜만에 마주한 이 감정이 몹시 애틋하고 기특했다.

마침 토요일, 모처럼 온전하게 누리는 휴일이었다.

책장에서 오래된 스케치북 한 권을 끄집어냈다. 빈 면을 펼치고 연필을 움직인다. 〈늦여름〉을 견본으로 소묘를 그려보지만 손이 마음대로 움직여주지 않는다. 잇따라 몇 장 그렸다. 오래도록 잊고 지내던 기쁨이 손끝에서 희미하게 되살아났다.

저녁을 먹고 이번에는 자화상에 도전했다. 전신거울을 옆에 놓고 몇 시간 격투했다. 썩 신통한 결과는 얻지 못했지만 상관없었다. 하마사키가 보내온 한 장의 그림이 지금 내가 얼마나 큰 즐거움을 봉인한 채 살았는지 일깨웠다.

어느새 밤이 깊어 있었다.

이튿날 일요일은 아침부터 CM 촬영 현장으로 출근해야 했다. 밤늦도록 다른 짓을 할 여유가 없었다. 재빨리 잘 준비를 하고 침대로 파고들었다. 촬영 전날은 곧잘 잠을 설쳤는데, 억지로라도 눈을 붙여두지 않으면 오전부터 몸이 고달파진다. 만사가 그렇듯, 노력하면 잠도 얼마쯤 잘 수 있는 법이지만 이날 밤은 달랐다. 〈늦여름〉과 만난 밤이다. 그림에 대한 열정이 크게 한 번 출렁인 밤이다. 흥분을 조금이라도 가라앉혀야 잠들 성싶었다. 나는 침대를 빠져나와 조용히 계단을 내려갔다. 1층 창고로 살그머니 들어가, 안쪽에 쌓인 골판지 상자로 손을 뻗었다. 괜한 짓을 하는 건 아닐까? 상자 속에는 내 인생의 가지가지 추억이 담겨 있다. 잘못 건드렸다가 밤새 추억 여행을 떠나게 될지도 모른다. 어쨌거나 목적은 하나. 그것만 찾으면 다른 용건은 없었다. 상자를 열었다. 그림책과 크레파스다. 이건 아니고. 상자를 하나 더 열었다.

이거다!

유화 도구다. 고1 때 미술부에 들어가면서 일습 장만해 대학 시절에도 줄곧 사용했던 화구. 손에 익은 그 물건들을 보면 왠지 마음이 편안해질 것 같았다.

"뭐 하는 거야?"

엄마가 창고 앞에 서 있었다.

"그냥 좀. 깼어?"

"아니, 자꾸 부스럭거리는 소리가 나니까 도둑이라도 든 줄 알았잖아. 너 내일, 휴일 출근 아니랬니?"

"맞아. 이것도 일이랑 관련된 거야."

엄마는 미간에 주름을 잡은 채 침실로 돌아갔다.

우리 집은 요코하마 쓰나시마에 있다. 역에서 내려, 쓰나시마 공원을 따라서 난 좁은 길을 오 분쯤 올라간 언덕 중간에 있는 이층집이다. 엄마는 사쿠라기초 세무사사무소에서 일한다. 아버지는 가나가와 현내 사철私鐵 민간 운영 철도 회사의 홍보부에서 일했다. 아버지가 돌아가신 것은 오 년 전 겨울 아침이었다. 1월 25일 일요일. 그날도 나는 휴일 출근이었다. 내가 집을 나설 때 아버지는 침실에서 주무셨고, 조깅에서 막 돌아온 엄마가 나를 배웅했다. 나는 아버지에게 인사도 없이 나왔다. 휴일에는 대개 그랬다. 자는 사람을 굳이 깨워 '다녀오겠습니다' 같은 말을 하지는 않았다. 아니, 어릴 때는 했다. 용건도 없는데 깨우러 갔다. 언제부턴가 그러지 않았지만. 애초에 아버지 방에 마지막으로 들어간 것이 언제였는지도 기억나지 않는다. 후회해도 소용없지만 후회는 남았다. 내가 여느 때처럼 집을 나오던 그 시각, 아버지는 이미 차가워져 있었는지도 모른다. 회사에 도착해 업무 준비를 하는데 스마트폰으로 전화가 왔다. 엄마였고, 아버지가 돌아가셨다고 했다. 나는 급히 집으로 돌아왔다. 아버지는 침대에 똑바로 누워 있었다. 마치 잠든 것처럼. 정말 잠든 거라면 그렇게 얌전한 자세로 자는 사람은 아니었다. 그 모습에는 위엄마저 깃들어 있었다. 엄마를 대신해 장의사에 연락했다. 사정을 설명하자, 일단 구급차부터 부르라고 했다. 거기서부터는 장의사 직원이 하라는 대로, 아무것도 모르는 채, 엄마와 둘이서 아버지

장례를 치렀다.

그로부터 오 년째에 접어든 작년 2월 2일(아니, 이미 3일이었다) 심야. 나는 창고에서 골판지 상자를 뒤지는 바람에 엄마를 깨우고 말았다. 사진 너머로 '제로의〈늦여름〉'을 만났던 그날, 2월 2일. 그 전후의 기억은 아버지가 죽은 날처럼 선명하다.

어쨌거나 소기의 목적을 달성했으니 상자를 닫고, 그 위에 어린 시절 추억이 담긴 상자를 얹었다. 그 상자도 닫으려는데 뭔가 눈에 들어왔다. 오래된 스케치북이었다.

아, 이거.

와락 반가움이 밀려들었다. 어디로 가버린 줄 알았는데. 굳이 찾아볼 생각도 기회도 없었건만 갑자기 발견하니 보물처럼 느껴졌다. 진작 찾아보지 않았던 게 후회스러울 지경이었다.

화구 상자와 오래된 스케치북을 양손에 들고 2층 내 방으로 돌아왔다.

상자를 열었다. 여기저기 물감이 묻기는 했어도 팔레트, 물감, 붓, 전부 제 자리에 있었다. 유화에 빠져 지냈던 시절을 떠올렸다. 왠지 기분도 차분히 가라앉아 이제야 잠이 올 것 같았다. 학생 때부터 써온 이젤은 여전히 현역으로 활약중이다. 잡지나 태블릿을 올려놓기에 맞춤이거니와 옷을 걸쳐두기에도 편리하다. 아무튼 움직이기 귀찮아하는 성격인지라 뭐든 일단 이젤을 거친다. 창고에서 가져온 스케치북도 어디 갔나 했더니 이젤 위에 있었다.

스케치북을 집어 들고 표지를 쓸어본다.

초등학생 때 그린 그림들이 담겨 있을 터였다.

음, 아서라. 이걸 펼쳤다가는 뜬눈으로 밤새울 확률이 매우 높다. 스케치북을 얌전히 돌려놓고 불을 껐다. 침대로 파고들자 담요에 남은 온기가 몸을 기분 좋게 감쌌다. 그 덕도 있었는지 이번에는 무사히 잠들었다.

꿈을 꾸었다.

병원. 낯익은 흰색 병동. 중정.

가끔 꾸는 꿈이다.

초등학교 시절, 심장이 좋지 않아 때로 입원 생활을 했다. 결국 어려운 수술을 받았고 다행히 성공했지만, 지금도 가슴골에 남은 흉터가 콤플렉스라면 콤플렉스였다.

그 무렵 나는 소아병동에 마련된 병원학교에서 수업을 들었다. 끝내 회복하지 못하고 세상을 떠난 아이도 더러 있었다. 그 아이들이 꿈에 나왔다. 천진한 아이들이 이미 어른이 된 내게 그때처럼 반말로 말을 붙인다. 머리에 붕대를 감은 아이. 얼굴 절반을 거즈로 덮은 아이.

눈을 떴을 때 나는 울고 있었다. 창밖이 희붐했다. 시계를 보니 6시가 조금 지나 있었다. 약간 일렀지만 그냥 침대를 빠져 나왔다.

얼마간 시간 여유가 있었다.

이젤 위의 흰 스케치북을 집어 들었다. 그런 꿈을 꾼 것은 틀림없이 이것 탓이다. 표지를 넘겼다. 그 시절 같이 입원했던 아이들이 있다. 웃는 얼굴, 무뚝뚝한 얼굴. 한 사람 한 사람 낯이 익었다. 머리에 붕대를 감은 아이. 얼굴 절반을 거즈로 덮은 아이.

자화상도 있었다. 오히려 이쪽이 많았다. 각별히 잘 그린 걸로 보아 자신을 예쁘게 포장하려 필사적이었던 게다.

아무리 그래도…… 내가 그렸지만 정말 잘 그렸잖아.

나도 모르게 한숨이 나왔다. 목에서 뜨거운 것이 올라왔다.

이 스케치북이야말로 그림을 좋아했던 나의 원점이었다.

나이 들면서 깨달은 사실이 있다. 그토록 좋아했던 그림의 세계에는 나보다 압도적으로 우수한 사람들이 차고 넘쳤다. 그곳에 내 자리는 없었다. 그런 사실을 아직 몰랐던 무구한 내가 그린 그림들은 눈이 부실 만큼 구김살 없었다.

그렇게 보였다. 그날 아침 내게는.

그림은 때로 마음을 비추는 거울이 된다.

2

오
필
리
아

그림은 어려서부터 좋아했다. 본격적으로 시작한 것은 고등
학교에 진학해 미술부에 들어가고부터다. 유화 도구를 한 벌 장
만해 처음 캔버스에 물감을 칠하던 순간의 설렘을 잊을 수 없다.
물을 사용하는 수채화와 달리 유화는 테레빈유라는 기름으로
물감을 녹인다. 처음에는 냄새가 낯설어서 테레빈 멀미라고 할
까, 두통에 시달렸다. 지금은 그마저 그립다. 타임슬립의 비약
秘藥처럼, 그 냄새를 맡으면 잊혀가던 학창 시절의 추억이 되살
아난다.

내 모교 가스미가오카 고등학교는 요코하마 역에서 아주 가
깝다. 개교 당시에는 여자 고등학교였다는데, 내가 다닐 때도 여
자가 팔 할이었으니 여자 고등학교나 다름없는 환경이었다. 미
술부도 남학생 비율은 현저히 낮았다. 학년별로 다섯 명 정도의

부원이 각자 자유로이 활동했다. 누구는 디지털 애니메이션을 열심히 만들고, 누구는 도예에 몰두했다. 나는 마리 로랑생이나 샤갈 물이 든 것 같은(실제로 흠뻑 물들어 있었다) 그림을 주로 그렸다.

2학년 때 현에서 주최하는 미술전에서 입선하자 자신이 생겨, 진로를 미술대학으로 정했다. 실기 포함 입시는 수험 과목이 완전히 달라지므로 꽤 대담한 결단을 했던 셈이다.

3학년 때부터 요코하마 역 앞의 미대 입시 전문학원에 다니면서 본격적으로 데생을 배웠다. 제대로 배우면서 지금껏 아무 생각도 없이 그림을 그렸다는 사실을 알게 됐다. 그림은 상당 부분 기술이다. 습득하고 연마할수록 실력이 향상되게 마련이다. 돌이켜보면 즐거운 시절이었다.

방과 후 생활이 학원 중심으로 바뀌면서 미술부에 얼굴을 내밀 기회도 줄었다. 시간이 빌 때 미술부 방에 들러 부원들의 창작 활동을 구경하고, 때로는 이것저것 참견했다. 혼자 도서실에 틀어박혀 자습하는 시간도 늘었다. 수험생이 주로 가는 도서관이 근처에 따로 있는 탓인지 4층 건물 꼭대기에 있는 도서실은 늘 한산했다. 내게는 안식의 장소였다.

가세 마스미를 처음 만난 곳도 이 도서실이었다. 여름방학이 끝나고 아직 늦더위가 물러나지 않은 9월 초순, 그는 입구에서 제일 가깝고 창가에서 제일 먼 어둑한 자리에, 커다란 화집을 펼쳐놓고 앉아 있었다. 남학생이 구석이나 그늘로 찾아드는 것은 그에게만 한정된 일은 아니었다. 해가 닿는 장소는 대개 여학생 몫이었다. 교풍이 그러했다.

명색이 미술부인데, 그토록 열심히 화집을 들여다보는 학생이 신경 쓰이지 않을 리 없었다. 어느 날 교과서와 참고서와 문제집을 안고 그 옆을 지나가는데 책상 위의 화집이 눈에 들어왔다. 존 에버렛 밀레이. 〈오필리아〉의 페이지가 펼쳐져 있다. 나는 한순간에 사로잡혔다. 아름다운 그림이었다. 드레스를 입은 여자가 물 위에 떠 있다. 작은 강일까. 강폭이 좁아 마치 관처럼 보인다. 여자의 손에서 떨어졌는지, 붉은 장미 같은 꽃이 수면에 떠 있다. 살았는지 죽었는지 알 수 없는 여자가 실눈을 뜬 채 황홀한 표정을 떠올리고 있다.

"죽었을까?" 내가 불쑥 말했다.

"죽지 않았을까요?" 그가 말했다.

대체로 사춘기라 봐야 할 남녀의 첫 대화치고는 자못 살벌했다. 내 기억이 잘못됐다면 좋겠지만.

대화는 이렇게 이어진다.

"그래도." 내가 말한다. "잘 보면 살아있는 것 같은데?"

"아마 그렇겠죠." 그가 말한다. "곧 죽을 테고요, 분명."

얼마나 섬뜩했던지. 지금 생각해도 등골이 서늘해진다. 아무도 여인을 구하러 오지 않는다고? 아무도 알아채지 못한다고? 이곳은 어디일까. 외딴 숲속? 혹시 마을 한복판을 흐르는 강이라면? 강을 가로지르는 다리 위를 마차와 사람들이 멀쩡히 오가면서도 하필 사각이라 아무도 모르는 거라면…… 어느 쪽이건 무섭기는 매한가지다. 무섭다, 무서워. 죽을 때 죽더라도 이렇게 죽기는 싫다. 그 후로도 이 그림을 볼 때마다 같은 생각을 했다. 〈오필리아〉는 그만큼 아름답고 무서운 그림이었다.

그 〈오필리아〉를 내게 가르쳐준 남학생을 다음에 본 것은 미술부 방이었다. 2학년 하야시다 유키코가 9월부터 새로운 부장이 되었다. 그 전까지는 내가 부장을 맡았다. 유키코에게서 그가 미술부에 들어왔다는 이야기를 들은 것은 〈오필리아〉를 보고 몇 주 후의 일이었다.

남학생이 드물기는 했어도 처음은 아니었다. 내가 1학년일 때는 세 명쯤 있었고, 부장도 남학생이었다. 2학년 때는 여자만 남았고, 3학년 때도 마찬가지였다. 거기에 홀로, 더욱이 도중부터 들어왔으니 약간의 용기는 필요했으리라.

그는 1학년이었다. 유화를 그리고 싶은데 경험이 전혀 없다고 했다. 도구도 없다기에 일단 내 화구를 한 벌 빌려주었다. 졸업생이 남기고 간 오래된 10호 캔버스를 하얗게 칠해 내어주고, 유화를 기초부터 가르쳐주었다. 요코하마 화구상에 데려가 필요한 화구를 갖추게끔 도와주고, 답례로 배스킨라빈스 아이스크림을 얻어먹고 헤어졌다.

겨울이 다가오면서 나는 수험 공부에 집중하느라 미술부 방에 얼굴을 내밀지 않게 되었다. 학교와 학원을 오가면서 도서실에서 자습에 몰두하던 나날. 도서실에서 그를 다시 만난 기억은 없다.

해가 바뀌고, 도쿄의 미대에 응시했지만 보기 좋게 불합격. 혹시 몰라 지원해둔 가나가와 미술 여자대학, 통칭 '가나비조 神奈美女'에 겨우 합격해 들어갔다. 유화과는 인상파 애호가인 교수의 취향이 곧 학습 방향이었다. 학생 대다수가 인상파로 회화를 익혔고, 아틀리에에는 세잔, 르누아르의 터치를 모방한 그림이 늘어섰다. 내 취향도 결코 거기서 멀지 않았다. 여전히 마리 로랑생풍 그림을 그려 교수와 친구들의 칭찬을 받았고, 칭찬을 받으면 우쭐해서 더 열심히 한길만 팠다. 그런 나날을 보내면서 대학을 졸업하면 무난히 화가라도 되는 줄 알았다. 지금 생각하면 그것은 그것대로 근사한 살롱이었다.

대학 2학년 2월. 졸업생 전시회(약칭 '졸전')가 열렸다. 전시된 졸업생의 작품군은 완벽하리만치 인상파였다. 모티프는 대개 인물화, 풍경화, 정물화 가운데 하나로 분류됐고, 인물화도 〈자화상〉〈어머니〉〈창가의 누이동생〉〈벗〉…… 어쩐지 중학생 작품 같은 제목을 달고 있었다. 내가 졸업 작품에 임할 때는 좀 더 그럴싸한 제목을 붙이리라 마음먹었을 정도였다.

누군가 '현전'을 봤느냐는 말을 꺼냈다. 현전은 현이 주최하는 고교생 미술전이다. 과거에 나도 입선했던 그 미술전을 마침 옆 전시실에서 개최중이라 했다. 과 친구들과 함께 우르르 추억 어린 현전을 보러 갔다. 회장은 고등학생들로 북적거렸는데, 무엇보다 작품 하나하나에서 빛이 났다. 그에 비해 우리가 그리는 그림은 얼마나 얄팍한지. 그림의 좋고 나쁨은 사람마다 평가가 다를 테고, 정답이 따로 있는 것도 아니다. 그러나 제재 선택이라면 이야기가 다르다. 그림을 볼 줄 몰라도 차이가 눈에 들어올 것이다. 고등학생들의 작품은 우선 제재부터 개성이 넘쳤다. 그런 독창성이 안타깝게도 우리 학교에는 없었다.

고교 시절 내 그림들이 마리 로랑생과 샤갈을 닮았음은 부인할 수 없지만, 모델을 허공에 띄워보는 등 나름대로 창의성이 살아있는 공상화였다. 그런 아이디어도 평가받아 입선도 할 수 있었으리라. 막상 대학에 들어와 보니 아무도 그런 그림을 그리지 않았다. 나도 모르게 자유로운 발상을 덮어두고 단순 구도의 인물화에 치중하게 되었다. 변명하자면, 대학 수업은 석고 데생을 그리던 학원 시절의 연장선상에 있었다. 첫 일 년은 착실히 석고 데생에 할애되었고, 2학년 때 누드화를 시작해 3학년 내내 계속했다. 4학년이 되면 졸업 작품 준비에 돌입했다. 요컨대 우리의 창작은 어디까지나 그림 학습이었고, 졸업 작품 제작은 그간의 수업 성과를 보여주는 장이었다.

"그렇구나. 이런 애들이 도쿄의 미대에 들어가, 이 세계를 끌고 가는 거네."

옆에서 동기인 에바타가 불쑥 중얼거렸다. 낙담 어린 그 목소리가 지금도 귓전에 남아 있다.

그만한 수준에 도달하지 못한 학생들을 거두는 장소가 내 모교 '가나비조'였는지도 모른다. 이곳에서는 뛰어난 인재는 결코 태어나지 않는다. 졸업생 가운데 프로 화가가 있다는 말은 들어 보지 못했다. 그런데 왜 나는 우리가, 이 정도 기량으로 장차 화가가 되리라 믿었을까? 지금 생각하면 신기하다. 요컨대 장래 따위 진지하게 고려해본 일이 없다는 말일 터다. 대학교 1, 2학년 무렵, 특히 3월 23일생이라 아직 아슬아슬하게 십대였던 내게 스무 살 이후의 미래는 달과 같은 미지의 세계였다. 그렇게 느긋한 나날을 구가하던 우리도 그날, 고등학생들의 그림 앞에서는 짙은 패배감을 맛보았다. 각자의 현 위치를 깨닫기에 충분했다.

고등학생들의 상상력 넘치는 작품을 마주하고 전원 의기소침. 일단 순서대로 보면서 출구를 향했다.

제일 안쪽에 '교육감 추천 우수상'이라고 써 붙인 작품이 늘어서 있었다. 유화, 조소, 도예 등 각 부문의 최우수 작품, 말하자면 알짜를 모아놓은 곳이었다.

유화 주위에 유독 사람들이 몰려 있었다. 고등학생 솜씨라고는 생각할 수 없는, 차원이 다른 한 폭의 그림이 그곳에 있었다. 기이한 분위기를 뿜어내는 그림이었다.

제목도 기억한다. 그걸 어떻게 잊을까.

〈놀려고 죽었던가〉.

《료진히쇼》는 헤이안 시대 말기에 편찬된 가요집이다. 그 안에 '놀려고 태어났던가, 노는 아이 목소리를 들으니 나마저 흥겨워진다'라는 노래가 있다. 물론 나중에 안 사실이지만, 그것과 관계가 있는지 어떤지 몰라도 '놀려고 죽었던가'라니, 머리끝이 쭈뼛해지는 제목 아닌가.

흡사 괴수 영화의 한 장면 같은 그림이었다. 건물이 모조리 무너져내려 폐허가 된 도시. 상점가 간판만 공허하게 남아 있다. 연기로 덮인 하늘과 멀리 치솟은 불기둥. 제일 앞쪽에 찌부러진 기와지붕들이 겹겹이 쌓여 있고, 그 꼭대기에 한 소녀가 이쪽을 등지고 서 있다. 불에 그을리고 찢어진 분홍색 파자마를 입고 고개를 숙인 채.

나는 완전히 압도되었다. 묘사력이 이미 프로 수준이었다.

그린 사람은 고등학교 3학년이 된 가세 마스미. 내가 유화의 기초를 가르쳐주었던 소년이 50호 캔버스 가득, 엄청난 그림을 그린 것이다.

회장에 그가 없다는 사실에 얼마나 안도했는지. 대체 어떤 얼굴로 그를 칭찬해야 할지 알 수 없었다.

친구들과 회장을 나와 우리 전시장으로 돌아가는데, 누가 내 이름을 불렀다. "야치구사 선배!" 엘리베이터 앞에 미술부 후배 몇 명이 모여 있었다. 두 학년 아래 후배들이었다.

"가세라는 애 기억하세요? 상 탔어요!" 한 후배가 말했다.

"기억하지. 내가 유화 가르쳤잖아."

"그러니까요."

이제 이름도 가물가물한 그 후배의 천진한 웃음을 떠올릴 때마다 마음 한 귀퉁이가 도려내지는 기분이었다. 어쭙잖게 선배

행세를 했던 스스로가 더없이 비참했다.

　이 사건은 내 인생에 적잖이 어두운 그늘을 드리웠다. 가세 마스미의 재능에 완전히 때려눕혀졌던 그날, 나는 그림의 세계가 얼마나 가혹한지 깨달았다. 그리고 그 가시밭길을 피해 장래를 설계하게 됐다. 그때부터 미대 생활은 그저 시간을 죽이는 나날이었다. 스스로가 다 된 형광등처럼 느껴졌다. 주변 상황에 그럭저럭 보조를 맞추며 결국 졸업 작품으로 제작한 100호 그림은 마리 로랑생풍 자화상이었다. 그로써 그림의 길은 깨끗이 접고 남들처럼 취업을 준비했다. 취업 전선에서도 숱한 좌절을 겪고 가까스로 안착한 곳이 윌리엄 윌로스라는 광고 회사였다.

3

비토 아카리라는 상사가 있었다. 나이는 사십대 후반. 부하 직원을 은근히 깔아뭉개는 상사가 많은데, 이 사람은 친구처럼 지내려다 외려 역효과를 내는 타입이다. 말하자면 적절한 거리감을 지키지 못했다. 묘하게 거리가 가깝고 과하게 질척거렸다. 그러면서 사람 부릴 때는 거칠었다. 멀리서 보면 무척 좋은 상사인데, 겪어보면 어디까지라도 비집고 들어온다고 할까. 아무튼 크고 작은 일화가 수두룩했다. 여자 직원 몸을 슬쩍슬쩍 건드리거나 어깨를 주물러달라는 말을 예사로이 했다. 나도 당한 적이 있다. 뜬금없이 영화나 연극을 보러 가자고 한다. 나도 당한 적이 있다. 걸핏하면 술자리를 만든다. 나도 당한 적이 있다. 그나마 나는 피해가 덜한 쪽에 속했다. 자신이 내심 '찍은' 직원에게는 한결 노골적이었다. 진지하게 퇴사를 고민하는 직원이 내가 아

26

는 것만도 몇 명이었다. 여자에게 무른 것을 '인중이 길다'고 빗대어 말하지만, 이 사람은 정말로 인중이 길었다. 의식적으로 인중을 쭉 늘이는 듯했다. 그게 앞니에 콤플렉스가 있는 탓이라고 분석한 사람은 영업부 사쿠마 씨였던가.

이 사람의 인물됨을 놓고 왈가왈부해도 별수 없으니 본론으로 들어가면, 어느 아이디어 회의 때 1980년대 문화 이야기가 나오면서 《어쩐지 크리스털》이라는 소설이 화제에 올랐다. 다나카 야스오의 데뷔작. 1980년에 제17회 문예상을 수상하고 이듬해 발간 즉시 베스트셀러가 된 작품이다. 이른바 '명품 소설'이라 불리며 '크리스털족'이라는 유행어도 낳았다(위키피디아에서 얻은 정보다).

"그러고 보니 나 그 책, 집에 있는데. 다음에 가져와볼게"라고 말했던 비토 씨가 무슨 생각인지 그날 점심시간, 내게 집 열쇠를 건네며 엉뚱한 요구를 해왔다. "지금 우리 집에 가서 그 책 좀 가져다주겠어? 오후 회의 때 책이 있으면 좋잖아. 안 그래?"

좋고 말고는 둘째치고 이쪽은 애초에 그 책을 모르니 뭐라 할 말이 없었다. 일 때문에 필요하다는데 별수 있으랴. 내키지는 않았지만 세타가야 구 가미우마에 있는 맨션으로 향했다. 그의 말로는 이 시간에는 집에 아무도 없단다. 건물로 들어가 현관문에 열쇠를 꽂을 때는 범죄자라도 된 기분이었다.

집은 어질러질 대로 어질러져 있었다. 부인과 두 아이가 있을 터인데. 사무실 책상에 놓여 있던 가족사진을 떠올렸다. 사진 속

가족은 이미 붕괴해버린 걸까. 만일 그렇다면 조금 가엾다는 생각도 들었다. 아무리 그래도 이런 참상을 부하 직원에게 당당히 보여주는 무신경이 놀라웠다. 청소라도 하고 오라는 뜻일까? 물론 내가 그래야 할 의리도 뭣도 없었다. 그가 대충 그려준 방 배치도를 보면서 복도를 나아가 서재 문을 열었다. 방대한 잡지와 자료 다발이 책꽂이로는 모자라 바닥에도 높다랗게 쌓여 있었다. 《어쩐지 크리스털》은 그 무질서한 무더기 속에서 발굴해냈다. 족히 이십 분은 헤집었으리라. 마침내 발견했을 때는 이 사람은 남을 못살게 굴면서 희열을 느끼는 인종이 분명하다고 확신했다(최소한 사디스트이거나). 도중에 '귀인'을 만났기에 망정이지, 아니면 한 시간으로도 어림없었을 것이다.

귀인은 다름 아닌 사모님이었다.

갑자기 문소리가 들려 기겁해서 돌아보니 여자가 서 있었다.

"여기서 뭐 해요?"

의혹에 찬 두 개의 눈동자가 나를 노려보았다.

"아, 저는…… 야치구사라고 합니다. 비토 씨 부서 직원인데요."

상대는 이름을 대지 않았다. 이 집에 사는 사람이면 침입자에게 자기소개를 하지는 않겠지. 그렇다면 사모님이라는 해석이 타당했다.

"비토 씨 심부름으로 책을 가지러 왔습니다."

최대한 침착하게 상황을 설명했다. 사모님은 곧바로는 믿어주지 않았다. 스마트폰을 꺼내 어딘가에 전화를 했다. 세콤 경비라도 부를 작정일까? 아니면 경찰?

"어, 나야. 지금 당신이 보냈다면서 누가 집에 와 있는데, 무슨 일이야?"

전화기 너머는 비토 씨였다.

"아니, 책이 좀 필요해서 말이야. 워낙 긴급 사태라."

비토 씨의 새된 목소리가 내게도 또렷이 들렸다. 신원도 확실해졌겠다, 혐의가 풀린 줄 알았는데, 사모님이 전화를 끊자마자 대뜸 물었다.

"뭐예요? 애인?"

"아닌데요!"

나는 펄쩍 뛰었다.

"상관없어요. 우린 끝난 사이니까. 별거중이랍니다. 이혼 조정 중. 저쪽이 이것저것 말이 많은지라. 뭐, 그쪽 덕분에 다음번엔 조금 진전이 있을 것 같네요."

"아뇨, 저 진짜로 아니거든요!"

사모님이 생긋 웃었다. 그러고는 마치 사람이 달라진 것처럼 쾌활하게 남편 흉을 보면서 책 찾는 일을 거들어주었다. 덕분에 서둘러 회사로 복귀한 내가 회의실을 들여다보니 오후 회의가 한창이었다. 책을 받아든 비토 씨는 응, 이거지 이거, 하고 내 눈 앞에서 책장을 획획 넘기며 마치 책이 사무실 책상 위에라도 있었던 것처럼 굴었다. 빈말이라도 애썼다, 고맙다 같은 말 한마디가 없었다. 어차피 기대하지도 않았지만, 얼마간 리액션을 보여주지 않으면 내가 이유도 없이 회의에 늦은 것 같지 않은가. 이 사람 밑에서 더는 일할 수 없겠다, 이딴 회사, 그만 때려치울까 하는 생각까지 들었다. 설마 정말 그만두게 될 줄 그때는 몰랐지만.

불행은 소나기처럼 찾아왔다. 《어쩐지 크리스털》 사건으로부터 이틀 후 아침, 선배인 다카나시 씨가 이런 메시지를 보내왔다.

'자기가 비토와 사귄다는 소문이 돌던데.'

온몸이 얼어붙었다. 피부를 정전기가 드르륵 훑고 지나가는 것 같았다.

'말도 안 돼요! 저, 비토 씨 정말 싫거든요? 회사 그만두고 싶을 만큼 싫다고요.'

'그렇겠지. 대체 누가 이상한 얘기를 퍼뜨리는 건지.'

불현듯 사모님이 떠올랐다. 아직 의심하나? 아니면 이혼 조정에 나를 이용하려는 작전인가?

'어쩌면 사모님인지도 몰라요. 사모님이 오해하실 가능성이 좀 있어서······.'

예의 돌발 사건을 자세히 적어 송신하려는데, 도중에 다카나시 씨의 메시지가 들어왔다.

'차라도 마실까?'

눈물이 핑 돌았다.

남의 귀를 피하고 싶은 이야기임을 헤아려줬으리라. 만나기로 한 회사 근처 공원으로 가자 다카나시 씨가 스타벅스 커피 두 잔을 들고 나타났다. 가슴이 사르르 녹았다. 벤치에 앉아 숨도 쉬지 않고 《어쩐지 크리스털》 사건의 전말을 털어놓았다. 다카나시 씨는 나를 진심으로 편들어주었지만, 소문을 잠재울 묘안은 그녀에게도 없었다. 대체 소문이 어디까지 퍼졌는지, 그것도 문제였다. 다카나시 씨는 영업부 직원에게 들었다고 했다. 누군지는 밝히기 곤란하단다. 비토 씨를 좋게 보는 인물은 아니라는 말로 보아, 그 사람을 배려하는 눈치였다. 이 건으로 사내에 불필요한 풍파를 일으키기 싫은 것이리라.

"뭐, 남의 말도 석 달이라잖아. 어쩌겠어, 당분간 견디는 수밖에."

문제는 내 정신이 석 달을 버티지 못했다는 것이다. 다음 날에는 크리에이티브 디렉터 마스카와 씨가 넌지시 물어왔고, 그다음 날에는 영업부 쓰무라 씨가 귀엣말을 해왔다. 다카나시 씨가 말했던 영업부 직원이 혹 쓰무라 씨가 아닐까 싶었지만, 이쪽에서 되묻기도 좀 그랬다. 대체 어디까지 소문이 퍼졌을까 생각하면 무릎에서 힘이 빠졌다.

다음 날에는 하마사키까지 그 화제를 입에 올렸다. 내게 제로의 〈늦여름〉을 보내왔던 후배. 하마사키는 내가 아는 한 그런 이야기와 세상에서 제일 연이 없을, 사차원 캐릭터의 파견 사원이다. 그녀의 귀에 들어갔다면 이미 틀렸다. 이 회사에서 이제 모르는 사람은 없다고 보면 된다. 그렇게 확신한 순간 내 안에서 무언가가 툭 끊어졌다. 나는 자리로 돌아와 충동적으로 사직서를 쓰고, 책상 위의 물건을 회사 로고가 찍힌 종이가방에 쑤셔 담았다. 눈이 휘둥그레진 하마사키에게 사표를 건네며 인사과에 제출해달라고 부탁하고 회사를 나왔다. 원래는 내 손으로 직속 상사에게 제출해야 했지만, 상대가 그 비토 씨였다. 얼굴도 보기 싫었다. 종이가방이 찢어졌는지 하나씩 떨어지는 볼펜이며 셀로판테이프를 주울 생각도 않고, 노기자카 역에서 지요다선에 뛰어올랐다. 메이지진구마에 역에서 갈아타 쓰나시마로 향했다. 다카나시 씨에게서 '이게 무슨 사태야' / '돌이킬 수 없는 결정이야?' / '나까지 눈물 나잖아' 같은 걱정과 공감의 메시지가 쏟아졌다. 나는 울컥하여 자리를 잡자마자 남의 눈도 아랑곳하지 않고 눈물 콧물 흘려가며 정신없이 답을 보냈다. 하마사키의 메시지도 속속 쌓였다.

'인사과에 갔더니 마침 야마구치 씨가 있어서 무사히 사표 제출했어요!' / '일순 제가 그만두는 줄 아시더라고요!' / '저 아니고, 야치구사 선배라고 설명했어요!' / '당황했지 뭐예요!' / '비토 씨는 아느냐고 물어서 모르실걸요, 하고 대답해버렸는데요!'

'……그러면 안 되는 거였을까요?'

'고마워. 괜찮아.' 내가 답을 보냈다.

어차피 그만둔 마당이니 상관없었다. 전철이 덴엔조후 역을 지나 다마가와를 넘어갔다. 비토 씨한테서 메시지가 왔다. 더 얽히고 싶지 않았다. 두말없이 그의 연락처를 삭제했다. 다시 메시지가 쉴 새 없이 들어왔다. 다카나시 씨, 그리고 하마사키. 하마사키의 메시지를 먼저 열었다.

'선배, 이런 말, 해도 되는지 모르겠는데요, 아무래도 다카나시 씨가 수상하거든요.'

나는 짧은 숨을 삼켰다.

'그분, 비토 씨와 전부터 사귀는 거 아세요?'

말문이 막혔다.

'위장 전술일까요? 선배가 고스란히 덫에 걸린 것 같은데요.'

그대로 바닥으로 고꾸라질 뻔한 것을 간신히 버텼다. 눈앞이 빙글빙글 돌았다. 떨리는 손가락을 움직여 하마사키와의 대화창을 벗어나, 다카나시 씨의 메시지를 열지 않은 채 전원 버튼을 눌렀다. 그리고 스마트폰을 가방 속에 넣어버렸다.

"됐어, 끝."

누군가 내 머릿속에서 그렇게 말한 것 같았다.

그 회사 관계자와는 이걸로 완전히 끝내자. 비토 씨는 말할 것도 없고 다카나시 선배와 하마사키까지, 내 안에서 삭제하기로 했다. 그냥 없었던 일로 치자. 그러자 신기하게 마음이 편안해졌다. 전철이 히요시 역에 닿았다. 다음 역이 쓰나시마. 시계를 봤다. 다들 한창 점심시간이겠군. 집에 가서 낮술이나 거나하게 마시고 한잠 자야겠다. 내일 아침 눈뜨면 인생 새로 시작하는 거야. 와, 좋은데! 와하하, 이렇게 후련할 수가!

쓰나시마에 도착해 집으로 이어지는 긴 언덕길을 걸었다. 백지가 된 스케줄표를 무엇으로 채워나갈까. 마냥 설렜다. 아직 먼 것 같던 봄이 갑자기 찾아온 것처럼 마음이 들떴다.

집에 도착했다. 엄마가 없는 시간에 집에 들어서자 어린 시절의 기억이 밀려왔다. 초등학생 때도 언젠가 이런 기분으로 돌아와 혼자, 엄마 없는 빈집에서 울음을 터뜨린 일이 있었는데. 그때 학교에서 무슨 일이 있었더라? 기억을 더듬다 말고 눈물이 고였다.

욕실로 가서 옷을 벗었다. 거울에 몸을 비춰봤다. 가슴골을 지나가는 한 줄의 상처. 이것을 아무에게도 보이고 싶지 않았던 어린 시절.

자기 연민에 빠지지 않으려 애써보지만 쉽지 않았다. 예나 지금이나.

샤워를 하고 개운한 기분으로 부엌으로 가, 냉장고에서 캔맥주를 꺼냈다. 유리잔에 따라 한 모금 마셨다. 꿀맛이네. 벌컥벌컥 전부 들이켜고 나니 잠이 쏟아졌다. 머리도 말리지 않고 침대로 파고들었다. 이대로 자면 폭탄 머리가 될 게 분명했지만 수마는 이기지 못했다. 생각해보면 수면 부족이 쌓이고 쌓인 생활이었다. 입사한 지 구 년. 구 년치 밀린 잠을 몰아서 자는 것도 나쁘지 않으리라.

나는 이내 깊은 잠에 빠져들었다.

눈을 떴을 때는 창밖이 깜깜했다. 엄마가 걱정스러운 눈길로 나를 내려다보고 있었다. 코트 차림인 걸 보니 저녁 7시가 조금 지났을까.

"무슨 일이야? 어디 아프니?"

뭔가 대답을 했는지도 모르지만 기억이 안 났다. 다시 잠에 빠졌다. 다음에 깼을 때는 한밤중이었다. 몇 시쯤 됐을까. 1층이 잠잠한 걸로 보아 아마도 깊은 밤. 다음에 눈을 뜨자 이튿날 아침이었다. 엄마가 또 걱정스러운 눈길로 굽어보고 있었다. 별수 없이 고백했다.

"회사 그만뒀어."

"뭐?"

엄마가 이것저것 캐물었지만 대답이 나오지 않았다. 다시 잠에 빠졌다. 눈을 뜬 것은 정오가 지난 무렵. 손가락 까딱할 기력도 없었다.

무슨 일이지.

생각하기조차 귀찮았다. 오늘부터 새 인생이 펼쳐지는 거 아니었나? 생각은 더 이어지지 않았고 나는 다시 잠에 빠져들었다. 꼬박 사흘이 그렇게 흘러갔다. 엄마가 가까운 진료소의 의사를 불렀다. 수액을 맞고서야 간신히 몸을 일으킬 수 있었다. 이윽고 방 안에서 몇 발짝 움직이고 푸딩이라도 몇 입 먹게 되었을 때 엄마가 독감에 걸렸고, 당연히 나도 옮았다. 엄마는 닷새 만에 털고 일어났지만 나는 꼬박 이 주일을 앓았다. 그러는 와중에 몸이 알아서 해독 작용을 해주었을까. 머리는 어질어질했지만 몸은 갓 우화한 배추흰나비처럼 가벼웠다.

창을 열자 찬바람이 밀려들었다. 바람 끝에서 희미한 봄기운이 느껴졌다. 어딘가에 잃어버리고 온 감수성을 되찾은 기분이 이럴까.

새하얀 스케줄표에 처음 채운 용건은 '에바타 유키의 3인전'. 에바타 유키는 대학 동기다. 가세 마스미의 작품 앞에 나란히 서서 함께 경악했던 에바타는 지금 후지사와 중학교에서 교편을 잡으며 동세대 미술 교사들과 해마다 가마쿠라 갤러리에서 3인전을 열었다. 바빠서 한 번도 들여다보지 못했는데 이번만큼은 시간이 남아돌았다. 모처럼 가볼까. 모를 일이다, 이것도 하늘의 뜻인지. 무척 따분한 전시회였지만 거기서 얻은 전단지 속에서 '제로의 〈늦여름〉'을 발견했다. 히카리노모리 미술관 전시회 안내였다. 다행히 아직 개최중이었다.

3월 3일, 히나마쓰리 매해 3월 3일에 인형, 떡, 복숭아꽃 등을 장식하고 여자아이의 건강한 성장을 기원하는 일본의 전통축제. 딱히 히나마쓰리와는 상관없었지만, '제로의 〈늦여름〉'을 보러 갔다.

히카리노모리 미술관은 지바 미도리 구에 있었다. 처음 가보는 곳이었다. 게이요 선을 타고 가다 소토보 선으로 갈아타 도케 역에서 내려 또 버스를 타야 했다. 요코하마에서 가자면 웬만한 당일치기 여행 거리. 〈세계를 새롭게 그려나간다_ 극사실화의 젊은 재능들〉이라는 다소 거창한, 그러나 시원스럽고 미래지향

적인 제목에 순수하게 마음이 설렜다. 얼마만의 그림 감상인지. 〈늦여름〉은 제일 안쪽 전시 공간에 있었다. 멀리서 잠깐 본 순간부터 달려가고 싶은 마음이었다. 전시장 안은 크게 붐비지 않았고, 관람객은 조용히 작품에 몰입해 있었다. 〈늦여름〉 앞에는 꽤 여러 명 있었다. 나는 다른 그림을 보면서 그들이 사라지기를 기다렸다. 이윽고 나만 남자 발이 절로 바쁘게 움직여 그림 앞으로 향했다.

생각보다 훨씬 컸다. 그리고 상상을 초월하게 정묘했다. 어떻게 이런 필치가 가능할까. 어설프게 유화를 건드렸던 내게는 더욱 예사롭게 보이지 않았다. 이런 작품, 나라면 평생 걸릴지도 모른다. 뭔가 찰나의 덧없음이 있다. 가령 인생에 이런 순간이 있다면 실로 한순간일 터인데, 그 한순간이 이렇듯 한 폭의 그림이 되어 언제까지고 그곳에 머문다는 사실이 기적처럼 느껴졌다. 훌륭하게 그리려는 생각도, 사실적으로 옮기려는 의도도 찾아볼 수 없다. 어쩌다 찍은 사진이 생각보다 잘 나와서 방에 걸어봤어, 하고 말하는 듯한, 내일 다시 찾아오면 그림은 사라지고 벽만 남아 있을 것 같은, 불안정한, 순간의 흔들림 같은 무언가가 그림을 숨 쉬게 했다. 나는 불가해한 매력에 사로잡혀 꼼짝도 하지 못했다.

문득 뇌리를 스치는 한마디가 있었다.

'모습은 닮기 어렵고 뜻은 닮기 쉬우니.'

에도 시대의 국학자 모토오리 노리나가의 이 말을 좌우명으로 삼고 있다고, 언젠가 술자리에서 환한 얼굴로 말했던 다카나시 씨. 처음엔 다카나시 씨가 잘못 말한 줄 알았다. 모습 즉 외관은 누구나 모방할 수 있어도 마음은 그럴 수 없다고 말하려던 게 아닌가 했는데, 반대였다. 마음을 흉내 내기는 간단하고, 형상을 흉내 내는 쪽이 외려 어렵단다. 과연 그럴까. 당시는 잘 이해할 수 없었다. 나중에 그 말이 내게 해주는 충고였음을 알게 되었다. 세상이 그런 걸, 아무리 의욕이 앞서도 지식과 지혜와 기술, 거기에 인맥과 네트워크가 따라주지 않으면 소용없다. 실패의 연속. 신입이니 별수 있나. 실수하니까 신입이지, 하고 어디선가 당연히 여겼다. 다카나시 씨는 그런 나에게 대놓고 설교하는 대신 무언가 마음에 꽂힐 이야기를 들려주려 했던 것이다. 분명 고바야시 히데오의 수필에서 읽었다고 했던 걸로 기억한다.

'모습은 닮기 어렵고 뜻은 닮기 쉬우니.'

〈늦여름〉이라는 한 폭의 그림 앞에 서니 이 말이 뜻하는 바가 선명히 보였다. 이런 분위기쯤은 나도 엇비슷하게 낼 수 있으리라. 그러나 이 능란함을, 교묘함을 흉내 내기란 불가능하다. 작품을 걸작으로 끌어올리는 마지막 한 수는 '닮기 어려운' 형상을 닮게 만드는 작가의 기량일 터다. 그 기량을 갈고닦는 일은 이만저만한 노고가 아니리라.

'모습은 닮기 어렵고 뜻은 닮기 쉬우니.'

그 말을 좌우명으로 삼았던 다카나시 씨는 회사에서 가장 빛나는 여성이었다.

그런데…… 왜?

……그 너머는 두 번 다시 떠올리기조차 싫은 금단의 구역이었다.

나도 모르게 눈물이 흘러내렸다. 가방에서 손수건을 꺼내 눈물을 닦았다. 문득 인기척이 느껴져 돌아보니, 직원인 듯한 여성이 걱정스럽게 쳐다보고 있었다. 창피해서 자리를 벗어났다. 아, 이왕 직원을 만났을 때 물어볼걸. 이 그림을 그린 제로라는 화가는 대체 어떤 사람인가요? 하지만 눈물을 들킨 터라 묻기도 부끄러웠다. 누구, 대답을 들려줄 사람은 없을까 생각하면서 출구로 향했다. 전시장 밖에 매점이 있고, 여자 직원이 혼자 계산대에 서 있었다.

'이 사람한테 물어볼까?'

결국 묻지 못했다. 굳이 몰라도 될 정보를 듣고 환멸을 느끼기도 싫었거니와. 그 그림은 존재하는 것만으로도 이토록 내게 감명을 주었다. 뭘 더 알아야 할까. 나는 잠자코 도록을 사서 히카리노모리 미술관을 나왔다.

아, 오길 잘했다. 오랜만에 맑은 공기를 마신 하루였다. 바다에서 불어오는 봄바람은 아직 조금 차가웠지만, 뺨에 기분 좋게 닿았다.

집에 돌아오자마자 스케치북을 펼쳤다. 3B 연필로 〈늦여름〉을 다시 모사해보았다. 어렵다. 어림도 없다. 역시 화가는 못 되겠구나. 이런 재능을 지닌 사람이 있는걸.

그렇지만…… 생각이 걷잡을 수 없이 달려갔다.
어림없는 그 세계에, 나도, 들어가고 싶다.
이 그림이 있는 세계에, 깊숙이 들어가고 싶다.

4

그
림
과
시
와
노
래

3월 중순, 하마사키가 집으로 찾아왔다.

"어라? 뭔가, 살이…… 빠지셨나요? 이거, 회사에 남아 있던 선배 물건이요."

하마사키가 현관 앞 보조 마루 위에 큼직한 종이가방 두 개를 내려놓았다. 들어보니 꽤 무겁다. 이걸 들고 굳이 발걸음을 해줬다 생각하니 무척 미안했다.

"일부러 와줘서 고마워. 그냥 버려도 되는데."

"아니, 어떻게 그래요. 말은 쉽지만 그게 어디…… 새 직장은 구하셨고요?"

"아직, 전혀. 거기까지 머리가 안 돌아가."

"그렇겠죠."

하마사키는 오다 샀다며 키마 카레와 탄두리 치킨을 내밀었다. 점심때면 회사 앞에 나타나는 푸드 트럭의 대표 메뉴였다. 고맙기는 했지만 그 냄새를 맡자 떠올리기 싫은 회사 생각이 떠올라 심경이 복잡해졌다. 하마사키가 가져다준 게 하나 더 있었는데, WW라는 회사 이니셜이 들어간 감색 다이어리였다. 해마다이맘때 전 사원에게 배포된다. 시판 수첩이 대개 1월부터 12월까지인 데 반해 이것은 4월부터 시작이라 편리하다고 호평을받았지만, 최근의 스마트폰 세대에게는 철저히 외면당하는 서글픈 신세의 수첩이기도 했다. 직인의 솜씨와 고집이 구석구석밴 물건은 보는 것만으로도 즐거운데, 하마사키 말로는 "뭐, 이런 건 이미 멸종 위기종이죠"란다.

신세대는 잔혹한 데가 있다. 무직이 되고 보니 이 수첩이 묘하게 애틋했다.

하마사키는 내가 그만둔 후에 있었던 일을 시시콜콜 들려주었다. 내 퇴사가 비토 씨의 성희롱 탓이라는 소문이 사내에 일파만파로 퍼져, 전부터 불만이 쌓여 있던 여자 직원들이 회사에 정식으로 항의했다. 그 일련의 과정을 동영상으로 촬영해, 회사의대응 여하에 따라서는 인터넷에 공개하겠다고 협박한 것이 주효해 비토 씨는 견책 처분을 받았다. 사장에게 불려가 주의를 받았을 뿐이니 벌치고는 가벼운 편이었지만. 이 운동의 중심에 섰던 사람이 다카나시 씨였다.

"야치구사 카논을 제일 소중히 여겼던 사람은 뭐니뭐니 해도다카나시 씨였다는 게 지금 회사 분위기예요. 좋은 자리 차지하는 재주는 아주 기가 막힌 분이죠. 그러면서 밤마다 비토 씨 맨션을 들락거리니 굉장한 여자라니까요."

별로 듣고 싶지 않은 이야기였거니와 하마사키가 이리도 뒷사정에 정통하다는 것이 의문이었다. 애니메이션 덕후이자 세상 물정에 어두운 사차원 캐릭터라는 평판이 애초에 잘못됐는지도 모른다. 어쨌거나 밤마다 맨션에 들락거린다는 말은 흘려들을 수 없었다. 다카나시 씨 얘기가 아니다. 그런 일을 하마사키는 어떻게 아는 걸까?

"그건 미행이라도 하지 않는 한 모르지 않아?"

내가 지적하자 하마사키는 양손으로 입을 가리고 망했다! 하는 표정을 짓더니, 그대로 얼굴을 바짝 갖다 대며 속삭였다.

"했거든요, 미행."

자기가? 하고 하마사키의 얼굴을 손가락질하자 고개를 까닥인다.

"왜 그런 일까지?"

"절대 말하시면 안 돼요." 속삭임이 계속된다. "저, 파견이잖아요. 아세요?"

"알지." 내가 고개를 끄덕인다.

"어디서 파견됐는지 아세요?"

"비즈리치 일본 최대급 취업 및 이직 사이트?" 대충 대답했다.

"델타 베이스라는 회사예요."

어디선가 들어본 적 있는 이름이었다.

"조사 회사요." 하마사키가 말한다.

요컨대 하마사키는 회사가 고용한 스파이로, 사원의 이런저런 동향을 경영진에게 보고하는 일이 본업이란다. 회사가 그런 직원을 따로 두고 있을 줄이야. 어처구니가 없었다. 일찌감치 그만두기 잘했다 싶으면서도, 덕분에 시시비비도 가려졌으니 하마사키에게는 고마운 마음도 들었다.

"평범한 업무도 잘하는 사람이, 그런 일까지 해야 하다니, 뭔가 짠한데."

"아뇨아뇨아뇨." 하마사키가 단호히 부정한다. "이런 일이라도 안 하면 따분해서 회사를 어떻게 다녀요. 스릴이라도 없으면 못 한다고요."

그 일을 따분하다고 말해버리는 스펙. 보통내기는 아니다. 능력이 너무 출중하면 이런 굴절된 생각도 품는 것일까.

"아, 카레, 안 드실래요?" 하마사키가 불쑥 말한다.

"그러게. 데워 올까?"

"업무 보고도 있는데, 괜찮으세요?"

"응?"

"선배가 도중에 내던지고 간 허브 앤드 스파이스 CM, 무사히 납품 완료했어요. 카레를 보니까 생각나서요."

어디에 떨어뜨려놔도 잘할 사람이다 싶어 부러울 따름이었다. 나 같은 인간은 일자리 찾기도 보통 일이 아니건만. 좋아하는 일을 하고 싶다면 더욱 그렇다. 사회에 나오면 사람은 뭔가 일을 가져야 한다. 그래서 나도 광고 회사에 들어갔다.

프리랜서 CM 감독 모리카와 데쓰야 씨가 옛날에 이런 말을 했다.

"취직 같은 거 생각하면, 좋아하는 일은 못 해."

술자리였고 나도 꽤 취했던지라, 앞뒤 맥락은 전부 날아가고 그 말만 기억한다. 그건 무슨 뜻이었을까 자꾸 곱씹고는 했다. 이참에 이야기를 제대로 들어볼 요량으로 메일을 보내봤다. 혹시 시간 있으시면 여쭤보고 싶은 것이 있는데요…… 선선히 만나자는 답이 왔다.

3월 말, 시부야 어느 호텔 라운지.

"회사 그만뒀다면서?"

만나자마자 인사 대신 대뜸 묻는다. 예측은 했지만 역시 본인도 말하듯 '할 말은 분명히 하는' 사람이다.

"왜?"

"못 들으셨어요?"

"몰라. 다들 놀랐지. 과로 아니냐고들 하던데?"

"과로요?"

불륜 아니고요? 하고 질문이 튀어나갈 뻔했지만 할 말은 아니었다.

"아니야?"

"음…… 뭐, 과로라고 할까, 조금 더 정신적인 것일까요? 인간 관계랄까."

"아, 그렇구나. 그래서, 물어보고 싶은 게 뭔데?"

"아, 네…… 전에 모리카와 씨가 이런 말씀 하셨거든요. '취직 같은 거 생각하면, 좋아하는 일은 못 해.' 그게 무슨 말이었을까 해서요."

"그런 말을 했어?"

"기억 안 나세요?"

"언제?"

"음, 그러니까 매실주 CM 찍을 때 아닌가요?"

"대충이네? 매실주 CM은 찍은 적 없는데."

"네? 있어요. 작년 6월인데요?"

"아, 했다, 했다."

"대충은 모리카와 씨잖아요!"

"그거 매실주였어? 소주였을걸? 아니, 그거 소주거든."

"매실주거든요."

"그래서 뭐? 그때 그런 얘기, 했던가?"

"다 끝나고 회식할 때요. 기억 안 나세요?"

"음…… 안 나."

"그러시구나."

"기억은 안 나는데, 뭐, 아마 했을 테지."

"하셨어요."

"뭐, 했다 치고, 그게 뭐?"

"아뇨, 그러니까, 무슨 뜻이었나 해서요."

"응, 그러니까 그게 왜 궁금하냐고. 왜 그런 일로 일부러 사람을 불러냈냐고."

"아, 죄송합니다."

"나도 바쁜 사람이거든? 회사 갑자기 그만뒀다는 사람이 불쑥 그런 메일 보내오니까 뭐지? 하잖아? 기억도 안 나는 술자리에서 한 실없는 얘기를 갖고……."

모리카와 씨가 말끝을 흐렸다. 상당히 난감해하는 기색이다. 드디어 내 머리가 좀 이상해진 거라고 생각하는지도 모른다. 입장을 바꿔놓고 보면 그럴 만도 하지만. 모리카와 씨는 거북한 낯빛으로 화제를 돌렸다. 아니, 본제로 돌아갔다.

"취직하면 좋아하는 일은 못 한다…… 그런 말을 했는지 아닌지는 기억이 확실하지 않지만, 했을 가능성은 뭐, 있을 거야."

"무슨 말씀이세요?"

"평소에 늘 하는 생각이니까."

"아, 그러세요?"

"그렇지. 나는 취직 경험이 없잖아. 대학 때는 친구들이랑 영화 서클 만들어서 영화를 찍었어. 즐거웠지. 뭔가 그런 나날이 영원히 이어질 것 같았어."

"'청춘'이셨네요."

"뭐 그렇지. 나는 다들 나 같은 줄 알았어, 계속 그렇게 살고 싶을 거라고 넘겨짚은 거야."

"아, 그 얘기였어요!"

"아, 그래?"

"죄송합니다. 계속하세요."

"이미 들었다며?"

"저도 좀 취했던지라 기억이 희미하거든요."

"뭐, 말하자면 다들 영상 만들고, 사회 나가서도 학생 때랑 달라지는 거 없이, 아, 물론 학생 때는 취미였다지만, 프로가 되면 그걸로 자연히 돈도 벌고, 여자 만나서 결혼하고 아이 낳고, 계속 같은 일을 하겠지 했다고. CM이든, 드라마든, 영화든. 당연히 서클 활동은 아니니까 제 맘대로는 할 수 없겠지만. 장래는 대충 그런 식이겠거니 했거든. 전원 똑같은 길은 아닐지언정 대동소이할 거라고 만만히 봤다고. 영상만이 아니야. 음악 하는 친구도 있었고, 연극 하는 녀석도 있었고. 그래도 다들 꿈을 좇고, 꿈을 이야기했던 것 같단 말이지. 그런데 이게, 찬찬히 생각해보면 누구 하나 장래에 이 길로 나가겠다고 하진 않았더라고? 어느 날 보니 걔들 다 평범하게 취직해서 평범한 사회인이야. 나만 진심이었나? 어라? 그래? 하는 느낌. 솔직히 한 방 먹은 기분이었지, 한마디로. 그뿐이 아니야. 정신 차려 보니 모두 나한테서 멀어졌대? 나만 붕 뜬 존재였더라고. 언젠가 남극에 가보고 싶다는 녀석이 있었지. 여자들한테 인기가 아주 많았어. 내 꿈은 영화를 만드는 거였어. 내 영화를 만들고 싶다. 그런데 이러면 어째서인지 여자한테 인기가 없단 말이지. 그런 말 들으면 여자들이 도망간다고. 왜겠어? 아니 잠깐, 뭘 웃고 있어? 나 지금 진지하거든.

여자니까 잘 알겠네! 떠나버리잖아, 보통. 그런 거라고. 성실하
게 꿈 따위 좇으면 안 돼. 진리야, 진리. 여자가 제일 '싫어하는'
게 뭐야? 리스크. 차라리 극단적으로 남극 운운 하는 쪽이 관심
끌기 딱 좋지. 설마 진심이랴 하니까. 그런데 자, 그 녀석이 진지
하게 남극 탐험 준비라도 한다? 그럼 바로 다들 떨어져 나가. 무
슨 얘기였더라?"

"취직이요."

"맞아, 취직. 왜 웃어? 그렇잖아? 이거 진리거든. 아니, 너무 웃
는데?"

"모리카와 씨 얘기가 재미있잖아요."

"아무튼. 취직이지, 취직. 아니, 취직이 나쁘다는 말이 아니야.
대학이든 서클이든 직장이든, 선택은 각자 하는 거니까. 누가 그
걸 몰라? 다만, 거꾸로 이 나이 먹고서, 나도 내일모레 오십인데
새삼 그 취직이란 것이 뭐였을까 생각한단 말이지. 옛날 같았으
면 그거 징병 아닌가? 나야 모르지. 취직을 안 해본 몸이니까. 그
래도 졸업 시즌 닥치면, 가구야 공주 일본 전래동화의 주인공. 대나무에서 태
어나 노부부 밑에서 아름답게 성장하지만 8월 보름에 달로 돌아가버린다가 달로 돌아가
듯 주섬주섬 체념이랄까 달관이랄까, 그런 심경으로 취직한 애
들도 많았지 싶어. 취직은 징병. 자유 따위 인정되지 않아. 자유
니 민주주의니 하는데, 다들 사회에 나올 때 그딴 거 일단 버리
지 않나? 회사라는 조직, 아니 뭐랄까, 국가에 불려 가는 거 아
냐? 나는 그런 생각이 든단 말이지. 봐봐, 회사가 사람 채용해놓

고 본인 가고 싶다는 자리에 어디 순순히 보내줘? 철저히 회사 본위로, 회사가 필요한 자리에 쏙쏙 배치할 뿐이지. 자유는 없다고. 민주주의 같은 거 아니라고. 꼭 회사가 아니라도, 임금 받아 든 시점에 어쨌든 '취직'했다면 한 거고, 그런 의미로는 프리랜 서도 매인 몸이기는 매한가지. 누구나 로봇이 돼서 회사나 사회 를 위해 열심히 노동해야 해. 맘에 들고 안 들고가 어디 있어? 그런 말 많이 들었을 텐데? 찬밥 더운밥 가릴 때냐. 일이지 않냐. 좋다 싫다 입도 벙긋 못하면서 민주주의는 무슨. 딱 회사의 노예 면서 어디가 민주주의래? 나는 그걸 모르겠단 말이지. 직업 선 택의 자유는 있을지언정, 선택한 직장 안에 자유가 얼마나 있 나? 다들 저 하고 싶다는 대로 놔두면 뭐 학급 붕괴나 마찬가지 지. 맘대로 해도 되는 데는 제 집뿐이야. 집에서나 통하는 자유 주의. 집에서나 통하는 민주주의. 뭐야. 그거 옛 동독이랑 뭐가 다르지? 베를린 장벽 무너지기 전 말이야. 얘기가 길어졌는데, 그런 의미에서 '취직'하고 좋아하는 일을 하는 건 상반되는 관계 라고."

"그렇군요. 그때도 그 얘기였어요. 그래서 이유는요?"

"이유? 아니…… 여태 말했는데?"

"네? 그래요? 뭔가 전부 그때랑 똑같은 이야기 같아서요."

"더 할 얘기는 없어. 뭐, 하나 덧붙이자면 취직이란 요컨대 복 주머니내용물을 알지 못하게 포장해 시세보다 싸게 파는 일본의 신년 상품 판매 방식라 는 거. 뭐가 들었는지 모르고 사 가는 거야. 그게 어느 가게 복주머니냐 하는 것밖에 몰라."

"그렇군요. 그 예는 머리에 쏙 들어오네요."

"그렇지? 그나저나 어떤 복주머니가 좋은데?"

"저요? 음, 저는 광고보다 조금 더 미술 쪽에 가까운 복주머니요."

"미술?"

"원래 그림 그리는 걸 좋아해서요. 고등학교랑 대학 때도 그림만 그렸어요."

"그랬군. 그럼 광고 회사 일은 아무래도 힘들었겠네?"

"썩 잘 맞는 느낌은 아니었어요."

"흠. 미술…… 미술이라…… 미술 잡지 편집하는 지인이 있는데, 괜찮으면 소개할까?"

"네? 정말이세요?"

"이깟 의미 불명 취직론이나 듣고 가봤자 실속도 없잖아."

"감사합니다!"

"뭐, 복주머니지만."

"아…… 네…… 그래도 감사합니다!"

그리하여 그다음 주, 모리카와 씨가 소개해준 미술 잡지의 지인을 찾아가 면접을 보게 되었다. 출판사 '사자나미 글방'은 시부야 구 히로오에 있었다. 4층짜리 건물. 약속 시간은 오후 3시. 나는 십오 분쯤 여유를 두고 4층으로 올라갔다. 여자 직원이 웃는 얼굴로 맞아주었다.

"아, 면접 보러 오셨죠? 사에자키 부장님께 들었습니다. 부장님은 아직 출근 전이시라, 좀 기다리셔야 할 것 같아요."

가림막으로 나뉜 좁은 응접실로 안내되었다. '좀 기다리셔야 할 것'이라기에 기다렸다. 3시가 지나고 이십 분쯤 더 흘렀을 때 직원이 와서 테이블에 내 이력서를 놓고 사라졌다. 또 이십 분쯤 지나 다른 직원이 얼굴을 내밀고 "편집장님 곧 오실 거예요"라고 일러주었다. 그러고도 삼십 분이 더 지나서야 요란한 발소리가 들리고 가림막에서 얼굴을 내민 인물이 "미안, 미안, 늦었어요" 하며 맞은편 소파에 털썩 앉았다. 나는 벌떡 일어나 최대한 정중하게 허리를 숙였다.

"처음 뵙겠습니다. 야치구사 카논이라고 합니다. 2월에 광고 회사 윌리엄 윌로스를 퇴사하고, CM 디렉터 모리카와 씨 소개로……"

남성 면접관이 명함을 꺼내 내게 내밀었다.

계간 〈그림과 시와 노래〉 편집장
사에자키 유즈루

한자 이름에 읽는 법이 친절하게 달려 있다. 이 사람이 편집장이구나.

"꽤 화사한 이름이죠? 본명 맞아요." 쓴웃음을 짓는 편집장.

"감사합니다."

나는 명함을 든 채 고개를 꾸벅하고, 습관적으로 이런 말을 뱉고 말았다.

"죄송합니다. 제가 지금 명함이 떨어져서요."

"아니, 있을 리 없잖아요. 그쪽, 지금 백수 아니에요?"

이런, 바보같이. 얼굴이 달아올랐다. 그때는 당황해서 그냥 넘어갔는데, 아무리 그래도 초면에 대뜸 '백수'라니, 정말 무례한 사람 아닌가.

"아, 여기 있네요! 큼직한 명함이!"

편집장이 탁자 위의 이력서를 집어 들고 눈으로 훑기 시작했다. 나는 앉을까 말까 망설이다가 저쪽에서 무슨 말이 있을 때까지 그대로 서 있기로 했다.

이력서 비고란에 "좋아하는 화가: 마리 로랑생, 마르크 샤갈, 제로"라고 써두었다. 이윽고 편집장의 시선이 그곳에 닿는다.

"제로……?"

"일본 화가입니다."

"어떤 사람인데요?"

나는 히카리노모리 미술관에서 산 도록을 가방에서 꺼내 〈늦여름〉이 실린 페이지를 펼쳐 건넸다.

"이 사람입니다."

편집장은 그림은 보는 둥 마는 둥 하고 페이지를 휙휙 넘기면서 "최근 작가인가 봐요? 샤갈이나 마리 로랑생과는 취미가 다르네요" 하더니 〈늦여름〉 페이지로 되돌아갔다.

"그래서, 어디가 좋은데요?"

"이 그림이요? 음, 말로 표현하기는 어려운데요."

"그걸 말로 표현하는 일을 해요. 여기선."

"아, 그렇죠."

"아, 앉아요, 앉아."

마침내 소파에 몸을 내려놓았다.

"어디가 좋았어요?"

"그러니까…… 우선 한눈에 감동했습니다. 명화라고 직감했어요."

"감동! 명화! 어느 언저리가요?"

"음. 콕 집어 물으셔도. 전체적으로 그런데요."

"여자애는 귀엽긴 하네."

편집장의 말이 가슴에 꽂혔다. 왜 마음에 상처가 난 느낌일까. 내가 생각해도 의외였다.

"굳이 사진처럼 그릴 필요가 있나 싶은데. 뭐, 요컨대 직인으로서 내가 이렇게 잘 그린다고 보여줄 생각이겠지만, 사진처럼 그리는 데 미술적 가치가 있을까요?"

반박하고 싶은데 말이 나오지 않았다. 편집장은 틈을 주지 않고 몰아붙였다.

"솔직히 정밀함을 자랑하는 것만으로는 예술이라 할 수 없죠. 물론 최근에 사실주의 미인화가 약간 붐이기는 해요. 어느 갤러리엔가는 반드시 걸려 있죠. 인터넷에서 뜨기 쉽다는 점도 있겠네요. 와! 이거 완전 사진 아냐? 이러면 일반인들한테는 알기 쉬우니까요."

편집장이 도록을 덮어 내게 내밀었다. 네, 불합격, 하는 판결을 들은 기분이었다. 나야 아무래도 좋았다. 내가 좋아하는 그림이 무턱대고 거부당한 사실이 견디기 힘들었다. 나는 일어섰다. 한시라도 빨리 그 자리를 떠나고 싶었다.

"어? 왜요? 화장실?"

"그만 가보겠습니다."

"네?"

"이 그림은 그런 그림이 아닙니다! 잘 표현할 수는 없지만 저는 정말로 감명받았고, 그런 식으로 말씀하셔서 마음이 상했습니다. 여기서는 일할 수 없겠습니다."

"어? 그래요?"

"죄송합니다. 일부러 시간을 내주셨는데 실례인 줄은 알지만요."

"아니, 그, 마음이 왜, 어떻게 상했다는 건지 해설을 좀 해주면 좋겠는데요?"

어이가 없었다. 뭐지, 이 사람? 남이 상처받은 걸 보고 재미있어하잖아.

"지금 왜 하필 사실화예요? 어째서 이걸 좋다고 생각하시는지? 인류는 르네상스, 바로크, 신고전주의, 사실주의에서 벗어나 인상파, 포비슴, 큐비즘, 추상, 미니멀리즘, 팝아트, 이렇게 진화

해오지 않았던가요?"

"무슨 말씀이세요! 그거 다 이미 낡았거든요! 지금 세상은 스마트폰이니까요. 인스타그램이니까요. 인터넷에서 사진이 횡횡 날아다니는 시대니까요. 누구나 고해상도 사진을 순간적으로 찍어버리는 시대라고요. 그래서 더욱, 또 다른 가치관과 표현 방법이 태어나는 게 당연하고요."

"그렇다면 더한층 사실寫實이 등장할 자리는 없잖아요?"

"반대거든요."

"반대?"

"사진이 없었던 시대, 적어도 컬러 사진이 아직 없었던 무렵에는 화가가 천천히 시간을 들여 완성해야만 채색화를 얻을 수 있었죠. 그게 당연했던 시대에 그림은 시간이 몹시 많이 걸리는 것, 귀중한 것이었죠. 그런데 지금은 누구나 그걸 순간적으로 해내요. 눈 깜짝할 사이에 전송까지 해버린다고요."

"그러니까, 거기에 사실이 개입할 여지가 있느냐고 묻잖아요."

"이야기를 좀 제대로 들어주시겠어요? 자, 그럼, 화가가 오랜 시간을 들여 그리는 다대한 수고는요? 낭비인가요? 의미가 없나요? 생활엔 필요 없어서요? 그런데 바로 그래서거든요. 애초에 예술 따위 생활에 필요한 것이 아니잖아요. 오히려 현실에서 동떨어진 별세계라고요. 또 하나, 예술의 특징은 이거죠, 희소할수록 가치가 있다. 요컨대……."

퍼뜩 정신이 들었다. 나는 왜 이 사람을 상대로 열변을 토하고 있을까. 잠시 숨을 고르고 흥분을 가라앉혔다. 그러고 보니 내가 무슨 말을 하고 싶었는지도 기억나지 않았다.

그만 가자.

"실례했습니다."

정중히 허리를 숙이고 자리를 떴다. 엘리베이터를 타고 내려와 뛰다시피 건물을 나왔다. 횡단보도를 건너 마침 눈에 들어온 카페 문을 밀려다 멈칫했다. 이런. 얼굴을 한껏 구기고 울고 있지 않은가. 이런 꼴로 들어갈 수는 없다. 일단 건물 옆에서 적당한 장소를 찾아 눈물을 닦았다. 대체 언제부터 울고 있었을까. 모르겠다. 열변을 쏟아내던 도중에 몇 번인가 눈물과 콧물을 손등으로 훔쳤던 것은 희미하게 기억났다. 이런 추태를.

유리창에 얼굴을 비춰보고 있는데 손님이 유리 너머 카운터 좌석에 앉으려 해서 얼른 비켜섰다. 터덜터덜 역으로 향했다. 면접도 망쳤고 집에 갈 수밖에. 아무리 그래도…… 왜 그랬을까. 정말 모를 일이다. 그 그림이 그렇게 좋았나? 아니면 퇴사 후유증으로 살짝 정서 불안이라도 왔나? 그래도 그렇지 이건 아닌데…… 모리카와 씨에게는 뭐라 사과해야 할지.

전화가 울렸다. 모르는 번호가 떠서 무시했다. 역 앞에 도착해 지하 통로로 들어가기 전에 스마트폰을 다시 확인했다. 부재중 메시지가 남아 있었다. 사에자키 편집장의 메시지였다.

"미안하지만 전화 주세요. 아니면 이 번호로 메시지라도."

사과할 수 있을 때 한마디 해두는 게 좋을 성싶었다. 조심조심 메시지를 보냈다.

'조금 전에는 실례 많았습니다'라고 송신하기 무섭게 전화가 울렸다. 얼떨결에 받아버렸다.

"미안합니다!"

전화 너머에서 커다란 목소리가 들렸다. 사에자키 편집장이었다.

"정말 미안해요. 질문이 너무 심술궂었죠."

"아뇨, 됐습니다. 저야말로 죄송합니다. 최근에 정서가 좀 불안정해서요. 괜찮습니다. 죄송합니다."

"울려버려서, 뭐라 말해야 좋을지 모르겠네요. 이런 말 어떻게 생각할지 모르겠는데, 그쪽만 괜찮다면, 어때요? 수습사원. 정규직 채용은 어렵지만."

"네?"

놀라서 눈물도 멎었다.

"제가 울어서요? 동정인가요? 그런 건 오히려 좀 싫은데요."

"아니, 전혀 관계없어요. 그렇게 되기 전에 채용할 생각이었으니까. 제로를 어디까지 알고 있나 시험해보려는 마음이 앞서서 짓궂게 굴고 말았네요. 그래서 말인데, 제로는, 어디까지 알아요?"

"어디까지라니…… 그 그림을 봤을 뿐인데요."

"그 밖에는?"

"모르는데요."

편집장은 어딘지 아쉬운 것처럼 조그맣게 한숨을 쉬었다.

"이쪽 업계에서도 평판이 좋거든요. 제로의 〈늦여름〉. 나도 아주 좋아하고요. 그쪽이 그걸 어떻게 말로 표현하는지 보느라 좀 과하게 건드려버렸네요. 뭐, 그쪽도 한눈에 좋았다니까, 보는 눈은 틀림없군요. 게다가 그 연설, 상당히 설득력 있던데요."

"되는 대로 말한 건데요."

"아니, 영혼의 외침이었다고 해둡시다. 그러니까 그쪽만 괜찮으면 수습사원 어때요? 결정은 본인이 하는 거지만. 이대로 덮어도 되고, 한번 해봐도 되고. 인정머리 없는 말로 상처 준 건 정말 미안해요. 실은 마음에도 없는 말이었어요."

"저기, 수습사원이라면, 뭘 하면 되는데요?"

"기획이죠, 기획. 잡지에 실을 만한 기획안을 가져오면 돼요. 재미있겠다 싶으면 기사도 쓰고. 기사가 훌륭하면 잡지에 싣고. 어때요? 광고 회사에서 기획 일을 했다면서요? 식은 죽 먹기 아닌가?"

자신은 없었지만, 매력적인 제안이기는 했다. 이리하여 비록 수습사원이나마 다음 직장을 잡게 됐다.

그곳이 현재의 일터다.

5   화
                                         가
                                         들

　사자나미 글방의 잡지 〈그림과 시와 노래〉는 창간 반세기를
넘긴 계간지로, 이름이 가리키는 대로 그림과 시와 음악 전문지
다. 실제 수비 범위는 더 넓어서 미술, 문학, 음악 전반에 건축과
인테리어까지 취급한다. 시대 변화에 유연하게 적응해온 결과
현재는 '뭐든지 다루는' 잡지에 가깝다. 말하자면 약간 '되는 대
로'랄까, 넓은 스펙트럼이 매력인 잡지다.
　입사 테스트중 신분인 나는 매일 아침 10시에 출근해 바닥 청
소를 하고, 11시가 되면 가까운 카페로 이동하거나, 공원에 가
거나, 거리를 걸으며 기획을 궁리한다. 회사에 내 책상은 없다.
아르바이트 직원 두 명이 편집 업무를 보조했지만, 내게는 그런
일도 차례가 돌아오지 않았다. 내게 뭔가를 가르쳐주는 사람은
없었다. 인턴에게 일을 가르칠 시간은 없다고 편집부 최고참 다

무라 유코 씨가 일러주었는데, 실제로 여기 와서 배운 것이라고
는 그게 유일했다. 기획이 채택될 때까지는 보수도 없다. 청소는
한 번에 천 엔. 도요코 선을 타고 나카메구로 역에서 히비야 선
으로 갈아타 히로오 역에서 하차. 꽃을 떨어뜨리기 시작한 도로
변의 벚나무를 바라보며 걷노라면 지금껏 겪어보지 못한 불안
에 들볶인다. 내가 뭘 하고 있는지 알 수 없을 때도 있다. 명함은
있지만 직책은 '수습사원'. 이런 명함을 내밀어봤자 취재 상대에
게 의심만 살 뿐이리라.

모리카와 씨에게 보낸 감사 메시지는 반쯤 신세타령이 되고
말았다.

곧바로 이런 답이 돌아왔다.

'무리겠다 싶으면 언제든 연락 바람. 알고 지내는 영상 프로덕
션에서 직원 구하던데.'

흠, 프로덕션이라. 그것도 즐거워 보인다. 지난번 직장 부서는
제작 현장에서 한발 물러난 부서였다. 마음껏 땀을 흘릴 수 있는
프로덕션도 나쁘지 않으리라. 그렇게 생각하자 어깨가 조금 가
벼워졌다. 너는 철저하게 자유야. 모리카와 씨는 분명 그런 말을
하고 싶었을 것이다. 그 헤아림이 고마웠다.

그렇지만 막 시작한 일, 한동안은 여기서 애써보자. 그 무렵엔
그리 생각하며 마음을 다잡곤 했다.

일은 하다 보면 익숙해지기 마련이다. 회사라는 장소에 얽매
이지 않고 자유로이, 시간을 실컷 들여 기획을 고안해도 된다니,

이런 근사한 일은 없지, 그런 긍정적 마음가짐도 생겼다. 정작 기획은 좀처럼 통과되지 않았다. 내가 봐도 뭔가 미묘하게 진부한 것 일색이었다. 편집장의 답은 지극히 간결 담백했다. '너무 무난함' 아니면 '신선함이 결여됨.'

미술 관련 정보를 매일 뒤지는 사이 SNS의 타임라인이 금세 아트로 넘쳐났다. 뭐라도 기사가 될 만한 작품을 찾다가 묘하게 뜨고 있는 그림을 발견했다. 가와사키 미술관에서 전시중이라기에 바로 현지로 향했다. 내 흥미를 끈 것은 소를 모델로 한 판화 한 점. 젊은 작가의 작품이 중심인 전시장 한 귀퉁이에 전시되어 있었다. 컬러풀한 다른 작품들에 둘러싸인 단색 판화. 약간 수수한 감이 있지만, 세로 182센티미터, 가로 273센티미터의 보드에 그려진 홀스타인의 존재감은 가히 압도적이었다.

작가는 무로이 가호.

홋카이도 목장에서 소들과 생활한다고 한다. 블로그에 일상 생활 사진이 제법 올라와 있었다. 흡사 소 한 마리를 그대로 갖다 붙인 것처럼 리얼한 목판화. 대체 어떤 작업 과정을 거쳤을지 가늠도 되지 않았다. 나는 반쯤 넋 나간 사람처럼 그림 앞을 십 분 넘게 벗어나지 못했다. 그사이에도 관람객이 끊임없이 밀려들었다가 물러났다. 내 옆에 서 있던 나이 지긋한 관람객이 일행에게 쉰 목소리로 중얼거렸다.

"영락없이 진짜 소 아니야?"

전적으로 동감이었다. 그러나 그 한마디로는 채 정리할 수 없는 엄청난 무언가가 이 작품에는 있었다. 뭐라 표현해야 좋을지, 말을 찾기가 어려웠다. 교복 입은 여학생 넷이 그림 앞으로 몰려와 탄성을 질렀다. "대박!" "왜 하필 소래?" 발랄한 십대들의 마음까지 휘어잡는 현장을 목격하자 왠지 내 일처럼 뿌듯해졌다. 잠시 후 뒤에서 다른 관람객의 목소리가 들려왔다.

"생물에 대한 외경이 느껴지는데요."

"그러세요? 감사합니다."

흘금 보니 안경을 쓴 호리호리한 중년 남자와 쇼트커트의 젊은 여자가 묘하게 어긋나는 대화를 전개하고 있었다.

"인간사회를 지탱하는 자원으로서의 동물. 사회의 축도縮圖. 그런 메시지도 있을까요?"

"글쎄요. 저는 그냥 소가 귀여워서 그리는 거라서요."

"귀여워요? 소가?"

"귀엽잖아요. 멋있고요. 소는 정말 최고예요!"

쇼트커트의 이 여성이 바로 블로그에서 봤던 무로이 가호 본인이었다. 나는 급해져서 덜컥 말을 걸고 말았다.

"저기, 무로이 씨세요?"

생판 초면에 불쑥 끼어들다니, 지금 생각하면 무례하기 짝이 없었다.

"네, 그런데요."

무로이 씨는 선량하고 무구한 시선으로 나를 바라보았다. 같이 있던 남자는 과연 어떤 눈길로 나를 봤을까. 그때는 그것까지는 생각도 못 했다. 이제 와서 하는 말이지만, 그것도 좀 봐뒀으면 재미있었을 텐데.

"저는 〈그림과 시와 노래〉 편집부의 야치구사라고 합니다."

"아, 가끔 봐요! 좋아하는 특집이 실리거나 할 때요."

그런 독자가 많은 잡지였다. 우선 명함을 건넸다.

"죄송합니다. 명함부터 받으시지요. 혹시 시간이 되시면 말씀을 좀 들어볼 수 있을까요?"

"네? 저 같은 사람으로 괜찮으세요?"

풋풋한 느낌이다. 이런 대작을 제작한 사람이라고는 생각되지 않았다.

"하세요, 하세요. 저는 조금 더 돌아보겠습니다."

남자가 말하고 자리를 떠났다.

"아, 죄송합니다!"

"아뇨, 전혀요." 무로이 씨가 말했다.

어쨌거나 취재 허락을 얻어냈다. 무로이 씨와 카페로 자리를 옮겼다.

"지금 전시하시는 작품은 제작이 얼마나 걸렸는지요?"

"반년쯤일까요."

"판화는 대개 어떤 공정을 거치는지 말씀해주시겠어요? 전혀 상상이 되지 않네요."

"우선 구도를 결정하고, 실물 크기의 밑그림을 연필로 그립니다. 그런 다음 시나 베니어라는…… 피나무를 표면에 붙인 매끈

한 판목이 있는데요, 거기에 니스를 검게 칠하고 밑그림의 아웃라인을 옮겨 뜹니다. 옮겨 뜬 선을 기본으로 해서, 사진을 봐가면서 조각도로 파고요. 롤러로 잉크를 바르고, 안피지雁皮紙라는 얇은 전통지에 바렌목판 인쇄에서, 착색한 판목 위에 얹은 종이를 문지르는 도구으로 압력을 가해 찍어내요. 그 전통지를, 이번엔 두꺼운 전통지를 붙인 패널에 풀로 붙입니다. 배접이라는 기법이지요. 뭐, 이런 공정을 거친답니다. 간단히 머릿속에 들어오는 이야기는 아닐지 모르지만……."

"처음 판화를 시작하신 계기는 무엇인가요?"

"어릴 때부터 그림을 좋아했어요. 초등학교, 중학교 땐 만화를 그렸는데요, 스토리를 잘 쓰지 못하는 데다 덕후 소리 듣는 게 싫던 와중에 고등학교 미술부 친구한테 영향을 받아서 대학은 유화과를 선택했어요. 아트를 잘 알았다거나 좋아했다기보다, 처음엔 일러스트를 그리고 싶어서였죠."

"판화는 어떤 인연이었나요?"

"유화과는 3학년이 되면 판화 과정을 선택할 수 있었거든요. 왠지 재미있어 보여서 시작했어요."

"소를 그리게 된 계기는요?"

"대학 봄방학 때, 홋카이도 도카치의 목장에서 먹고 자며 아르바이트를 한 것이 계기였어요. 저는 도쿄에서 태어나 자랐는데, 줄곧 시골 생활을 동경했거든요. 소나 농업에 흥미가 있었던 건 아니고요. 그런데 그곳에서 그만 소에 꽂힌 거예요. 너무 귀엽더

라고요. 도쿄로 돌아왔을 때 마침 판화 수업을 선택한 김에 소를
판화로 해보게 됐고요."

"소 이외의 모티프를 그린 적도 있으시겠죠?"

"예전에는 풍경이나 인물도 그렸지만, 소를 만난 후로는 오로
지 소뿐이에요."

"블로그 봤습니다. 현재는 시레도코의 목장에서 아르바이트
하며 창작 활동을 하시더군요. 소와 더불어 사는 생활과 창작 활
동의 공존, 어떠세요? 창작을 위한 목장 생활인가요, 아니면 목
장 일이 중심인가요?"

"지금은 낙농 아르바이트를 일주일에 세 번쯤 하고 나머지는
제작에 할애하며 지냅니다. 소도 좋지만, 목장 일도 꽤 좋아하거
든요. 체력적으로는 힘들지만요. 일을 통해 소와 가까이 있음으
로써만 느끼는 여러 가지가 제작하는 데 중요한 것 같아요. 오로
지 친한 인간에게만 보여주는 소들 모습도 볼 수 있고요. 그러니
까 어느 쪽도 포기할 수 없는 느낌이네요."

"앞으로도 소 외길로 나아갈 생각이신지요?"

"당분간은 소만 파볼 생각이에요. 아직 할 게 더 있을 것 같거
든요."

인터뷰를 마치고 미술관 중정으로 나가 사진도 몇 장 찍었다.
예의 중년 남자가 멀찌감치 서서 미소를 띤 채 지켜보았다.

"저분은…… 누구신가요?" 내가 무로이 씨에게 물었다.

"아, 화상畵商이시래요. 저도 아까 처음 봤어요."

"그러시군요."

취재를 마치고 남자와도 명함을 교환했다.

네즈 모리오.

아오야마에 있는 '다마고卵 화랑' 대표다.

"〈그림과 시와 노래〉는 늘 잘 보고 있어요."

"감사합니다."

"'수습사원'이면…… 인턴이신가요?"

"네, 아직 시험 기간이에요. 입사 테스트중입니다."

"그럼, 이 인터뷰도 기사가 될지 어떨지 모르는 거네요?"

"아."

거기까지는 생각하지 못했다. 얼굴이 달아올랐다.

"무로이 씨에게 설명해드리는 게 좋을지도 모르겠군요."

그가 내 명함을 자신의 명함 지갑에 넣으면서 말했다.

"감사합니다."

가까이 있던 무로이 씨에게 달려가, 내가 아직 수습 신분이라
이 인터뷰가 기사가 되리란 보장은 없다고 설명했다. 무로이 씨
는 "그렇다면 더더욱 기대가 되네요!" 하고 생긋 웃었다. 이렇게
되면 무슨 일이 있어도 지면에 실리게끔 해볼 수밖에.

밤새워 기획안을 만들고 인터뷰 내용을 정리한 보람이 있었
는지 편집장에게서 처음으로 '고' 사인이 떨어졌다. 나는 바로
원고 작성에 돌입했다. 기꺼이 사수를 맡아준 다무라 유코 씨의
준엄한 체크를 받으며 여러 차례 원고를 손봤지만, 손을 대면 댈

수록 이상한 문장이 되어가는 것이 내 눈에도 보였다. 결국 원형이 거의 남지 않을 만큼 수정된 원고로 나는 잡지에 데뷔했다. 기사는 내 이름 대신 '아란 스미코'라는 이름을 달고 나갔다. 다무라 씨 말로는 글쓴이 이름을 사용할 수 없을 때 쓰는 이 잡지 고유의 필명이란다.

"이를테면 대폭적으로 개고했을 때라든가."

다무라 씨가 콕 집어 설명했다. 해맑은 얼굴로. 어린아이를 타이르듯.

보수 2만 엔은 고사했다. 제대로 한 일이 없는데 무슨 염치로 받으랴.

6월, 32세의 신입사원이 들어왔다. 음대 출신, 야지 다쿠로. 통칭 '야지다쿠'. 자기소개를 할 때 자기 입으로 그렇게 불러달라고 했다. 도내의 유명 음대 피아노과를 졸업했는데, 지금도 때로 바에서 재즈를 연주한다니 보기보다 멋있는 사람인 듯하다. 음악 담당으로, 기획력도 좋고 기사도 잘 쓴다. 계약 사원 대우. 솔직히 나는 내심 이 사람을 질투했다. 어차피 장르가 다르니 질투한들 별 의미도 없지만, 의외의 순간에 오기랄까, 지기 싫어하는 마음이 고개를 들었다. 안 좋은 성격인 건 안다. 하지만 정말 지기 싫었다.

그런 내가 측은했는지 다무라 씨, 미야모토 씨, 유키 씨 등 편집부원들이 자잘한 리서치 업무를 떨어뜨려주었다. 덕분에 어찌어찌 생활은 했지만 수습사원 신분은 여전히 면치 못했다.

O

7월 초, 네즈 모리오 씨가 메일을 보내왔다. 에베 쓰미코의 개인전 오프닝 리셉션을 안내하는 글이었다. 7월 12일 금요일, 장소는 요코하마 미나토 미술관. 에베 쓰미코 건은 미야모토 씨 담당이어서 넌지시 운을 떼보았다.

"네즈 씨한테 연락이 왔다고? 어떻게 아는 사이야?"

"그게, 전시회 때 한 번 뵙고 명함 교환만 했는데요."

"그것만으로 리셉션에 부를까?"

"안 가는 게 좋을까요?"

"아니, 왜. 네즈 씨 마음에 들었다면 안 가면 손해지. 가봐."

"어떤 분이신데요?"

"네즈 씨? 천재지. 신진기예의 작가를 발굴해 세상에 내보내는 천재."

그것이 네즈 씨에 대한 미야모토 씨의 평가였다. 리셉션에는 편집장도 가기로 되어 있었다.

에베 쓰미코는 까다롭기로 유명한 작가다. 그 인터뷰를, 미야모토 씨가 나더러 하란다. 편집장까지 오, 그거 좋겠네, 하고 느닷없이 일을 떨궜다.

"제가 할 수 있을까요?"

"뭐, 어떻게 되겠지. 실패 없이는 성장도 없어."

곧바로 에베 쓰미코에 대해 예비 조사를 시작했다.

1992년 이시카와 현 가나자와 시에서 태어났다. 2014년 가나자와 미술대학 유화과 졸업. 아직 젊은 작가다. 원래 에베 요시코라는 본명으로 활동했으나 최근 들어 에베 쓰미코라는 이름을 쓴다.

오프닝 리셉션 당일, 미술관 밖에서 편집장, 미야모토 씨를 만나기로 했다. 너무 일찍 도착하는 바람에 바깥에서 땀을 흘렸다. 어느덧 여름이었다. 셋이서 회장으로 들어가자 접수대에 네즈 모리오 씨의 모습이 보였다. 그는 곧 우리를 발견하고 알은체를 했다.

"사에자키 씨, 오랜만입니다."

"여, 오랜만이에요!"

편집장이 네즈 씨와 악수를 나누었다.

"에베 씨도 많이 컸네. 태도 하나는 옛날부터 '귀하신 몸'이었지만."

편집장의 말에 네즈 씨가 쓴웃음으로 답했다.

회장 입구의 커다란 간판에 전시회 제목이 거대한 명조체로 적혀 있었다.

'에베 쓰미코_가소롭기 짝이 없는 회화전.'

안으로 들어가자 완전한 별세계였다. 만면에 웃음을 떠올린 얼굴이 전시장을 그득 채웠다. 더 웃을 수 없을 정도로 웃는 얼굴. 때로 추할 만큼 웃는 얼굴이다. 제아무리 미인이라도 그녀의 그림에 등장하면 어디가 어떻게 아름다운지 알 수 없어진다. 웃음의 소용돌이에 삼켜져 현기증이 난다. 그림들을 보며 따라 웃는 관객은 없다. 다들 마른침을 삼킨 채 한 점 한 점을 들여다볼 뿐. 극한에 이른 웃음은 두렵고도 숭엄했다. 거기서 신기축을 찾아낸 것이 에베 쓰미코의 독창성이다.

전시장 한복판에 에베 쓰미코가 서 있었다.

검은 기모노 차림이었다. 요컨대 상복이다. 새까만 긴 머리를 허리께까지 풀어헤친 채 수상한 카리스마를 뿜어내고 있었다. 나 같은 사람은 반경 10미터 내로 접근할 용기도 없는데, 네즈 씨와 편집장은 휘적휘적 그녀에게 향했다. 미야모토 씨가 조심스럽게 뒤를 따랐고, 그 뒤를 내가 쫓아갔다.

"사에자키 씨, 흰머리 늘지 않았어요?"

에베 씨의 첫 마디였다.

"어? 그래요?"

"오늘 와주셔서 고마워요. 천천히 보세요."

그녀는 이내 지인을 발견하고 자리를 떠났다. 네즈 씨도 다른 사람과 인사를 나누는 사이, 우리는 처음부터 순서대로 돌아보기로 했다. 각자 감상 속도가 다른 탓에 셋은 순식간에 흩어져버렸다. 편집장은 아무튼 빨랐고, 나는 살짝 느렸고, 미야모토 씨는 한참 더 느렸다. 인터뷰 시간이 잡혀 있어서 마지막에는 종종걸음 쳐야 했다. 캔버스를 가득 채운 만면의 웃음이 끈덕지게 뒤를 쫓아왔다.

출구 근처에서 편집장이 네즈 씨와 담소하고 있었다. 누구인지 몰라도, 아무튼 누군가의 특집을 싣고 싶다고 편집장이 열변을 토하는 눈치였다. 네즈 씨는 잠자코 고개만 끄덕였다.

"그럼…… 슬슬."

언제 왔는지 미야모토 씨가 두 사람에게 말했다. 이윽고 네즈 씨가 우리를 대기실로 안내했다. 몇 분 기다리자 에베 씨가 나타났다. 소파에 마주 앉았다. 나는 정식으로 자기소개를 하고 인터뷰를 개시했다.

나는 그녀의 반생을 유년 시절부터 차근차근 질문해나갔는데, 대답이 한없이 추상적이었다. 이를테면 이런 식이다.

"죽음을 생각하는 일은 쾌락과 맞닿잖아요? 유년 시절 내가 얻은 최초의 쾌락은 다름 아닌 죽음의 존재였어요. 그것이 나를 위안하고 구원했죠. 죽음과 등을 맞대고 있다는 실감 속에서 지금껏 살아왔으니, 내게 만일 재능이 있었다면 그거랄까요."

내가 "에베 씨에게 죽음은 무엇인가요?"라고 질문한 것은 아니다. 그저 어린 시절 그림과 관련된 추억을 물었을 뿐. 예를 들어 처음 그림을 그렸을 때 손에 쥔 것이 크레용이었는지 색연필이었는지. 그 대답이 이것이다. 질문에 대한 대답을 듣고 있다는 기분이 전혀 들지 않았다.

"초중고 시절, 미술 수업이 있었을 텐데요, 화가가 되고 싶다는 생각은 언제쯤 하셨는지요?"

"초등학생 때부터 난 오감이 각별히 예민했죠. 늘 최고조였달까, 감도가 너무 높아서 난처한 일도 있었어요. 내 안의 조화가 무너져 항상 노이즈가 들리는 상태. 소리가 아니에요. 말하자면, 눈을 감으면 격렬히 변화하는 기하학무늬가 펼쳐지는 상태? 그걸 다스리는 데 그림이 도움이 됐죠. 내가 부서지지 않고 이렇게 살아있는 것도 그림을 그리는 덕분이니까."

질문이 평범해서 화가 났나 싶어 수준을 높여보았다.

"최근 몇 해, 표현의 자유도가 다양화하는 추세입니다. 유화도 일본화도, 붙따를 롤모델을 원한다기보다 이른바 파격적인 아이디어나 구상을 요구하는 경향이 짙다고 보는데요, 이 부분은 어떠신지요?"

"나한테 묻는 거예요?"

"네…… 네?"

"에베 쓰미코를 인터뷰하고 있으니까 에베 쓰미코에 대해 물어요."

이날의 인터뷰는 편집자로서 잊지 못할 인터뷰가 됐다. 내 취재 능력의 바닥을 똑똑히 봤다고 할까. 작가를 더 심도 있게 연구하지 않으면 취재다운 취재는 할 수 없다. 적당히 내 기준에 맞춰 작가의 세계를 해석하려 들었던 스스로가 부끄러웠다.

"에베 씨에게 웃는 얼굴이란 무엇인지요?"

가장 심플한 질문에 그녀는 아무 말도 하지 않았다. 얼굴에 희미한 웃음기조차 없었다. 보다 못한 미야모토 씨가 끼어들어 질문을 해주었다. 언뜻 평범한 질문이 에베 씨가 하고 싶은 말과 멋지게 조화를 이뤘다.

역시 프로는 다르구나. 나는 자기혐오에 빠져들었다.

취재를 마치고 다 함께 요코하마 차이나타운으로 몰려가 사천요리를 먹었다.

"죄송합니다. 도중에 교대해주셔서……."

나는 고개를 들지 못한 채 두 사람의 잔에 사오싱주를 채울 따름이었다.

"대번에 에베 씨는, 좀 무리였을까요." 미야모토 씨가 말했다.

"신작 얘기는 끌어내지 못했군." 편집장이 말했다.

"〈연옥〉이라죠? 아무것도 풀어놓지 않았네요, 에베 씨."

"죄송합니다. 제가 화나게 해서 그래요."

"다른 인터뷰 기사를 봐도 신작은 구체적인 언급이 전혀 없단 말이죠."

"뭔가 있는 거겠지."

"네즈 씨가 장애물이에요. 그 사람, 워낙에 비밀주의자라. 당최 뭘 흘리질 않아요."

"뭐, 그렇게 해서 작가를 팔아온 사람이니까."

아무래도 나를 탓하는 게 아니라 에베 쓰미코라는 베일에 감싸인 작가를 향한 두 사람의 순수한 관심을 드러내는 듯한 대화가 한동안 계속되었다.

요코하마 역에서 헤어졌지만 집에 돌아갈 기분이 아니라 역 앞 바에서 혼자 마셨다. 결국 곤드레만드레해서 도요코 선을 타고 돌아왔다. 침대에 드러눕자 천장이 빙글빙글 돌았지만 무슨 영문인지 머릿속은 맑디맑았다. 가뜩이나 창피하고 속상한데, 에베 쓰미코의 그림 속에서 웃던 얼굴들의 잔상까지 눈앞을 맴돌며 아픈 곳을 자꾸 건드렸다. 창밖이 희붐해질 때까지 뒤치락거리다 결국 체념하고 일어나, 세수를 하고 책상 앞에 앉았다. 어제의 인터뷰를 글로 옮겨야 했다. 소형 녹음기에 녹취한 대화를 풀었다. 두 번 다시 마주하고 싶지 않은 장면에 귀를 기울이며, 에베 쓰미코의 냉랭한 목소리를 건져 하나하나 타이핑해나갔다. 고행도 이런 고행이 없었다. 문서 타이핑이 끝나면 바로 미야모토 씨에게 보내, 미야모토 씨가 원고를 작성하기로 했다. 아란 스미코라는 이름이 대신 등장할 기회도 없는 것이다.

미야모토 씨가 완성한 기사는 훌륭했다. 큰 제목은 '나는 예술 지상주의.' 에베 씨가 미야모토 씨의 질문에 대답할 때 나온 말이다. 자신만만한 에베 쓰미코의 사진을 들여다보면서, 나보다 네 살이나 어린데, 생각하자니 눈물이 핑 돌았다.

6

재
회

에베 쓰미코를 인터뷰하고 몇 주일 지나, 네즈 씨의 메일을 받았다. 개점을 준비하는 스페인 식당이 있는데 혹시 취재가 가능하다면 선전도 되고 고맙겠다는 내용이었다. 가게 정보를 담은 URL이 첨부되어 있었다. 장소는 다이칸야마.

토요일 오후, 가게를 찾아갔다. 네즈 씨가 가게 앞에 나와 있었다.

"취재 제안, 감사합니다. 지난번도 감사했습니다."

"에베 쓰미코 인터뷰 기사, 읽었어요. 좋던데요."

"아뇨, 저는 결국 녹취 정리만 했고 기사는 선배님이 쓰셨어요. 제가 많이 부족해서…… 에베 씨를 언짢게 하고 말았습니다."

"뭘요, 원래 그런 사람이에요. 뭐든 물고 보는 성미라 상대하

76

기가 여간 힘든 게 아니죠. 여긴 스페인 식당인데, 젊은 작가들 작품을 전시하는 공간으로 활용해볼까 해요. 이런 가게를 더 늘리고 싶기도 하고. 어때요, 기사가 될 만할까요?"

"되게끔 애써보겠습니다. 이야깃거리 많이 들려주세요."

막상 둘러보니 공사가 한창이라 바닥에 블루 시트가 깔려 있고 벽도 칠이 덜 끝났다. 이 상태로는 취재가 힘들 성싶었다. 적어도 사진은 건질 수 없는 것이 확실했다. 대체 무슨 생각으로 이런 현장에 사람을 불렀는지. 정작 네즈 씨 본인은 태평한 얼굴로 "커피면 될까요?" 하며 나를 건너다봤다. 내가 머뭇거리자 냉큼 직원을 불러 커피 하나요, 하고 주문해버렸다. 이래도 될까. 공사중인 가게에서.

"커피밖에 대접할 게 없어서. 미안합니다."

"아뇨, 별말씀을요. 그보다 커피는, 가능하고요?"

"뭐, 제가 억지를 좀 부렸습니다."

네즈 씨가 나를 중정 발코니로 데려갔다. 조금 전까지 그곳에 있었는지 테이블에 마시다 만 커피 잔이, 의자에 그의 것으로 보이는 가방이 있었다. 직원이 커피를 가져왔다. 잔이 코스터로 덮여 있다. 먼지가 들어가지 않게 하려는 배려이리라.

커피가 조금 식기를 기다리면서 공사가 한창인 가게를 휘둘러보았다. 네즈 씨가 띄엄띄엄 설명해주었지만, 도무지 두서도 없고 중구난방이다. 이걸 어떻게 기사로 만든담. 뭔가 아이디어라도 좀 던져줄 일이지, 하고 생각하는 참이었다. 네즈 씨가 한

쪽 벽을 가리키며 불쑥 말했다.

"저 사람 말이에요."

벽에 솔질을 하는 도장공이 보인다.

"그쪽을 알던데요."

"네?"

"같은 고등학교 다녔대요."

네즈 씨가 일어나 도장공에게 다가가 몇 마디 하더니, 둘이 나란히 돌아왔다. 머리에 수건을 두르고, 페인트가 묻은 티셔츠 허리에 도구 주머니를 매단 도장공. 얼굴 절반이 방진 마스크에 덮여 있다. 수건을 벗자 뒤로 묶은 긴 머리가 드러났다. 마스크를 벗은 입가에 다박수염이 수북하다.

누구……? 곧바로는 기억나지 않았다.

"기억하세요?" 도장공이 물었다.

"음…….

"저, 가세예요."

설마 이런 곳에서 재회할 줄이야. 나는 얼떨결에 시치미를 떼고 말았다.

"음…… 죄송합니다."

"기억 못 하시겠죠. 두 학년 아래라서요."

"아아, 미술부?"

"맞아요. 후배예요."

"아아, 가세!"

"야치구사 선배한테 유화를 배웠죠. 덕분에 지금 하는 일에도 보탬이 되네요."

그가 등 뒤의 칠하다 만 벽을 가리켰다.

그림은 이제 손을 놓은 걸까. 궁금했지만 머뭇거리다가 물어볼 타이밍을 놓쳤다.

"연락처라도 교환하지 그래요? 이렇게 만났는데."

네즈 씨가 갑자기 그런 말을 해서, 떠밀리듯 그렇게 했다.

"일 끝나면, 어때요? 다 같이 식사라도."

"네? 아…… 네."

"저도 좋습니다."

그리하여 셋이서 저녁까지 먹게 되었다.

"그럼, 이따가."

가세가 말하고 현장으로 돌아갔다.

"많이 친했던 건 아니지만요."

"그러시군요."

취재 건은 결국 윤곽도 잡지 못한 채, 공사가 더 진행된 후에 다시 이야기하기로 했다. 설마, 가세를 만나게 해줄 요량으로? 취재는 구실? 눈치 둔한 나라도 의심할 만한 정황이었는데, 그날 저녁, 약속 장소인 나카메구로 선술집에서 의혹은 더욱 짙어졌다.

"네즈 씨는 못 오신다는데요."

"저런, 그렇구나."

흡사 나머지는 둘이 알아서 해보라는 전개다.

"아무튼 정말 오랜만이다. 잘 지냈어?"

"음, 그럭저럭요. 뭐, 잘 지내요. 선배는요?"

"잘 지내. 응, 잘 지내지."

그는 대학을 졸업하고 계속 백수로 지내다가 최근 공무점^{비교} 적 좁은 영업 지역을 기반으로 활동하는 건설 시공 업체 사장의 눈에 들어 도장 일을 하게 되었단다. 시모기타자와의 작은 아파트에서 혼자 산다고. 뭐, 엄청 적당적당히 사는 인생이죠, 하며 웃는다.

"그림은? 이제 안 그려?"

순순히 물을 수 있었던 건 술기운 덕이었는지도 모른다.

"그림이요? 그림은 더는……."

가세는 말끝을 흐렸다. 그에게도 그만의 사정이, 그림을 단념할 수밖에 없었던 사정이 있었으리라. 그림으로 먹고사는 일이 어디 그리 간단하던가. 내심 동지 의식이 싹터서 대화가 한결 쉬워졌다.

"아깝다. 그 그림 봤어. 현전에서. 폐허 같은 그림."

"아, 그래요? 일부러 보러 오셨다고요?"

"아니, 우연히. 바로 옆에서 선배들 졸업 전시회가 있어서."

"그랬군요."

"〈놀려고 죽었던가〉였나?"

"와, 그걸 기억하시네요?"

"굉장한 제목이잖아."

"원래 '놀려고 태어났던가'라는 말이 있잖아요. 그걸 조금 비틀어봤어요."

"충격이었어. 재능이란 거, 있는 사람한테는 있구나 했지."

"아뇨, 그런 거 없어요. 저는 그냥 끈덕질 뿐이에요."

"그렇지 않아. 재능 있는 사람들은 이래서 짜증 나더라."

"선배는…… 그림은 이제 안 그리세요?"

"안 그려."

"계속 그리실 줄 알았는데요."

그 말이 마음을 쿡 찔렀다.

"어? 그래?"

"네."

"그럴 리가. 별 대단한 실력도 아닌데."

"선배 그림, 좋아했는데."

"내 그림을? 기억해?"

"네."

"마리 로랑생 모작 같은 그림을?"

"그런가요? 비슷하다면 비슷하네요."

"뭐? 안 비슷하다면 충격인데. 흉내 냈으니까."

"잡지 일은 재미있어요?"

"아직 몰라. 실은 올해…… 4월부터."

"와, 최근이네! 이직하셨나봐요?"

"응. 원래는 윌리엄 윌로스라는 광고 회사 다녔는데, 말썽에 좀 휘말려서 그만뒀어. 엄청 우울했지. 최근에야 간신히 회복 추세라고 할까."

"그랬군요."

"회사 상사랑 소문이 났어. 불륜이라고. 터무니없는 누명."

그렇게 말하면서, 한편으로는 불안한 마음으로 자문했다. '이런 얘기, 해버려도 될까.' 정작 내 입은 거칠 것이 없었다. 요컨대 취해 있었다.

"인간 불신이 생겨서. 더는 못 다니겠더라."

"그랬군요. 그래서 출판사에?"

나는 갑자기 스마트폰을 꺼내 가세에게 사진 한 장을 보여주었다. 제로의 〈늦여름〉이다.

"이거 좀 봐봐. 얘, 나 닮았어?"

"네? 아…… 음. 듣고 보니."

"〈늦여름〉이라는 작품이야. 이거 보러 갔었거든. 올 3월에. 뭐지. 보니까 눈물이 났어. 왠지는 몰라도. 역시 그림이란 좋구나, 했지. 그쪽 방면에서 일을 찾고 있었는데, 마침 아는 분이 지금 다니는 출판사를 소개해줬어. 면접 때 이 작품이 얼마나 훌륭한지 역설하다 그만 울음이 터지는 바람에…… 어, 왜 이래, 또 눈물 난다."

"그래서, 채용됐나요?"

"응. 뭐 결과적으로는. 그래도 굉장하지? 너보다 잘 그리는 거아냐?"

"무슨, 저는 어림도 없는데요."

"처음엔 그림으로 안 보였어. 알았어? 그림인 거?"

"아뇨, 몰랐어요."

"사진인 줄 알았지?"

"네."

나는 대학 시절과 광고 회사 시절, 그리고 지금 다니는 출판사와 잡지 이야기를 쉴 새 없이 늘어놓았다. 정신이 들고 보니 폐점 시간이었다. 그는 거의 듣기만 했다.

가게를 나와, 역으로 향하는 좁은 골목을 거나한 기분으로 나란히 걸었다.

"다음에 또 마시자."

"마셔요, 마셔요!"

역에 도착해 전철을 타려는데 그는 걸어가겠단다. 멀지 않나 했는데, 시모기타자와까지 걸어서 한 시간 정도라지 않는가. 그럼 나도 좀 걷지 뭐, 하고 둘이 걸었다. 다음 역인 유텐지까지 걷느라 그는 약간 돌아가야 했다. 스마트폰 지도를 봐가며 낯선 뒷골목을 걸었다.

"실은 최근에 스케치 정도는 하고 있어."

"그래요? 그럼 그만두지 마세요. 선배가 그만두면 허전해요."

"그래? 왜?"

"왜긴요, 저한테 유화를 가르쳐준 사람이니까요."

이 사람과는 주파수가 맞는다. 사귀면 좋으련만, 하고 취한 머리로 생각했다. 그러나 번번이 여기까지였다. 내가 늦된 탓에 결국은 연인 미만으로 끝나곤 했다. 나는 헤어지기 전에 한 가지 더 털어놓았다.

"실은 나 아직 채용된 거 아니야, 출판사. 입사 테스트중. 기사가 채택되면 그때그때 원고료가 나오는 계약."

"거의 프리인 셈이네요?"

"응."

"그럼, 정식으로 채용되면 좋겠네요."

"응…… 그보다 일단은 내가 쓴 기사에 내 이름이 달리는 게 꿈이야. 야치구사 카논이라고. 깨알만 해도 좋으니까."

"꿈, 이뤄지면 좋겠어요."

"응. 고마워. 그럼!"

전철이 왔다. 개찰구에서 배웅하는 그에게 손을 흔들고 재빨리 계단을 올랐다. 머릿속에 자욱한 미련을 애써 떨치며 나는 손을 가슴에 갖다 댔다.

그곳에 남은 한 줄의 상처. 이런 때면 그것이 지독한 콤플렉스가 되어 욱신거렸다.

7

나
유
타

일요일은 날이 좋았다. 기분 좋은 하루를 보내고, 구름이 조금 낀 월요일 아침에 출근하니 희소식이 기다리고 있었다. 회의 때문에 여느 때 없이 일찍 출근한 편집장이 컴퓨터를 열어 메일을 확인하던 때였다.

"오오!" 편집장의 입에서 큰 소리가 터져 나왔다. "네즈 씬데, 허락 떨어졌다, 나유타 특집!"

뭐가 그리 기쁠 일인지 나는 영문을 알 수 없었다.

"뭐야, 나유타 몰라? '나유타의 사신死神 전설'."

가까이 있던 다무라 씨가 설명해준다.

"얼굴도 이력도 공개하지 않는 수수께끼의 화가."

"뱅크시영국을 거점으로 활약하는 신원불명의 아티스트처럼." 야지 씨가 옆에서 거든다.

"뱅크시하고는 좀 달라." 다무라 씨가 말했다. "나유타가 그린 사람은 반드시 죽는다는 얘기가 인터넷에 떠돌거든."

야지 씨까지 알고 있었다는 사실에 살짝 분했다. 편집장의 가차 없는 지적이 뒤따랐다.

"일반인들은 알 사람만 안다 쳐도, 이 업계에 있으면서 모른다면 좀 창피한 거거든."

"그러고 보니 뭔가 그런 얘기가 있었던 것 같네요." 하고 되받았는데, 천연덕스럽게 들리지만 거짓말은 아니었다. 한때 인터넷에서 화제였던 소동이 어렴풋이 떠올랐던 것이다.

"아, 네, 슬슬 기억나네요." 내가 말했다.

"진짜요?" 야지 씨가 짓궂게 말했다.

기억은 돌아오는데 정작 그림이 떠오르지 않았다. 당시에도 제대로 들여다보지는 않았던 것이리라. 컴퓨터 앞에 앉아 나유타를 검색했다. 화면에 뜬 그림을 보고 나도 모르게 미간을 찡그렸다. 해부된 인간의 몸. 더욱이 그림의 범주를 뛰어넘는 압도적 묘사력.

"뭐예요, 이거! 사진 아니에요?"

"유화." 다무라 씨가 말했다.

"이게요? 아니, 아무리 봐도 사진인데요……."

"상당히 튀는 작가이긴 해. 그래도 난 이 사람은 진짜라고 봐. 언젠가 평가받을 날이 올 거야. 그걸 우리가 선점하고 싶다고."

편집장이 저런 말을 할 정도라면. 호기심이 약간 일었다.

"단, 본인 취재는 할 수 없다는군. 얼굴 공개는 안 된대. 작품 소개나 논평은 괜찮지만."

"본인 인터뷰가 없으면 좀 싱거울 텐데요? 얼굴 사진 싣지 않는 조건으로도 곤란하대요?"

"뭐, 그쪽은 철벽 수비라."

"그래도…… 황당하지 않나요? '사신 전설' 같은 거." 내가 말했다.

"'사신 전설'? 그야 황당하지. 임종 직전의 인물을 그리거나 해부 중인 인체를 모티프로 한 작품도 몇 점 있다지만. 애초에 이 사람 작품은 죽음이 테마이기는 해. 그런데 평범하게 거리에 서 있는 젊은 여성이나 나부 모델까지 이미 세상에 없다고 한단 말이야. 어디까지나 인터넷에 떠도는 소문이지만. 네즈 씨를 캐봐도 딱 함구하고. 뭐 거꾸로 말하면, 저렇게까지 하는 데는 뭔가 전략이 있을 거란 말이지. 아니, 찔리는 게 없으면 저쪽에서 먼저 '순 헛소문, 완전 거짓말' 하고 치고 나오지 않나, 보통? 인터넷에 괴소문이 떠돌아 이쪽도 민폐다, 이러지 않겠어?"

편집장 말은 일리 있었다. 그런 험한 소문, 본인에게도 고마울 리 없다.

"작가 자신은 어떻게 생각할까요?" 불쑥 내 입에서 질문이 튀어나왔다.

"그걸 알고 싶다니까, 우리도. 아무튼 줄곧 침묵을 지키니까. 본인 취재가 안 된다는 건 그런 얘기야." 편집장이 말했다.

"그림 완성하면 용무 끝, 하고 모델들을 죽인다. 그런 거라면 완전 공포 영화인데요?" 야지 씨가 말했다.

"그럼 사이코패스고. 그래도 모르지. 의외로, 누가 알아."

편집장이 야릇한 미소를 떠올렸다.

"그만하세요!" 오싹해진 내가 소리쳤다.

"하하하, 농담, 농담. 본인 인터뷰는 못 해도 이것저것 털어보면 뭐가 꽤 나올 것 같지? 재미있는 기사 건지지 않을까? 야치구사 씨, 어때, 이거 해볼 테야?"

"네? 제가요?"

"실은 저쪽에서 지명했어. 자네가 해주면 좋겠다는데?"

"네즈 씨가요? 왜…… 전데요?"

"그러게 왜일까? 뭔가 그쪽 마음에 든 거 아냐?"

"좀 무서운데요…… 저, 죽는 거 아니겠죠?"

"글쎄."

편집장은 쓴웃음만 지었다.

이유야 뭐가 됐건 나를 콕 집어 일을 맡겨왔다니 고맙기는 했지만, 애먼 일에 말려들어 죽고 싶지는 않았다. 미묘한 기분으로 네즈 씨에게 메일을 보냈다. 한번 만나서 의논하자는 용건일 뿐인데, 써놓고 보니 한없이 장황했다. 긴 글, 실례가 많았습니다, 하고 마지막에 덧붙여 송신하자 바로 짤막한 답이 왔다.

'그럼, 우리 화랑에서. 네즈.'

긴 메일에 대한 핀잔 같아서 살짝 기가 죽었다.

어쨌거나 내 일은 어디까지나 나유타라는 작가와 작품 세계를 소개하는 것. 할당받은 지면은 여덟 페이지. '여덟 페이지밖에 안 되니까'라지만 나 같은 풋내기에게는 그저 막막한 분량. 긴장과 흥분. 흡사 100호 캔버스의 대작에라도 임하는 심경이었다.

○

인터넷 정보 사이트 '단손'은 과거에는 발행 부수 2만 부 정도의 타블로이드지였다. 잡지가 폐간되면서 인터넷으로 옮겨 앉은 이래 접속자 수를 늘려 어찌어찌 소멸은 면했다. 그것 참 축하할 일이네요, 하고 말해주고 싶지만, 솔직히 나는 이 '단손'을 잡지 시절부터 극도로 싫어했던지라, 기사회생해버린 사실이 꽤 개탄스럽다.

단손ダンソン. 가타카나로 적으면 그럴싸해 보이지만 한자로 바꿔 쓰면 '남존男尊 일본어로 '단손'이라 읽는다'이다. 요컨대 넌지시 '여비女卑'인 셈이다. 왕년의 남성 대상 주간지로 회귀하는 경향이 두드러진다는 비판도 있다. 조금만 들여다봐도 성인 사이트에서 정치도 문화도 아울러 다룬다고 할까, 화장실에서 밥 먹는 기분이 드는 불쾌한 사이트였다. 유감스럽게도 나유타의 '사신 전설' 가운데 제일 읽을 만한 기사가 거기 있었다. 아니, '사신 전

설'까지 갈 것도 없이, 나유타를 고찰한 유일한 기사라 해도 좋으리라. 그런 연유로, 나는 이 기사를 발견한 이래 즐겨찾기에 넣어두고 몇 번이나 읽었다.

'사신 전설 수수께끼의 화가, 나유타가 사신일지도 모르는 건 정말인 건件.'

제목에 굳이 아재개그를 흩뿌릴 필요가 있었는지는 의문이지만, 글쓴이는 '프리랜서 기자 折茂羽膳'. 뭐라고 읽는지 알 수 없다. '오리모 우젠'?

기사 전문을 아래에 옮긴다.

사신 전설, 수수께끼의 화가, 나유타가 사신일지도 모르는 건 정말인 건件. (〈단손〉 2018년 1월 19일)

현재 아오야마 미쓰시마 기념 미술관에서 개최중인 전시회 〈헌체 나유타 전: 에로스의 아포토시스 세포 자살와 타나토스 죽음 충동의 재생〉. 부제가 다소 난해하지만 사실화 장르로 보면 된다. 필자는 미술 쪽은 문외한이므로 장르나 작품에 대한 논평은 전문가에게 맡기기로 하자. 사실 이 화가 주변에는 적잖이 수상하고 불온한 소문이 난무한다. 이를테면 〈반려〉라는 작품의 모델은 말기 암 환자였다고 한다. 자신이 모델 관계자라 자처하는 인물의 블로그에 사진까지 올라와 있다. 〈까마귀 공원〉은 2015년 유괴 사건으로 희생된 다치바나 도모코 양의 초상화로, 당시 얼굴 사진이 공개됐던지라 기억하는 사람도 많을 것이다. 공개된 사진에서 도모코 양은 웃고 있었지만, 그림 속에서는 웃지 않는다. 웃지 않는 얼굴 사진을 별도로 입수해 그렸을까.

<꽃의 거리>라는 제목의 그림 세 점은 어떤가. 공교롭게도 모델 세 명 모두 세상에 없다. 올해 초에 발생한 삿포로 버스 사고. 대형트럭이 관광버스와 정면충돌한 사고로, 트럭 운전기사의 과중 노동이 문제가 되었다. <꽃의 거리> 모델은 불행히도 이 사고로 사망한 세 사람이다. 흥미롭게도 이들의 본명과 얼굴 사진은 어디에도 공개된 바 없다. 나유타는 어떻게 세 사람을 그렸을까. 가령 어떤 경로를 통해 사진을 입수했고, 그것을 토대로 그렸다고 하자. 사고가 발생한 것은 1월 2일. 전시회 오픈 열흘 전이다. 사고 후에 그렸다면, 작품 세 점을 불과 열흘 만에 완성했다는 말이 된다. 그런 일이 과연 가능할까.

이와 관련해 한 사실화 화가에게 문의하자 다음과 같은 증언이 돌아왔다.

"이런 그림을, 세 점이나 일주일에 완성하기는 불가능합니다. 한두 달도 무리죠. 반년에서 일 년, 어쩌면 더 걸릴지도 몰라요."

시간이 상당히 걸린다. 그만큼 오랜 시간을 요하는 공정이라면 사고 후에 그리기란 불가능하다. 사고 전에 그렸을까?

그렇다면 나유타의 모델이었던 세 사람이 나란히 불의의 사고로 사망했다는 말이 된다. 관광버스에는 42명이 탑승했고, 사망과 중경상만 해도 17명에 이른다. 그중 사망자 세 명이 공교롭게도 나유타의 그림 속에 있다.

실은 이 미스터리야말로 나유타 사신 전설의 핵심이다.

누군가 이것을 두고 '나유타의 사신 현상' '사신 전설'이라 일컫기 시작했다. 나유타가 그린 사람은 반드시 죽는다. 소문은 삽시간에 SNS에서 확산해 커다란 파장을 불러왔다. 한편에서는 노이즈 마케팅이라는 비난도 일었지만, 관람객 수는 계속 늘어나 전시회는 대성황을 이루었다. 과연 진상은 무엇일까? 본인의 말을 필히 들어보고 싶지만, 나유타는 신원을 공개하지 않는 뱅크시 스타일의 작가다. 전시회 주최 측, 교분이 있는 화상에게 문의해도 '본인 취재 불가'라는 답변만 돌아왔다. 수수께끼는 깊어질 따름이다.

그럼에도 필자는 수상쩍은 미스터리에 초점을 맞춘 채 글을 끝내고 싶지는 않다. 나유타라는 작가에게는 인터넷상의 가십 따위는 깨끗이 잊게 만드는, 무어라 표현하기 힘든 오라가 있기 때문이다. 그것이 구체적으로 어떤 것인지는 필자보다 훌륭한 전문가들의 논평을 읽어주기 바란다.

마지막으로 작품을 하나 소개한다.

<헌체献体>.

전시회 제목이기도 한 네 개의 연작이다. 의대에 재학하는

친구에게 부탁해 해부실에 몇 달을 드나들며 완성한 작품이라고 한다. 이쯤 되면 광기에 가깝다. 다시 한 번 이 제목에 주목해주기 바란다. <헌체>…….

사실 필자는 이번 전시회에 내걸린 모든 작품에 <헌체>라는 제목을 붙여도 좋으리라 생각한다.

이 작품의 모델들은 전원 이미 세상에 없다. 이들은 나유타라는 화가에게 말 그대로 몸을 바쳤다. '예술'에 문외한인 필자지만, 나유타의 작품 앞에 서면 영혼을 관통하는 강렬한 무언가를 감지할 수 있다. 그 오라는 실로 태양의 코로나에 비견할 만하며, 그의 작품군은 화룡火龍처럼 소용돌이쳐 일어나는 프로미넌스, 요컨대 홍염이다.

프리랜서 기자 오리모 우젠

<꽃의 거리>에 얽힌 미스터리는 확실히 흥미로웠다. 인터넷에는 2018년 1월 전시 이후 신작을 발표하지 않는 나유타 본인도 이미 사망했다는 설이 떠돈다. 그러나 이러한 소문을 파고들수록 어째 맥이 빠졌다. 이 화가에게 정말 가치가 있을까. 편집장이 저토록 높이 사는 의미를 알 수 없다. 이른바 네즈 브랜드이기 때문은 아닐까, 비딱한 의심까지 고개를 들었다. 네즈 씨가 좋다니까 괜히 좋아 보이는 거 아니겠냐 하는.

뭔가 미적지근한 기분을 떨치지 못하던 나는 무로이 가호 씨

에게 이런 메시지를 보냈다.

'다음에 나유타 특집을 맡게 됐어요. 무로이 씨는 그 그림을 어떻게 생각하세요? 어떻게 평가하시는지요?'

답이 바로 왔다.

'이런저런 얘기가 나돌지만, 작품 자체는 저는 굉장하다고 생각해요. 독보적 영역에 있는 사람이라고 생각합니다.'

그런가. 무로이 씨가 좋다면 좋은 거겠지. 단번에 생각이 기울고 말았다. 나도 편집장을 흉볼 입장은 못 됐다. 비틀린 것은 내 마음, 편집장은 잘못이 없다.

O

아오야마에 있는 네즈 씨의 갤러리 '다마고 화랑'은 흰색 2층 건물로, 예전에는 수입 장난감 전문점이었다고 한다. 전시된 그림을 훑어보면서 네즈 씨의 센스에 혀를 내둘렀다. 이곳을 취재하고 싶다고 하자 이미 몇 번이나 취재해 갔다는 대답이 돌아왔다. 무로이 가호 씨의 소 판화도 한 점 전시되어 있었다.

화랑 한구석의 소파에 네즈 씨와 마주 앉았다.

내가 기획안을 내밀었다. 서문에 나유타를 다루는 의미와 사회적 반향을 내 나름대로 분석해 적었다. 뒷장에 본문 첫 페이지의 간단한 레이아웃도 덧붙였다.

제목은 '나유타, 불가사의, 무량대수급의 천재'.

알고 보니 나유타는 수의 단위였다. 숫자의 조 다음은 경이지만, 거기서부터 더 나아가면 일반적으로는 거의 볼 기회도 없는 단위가 계속된다. 해, 자, 양, 구, 간, 정, 재, 극, 항하사, 아승기, 나유타, 불가사의, 마지막이 무량대수다. 나유타는 무량대수, 불가사의에 이어 세 번째로 거대한 수의 단위다. 모르긴 해도 아마 우주에라도 비유하고 싶었던 게 아닐까.

네즈 씨가 기획안을 다 읽고 테이블에 내려놓았다.

"어떻게, 처음부터 설명해드릴까요?" 내가 물었다.

"아뇨, 이건 나중에 해도 되겠죠." 네즈 씨는 그렇게 말하고는 입을 다물어버렸다.

숨 막히는 침묵. 이럴 바에야 기획서 설명이나 하게 해줄 일이지. 내심 답답해하면서 홍차를 마시다가 문득 가세를 떠올렸다.

"참, 지난번엔 감사했습니다. 덕분에 후배도 만났네요."

"아뇨, 뭐 어쩌다 보니. 재회에 일조했다니 다행이군요."

"저희가 같은 고등학교였다는 건 어떻게 아셨어요?"

"네? 아…… 야치구사 씨가 취재를 올 거라고 가게 직원에게 얘기했거든요. 〈그림과 시와 노래〉라는 잡지 편집자인데 드문 성이지? 뭐, 그런 이야기를 하다가…… 가세 군이 갑자기 자기 선배일지도 모른다는 겁니다. 명함을 확인해 풀네임을 일러줬더니, 고등학교 선배가 맞는 것 같다고…… 뭐, 그뿐이에요."

그는 그렇게 말하면서 나유타의 도록을 몇 장 넘겼다. 전시회

때 발표된, 나도 늘 자료로 챙겨 다니는 도록이었다.

"우선 이걸로 할까요?" 네즈 씨가 불쑥 말했다. 집게손가락이 한 그림 위에 놓여 있다. 〈반려〉라는 작품이다. "이 모델의 부군 연락처를 알려드릴게요."

"아, 네."

"나중에 메일로 보내두겠습니다."

"감사합니다."

"그럼, 잘 부탁드립니다."

미팅이 싱겁게 끝나버릴 것 같아 초조해졌다.

"저기……!"

"네?"

"그분과 연락을 해서, 어떻게 하면 되는데요?"

"어떻게 하면, 이라뇨?"

"아니, 그러니까, 그분 이야기를 들어보면 될까요?"

"그렇겠죠? 취재니까요."

"아니, 뭘 어디서부터 어디까지 들어보면 되는지."

"그야 알아서 하세요. 딱히 제한은 없으니까."

"그래요? 아니, 그게, 익명이랄까, 정체를 밝히지 않는 사람이 잖아요, 그 나유타 씨. 이런 건 물어보지 마라, 같은 건 없나요?"

"본인은 못 만납니다. 제한은 그뿐이에요. 안심하고 취재하세요."

"그럼, 네즈 씨께 좀 질문해도 될까요?"

"뭔데요?"

"나유타라는 화가는 어떤 사람인가요? 남잔가요? 여잔가요?"

"그걸 저한테 물으세요? 모처럼 취재하니까 직접 알아보시는 편이 즐겁지 않겠어요? 즐겁다고 할까…… 의의 있지 않겠어요?"

말은 그럴싸하지만 의의가 있을지 어떨지는 모를 일이다. 뭐가 어떻게 돌아가는지 종잡을 수 없었다.

반
려

　며칠 후, 네즈 씨의 메일을 받았다. 모델의 남편이라는 인물의
연락처가 첨부되어 있었다.

　도코로자와에 있는 규메지救命寺라는 절의 주지, 도미자와 세
이초 씨, 54세. 〈반려〉의 모델이 이분의 아내라고 한다.

　〈반려〉는 F100호 유화다. F100호면 세로 1620밀리미터, 가
로 1303밀리미터의 대형 캔버스다. 내가 졸업 작품으로 제작한
그림도 이 크기였다. 그런 대형 캔버스에 그림을 그리는 체험은
인생에서 그때 한 번으로 끝나고 말았지만. 마리 로랑생을 모방
한 그 그림은 지금도 본가 창고에 잠들어 있다. 벽에 걸어두고
보기에는 너무 어설프고 너무 컸다. 처치 곤란으로 결국 창고행
이 되었을 때는 조금 서글펐다. 뭐, 내 이야기는 됐고.

　도미자와 요코 씨는 보육사였다. 2014년 어느 날 간암 3기

판정을 받고, 힘든 투병 끝에 이 년 후인 2016년 세상을 떠났다. 사망 당시 42세. 열다섯 살 난 딸과 일곱 살 난 아들을 남기고 갔다.

요코 씨가 보육사 시절, 담임을 맡았던 아이가 교통사고로 세상을 떠난 일이 있었는데, 세이초 씨와는 그 장례식장에서 처음 만났다. 첫 만남의 장소치고는 뭐랄까…… 아무튼 도미자와 세이초 씨는 이런저런 신상 이야기를 적은 메일을 보내왔다. 그런 배경을 알고서 새삼 그림을 들여다보니 확실히 뭔가 달라 보였다.

니트 모자를 푹 눌러쓰고 침대에 누워 있는 여자. 머리카락이 없는 것을 가리고 싶었으리라. 빨간 니트 카디건 위에 머플러를 두르고, 속에는 꽃무늬 잠옷을 입었다. 입가에 떠올린 엷은 미소가 한없이 자애롭다. 나유타의 문제작인 〈헌체〉 연작은 생명의 그릇인 육체가 죽으면 단순한 '물物'로 전락하는 세상의 덧없음을 건조하게, 물질적으로 그린 작품이다. 마치 스튜디오에서 촬영한 오토바이 광고 사진처럼 아름답다. 그에 비하면 이 〈반려〉라는 작품은 다분히 감상적이다. 꺼져가는 생명의 마지막 반짝임을 포착한 듯한 작품이다.

9월 초, 사이타마 도코로자와로 주지를 만나러 갔다.

주지는 메일에도 적었던 이야기를 울림 있는 목소리로 다시 들려주었다. 세상을 떠난 아내와의 첫 만남과 추억, 아내의 인품을 간간이 유머를 섞어가며 들려주는데, 독경처럼 유려하게 이어져 이쪽이 질문을 꺼낼 기회가 좀처럼 없었다. 잠자코 귀를 기울이던 중에 이윽고 이야기가 본제로 접어들었다. 나유타와 어떻게 접촉했는지에 대한 이야기다.

마지막 한 달은 아내 곁을 지키느라 주지도 이루마의 병원에서 밤을 보내는 일이 많았다. 어느 해 질 녘, 식당에서 스포츠 신문을 읽는 그에게 다나카라는 의사가 말을 걸어왔다. 그림을 그리는 지인이 모델을 찾고 있다는 이야기였다.

"그 화가가 병원에서 저희 집사람을 보고, 모델을 해주었으면 한다는 겁니다. 왜 하필 집사람인지. 대단한 미인도 아니거든요. 옛날엔 꽤 예뻤지만 병을 얻고 나서는 본인도 사람 만나기를 꺼릴 정도로 인상이 변했으니까요."

다나카 선생은 일단 만나보기라도 하라며 화가를 소개했다. 그 남자는 1층 로비 창가에 놓인 소파에 앉아 밖을 바라보고 있었다.

"'나유타'라고 이름을 대더군요. 가타카나로 나유타ナユタ입니다."

"남성이었군요? 그러니까."

"네. 참고로 나유타는 원래 불교 용어로, 산스크리트어 '나유타'에서 온 말입니다. 지극히 커다란 숫자를 말하지요. 부처님의 수명은 헤아릴 수 없이 길어서 이렇게 큰 단위가 필요합니다."

거기까지는 몰랐는데. 덕분에 좋은 지식을 얻었다. 주지는 말을 이었다.

"자기는 화가라면서, 저희 집사람을 그리고 싶다는 겁니다. 제법 끈덕지게 굴어서 저도 차츰 기분이 나빠졌죠. 애초에 왜 집사람이냐고 단도직입으로 물었습니다. 그랬더니 '부인이 너무 아름다우시니까요'라는 거예요."

"그 말을 듣고 어떤 생각이 드셨어요?"

"기분이 나쁘진 않죠. 솔직히 기쁘지요. 더욱이 병상에 있으니 아름답고 말고 할 상황도 아니잖습니까."

"조금 소소한 질문인데요, 나유타 씨는 부인을 어디서 봤을까요?"

"네? 그러게요, 어딜까요? 그건 저도 안 물어봤는데요."

"그러시군요. 죄송합니다. 그래서 받아들이셨나요?"

"아니, 그런 칭찬 한마디 들었다고 대뜸 어떻게요. 집사람은 환자 아닙니까. 설령 수락한다 해도 장시간 모델을 서기는 힘들다고 했죠. 그랬더니 시간은 별로 안 걸린다는 거예요. 사진만 몇 장 찍어서, 그걸로 그린다고요. 음, 아무튼 결정은 본인이 하는 거니까…… 아내에게 말해봤습니다. 아니나 다를까, 뭔가 찜찜하다면서 단번에 거절하더군요. 집에 돌아가 아이들한테도 말했는데 역시 수상쩍다며 다들 반대였죠. 큰아이는 그런 일을 알선하다니 이상한 병원이라며 화를 내고, 작은아이는 분명 '나야 나 사기'주로 고령자를 표적으로 자녀나 손자 등을 사칭하는 보이스피싱 사기라는 겁니다. 어디가 어떻게 '나야 나 사기'라는 건지. 뜻도 모르면서 한 말이겠지만요. 다나카 선생님도 친구 부탁이라 별수 없이 운

을 뗐을지도 모르지요. 어쨌거나 다들 반대라니까 거절하기로
했습니다. 이튿날 집사람에게 말했더니, 안 그래도 벌써 거절했
다는 거예요. 실은 화가가 조금 전 다녀갔다면서요. 이런 모습을
남기기는 싫다고 끝내 수락하지 않았답니다. 그러자 단념하고,
사과의 뜻으로 초상화나 한 장 그리게 해달라고 하더랍니다. 그
그림이⋯⋯."

주지가 옆방에서 스케치북을 가져왔다. B5 스케치북을 펼쳐
한 장 있는 그림을 내게 내밀었다. 아름다운 그림이었다. 부인이
발을 내려뜨린 채 침대에 걸터앉아 있다.

"이런 포즈를 취한 건 아니라더군요. 집사람은 내내 드러누워
있었지, 제대로 일어나 앉을 상태가 아니었거든요. 그 사람은
슥, 슥, 불과 오 분 만에 그림을 완성하더랍니다."

나는 불현듯 불단으로 눈길을 돌렸다. 부인의 영정이 이곳을
보고 있다. 다시 그림을 본다. 엄청난 묘사력이다. 실로 놀라운
스캔 능력이다.

주지가 말을 이었다.

"집사람이 그러더군요. 이미 거절해버렸지만 이 그림을 보니
마음이 바뀐다고. 집사람 뜻이 그렇다면 저나 아이들이 반대할
이유는 없지요. 다나카 선생님께 전했습니다. 선생님도 저쪽에
말해두마고 하셨고요. 곧 연락이 오겠거니 했는데, 기다려도 기
다려도 소식이 없었어요. 집사람도 그야 기대했던 터라 기분이
좋지는 않았지만, 원래는 없었던 얘기고 이쪽도 한 번 거절하지

않았습니까? 다나카 선생님께 캐묻기도 무엇해서 우물쭈물하는 사이 집사람의 용태가 점점 악화했습니다. 그다음엔 뭐랄까, 순식간에 떠나고 말았지요. 그런데 쓰야通夜 고인의 가족, 친구 등이 모여 최후의 밤을 보내는 의식. 과거에는 철야로 진행했으나 현재는 대개 오후 6시부터 두 시간 정도로 마무리된다 때 나타난 겁니다, 나유타 씨가. 그러고는 실은 지금 저희 집사람 그림을 그리고 있대요. 얼마나 놀랐는지요. 글쎄 한 번 보면 뭐든 그릴 수 있다네요? 아, 이 말은 나중에 다나카 선생님한테 들었지만요."

소름이 끼쳤다. 뭘까, 이 다른 차원의 능력은? 간단히는 믿기 어려웠다. 만일 주지의 이야기가 전부 사실이라면 나유타의 창작의 한 부분을 드러내는 중요한 실마리가 된다. 아직 세상에 나오지 않은 정보다.

"작년에 전시회에 초대받아 가봤습니다. 훌륭한 그림이었어요. 저도 아이들도 울고 말았습니다."

"그럼, 가족분들은 그림을 남겨서 잘됐다고 생각하시는 거군요."

"그럼요!" 주지가 단호히 말했다. "감사할 따름입니다!"

나는 새삼 부인의 초상을 들여다보았다. 나유타라는 화가의 오라에 압도된 탓일까. 그저 평범한 스케치북이 몹시 묵직하게 느껴졌다.

주지가 문득 시선을 먼 곳으로 돌렸다.

"집사람이 떠나기 조금 전이었을까요. 이 스케치북을 병실 베

갯머리에 걸어췄습니다. 당신, 이렇게 미인으로 그려져 좋겠네,
했더니 집사람이, 실물보다 낫지? 하는 겁니다. 그러게, 훨씬 낫
네, 하고 저도 놀렸습니다만. 새삼 다시 보니, 뭐랄까요…….”

주지의 목소리가 떨렸다. 이윽고 주지가 눈을 붉히며 말을 이
었다.

“……조금도 다르지 않았어요. 눈, 코, 입, 흡사 판박이. 아니,
집사람은 정말 딱 이렇게 생겼습니다.”

고개를 숙인 주지의 눈에서 눈물이 떨어졌다.

“제가 집사람한테, 아니, 역시 이 그림, 당신이랑 똑같아, 했더
니 실은 나도 그렇게 생각했어, 하면서 활짝 웃더라고요. 얼마나
예쁘던지요. 순간, 미칠 만큼 후회했습니다. 아, 나는 이 사람을
한 번도 제대로 보지 않은 채 살았구나, 하고요.”

주지의 눈물에 나까지 덩달아 눈물이 터졌다. 눈물로 더럽힐
까봐 스케치북을 얼른 테이블에 올려놓고 다시 불단으로 눈길
을 돌렸다. 그리고 말했다.

“사실 저는요, 처음부터 정말 똑같다고 생각했어요.”

주지가 눈물을 흘리면서 몇 번이고 고개를 끄덕였다.

회사로 돌아와 편집장에게 간단히 보고하려 했지만, 뭔가 바

쁜 일이 있는지 이야기는 조금 더 진전된 후에 듣겠다며 도망가
버렸다. 선배들도 하나같이 바빠 보여 말을 붙이기 미안했다. 일
단 지금까지의 경위를 정리해 네즈 씨에게 메일을 보냈지만 그
쪽도 감감무소식. 어쩐다, 이 답답한 기분. 누구라도 붙들고 이
야기하고 싶어 입이 근질거렸다.

　가세에게 연락했다.

　우리는 미슈쿠의 선술집에서 만났다. 자리마다 칸막이가 있
어 밀담에 제격일 듯했다. 현장에서 바로 왔는지 가세는 손에 페
인트 얼룩을 묻힌 채 나타났다.

　"지저분하죠. 죄송해요."

　"괜찮아. 모르는 사람이라면 몰라도, 이래 봬도 그림 그렸던
사람이잖아. 물감은 뭐든 좋아해."

　"다행이네요" 하면서 가세가 물수건으로 손을 닦았다.

　"이런 것도 괜찮아요?" 이번에는 물수건으로 얼굴을 닦으며
말하는 가세.

　"괜찮아."

　"이런 건요?"

　목도 닦는다.

　"닦아, 닦아."

　이윽고 셔츠를 걷어 올리고 물수건을 겨드랑이로 가져간다.
내가 얼른 눈을 내리깔자 "장난이에요, 장난"이란다.

　그 웃는 얼굴에 가슴이 철렁했다. 아, 나 이 사람 좋아질 것 같

아…… 얼굴이 뜨거워졌다.

"일은 어때요? 잘돼가요?"

"으음. 난항 중. 어떤 화가 특집 때문에. 알아? 나유타라고."

가세가 고개를 저었다. 나는 가방에서 나유타의 자료를 꺼내 건넸다.

"이런 사람."

가세는 자료를 들춰봤다.

"오! 굉장한데요."

그러고는 한 장씩 차례로 넘겼다.

"뭔가 좀 으스스하네요."

솔직히 맥이 좀 빠졌다. 더 놀랄 줄 알았는데.

"이 사람을 취재하고 있어."

"그렇군요."

나유타가 주지를 찾아갔고, 병실에서 부인의 초상화를 그리고 떠났다는 이야기, 주지와 부인 사이에 오간 대화를 들려주는 사이 나도 모르게 또 눈물이 흘렀다. 가세가 물수건을 건넸다.

"미안. 이것저것 떠올렸더니 그만."

"우세요. 얼마든지 울어도 되니까. 저, 소주 한 잔 더 시켜도 될까요?"

"아, 시켜, 시켜."

이토록 소탈한 이 사람이 좋다. 이 사람 앞에서는 얼마든지 나약한 모습을 드러내도 될 것 같다.

"다나카라는 의사는 만나보셨어요?"

"아니."

"병원 아시죠?"

"응."

내가 왜? 하는 표정을 지었던 걸까. 가세가 말했다.

"그 사람, 지인인지도 모르잖아요. 나유타의."

그렇군, 그럴 가능성은 있다. 아니, 뭐랄까, 그 정도는 스스로 알아차렸어야 하는 거 아닌가?

헤어질 때 가세가 말했다.

"제가 도울 수 있는 일이 있으면 말씀하세요. 일 없는 날은 움직일 수 있으니까. 차도 있고요. 운전기사 정도는 할 수 있어요."

오늘 밤은 같이 있고 싶어……라고 폭탄선언을 할 수 있을 리 없으므로 혼자 집으로 돌아갔다. 전철에서 까무룩 잠들었다. 꿈을 꾼 것 같은데. 무슨 꿈이었는지는 기억에 없다.

집에 도착했을 때는 술도 다 깨서 정신이 말짱했다.

어차피 잠이 올 성싶지 않아 스케치북을 펼쳐 〈반려〉를 모사해보았다. 거친 선으로 윤곽을 잡고 음영을 덧붙여나갔다. 잠깐씩 손을 쉬며 나유타의 도록을 들여다봤다.

〈반려〉와 같은 해에 그려진 다른 두 장의 그림이 자꾸 신경쓰였다.

〈어머니〉와 〈나비〉.

〈어머니〉는 도무지 어머니답지 않다. 아무래도 십대로밖에 보이지 않는다. 〈나비〉는 검은 야구모자를 쓰고 검은 마스크를 한 쇼트커트 여자의 나상이다. 가슴에는 붕대가, 오른팔에는 석고 붕대가 감겨 있다. 이 두 작품에도 뭔가 사연이 숨겨져 있을까. 이들도 이미 세상에 없을까.

한밤중에 네즈 씨가 짧은 메일을 보내왔다. 다음에 취재 가능한 관계자의 이름과 연락처가 적혀 있었다.

9

까
마
귀

공
원

그로테스크한 나유타 작품 중에서도 내가 비교적 좋아하는
그림이 있었다. 〈까마귀 공원〉이라는 작품이다. 어린 소녀의 초
상화로, 티 없는 귀여움이 어딘지 후지이 쓰토무 일본 서양화가의 작
품을 연상시킨다. 도록의 같은 페이지에 실린, 또 다른 소녀를
그린 〈카나리아의 집〉과 마치 한 쌍처럼 보인다. 어둑한 방에 있
는 소녀를 심플하게 그린 〈카나리아의 집〉에 비하면 〈까마귀 공
원〉에는 다소 독특한 구상이 엿보인다. 해 질 녘 공원 벤치에 소
녀가 앉아 있다. 눈동자에는 쓸쓸함이 가득하고 입은 일자로 다
물렸다. 손에 든 한 장의 사진에는 소녀 자신의 모습이 담겨 있
다. 사진 속 소녀는 웃고 있다. 오리모 우젠 씨의 기사나 인터넷
정보에 따르면 이 소녀는 2015년, 다카사키 시에서 발생한 유
괴 살인 사건의 희생자 다치바나 도모코. 사건 당시 발표됐던 사

진과 확실히 닮았다. 시간순으로 말하면, 다치바나 도모코가 유괴되어 행방불명인 상태에서 제작된 그림이다. 그 뒤 범인이 체포됐고, 자백한 대로 가라스가와 '까마귀 강'이라는 뜻 강변 잡목림에서 사체가 발견됐다. 나유타가 〈까마귀 공원〉을 그린 것은 사건이 세상에 드러나고 소녀의 사진이 매스컴에 공표된 후, 그러나 사건은 해결되기 전이다. 말하자면 한창 조사중인 사건의 피해자를 모티프로 한 셈이다. 다치바나 도모코는 끝내 돌아오지 못했고, 나유타의 사신 전설의 하나로 헤아려지기에 이르렀다.

네즈 씨가 보내온 메시지는 이러했다.

'〈까마귀 공원〉 모델 다치바나 도모코 양의 어머니가 취재에 응해주신답니다. 주소 첨부합니다.'

다른 설명은 없었다. 알아서 조사하라는 말이리라. 군마 현 다카사키 시 시모와다마치. 나는 소녀의 어머니를 만나보기로 했다. 전철로 가도 되지만, 가세가 운전을 해준다기에 그가 쉬는 날 같이 가기로 했다.

당일 아침, 약속 장소인 유텐지 역으로 향했다. 전철이 다마가와를 지났을 즈음 가세가 메시지를 보내왔다. 역 앞 로터리에 차를 댈 곳이 없어 가까운 주차장에 있다고 했다.

유텐지 역 개찰구를 빠져나와 그에게 메시지를 보냈다. 몇 분 있자 가세가 차를 끌고 나타났다. 몹시 낡은 감색 왜건으로, 차체에 공무점 이름이 새겨져 있었다.

다카사키 시까지 간에쓰 자동차도로를 두 시간쯤 달렸다. 묵묵히 운전만 하는 가세에게 나는 무로이 가호와 에베 쓰미코 이야기로 시작해 어느새 내 이야기로 화제를 옮겨, 부모님 직업이며 사 년 전에 아버지가 돌아가신 일, 초등학교 때 병을 앓아 공부에서 영 멀어져버린 일, 그 무렵부터 그림 그리기가 유일한 즐거움이어서 장차 만화가나 일러스트레이터가 되리라 결심했던 일 등을 시시콜콜 말했다. 가와고에 부근에서 사고로 인한 정체 구간을 만나는 바람에 목적지 도착이 한 시간이나 늦어진 탓도 있었으리라.

가세도 자신의 이야기를 조금 들려주었다.

이윽고 화젯거리도 떨어지고 한동안 침묵이 깔렸다.

"저희 집도, 아버지가 안 계세요." 그가 불쑥 말했다.

"아, 그렇구나. 돌아가셨어?"

"네."

그 이상은 말이 없어서 나도 초들어 묻지 않았다.

현지에 도착한 것은 오후 12시 45분. 약속 시간이 오후 1시였으니 지각은 면했지만, 둘이서 조금 이른 점심을 먹으려던 사심 섞인 계획은 허망하게 격침됐다.

가세는 자신이 따라가면 일에 방해가 될 거라며, 나를 집 앞에 내려놓고 가버렸다.

"사우나라도 다녀올게요. 끝나면 연락주세요."

야속하다. 실은 같이 갔으면 했는데. 그도 그럴 것이 지금 찾아가는 곳은 유괴 사건 피해자의 자택이다. 나 같은 풋내기에게는 짐이 무겁다. 멀어지는 감색 왜건을 영영 이별하는 심정으로 바라봤다.

꽤 유복한 가정임을 짐작게 하는 호화로운 단독주택이었다. '다치바나'라 적힌 문패가 보였다. 나는 마음을 다잡고, 홀로 대문을 지났다.

초인종을 눌렀다. 문을 열어준 이가 바로 사망한 소녀의 엄마였다. 다치바나 후사코, 38세. 아름다운 사람이었지만, 오래도록 힘든 시간을 겪은 탓인지 가칫한 모습은 감춰지지 않았다.

현관에 희미한 향냄새가 떠다녔다.

〈까마귀 공원〉이 뇌리에 떠올랐다. 내가 자기소개를 했지만 후사코 씨는 이렇다 할 반응을 보이지 않고 "들어오세요"라고만 한마디 했다. 집 안으로 들어섰다. 어두컴컴한 복도로 새어 든 흐릿한 빛 사이로 향 연기가 피어올랐다. 연기를 따라 시선을 옮기자 오른쪽의 작은 다다미방에 불단이 있고 소녀의 사진이 보였다. 나는 짧은 숨을 삼켰다. 틀림없이 〈까마귀 공원〉의 그 소녀다.

"저, 향을 올려도 될까요……?"

"그러세요."

후사코 씨가 불단의 초에 불을 붙여주었다. 나는 향을 꽂고, 다치바나 도모코의 영정 앞에서 손을 모았다.

아무리 그래도…….

쓸쓸한 한숨이 흘러나왔다. 이 어린아이의 죽음이 나유타 사신 전설의 증거로 세간의 입에 오르내리다니. 소녀의 죽음에 대한 모독 아닐까.

돌아보니 후사코 씨가 보이지 않았다.

"이쪽에서 얘기해도 될까요?"

방을 나와 목소리가 들리는 곳으로 향했다. 복도 끝 거실에 후사코 씨의 모습이 보였다. 이쪽을 등진 채, 반쯤 열려 있던 커튼을 활짝 젖혀 정성껏 터셀로 묶었다. 빛을 들일 요량이었겠지만 정원수가 울창해 방 안은 여전히 어둑하다. 널찍한 거실은 모델하우스처럼 깔끔했다. 대형 텔레비전의 검은 화면에 정원의 경치가 비쳤다.

후사코 씨가 나를 식탁으로 안내했다. 권하는 대로 자리를 잡고, 차를 준비하는 후사코 씨를 잠자코 기다렸다. 딱히 할 일도 없어 텔레비전 모니터를 쳐다봤을 뿐인데, 후사코 씨가 리모컨을 가져다 식탁에 내려놓았다.

"뭔가 보실래요?"

"아, 아뇨, 괜찮습니다."

이윽고 후사코 씨가 녹차와 화과자를 내온 뒤 건너편에 앉았다. 나는 기획안을 건네며 이번 기획의 취지를 설명했다. 네즈 씨에게 이미 어느 정도 들었는지 네, 네, 하고 돌아오는 답변에서 적의는 느껴지지 않았다.

"작년에 전시회 소식을 보내주셨어요. 딸애의 그림을 건다고 해서 보러 갔습니다."

"아, 그러셨군요."

"울고 말았어요."

"그러셨겠죠"

후사코 씨가 눈시울을 붉혔다. 아무리 어기차 보인들 쉬이 아물 상처가 아니리라. 그런 사람을 붙들고 기획 의도를 장황하게 설명하는 것도 도리가 아니다. 나는 바로 본제로 들어갔다. 예의 그림, 〈까마귀 공원〉이 제작된 경위에 대해서.

"우선, 나유타와는 애초에 어떻게 알게 되셨는지요?"

"도모코가 사라지고 한 달 후였어요. 사건에 대해서도 쓰시나요?"

"아뇨, 저희는 미술 잡지라서 사건까지 직접 언급하는 일은 없을 거예요. 오히려 나유타가 어떻게 도모코 양을 그리게 됐는지를 알고 싶습니다."

"그렇군요. 어디서부터 이야기해야 할까."

후사코 씨는 입술을 깨물고 조금 생각에 잠기더니 날짜를 입에 담았다.

"사 년 전⋯⋯ 5월 12일."

다치바나 도모코가 유괴된 날이다.

2015년 5월 12일 화요일, 다치바나 요시오, 후사코 부부의 외동딸 도모코 양의 행방이 해 질 녘부터 묘연했다. 그날 심야, 경찰에 신고해 수색이 시작됐지만 단서가 전혀 없었다. 다치바나 부부는 날마다 가두에 서서 딸의 얼굴 사진을 실은 전단지를 배포했다. 지푸라기라도 붙드는 심정이었다.

다음 달 6월 3일 수요일 오후, 역 앞에서 혼자 전단지를 나눠주던 후사코 씨에게 한 남자가 보도를 봤다며 말을 걸어왔다.

"그분이 나유타 씨였어요."

"뭐라고 하던가요?"

"어쩌면 자기가 범인을 아는 것 같다고요."

"네?"

"그러면서 그림 한 장을 건네줬어요. 남자 얼굴이 그려져 있었어요. 원본은 경찰이 가져갔지만, 복사본이 있어요."

후사코 씨가 안쪽 방에서 그림을 가져왔다. 복사본이라 화질은 좋지 않았으나 사진과 혼동할 정도의 그 그림에는 분명 나유타 특유의 필치가 살아있었다.

"이것 덕분에 범인을 특정할 수 있었어요."

"체포의 계기가 됐다는 말씀이군요. 나유타 씨는 그 사람이 범인이란 사실을 어떻게 알았을까요?"

후사코 씨의 대답은 좀처럼 돌아오지 않았다. 그림 복사본을 들여다보며 당시를 떠올리는 기색이었다. 나는 잠자코 기다렸다. 모르긴 해도 평소에 아무렇게나 취급했는지, 그림 귀퉁이에 접은 자국이 있고 찢어진 데도 있었다. 복사본이기 망정이지 원본이었으면 좀 아까울 뻔했다고 내심 생각할 때 후사코 씨가 말했다.

"답답한 노릇이지요. 갈기갈기 찢어버리고 싶은데, 나유타 씨

가 딸아이를 위해 그려 왔다고 생각하면 차마 그럴 수도 없고
요."

생각해보면, 아니, 생각할 필요도 없이 후사코 씨 손에 들린
것은 딸을 죽인 범인의 초상화다. 아아, 나는 얼마나 속물인가.
그림에 눈이 멀어 그 사실조차 잊고 있었다니. 속으로 자책하는
사이 후사코 씨가 다시 입을 열었다.

"나유타 씨 말로는, 공원에서 스케치를 하다가 수상한 인물을
봤다는 거예요. 공원에서 노는 어린 여자아이를 유심히 지켜보
는 젊은 남자가 있더래요. 남자는 멀리서 사진도 찍었다가, 때로
말도 걸었다가, 아이들이 좋아할 법한 일이랄까요, 이를테면 비
둘기에게 모이를 주고 귀여운 강아지를 데리고 왔다 갔다 하더
래요. 공원까지는 왜건 차량을 몰고 온 것 같았는데 차창의 선팅
이 짙어서 안은 전혀 보이지 않더랍니다. 나유타 씨는 당시 이미
딸아이 사건을 알고 있었대요. 그래서 초상화를 그려 가져오셨
고, 그것이 범인 체포로 이어졌어요. 정말, 그저 감사할 따름이
죠."

살인마가 공원을 배회하며 어린아이들을 물색하다니, 생각만
해도 섬뜩하다. 아무리 그래도 나유타는 왜 하필 그때 그곳에 있
었을까. 후사코 씨는 이렇게 말했다.

"뉴스를 통해 사건을 알았다더군요. 보도를 보면서 도모코를
모티프로 그림을 그리고 싶어졌대요. 이유는 저도 잘 모릅니다.
이런저런 설명은 들었는데, 사실 듣고도 잘 모르겠더라고요. 제

가 머리가 썩 빠릿빠릿한 편이 아니라. 다만 뉴스에서 아이디어를 얻어 작품을 제작하는 일이 많다고 했던 말은 기억해요. 작품 사진도 몇 장 보여주셨고요."

나는 확인을 위해 도록을 꺼내 후사코 씨 앞에 펼쳤다. 후사코 씨가 봤다는 작품은 〈백로의 숲〉 〈할미새의 골목〉 〈카나리아의 집〉이었다. 〈까마귀 공원〉과 더불어 제목에 새가 들어간 연작이다. 어느 그림이나 작은 새의 실루엣을 포함한 것도 특징이다. '새' 말고도 '뉴스'라는 공통의 키워드를 내포하는 작품들일까.

그렇다면 새는 뉴스 혹은 매스컴이나 SNS의 은유일까. 어디선가 날아온 새의 시점. 하늘을 가로질러 확산되는 정보……

인터뷰가 일단락되자 후사코 씨가 나를 2층의 방 하나로 안내했다. 금방이라도 돌아올 주인을 기다리는 것처럼 깨끗이 정돈된 방. 다치바나 도모코가 메고 다녔을 빨간색 책가방. 입술을 대어 불었을 리코더. 가슴이 조여들었다. 남편은 그 지역에서 파친코 점포를 경영한다는데, 저 짜랑짜랑 피용피용 요란한 소음이 난무하는 가게를 상상하면 거기서 얻은 수익으로 이 가족이 이처럼 고요하고 풍족한 일상을 누리는 것도 뭔가 얄궂게 느껴졌다. 더욱이 범인은 남편 가게의 단골손님이었다지 않는가.

"범인의 수입을 빨아올려 딸아이의 옷이며 양말이며 가방을 샀다고 생각하면 뭐라 말할 수 없는 심정이 돼요"라는 후사코 씨의 말을 무겁게 곱씹고 있을 때였다. 뒤에서 시선이 느껴져 나는 고개를 돌렸다. 그림이 한 점 걸려 있었다. 다치바나 도모코의 초상화였다.

"딸아이 일주기 때 배송됐어요."

나유타의 그림이 틀림없다. 그런데 무언가가 다르다. 부드럽고, 따스하다. 조심스럽게 마음을 어루만지는 듯한 그림을 가만히 바라보는 사이 나도 모르게 눈가가 뜨거워졌다. 눈물을 훔치는데 후사코 씨의 손이 내 어깨에 놓였다. 후사코 씨도 울고 있었다.

"저도 볼 때마다 눈물을 쏟는답니다."

우리는 거실로 돌아왔다. 후사코 씨는 생전의 딸 이야기를 떠오르는 대로 들려주었다. 이야기가 끝났을 무렵에는 어느덧 해가 넘어가고 있었다. 후사코 씨의 낯빛은 여전히 가칫했지만 피로감은 찾아볼 수 없었고, 흡사 어디선가 끊임없이 힘이 샘솟는 사람처럼 보였다. 모성이란 이런 것일까. 듣는 내가 외려 기진맥진했다. 후사코 씨의 작은 두 주먹은 내내 굳게 쥐어진 채였다. 자신의 고통쯤은 살해당한 딸의 그것에 비하면 아무것도 아니라고 생각하는지도 몰랐다. 어린 딸을 영원히 잃은 어머니의 모습에 가슴이 시렸다.

다치바나 가를 나오자 가세가 차에서 나와 기다리고 있었다. 담배를 피우고 있다.

"파친코에서 경품으로 받은 건데요. 안 피우다 피워서 그런지 좀 어질어질하네요."

그가 담배를 아스팔트에 문질러 끄는 것을 보고 나도 모르게 양손을 내밀었다. 가세가 놀란 얼굴로 "아뇨, 괜찮아요" 하면서 꽁초를 자신의 귀 뒤에 꽂았다.

"이런. 아버지가, 담배 다 피우시면 나한테 주곤 하셨거든. 버리라고." 내가 말했다.

"아, 그래서?"

"응, 습관이 무섭네."

"그렇군요."

가세가 조수석 문을 열어주었다. 좌석 위에 과자와 열 갑들이 세븐스타 상자가 담긴 비닐봉투가 놓여 있었다.

"아, 죄송해요." 가세가 얼른 봉투를 들어 올렸다.

"아버지도 이거 피우셨어. 세븐스타."

"그래요? 적당히 고른 건데, 신기한 우연이네요. 하나 가져가실래요? 아버지 드리세요."

"아니, 아버진, 이미 돌아가셔서……."

"그러니까요, 불단에라도 놔드리세요."

가세가 봉투에서 세븐스타 한 갑을 꺼내 눈앞에 내밀었다.

"고마워."

두 손을 내밀어 그것을 받았다. 비닐봉투를 뒷좌석 구석에 놓고, 각자의 자리에 앉았다.

이윽고 다치바나 가를 뒤로했다.

길모퉁이를 돌 때 내가 물었다. "파친코 했던 거야?"

"시간이 너무 남아서요."

"이 댁 주인아저씨, 파친코 경영하신대. 거기였는지도 모르겠네."

"거기 맞아요."

"응?"

"저거요, 보세요."

가세가 가리키는 손끝을 보니 커다란 간판에 굵고 둥근 고딕체로 'TACHIBANA'라고 적혀 있었다.

"저기니까, 아마 맞지 않겠어요?"

"진짜네."

파친코 앞을 지나 시선을 정면으로 돌리자, 나도 놀랄 만큼 큰 한숨이 터져 나왔다.

"뭐랄까, 굉장했어."

다치바나 가에서 있었던 일이며 후사코 씨 이야기를 들려주는 사이 차츰 감정을 걷잡을 수 없어졌다. 방에 걸려 있던 그림 이야기를 하다가 왈칵 눈물을 쏟고 말았다.

"뭔가, 나 말이야, 만날 때마다 울지 않아?"

"그러니까요."

"싫다, 진짜. 그렇게 수도꼭지는 아닌데."

고속도로까지 가는 길 옆으로 강이 흘렀다. 석양이 쏟아지는 강물이 눈부시다.

"어디쯤에서 유괴됐을까. 그 아이."

차는 한동안 더 달리다가 신호등에서 멈췄다.

"저 아는데요." 가세가 불쑥 말했다.

한참 만에 돌아온 대답이라 처음에는 무슨 말인가 했다.

"유괴당한 장소요. 가보실래요?"

가지 않을 수 없었다.

차창에서 줄곧 보였던 강이 가라스가와였다. 사건은 강 한복판의 모래톱에 조성된 공원에서 일어났다. 정식 명칭은 '가라스가와 중앙 초록 광장'. '까마귀 공원'은 이 공원을 가리키리라.

공원에 도착했을 무렵에는 해가 서쪽 능선 너머로 사라지고, 인적도 없었다.

"뭔가…… 을씨년스러워."

"뭐, 시간대가 이래서 더 그렇겠죠."

빈 벤치가 보였다. 나유타의 그림에 그려진 것이 이것일까. 나는 몸을 내려놓았다.

"꽃이라도 사 올걸."

"그러게요."

"……그래도 꽃을 샀으면 완전히 어두워졌을 거야."

우리는 한동안 말없이 그곳에 머물렀다. 아이를 생각하면 가슴이 아렸다. 유괴범을 생각하면 등골이 서늘해졌다. 가세가 곁에 있었기에 망정이지, 아니면 이런 으스스한 곳에 와볼 엄두는 내지 못했으리라. 낮에는 늦더위가 기승을 부렸지만 해가 지면서 공기가 몹시 차가워졌다. 우리는 차로 돌아왔다.

돌아오는 길에는 나까지 말이 없어졌다. 가세가 눈치채고 질문을 던졌다.

"아버지랑 마지막으로 나눈 말이 뭐였어요?"

아버지랑 마지막으로 나눈 말…… 그날의 광경이 선명히 되살아났다.

토요일 밤, 아버지가 불쑥 뱉었던 한마디.

"내일은 비가 오려나?"

나는 대답하지 않았다. 딱히 이유는 없었다. 혼잣말이라 생각했고, 평소에도 그런 말에 일일이 반응하는 부녀지간은 아니었다. 다만 그것이 아버지와 나눈 마지막 대화가 되고 말았다. 전날, 금요일 밤에는 이런 말이 오갔다.

"내 스마트폰 못 봤어요?" 내가 물었다.

"몰라." 아버지가 대답했다.

그게 전부다. 조금 더 대화다운 대화를 나눴던 건 언제였을까. 기억을 더듬을수록 후회가 밀려왔다. 아마 엄마도 마찬가지리라. 한방에서 잤더라면 달랐을 거라고 엄마는 자책했다. 직장에서 하루 종일 사람들에게 부대끼는 생활에 질린 탓인지 아버지는 밤 시간만이라도 혼자 있고 싶어했다. 마지막 순간에는 혼자가 좋았을까, 가족과 함께이기를 바랐을까. 본인밖에 모를 일이다. 어쩌면 그런 생각을 할 겨를도 없이 떠나야 했는지 모른다.

그런 이야기를 가세에게 들려주었다.

"너는?" 내가 물었다.

"그게요, 기억이 안 나요. 너무 어렸을 때라. 가끔 열심히 떠올려보곤 해요."

"그렇구나."

"저희 집…… 빵집 했거든요. 아침이 아주 일렀어요."

"맞다, 그런 노래 있었는데."

"네? 노래요?"

"있었어. '아침마다 일등으로 일어나는 빵집 아저씨'라는."

"모르는데요."

"뭐였더라? '아침마다 일등으로 일어나는 빵집 아저씨.' 그다음이…… 아! '땀이 뻘뻘, 빨간 얼굴, 하얀 가루, 반, 죽, 하, 네. 영차, 영차!' 하는."

가세가 쓴웃음을 지었다.

"호, 좀 부럽다. 갓 구운 맛있는 빵을 매일 먹었을 거 아냐."

"고베에서, 아주 조그맣게 했어요."

"고베! 뭔가 더 맛있었을 듯! 고베에 살았어?"

"네, 지진 전까지는."

"응? 아…… 아."

한신 아와지 대지진 1995년 1월 17일 일본 고베 시와 한신 지역에서 발생한 대지진. 특히 고베 지역의 피해가 컸다이다. 나는 말을 잇지 못했다.

"아버지랑 누나가 죽었어요. 누나가 일곱 살. 제가 네 살 때요."

"그렇구나."

한동안 침묵이 이어졌다. 갑자기 가세가 콧노래를 부르기 시작했다.

"'아침마다 일등으로 일어나는 빵집 아저씨'…… 다음이 뭐라고요?"

정말 궁금한 걸까? 아니면…… 나는 그의 옆얼굴을 흘금 쳐다보았다. 가세는 앞유리 너머 도로를 응시한 채 희미하게 웃고 있다.

"뭐였죠?"

"땀이 삘삘, 빨간 얼굴, 하얀 가루, 반죽하네, 영차, 영차."

내가 재빨리 가사를 읊조렸다. 가세가 적당히 멜로디를 붙여 노래했다.

"땀이 삐얼삘, 빠알간 얼굴, 하얀 가루, 바안죽하네, 영차, 영차!"

"아니야. 땀이 삘삘, 빨간 얼굴, 하얀 가루, 반, 죽, 하, 네, 영차, 영차!" 내가 고쳐줬다.

가세가 따라 한다.

"땀이 삘삘, 빨간 얼굴, 하얀 가루, 반, 죽, 하, 네, 영차, 영차! 맞아요?"

"응, 맞아."

"……아버지도 이 노래를 아셨을까요? 빵집 노래 같은 거 별로 없으니까, 아셨을지도 모르겠네요."

"그러게."

"……세상 사는 게 그렇게 쉽지 않은지도 모르겠어요."

"응?"

"아뇨……."

가세는 뒷말을 잇지 않았다.

한신 아와지 대지진. 1995년 1월 17일. 5시 46분. 도시가 아직 잠들어 있던 그 시각, 그의 아버지는 일찍 일어나 빵을 만들고 있었을 것이다. 그리고 목숨을 잃었다.

한신 아와지 대지진을 떠올릴 때마다 반드시 생각나는 사건이 하나 있었다. 그로부터 두 달 후, 3월 20일에 일어난 지하철 사린 사건 1995년 종교단체 옴진리교가 도쿄 지하철 차량에 신경가스인 사린을 살포해 일으킨 무차별 테러 사건이다. 그 말을 꺼내자 가세가 쓴웃음을 지었다.

"뭐, 누구나 떠올릴지 모르지만."

"많이들 그러겠죠."

"그런데 내 기억은 조금 이상해. 도무지 모를 일이 있었거든. 학교를 하루 쉬고 아침부터 엄마랑 병원에 간 날이야. 한 달에 한 번, 병원에 다닐 때였어. 지하철 히비야 선을 타고 쓰키지까지. 출근 시간이라 차내가 무척 붐볐어. 우린 용케 자리를 잡았는데, 나는 줄곧 한 여자를 보고 있었어. 너무 신경이 쓰였거든. 뭔가 다른 승객들과는 느낌이 많이 달라. 얼굴빛이 심각한 게 무슨 고민이 있어 보인다고 할까, 아무튼 분위기가 무서웠어. 그 여자는 한 손에 빨간 우산을, 다른 손에 종이가방을 들었는데, 종이가방을 슬쩍 바닥에 내려놓더니 우산 끝으로 툭툭 건드려 안을 들여다봤다가, 주위를 둘러봤다가 하더라고. 그러다 나랑 눈이 마주쳤어. 그랬는데, 그 여자가 갑자기 눈이 새빨개지면서 눈물을 막 흘리잖아? 나는 덜컥 겁이 나서 엄마 손을 꽉 쥐었어. 엄마가 왜? 하면서 나를 쳐다보는데 마침 문이 열렸고, 여자는 플랫폼으로 뛰어내려 어디론가 사라졌어. 그건 뭐였을까. 줄곧 마음에 걸렸어. 몇 년 지나 중학생이 되고서, 이상한 여자를 봤던 바로 그해 3월에 지하철 테러 사건이 있었다는 걸 알았어. 혹시 같은 날인가 싶어 엄마한테도 물어보고 이것저것 조사해봤지만 결국 모르겠더라. 이건 그냥 내 추론인데, 그 여자, 실은 테러 사건 집행범 중 한 명이었지 싶어. 막상 닥치니까 겁나서 도망쳤고. 그런데 실제 보도에 따르면 집행범이나 예비군 가운데 내가 목격한 것 같은 여자는 없었거든. 냉정하게 생각하면 내 망상이었는지도 모르지. 당시 어렸다지만 매일 텔레비전 보도를 봤고, 뭐랄까, 어린 마음에도 너무 부조리한 사건이라 도저히 이해할 길이 없어 혼자 그런 스토리를 상상해내고, 진짜로 믿어버렸는지도. 아니면 그냥 꿈에서 본 건지도 모르고."

"굉장한 이야기네요."

"미안, 뭔가 이상한 얘길 해버렸네."

"아니…… 어느 쪽일까요?"

"몰라. 이 얘기, 실은 처음 하는 거야."

"아무한테도 말한 적 없어요?"

"없어. 엄마 말고는."

"어머니는 뭐라고 하세요? 같이 계셨잖아요."

"모른다지. 못 보셨대. 꿈이라도 꿨겠지, 하셨어."

"정말 아무한테도 얘기 안 했어요?"

그렇게 물으면 나도 기억에 자신이 없어진다.

"안 했어. 음…… 했던가? 안 했을걸, 아마? 왜 그걸 자꾸 물어? 그게 중요해?"

"네? 아뇨, 그냥요. 아직 갈 길도 멀고, 뭐라도 얘기를 계속했으면 해서요."

"하기는."

창밖을 바라봤다.

구름 사이로 붉은 보름달이 부옇게 빛났다. 어딘지 불길한 달과 구름. 환상 같은 밤하늘에 가세의 말이 포개졌다.

"뭔가 그, 언뜻 현실 세계와 상관없어 보이는, 그저 망상이나 꿈 같은 그것들이 의외로 현실에 이리저리 개입해서 때로 이 세계를 바꿔버리는 일도 있지 않을까, 가끔 생각해요."

갑자기 어려운 이야기를 꺼내 당황했다.

"응? 무슨 말이야?"

"그런 생각 안 하세요?"

"미안. 무슨 얘긴지 잘 모르겠어."

"아, 죄송해요. 요컨대 망상이나 꿈처럼 머릿속에서만 일어나는 일이 실은 세계에 깊은 영향을 주고, 세계를 바꿀지도 모른다 싶어서요."

다시 들어도 영 알쏭달쏭했다. 무슨 말을 하고 싶은지 어렴풋하게는 이해한 느낌이었지만.

"이러면 좀 설명이 됐나요?"

"뭐 그러니까, 사람들의 망상이 때로 미래나 현실을 창조한다, 그런 느낌?"

"비슷해요. 제가 설명이 서툴러서……."

"하기는. 이런 스마트폰만 해도 아무도 생각하지 않으면 여기 이렇게 존재하지 않을 거 아냐. 자동차도 그렇고."

돌이켜보면 그가 하고 싶었던 말과는 조금 다른 해석이었는 지도 모른다.

"병원이라면…… 어디가 아팠는데요? 어릴 때."

"심장이 안 좋았어. 꽤 고생했지. 여러 가지를 포기해야 했어. 결국은 수술했고. 지금은 괜찮아."

"뭐, 그런 일까지 포함된 게 인생인지 모르죠. 그런 일을 겪어 서 지금이 있는 거니까."

"그러게."

"다른 선택지가 있는 것도 아니고요. 누구나 그렇지 않나요?"

그의 옆얼굴을 나는 홀린 듯이 바라봤다. 가슴이 쿵쿵거렸다.

이렇게 둘이서 계속 취재하면 좋겠다. 매일, 얼마나 즐거울까. 그런 생각을 하다가 잠이 쏟아져, 내 의식은 졸음과 현실 사이에 서 잠시 갈팡질팡하다 꿈속으로 끌려 들어갔다.

짧은 꿈이었다. 한신 고속도로가 굉음을 내며 천천히 무너졌 다. 나와 가세는 그 위를 자동차로 달리고 있었다. 핸들을 꺾는 그의 손. 뱀처럼 구부러지는 도로.

　나는 소스라쳐 눈을 부릅뜨고, 가세의 어깨를 움켜잡았다. 자동차 앞창 너머를 한참 쏘아봤다.

　……수도 고속도로다.

"괜찮아요?"

"……아."

"비명 지르던데요."

"응? 정말?"

"지진 꿈이라도 꿨어요?"

"응. 지진 꿈 꿨어."

"알기 쉬운 사람이네요." 가세가 쓴웃음을 지었다.

문득 생각나서 그에게 물었다.

"혹시 고등학교 때 그린 그거, 지진 그림이었어?"

"고등학교 때요?"

〈놀려고 죽었던가〉."

"……맞아요."

이날의 조촐한 여행이 끝나가고 있었다.

10

헌
체

    나유타 특집을 맡았다지만 날마다 그것에만 매달릴 수는 없
었다. 그 무렵에는 10월부터 시작되는 고흐전, 아이치 트리엔날
레 등 안건으로 선배들의 업무도 돕고 있었다. 솔직히 그쪽 일이
더 즐거웠는지도 모른다. 나유타와 마주하는 일은 인내와 고통
을 수반했다. 어딘가 외면하고 싶은 마음이 있었다.

    내게는 트라우마가 있다. 죽음에 떨었던 유년 시절.

    ……가슴 한복판의 상처가 욱신거린다.

    어쨌거나 일은 일이었다. 다카사키에 다녀온 다음 주, 도코로
자와 이루마 병원을 찾아갔다. 원내 카페에서 의사 다나카 선생
을 만났다. 〈반려〉에 관한 추가 취재였다. 가세가 차를 운전해주
었다. 마침 일이 일단락되었다고 했지만, 지금 생각하면 내 부탁
을 들어주느라 무리해서 휴가를 냈는지도 모르겠다. 그날도 그

는 취재까지 동행하지는 않았다. 병원 앞에 나를 내려주고, 파친 코라도 하고 온다면서 역 쪽으로 사라졌다.

카페에서 기다리고 있던 사람은 인턴이나 의대생처럼 보이는 젊은 의사였다.

"주지님께 들었습니다. 나유타 특집을 준비하신다고요?"

"네. 다나카 선생님께서 나유타에게 도미자와 요코 씨를 소개 하셨다더군요. 나유타와는 어떤 관계이신지, 나유타는 어떤 인 물인지, 그 부분을 여쭤보고 싶습니다."

"나유타라는 화가에 대해선 저는 아는 게 거의 없는데요."

"아, 그래도 만난 적은 있으시죠?"

"소메이 말씀이시죠? 물론이죠."

"……소메이요? ……그게 나유타의 본명인가요?"

"네. 어, 말하면 안 되는 거였나요?"

"일단 본명은 드러내지 않는 분으로 통하니까요. 좀 놀랐습니 다."

"그렇군요."

"가르쳐주실 수 있나요? 풀네임 아세요? 기사화는 하지 않겠 습니다."

거절할까봐 잠시 긴장했지만 다나카 선생은 머뭇거리지 않고 말했다.

"'소메이'예요. 소메이 유타카."

소메이 유타카. 마침내 나유타의 본명을 손에 넣었다.

"어떻게 쓰는지도 아세요?"

메모할 준비를 했다.

"물들일 염染에 우물 정井을 써서 소메이, 수컷 웅雄에 높을 고高를 써서 유타카."

수첩에 받아 적은 이름을 새삼 들여다본다. '소메이 유타카染井雄高'. 나는 그 옆에 '나유타'라 적고 등호로 연결했다.

"소메이는 가와사키 다이시카이 종합병원에서 의사로 근무했어요. 저와는 대학 동기고요."

"나유타가 의사였다고요? 의학도에서 화가로 전신하다니, 드문 커리어네요."

"아뇨, 의사 하면서 그렸어요."

"네? 의사로 일하면서 그림도 그린다고요? 굉장하네요. 무슨 과인가요?"

"유선외과요. 아직 레지던트였지만요."

"그렇다면 모델은 본인이 근무하는 병원 환자 중에서 찾아도 됐던 거 아닌가요?"

"성가신 일은 남에게 떠넘기고 자기 손은 더럽히지 않겠다는 주의죠. 그런 부분은 정말 빈틈없었어요. 돈도 한번 빌려주면 절대 돌아오질 않아요. 돌아오기는커녕 빌려주고도 외려 빚진 기분이랄까, 저쪽이 부탁했는데 이쪽이 신세 진 느낌이랄까, 그런데도 기분이 안 나쁘니 더 못된 놈이죠. 같이 있다 보면 세뇌당하는, 그런 녀석이었죠. 주지님께 얘기를 건넸더니 처음엔 노골

적으로 불쾌해하셔서 아, 이건 문제가 되겠다, 했습니다. 결과적
으로는 잘 끝나서 다행이지만요. 주지님도 부인 그림을 그려준
걸 기뻐하셨고요."

"왜 하필 도미자와 씨였을까요?"

"소메이는 종말기 환자를 그리고 싶어했어요."

"아, 그런 의뢰였나요?"

"사이코패스예요, 그 녀석. 사람쯤 정말 죽일 수 있다고요. 작
품 모델도 다 죽었죠? 몇 명쯤은 진짜 녀석이 죽였는지도 모를
일이죠."

"아니, 설마……."

"사람은 누구나 악취미 같은 게 있잖아요? 그로테스크한 걸
좋아하거나, 좀비 영화 보는 게 취미거나. 형사 드라마 보세요,
온통 살인 사건 아닙니까? 그렇다고 딱히 '나도 사람을 죽여봤
으면', '진짜 시체 한번 봤으면' 하는 생각은 안 하죠. 뭐랄까, 그
녀석 경우는 경계선이 없다고 할지. 직접 얘기해봤으면 아마 바
로 아셨을 겁니다. 아, 이 사람 위험하네, 하고요. 죄송합니다. 표
현력이 변변치 못해서."

"아뇨, 아닙니다. 최근에는 안 만나시나요?"

"네?"

다나카 선생의 움직임이 멈추었다.

"어? 모르셨어요?"

"네?"

"소메이는…… 죽었는데요."

나는 짧은 숨을 삼켰다.

"네? 죽었다니…… 세상을 떠났다고요?"

"어? 그것도, 모르셨어요?"

"전혀 몰랐습니다. 네? 그래도, 어떻게……?"

"소사燒死였어요."

"소사……요?"

"분신자살이요. 뉴스에도 나왔는데요."

"네?"

"정황상 스스로 가솔린을 뒤집어쓰고 불을 붙였으리라는 이야기였는데, 정확한 진상은 모릅니다. 유서가 없었다니까."

"……동기……라든지?"

"그것도 모르죠."

"그런가요……? 뉴스에도 보도가 됐다고요? 저는 한 번도 본적이 없는데요. 이것저것 조사하고 있습니다만."

"그게 나유타라고는 밝히지 않았으니까요."

나유타는 죽었다. 모델은 둘째치고 본인이 죽었다지 않은가! 상상도 못 했던 진실이 눈앞에 있었다. 뭔가 말도 안 되는 사건에 휘말려버렸다는 생각에 호흡이 가빠졌다. 하기는 인터넷에도 사망설은 있었다. 그러나 어디까지나 억측을 벗어나지 못했다. 의사라는 말도, 분신자살했다는 말도, 내가 조사한 바로는 어디서도 보지 못했다.

"혹시 그러시면, 소메이 본가라도 가보시겠어요?"

"아, 감사합니다."

취재를 마치고, 병원 주차장에서 가세의 차를 기다리면서 소메이 유타카의 본가에 연락해봤다. 전화를 받은 건 높은 목소리 톤이 나이가 꽤 있게 들리는 여성이었다. 기획 취지를 설명하고 그쪽 사정을 묻자, 오늘도 좋고 내일도 좋단다. 이왕이면 오늘 안에 다 돌고 싶었다. 시계를 보니 11시. 나는 두 시간 후로 약속을 잡았다.

가세가 돌아왔다. 파친코는 영 풀리지 않았다고 한다. 그가 내 얼굴을 보고 조심스럽게 물었다.

"괜찮아요?"

"응?"

"안색이 좀 안 좋은데요."

그럴 만도 하다. 솔직히 몸이 다 떨릴 지경이었다.

차에 올라, 소메이 유타카라는 인물의 사고를 검색해봤다.

가와사키의 의사, 분신자살인가 (《도쿄 가나가와 신문》 2018년 2월 16일)

2월 14일 요코하마 시 쓰루미 구 안젠초의 출입금지 구역 내 옛 공장 빈터에서 전신에 화상을 입고 쓰러진 남성을 발견, 병원으로 옮겼으나 사망했다. 남성은 가와사키 시내 병원에 근무하는 의사 소메이 유타카 씨(28세). 사체에 가솔린이 부착한 흔적이 있어 가나가와 현 쓰루미 경찰서가 경위를 조사중이다. 14일 새벽, 출입금지 구역 쪽에서 불길과 연기가 치솟는 것을 목격한 인근 주민의 신고를 받고 경찰과 소방차가 출동했다. 남성은 낙엽이 불타는 현장 근처에 쓰러져 있었으며, 반송된 병원에서 약 두 시간 반 후 사망이 확인되었다. 경찰은 현장 정황으로 미루어 남성이 스스로 가솔린을 뒤집어쓰고 불을 붙였을 가능성이 있다고 보지만, 유서는 발견되지 않은 것으로 전해진다.

이게 나유타라고? 쉽사리 믿기 힘들었다. 인터넷 여기저기에 떠도는 사망설은 몇 번 접했어도, 가와사키의 이 의사와 연결되는 점을 언급한 글은 없었다. 어쨌거나 특종감이다. 특종은 분명한데, 기쁠 것도 뭣도 없었다. 내가 추적하던 화가의 죽음. 그러고 보니 이 화가를 조금 좋아하고 있었다. 한숨이 새어 나왔다.
"정말 괜찮아요? 창문 열까요?"
가세가 차창을 내렸다. 바람이 밀려 들어왔다. 나는 다나카 선생에게 들은 이야기를 고스란히 들려주고, 기사도 읽어주었다.
가세는 핸들을 조작하면서 우와! 우어! 하고 소리를 높였다.
"내가 취재하고 싶은 건 화가 나유타지, 이런 무서운 사건이 아닌데. 어째 가면 갈수록 나락으로 끌려 들어가는 기분이야."
"뭐랄까, 업이 깊어 보이는 사람이네요."

가세의 반응은 어딘가 미지근하다고 할까, 건성으로 느껴졌다. 그 점이 살짝 불만이었지만, 운전중이니 별수 없었다. 이야기를 쏟아낸 것만으로도 마음이 한결 가라앉았다.

뺨에 닿는 바람이 기분 좋았다. 생각하면 이것도 다 가세가 마음 써준 덕분이었다.

"고마워."

뒤늦게 불쑥 한마디 하니 가세는 당황스러워했다.

"네? 뭐가요?"

"창 열어줘서. 바람이 좋아."

문득 잊고 있던 사실이 떠올랐다. 나유타의 본가에 가겠다고 잡은 약속을 가세에게 전하지 않았던 것이다. 요컨대 그곳이 다음 목적지라는 것을.

○

소메이 산부인과는 가와사키 시 사이와이 구에 있었다. 오래된 건물로, 간판에도 세월의 흔적이 역력했다. 문에 붙은 색 바랜 종이에 작년에 폐원했다는 요지의 글이 원장 명의로 적혀 있었다. 원장, 소메이 료헤이. 소메이 유타카의 아버지다.

어쩐지 음산해 보이는 건물이었다. 같이 들어가자 해봤지만, 가세는 들를 곳이 있다며 또 재빨리 사라졌다.

건물 옆 골목을 뒤로 돌아가 자택 초인종을 눌렀다. 호리호리한 여성이 문을 열었다.

"아까 전화드렸던 사자나미 글방의 야치구사라고 합니다."

"아, 네."

소메이 유타카의 어머니, 마리코 부인.

입가에 사교적 웃음을 떠올리고 있지만 어딘지 냉랭했다. 나는 불청객인지도 몰랐다. 주눅이 든 채 안으로 들어갔다. 부인이 안내하는 대로 응접실의 검은 가죽 소파에 앉았다. 소파가 몹시 딱딱했다. 부인이 몸을 천천히 움직여 홍차를 준비하는 모습에는 비장감마저 감돌아, 혹시 몸이 불편한데 다짜고짜 쳐들어온 것은 아닐까 죄송스러운 마음이 들었다.

벽에 유화 몇 점이 걸려 있었다. 귀여운 여자아이 그림 한 점이 특히 눈길을 사로잡았다. 투박한 스웨터를 입은 깡총한 단발머리 소녀. 바람이라도 채운 것처럼 빵빵하게 부푼 스웨터와 왕방울 같은 두 눈이 익살맞다. 어딘지 기시다 류세이의 레이코 상^像 일본의 화가 기시다 류세이가 딸 레이코를 모델로 그린 연작을 연상시키는 그림이었다.

원장이 방으로 들어왔다. 예상 밖으로 체격이 컸다. 대충 가늠해도 키가 180센티미터는 될 듯했다. 손에 우리 회사 잡지를 들고 있다. 원장은 안락의자에 몸을 내려놓더니, 담뱃불을 붙였다.

"〈그림과 시와 노래〉. 미술 잡지로군요." 원장이 말했다. "책꽂이에 몇 권 꽂혀 있기에."

"아, 네." 내가 말했다. "그 밖에 음악과 문학, 다양한 문화를 광범위하게 다루는 잡지입니다."

"미술품을 좋아한답니다, 이이는." 부인이 말했다.

"그림이, 참 귀여운데요." 내가 소녀 그림을 가리켰다.

"아, 쓰바키 사다오. 기시다 류세이의 제자였던 걸로 아는데. 뭔가 재미있죠? 봐도 봐도 질리질 않아요."

정말 그렇다. 아무리 봐도 질리지 않는다.

"진품인지요?"

"그러면 좋겠지만, 저건 복제품. 진품이면 아까워서 못 걸어둬요."

"이이는 기껏 산 그림들을 창고에 처박아둘 줄만 알았지, 도무지 내걸지를 않는답니다."

"가끔 보니까 좋지, 뭐든 계속 보면 질리는 법이야. 그건 그렇고, 무슨 이야기를 듣고 싶으신가요?"

"아, 네, 그러니까……."

"미리 말하는데, 아들 녀석 사인에 대해서는 말 안 합니다."

"아, 그럼요, 저희도 미술 잡지라서요. 그런 이야기는 오히려 기사로 쓰기 어렵습니다."

"어차피 우리도 잘 모르거니와. 안 그래?"

마리코 부인은 원장의 말에 조용히 고개를 끄덕이고는 거실 한쪽의 둥근 의자에 몸을 내려놓았다.

"아들이라지만 워낙 괴짜 녀석이라. 무슨 생각을 하는지 알 수 없었죠. 취미가 많은 아이였어요. 억지로 의사 길을 걷게 했지만, 본인 기질에는 안 맞았는지도 모르겠군요. 그래서, 무슨 얘길 해드리면 되겠습니까?"

"네. 나유타로서의 아드님에 대해 여쭤보고 싶은데요."

"나유타라. 설마 그 녀석에게 그런 재능이 있을 줄 누가 알았겠습니까. 어이, 거기 어디, 화집이 있지 않았나?"

마리코 부인이 책꽂이에서 책을 한 권 꺼내와 테이블에 내려놓았다. 원장은 화집이라고 했지만 도록이었다. 나유타의 그림을 한 번에 볼 수 있는 책은 작년 개인전에서 판매한 이 도록뿐이었다. 내 가방 속에도 같은 것이 들어 있었지만, 어서 펼쳐보라는 부인의 눈빛을 모르는 체할 수 없어 책을 집어 들었다. 우연히 펼친 페이지는 〈요람〉. 이미 죽은 것인지, 눈이 감기고 입이 벌어진, 흡사 한 그루 고목 같은 노파가 누워 있다.

"이 모델에 대해서는 아시는 게 있는지요?"

"환자 아니었을까요?" 부인이 말했다.

"그 아이는 요코하마 대학 의학부였으니까." 원장이 말했다. "뭐, 실습 때 본 환자겠죠? 의학부는 해부 실습이 있으니까, 사체 해부 과정 같은 것도 그랬나 봅니다."

"아, 〈헌체〉 말씀이군요."

나도 모르게 목소리가 높아졌다.

"그래요. 몇 점 있었죠."

"전시회에서는 넉 점 걸었던 모양입니다만."

"맞다, 맞아. 내가 하나 갖고 있어요."

도록에 실린 〈헌체〉는 넉 점이다. 원장이 몸을 내밀고 "그 제일 왼쪽 그림. 나한테 있어요" 하고 말했다.

원장이 눈짓을 하자 부인이 방을 나갔다. 그림을 가져오려는 것이리라. 갑자기 원장이 목소리를 낮춰 말했다.

"그 아이 말인데, 아무래도 우리 집 혈통이 아닌 것 같단 말이죠. 여기서만 하는 얘긴데, 사실 난 집사람을 의심하고 있어요. 지금은 할머니가 다 됐지만 젊어서는 상당한 미인이었거든요. 나보다 나이가 한참 많아요. 띠동갑. 그렇게 안 보이죠? 인기가 많았어요. 따라다니는 남자들이 꽤 있었다고."

일순 무슨 말인가 했는데, 원장은 아들을 부인이 다른 데서 낳아 왔다고 말하는 것 같았다.

"이 얘긴 쓰지 마시고."

"아니, 물론입니다. 그런 특집이 아니니까요. 안심하세요."

마리코 부인이 돌아왔다. 양손에 들린 50호 캔버스를 그녀가 바닥에, 바로 내 눈앞에 내려놓았다.

"오오!"

나도 모르게 탄성을 질렀다. 나는 홀린 사람처럼 그림을 들여다보았다.

〈헌체〉. 실물이다. 처음 봤을 때 느꼈던 혐오감은 신기하게도 없었다. 나도 어느새 나유타의 세계에 스며들어버린 것일까. 그렇게 생각하자 기쁜지 슬픈지 알 수 없었다. 아무리 그래도……

"역시, 사진으로밖에 안 보이는데요."

보면 볼수록 압도당했다.

"야, 아주 훌륭하네. 이 사람은 간장이 나빴군요."

원장도 흡족한 기색이다.

"저 레오나르도 다빈치도 해부도를 숱하게 그렸잖아요? 이런 걸 자꾸 그리면 그림 공부가 되는 거죠."

"스케치북에 가득하답니다, 해부 그림이. 너무 세세해서 으스스해요."

마리코 부인이 쓴웃음을 짓고 캔버스를 벽에 기대어 세웠다. 부인이 둥근 의자에 앉아 그림을 보며 말했다.

"그 애, 의대 다닐 때 요코하마 맨션에서 혼자 자취했어요."

"그랬군요."

"오지 말라고 하도 엄포를 놔서 자주 들여다보지 못했지만, 한번 불쑥 가봤어요. 글쎄 집을 반쯤 아틀리에로 만들어놓고 그림을 그리고 있더군요. 이 그림도 거기 있었어요. 처음엔 정말 사진인 줄 알았답니다. 그리다 만 다른 그림들을 보고서야 이것도 그림인 걸 알았죠. 보통 솜씨가 아닌 것 같아서, 알고 지내던 화상에게 그림을 좀 봐달라고 했어요."

"아아, 네즈 군 말이지." 원장이 말했다. 느닷없이 그 이름이 나와서 놀랐다. 그러니까 네즈 씨는 그때부터 친교가 있었다는 말일까.

"그 아이 방, 보실래요?" 마리코 부인이 말했다.

"아, 그게 좋겠네. 미발표 작품도 하나 있고." 원장이 말했다.

"미발표 작품! 그런 게 있었나요?"

그야말로 횡재한 기분이었다.

마리코 부인을 따라 2층으로 올라갔다. 소메이 유타카가 고교 시절까지 지냈던 방. 그는 요코하마 대학 의학부에 입학하자 바로 대학 근처에 맨션을 얻어 본가를 나갔다. 그 후로는 오봉양력 8월 15일 전후로 조상의 명복을 비는 기간이나 정초 연휴에도 돌아오지 않았다고 한다.

"대학 졸업하고는 기껏 네다섯 번이나 만났을까요. 그러니 그 아이 얘기를 물으셔도, 아는 게 없답니다."

방은 반쯤 창고가 되다시피 했지만 잘 정돈되어 있었다. 장서량이 엄청났는데, 대부분 의학서였지만 화집과 사진집도 눈에 띄었다. CD 컬렉션도 예사롭지 않았다. 그 방 벽에 걸린 50호 캔버스. 나유타의 미발표 작품이라는 그것은 분명 지금껏 조사했던 그림 중에는 없었다.

살풍경한 공터. 멀리 공장 지대가 희미하게 보인다. 지면에 한 남자가 쓰러져 있다. 살았는지 죽었는지 알 수 없다. 옷은 교복일까? 단추가 풀려 하얀 가슴팍이 드러나 있다.

문득 〈겨울, 1946년〉을 떠올렸다. 앤드루 와이어스의 초기작이다.

메마른 잔디가 뒤덮인 황량한 언덕을 한 소년이 달려간다. 모자의 귀덮개와 윗옷 자락이 펄럭이고, 화면 왼쪽 구석에 보이는 말뚝 몇 개, 약간의 덤불과 잔설이 소년이 달려온 곳과 지금부터 향하는 곳을 가리키는 듯하다. 핏기 없는 얼굴, 허공에 떠 있는 하얀 왼손. 인적 없는 마른 벌판에 일순 망령이 훑고 지나간 듯한, 어딘가 불길한 그림이다. 이 그림을 그리기 한 해 전, 와이어스의 아버지와 세 살 난 조카에게 불행이 덮쳤다. 아버지가 운전하던 차가 열차와 충돌해 두 사람이 세상을 떠났다. 그런 비극 뒤에, 그는 스스로의 심경을 그림에 담았다 한다.

죽음의 분위기가 감도는 그 그림과 눈앞에 있는 나유타의 미발표 작품에는 닮은 구석이 있었다. 사위스럽고, 아름다웠다.

"제목이 뭔가요?"

"글쎄요."

"모르세요?"

"네."

나중에 그 작품이 〈마진 Margin〉이라는 사실이 판명되었지만, 그 시점에는 알 수 없었다.

"죽었을까요?"

"글쎄요. 죽은 것 같죠? 자화상이랍니다, 이거."

"네? 그래요?"

"네."

나유타의 얼굴은 처음 본다. 이런 얼굴이었구나.

"옷은 교복인가요?"

"글쎄요. 고등학교 교복은 블레이저였는데…… 중학교 때는 일반적인 학생복이었지만요."

이때, 그가 어느 학교를 다녔는지 물어볼 생각이었는데, 그림에 압도된 나머지 잊고 말았다.

"혹시, 사진 찍어도 될까요? 이 그림이요."

"그러세요."

스마트폰으로 사진을 몇 장 찍었다.

"그림을 잡지에서 소개해도 괜찮을까요?"

"네, 그럼요."

내심 춤이라도 추고 싶었다. 미발표 작품을 게재할 수 있다면 기사의 가치가 확 올라간다.

내친김에 방 여기저기와 부인의 사진도 몇 장 찍었다. 부인은 자기 얼굴이 잡지에 실리느냐 물었다. 표정 없던 얼굴에 살짝 화색이 도는 듯했다.

"그건 확실히 약속드리기 힘든데요."

마리코 부인의 얼굴에 일순 실망이 스쳐 지나갔다.

"앨범 보실래요?"

부인이 책꽂이 아랫단에서 앨범을 꺼내 가져왔다. 아기 적부터 중학교 1학년 정도까지는 사진이 제법 있었지만, 그 뒤는 갑자기 어른이 되어 관혼상제에 출석한 모습이 몇 장 있을 뿐이었다. 성인이 된 그는 딱히 특별할 것 없는, 의사다운 청결감을 주는 모습이었다.

"이때부터 이때까지가 한창 고약했을 때. 머리 길러서 염색하고, 꼴사나웠죠."

나는 새삼 핵심을 건드렸다.

"아드님은…… 어째서 세상을 등졌을까요?"

"글쎄요. 알 수 없죠. 우린 평범한 인간이니까."

"아드님은 평범한 인간과는 달랐나요?"

"뭐라고 하죠? 펑크?"

"펑크!"

"펑크라고 안 해요?"

"아뇨, 음, 글쎄요. 저야 본인을 모르니까요."

저래 봬도 의외로 유머 감각이 있는 사람인지도 모른다. 그렇게 생각하자 부인의 무표정한 얼굴도 엷은 미소를 띤 것처럼 보였으니 신기한 일이다. 부인이 책상 서랍을 열고 엽서 한 장을 꺼내 물끄러미 들여다보았다.

"그 무렵 친했던 친구랍니다."

부인이 엽서를 내게 건넸다. 앞면에 보내는이 주소와 이름이 적혀 있다.

須藤命人.

"스도須藤…… 다음은 뭐라고 읽을까요?"

"'미코토'였을 걸요."

"……미코토."

뒷면에 좀 껄렁해 보이는 소년의 사진이 있고, 위에 사인펜으로 "상투적인 인사말 이하 동문!"이라 적혀 있다.

"이거, 연하장인가요?"

"맞아요."

이 소년이 스도 미코토일 터다. 눈빛이 서늘한, 묘한 매력이 있는 소년이다.

"죽었어요. 그 아이. 오토바이 사고로."

"……네?"

"우리 애가 뒤에 타고 있었어요. 오른쪽 노뼈하고 왼쪽 정강뼈가 부러졌죠. 고1 때네요."

부인이 담박하게 입에 올린 그 뼈가 어디에 있는지 나는 알지 못했다. 그보다 고교 시절, 사고로 친구를 잃었다고? 그 일이 혹시 나유타의 작풍에 뭔가 영향을 주지는 않았을까?

"가져가셔도 돼요, 그거."

"네? 그럼, 일단 맡아두겠습니다."

"그냥 가지시라고요. 그 아이 가족이 지금도 같은 곳에 살고 있다면 뭐라도 이야기를 들을 수 있지 않겠어요?"

나는 엽서를 고맙게 챙겨 가방 속 도록 사이에 끼웠다.

0

소메이 가를 나오니 병원 건너편 주차장에 가세의 차가 서 있었다. 운전석에서 가세가 팔짱을 낀 채 잠들어 있었다. 창을 두

드리자 그가 흠칫 눈을 뜨고, 도어록을 풀어주었다.

"아, 죄송해요. 자버렸네."

"전혀. 그보다 한 군데 더 돌고 싶은데."

"어딘데요?"

잠이 덜 깬 가세에게 연하장을 건넸다.

"여기."

보내는이 주소를 가리켰다.

"스도……." 가세가 이름을 읽어보려 했다.

"미코토래."

엽서를 뒤집어 사진을 보는 가세에게 내가 말했다. "잘생겼지?"

가세는 말없이 사진을 들여다보더니 이윽고 눈을 비비고, 커다랗게 하품을 했다.

스도 미코토 씨 집은 가와사키 구 사쿠라모토에 있었다. 놀랍게도 복싱 체육관이었다. '사쿠라모토 복싱 체육관'. 일단 차 안에서 동정을 살피는데 체육관 앞 전신주 가까이에서 전자 담배를 피우는 남자와 눈이 마주쳤다. 머리 절반을 빨갛게 염색하고 팔에 문신을 새긴 위압적인 인상의 남자였다. 티셔츠 가슴께에 '사쿠라모토 복싱 체육관'이라는 큼직한 로고가 보였다. 관계자다. 겁에 질린 얼굴로 가세를 바라보자, 그가 "같이 가드려요?" 하고 물었다.

가까운 주차장에 차를 세우고, 우리는 주춤주춤 문신을 한 남자에게 다가갔다. 때마침 남자가 고개를 돌리며 콧구멍에서 흰 연기를 힘차게 내뿜었다.

"실례지만……."

"네?"

남자가 미간을 찡그리고 이쪽을 노려봤다. 나는 그에게 잡지를 건넸다.

"야치구사라고 합니다. 〈그림과 시와 노래〉라는 잡지에서 편집 일을 하고 있습니다. 이번에 나유타라는 화가의 특집 기사를 기획중인데……."

"네."

"나유타는 아시나요?"

가방에서 도록을 꺼내 표지를 보여줬다.

"나유타……? 모르는데요."

"그럼 이거는요?"

도록을 몇 장 넘겨, 〈꽃의 거리〉가 실린 페이지에 끼워져 있던 연하장을 보여줬다. 오토바이 사고로 사망했다는 스도 미코토라는 소년의 얼굴. 남자가 단번에 몸을 내밀며 목소리를 높였다.

"우와, 굉장하다! 뭡니까, 이거?"

"아세요?"

"미코토잖아요. 동생이에요. 죽어버렸지만."

"들었습니다. 오토바이 사고였다고요."

"젊은 객기죠. 죽으면 뭐 말짱 헛것인데."

"소메이 유타카라고, 아세요?" 가세가 옆에서 끼어들었다.

"소메이 유타카? 아아, 소메이…… 아아, 유타."

이름을 들은 남자의 표정이 변했다.

"죽었다면서요. 뉴스 봤어요."

"소메이 유타카 씨가, 나유타라는 이름으로 그림을 그렸다는 사실은 아시나요?" 가세가 나를 대신해 물었다.

"그래요? 몰랐는데. 한참 안 만나서요. 분신자살이었다고 하대요?"

"유서는 없었던 모양이지만요." 가세가 말했다.

나도 구경만 할 수는 없었다.

"소메이 씨 부모님을 뵙고 오는 길입니다. 학창 시절 친했던 친구라며 이 연하장을 주셨어요. 혹시 가족분들께 당시 이야기를 좀 들어볼 수 있을까 해서 찾아왔습니다만."

"네, 뭐, 알겠는데요, 무슨 얘길 하면 되는데요?"

"나유타의 청소년기에 대해 별로 정보가 없어서요, 뭔가 그의 세계관에 영향을 주었을 법한 일이라든가, 있을까요?"

내가 들어도 횡설수설이라 마음이 급해졌다. 이 사람에게 무얼 물어봐야 할지, 제대로 준비도 하지 않고 와버렸다.

"학창 시절 추억이라든가, 기억나시는 게 있을까요?" 가세가 또 나를 대신해 물어주었다.

"그야 뭐, 이것저것."

이때부터는 내가 이어받았다.

"네, 그런 이야기를 좀 들려주시면……."

"아, 그거야 어렵지 않죠."

"참고로 저기, 성함이?"

"저요? 야마토인데요."

"야마토 씨. 그러시군요. 야마토 씨는, 그러니까 직업이……."

"아, 저거요."

그가 눈앞에 있는 복싱 체육관을 가리켰다.

"아아, 네. 사장님 되시나요?"

"아뇨, 사장은 아버지고요. 저는 트레이너요. 살 빼려는 아줌마들한테 복서사이즈를 가르칩니다. 근처에서 고깃집도 해서, 그쪽 일도 보느라 왔다 갔다 합니다."

"아, 바쁘신데 죄송합니다. 지금, 괜찮으세요?"

"네, 완전."

야마토 씨는 우리를 체육관 2층에 있는 자택으로 안내했다. 아래층에서 퍽퍽 샌드백을 때리는 소리가 2층까지 울려왔다. 좁은 방에 선수 사진과 트로피가 빼곡히 장식되어 있었다. 반대쪽 벽에는 조상님의 영정인 듯한 사진이 몇 개나 걸려 있다. 그 가운데 소년 미코토의 사진도 있었다.

"저희 아버지가 밴텀급 전 아시아태평양 챔피언이셨거든요. 세계 챔피언도 두 번 도전했는데 두 번 다 실패해서, 지금은 이렇게 체육관을 하고요. 복싱밖에 모르는 사람이죠. 그런 사람이 어머니를 만나 결혼해, 아이 넷을 낳은 거예요. 셋이 사내아이인데, 제가 야마토, 둘째가 다케루, 막내가 미코토, 셋 합쳐서 야마토타케루노미코토 일본 건국의 주역 중 하나로 여겨지는 전설적 영웅예요. 뭐, 답이 벌써 나와 있었죠, 아버지한텐. 아들들을 세계 챔피언으로 키울 야심. 날만 새면 훈련, 훈련, 훈련. 당하는 쪽은 보통 일이 아니거든요. 꿈 쫓는 게 어디 쉽나요? 그것도 재능이라든가 이것저것 필요하잖아요? 어느 날 제가 동생들 불러내서 그랬어요, 우리 이런 거 그만하자고. 아버지 꿈을 대신 쫓는 게 무슨 의미냐. 셋이 아버지한테 몰려가서 덤볐단 말이죠."

"우와."

"어떻게 됐을 것 같아요?"

"설마, 때려눕히셨어요?"

"그럴 리가. 상대는 전 아시아태평양 챔피언이라니까요. 뭐 순식간에 박살 났죠. 전원 케이오. 저희도 복싱 밥깨나 먹었는데 그 정도로 무참히 깨질 줄은 몰랐다고요. 너무 까불었던 겁니다. 다시 형제 회의를 소집했어요. 자, 이제 어쩔래. 결론은 뻔했죠. 아버지한테 가서 머리 숙이고, 복싱 다시 하겠다고 비는 수밖에요. 뭐, 셋이 주섬주섬 사죄하러 갔죠. 그런데 말입니다, 되레 아버지가 사과하시대요? 너희한텐 재능이 없다. 진작부터 알았으면서도 인정하기 싫었는데, 어제 확실히 알았다. 너희는 복싱에 소질이 없어. 지금부터는 각자 원하는 대로 살아라, 이러시는 거예요. 와, 느닷없이? 아니, 우린 어쩌라고요? 배운 거라곤 복싱뿐인데, 할 줄 아는 게 있어야죠. 애초에 멋대로 그만둔다고 나

대놓고, 정작 그러라니까 완전 패닉. 그건 대체 뭘까요? 아버지에게 버림받았다는 충격? 그때부텁니다. 망가졌어요. 나쁜 짓 많이 했습니다. 그런데요, 이 세계에도 뛰는 놈 위에 나는 놈이 있거든요. 우리를 자기들 밑에 두려는 녀석들이 있단 말이죠. 우리가요, 복싱으로 단련돼서 간단히 당하지는 않아요. 아주 깨끗이 이겨버릴 때가 많단 말이죠. 그럼 이번엔 야, 니들 제법이구나, 하면서 그냥 서로 친구 먹거든요. 그러는 사이 아무래도 우리 삼형제가 리더처럼 되어가는 거죠."

야마토 씨는 스도 삼형제의 범죄력을 소상히 들려주었다. 이를테면 '아줌마 사냥'. 스쿠터를 타고 달리면서, 지나가는 여자들 가방을 게임하듯 낚아챈다. 한밤중에 수입 의류나 잡화 제조처의 창고를 털어, 훔친 물건을 인터넷에서 팔아치운다. 그런 짓을 되풀이해 유흥비를 마련했다. 이윽고 장남 야마토 씨가 그룹을 졸업, 자동차 수리 공장에 취직했다. 그 시점에 두 동생에게도 탈퇴를 종용했지만 나쁜 짓에 맛을 들인 동생들은 좀처럼 말을 듣지 않았다. 그들은 자신들의 그룹에 이름까지 붙이기에 이르렀다.

"이름하여 '불가사의'."

그렇게 말하고, 그가 방 한구석의 불단을 가리켰다. 사실 조금 전부터 신경은 쓰였다. 작은 불상 뒤로 펼쳐진 금병풍에 비스듬하게 붙은 '불가사의'라는 검은 스티커. 불단의 위엄에 치명적 손상을 입히는 그것이 설마 죽은 동생의 추억이 담긴 물건일 줄

이야. 사정을 알고 나니 살짝 달리 보였다.

"저 이름을 붙인 게 유타예요. 기획 개발은 죄다 유타 담당이었으니까."

"그래도 소메이 유타카 씨는 병원댁 자제인데, 그런 세계에 익숙해졌다는 게 좀……."

"음, 걔는 점잖은 병원집 아들 티가 전혀 안 났거든요. 뭐랄까, 그 부분은 동생한테 듣는 편이 좋을걸요. 다케루요. 랩을 해요. '아마라'라는 유닛으로 활동하는데. 들어보실래요?"

"아, 네."

야마토 씨가 텔레비전 밑의 DVD 기기에 CD를 넣었다. 음악은 완성도가 예상을 훨씬 뛰어넘었다.

"어때요?"

"아니, 근사한데요?"

"좋죠? 의외로 제대로라, 놀랍죠?"

야마토 씨가 CD 케이스를 내밀었다. 재킷 표지는 만다라일까. 연꽃 도안 한복판에 불상이 하나, 그 주위로 여덟 개가 그려져 있다.

"음악은 역시 프로듀서가 중요하잖아요?" 야마토 씨가 말을 이었다.

"그렇죠."

"그쪽을 유타가 도맡았어요. 초기에는. 걔가 없었으면 애초에 못 했을걸요."

"다케루 씨는 지금도 음악을 계속하시나요?"

야마토 씨가 흐뭇한 듯 고개를 끄덕였다. 나는 리플릿을 들여다보다가 한 가지 사실을 발견했다.

"여기 프로듀서 항목에 '나유타'라고 되어 있네요?"

스태프 크레디트가 깨알만 한 글자로 쓰인 곳, 프로듀서 옆에 한자로 '那由他'라는 이름이 있었다.

"어? 어디요, 어디?"

야마토 씨가 내 손에서 리플릿을 가져가 눈을 찌푸리고 들여다봤다.

"……뭐야, 이거 '나유타'라고 읽어요?"

"네, '나유타'예요."

"프로듀서는 유타니까, 유타 맞을걸요."

"이 무렵부터 나유타라는 이름을 썼나요?"

"글쎄요. 평소엔 유타, 유타 했으니까. 그래서 나유탄가? '나'는 성姓? 뭐지? 이때 일은 저보다 동생이 잘 알아요. 참, 그 재킷도 유타예요."

야마토 씨가 내가 들고 있는 CD 케이스를 가리켰다.

"네? 이거요? 이 만다라 같은 거요?"

"네, 그거. 굉장하죠?"

"굉장한데요, 굉장해요."

"이것도요."

갑자기 야마토 씨가 티셔츠를 벗고 돌아섰다.

"우와, 용인가요?"

"드래곤이요. 서양 용이죠."

감탄이 나올 만큼 치밀한 문신이다.

"소메이 씨가 새겼다고요?"

"아뇨, 문신사는 따로 있고요. 원화를 유타가 그렸어요. 잠깐만요."

그가 재빨리 방을 나갔다 돌아왔다. 돌돌 만 화선지 같은 종이를 테이블 위에 펼쳤다. 그의 등에 있는 문신과 똑같은 드래곤 그림이었다.

"이게 원화인가요?"

"맞아요."

"굉장하네요."

이것도 나유타의 미발표 작품인가. 나는 허락을 구하고 사진을 찍었다. 야마토 씨의 문신, 그리고 그 원화. 분명 정교하다. 굉장한 그림이다. 굉장하기는 한데…….

미묘한 위화감을 누를 수 없다. 뭔가 장르가 다르지 않은가? 나유타의 그림과 이 시기의 그림. 불량청소년 문화 속에 있을 때, 그리고 의대생이 된 후, 그때그때 자신이 몸담은 세계의 결을 살려 화풍을 달리했다는 말일까.

"뭐, 그래도 유타답다고 할까요. 한 번 죽을 고비를 넘긴 녀석이니까, 남은 생은 어차피 '거저 얻은 나날'이었던 게죠. 지금쯤 미코토랑 나란히 천국에 있으려나? 아니, 지옥일까요?"

야마토 씨가 소리 높여 웃었다.

○

그날은 가세가 차로 집까지 바래다주었다. 나카하라 대로를 달리는 내내 나는 말이 거의 없었다. 아무튼 머릿속을 정리할 필요가 있었다. 가세가 말을 붙여도 건성으로 대답했는지도 모른다.

"이런저런 이야기를 들을 수 있어서 다행이네요."

"……응."

"수확은 있었고요?"

"……응."

"있었나 보네요."

"……응."

그러는 사이 집에 도착했고, 정신이 들고 보니 혼자 방에 있었다. 그제야 아차 싶었다. 가세에게 미안한 짓을 했다. 하루 종일 시간을 내줬는데 인사도 없이 보내버리다니.

곧바로 메시지를 보냈다.

'오늘은 고마웠어. 너무 많은 일이 있어서, 이것저것 생각하느라.'

조금 후 답이 왔다.

'수확이 있었다니 잘됐네요.'

나도 답을 보냈다.

'나유타라는 화가, 굉장하지 않아? 나 지금, 엄청난 사람을 취재하고 있는지도 몰라. 우리 지금, 역사적인 순간과 조우한 건 아닐까?'

정말 그렇게 생각했는지는 알 수 없다. 미안해서 괜히 해본 소리였는지도 모른다. 사실 이때까지도 나유타라는 화가를 어떻게 평가해야 할지 확신이 없었다.

내 속을 꿰뚫어 봤는지 어쨌는지, 가세는 답이 없었다.

11

가와사키 취재로부터 이 주일 후, 야마토 씨가 나를 라이브에 초대했다. MCFC라는 MC 배틀 대회였다. 공연장은 시부야 마루야마초에 있는 라이브하우스. MC 배틀이 뭔가 했는데, 요컨대 래퍼들이 교대로 상대를 향해 거침없이 퍼붓는, 래퍼들의 격투기 같은 거란다. 적과 한편이 뒤섞여 성원을 보내는 공연장에서 꽤 상처될 말을 MC라 불리는 래퍼들이 태연자약 주고받는데, 솔직히 뭐가 재미있다는 건지 나 같은 초심자는 알 길이 없었다. 지금도 모르겠다. 왜 이겼고 왜 졌는지. 어차피 말이 속사포 수준이라 알아듣지도 못했거니와. 다케루 씨는 대회 심사위원으로 전단지에 이름이 올라 있었다. 결승전 직전에 본인이 직접 등판해 노래를 세 곡 들려주었는데, 이쪽에선 유명인인지 그가 무대에 오르자 관객석에서 큰 함성이 일었다.

이벤트가 끝나고 무대 뒤에서 야마토 씨의 소개로 다케루 씨를 만났다.

"이 길로 오게 된 계기를 만들어준 사람이 유타였어요. 진심 감사하죠. 죽었다는 소식 듣고, 봐요, 여기 새긴 거."

걷어 올린 오른팔을 뒤덮은 정교한 문신 가운데 유독 큼직해서 눈에 띄는 '染'이라는 글자. 다케루 씨가 내처 왼팔도 걷어 올렸다. 그쪽에는 '命'이라는 글자.

"동생분인가요?"

내가 묻자 다케루 씨가 고개를 끄덕였다. 그러고는 자못 엄숙하게 손가락을 움직여 두 글자에 기도를 바쳤다.

"처음에 어떻게 만나셨어요? 친해진 계기가 궁금합니다."

"미야 얘기는?" 다케루 씨가 야마토 씨를 바라보았다.

"아, 안 했는데."

"그거 중요하거든."

다케루 씨는 그렇게 말하고 나를 돌아봤다.

"미야는, 우리 여동생이요."

"그 얘기는 됐지 않아?" 야마토 씨가 물을 끼얹었다.

"그거 중요하대도."

형을 조금도 어려워하지 않는 위압적인 목소리였다.

야마토 씨는 동생 앞에서 썩 기를 펴지 못하는 눈치였다. 유명인인 동생에 대한 열등감인지, 원래 기가 약한 건지. 덩치는 훨씬 크면서. 신기한 관계였다. 그런 형제들에게도 미야라는 여동생은 독특한 존재였던 모양이다. 야마토 씨가 마지못해 입을 열었다.

"미야 개가, 말하자면 통제 불능 음란녀거든요. 양다리, 세다리는 태연히 걸치는 애다 보니까, 사내놈들이 꼬이지 않게 우리가 단속하고 다녀야 했달까요. 뭐, 우리한테 대놓고 반항하는 녀석은 없었고, 애초에 미야 개한테 제 발로 접근하는 놈도 희귀했지만, 미야는 미야 나름으로 통제 불능이니까. 눈에 든 남자는 꼭 가져야만 직성이 풀렸단 말이죠."

그녀가 건드린 남자야말로 비운의 주인공인 셈이다. 예외 없이 스도 형제의 제재가 따라온다. 형제들에게는 전 아시아태평양 챔피언 아버지에게 단련된 주먹이 있다. 미야와 얽혔다가는 그 주먹이 가만있지 않는다.

"아무튼 소문만 좀 났다 하면 무조건 다잡는 걸로 질서를 유지했죠. 사실 그 무렵 미야는 진짜 어마어마했거든요. 지금은 결혼해서 아이 낳고, 평범하게 살고 있지만."

소메이도 미야의 독니에 물려버렸다. 거기서부터는 다케루 씨가 이야기를 이어받았다.

"유타는 미코토랑 같은 학년이었으니까, 미코토가 잡기로 했죠."

미코토는 날을 하루 잡아, 무리 멤버들을 모아놓고 공개처형이란 명목으로 소메이에게 폭행을 가했다. 소메이는 아무리 맞아도 다시 일어났다. 되받아 때리는 일은 없었다. 그저 맞고, 쓰러지고, 다시 일어났다. 일어나면 또 맞았지만 기어코 일어났다. 보다 못한 다케루가 끼어들어 둘을 뜯어말릴 때까지, 무저항의 저항은 계속됐다.

그 일이 있고 나서 그들은 소메이를 '한편'으로 인정했다. 미코토는 아예 소메이의 단짝이 되다시피 했는데, 사실 깊이 빠져든 쪽은 오히려 다케루였다. 다케루는 삼형제 중 머리가 제일 좋고 취미도 다양했다. 그런 만큼 주변에서는 좀처럼 만나기 힘든 타입의 인재인 소메이가 더욱 눈에 들어왔다. 아마라를 구상한 것도 그때부터였다.

미코토와 소메이는 제각기 다른 고등학교에 진학했지만, 주말이면 여전히 뭉쳐 다니며 절도나 강도 비슷한 행각을 되풀이했다. 무리의 분위기는 야마토가 있던 무렵보다 살벌했다. 돈보다 폭력 자체가 목적인 쪽으로 변질되어 있었는데, 아무래도 소메이의 영향이 컸을 거라고 다케루는 말했다. 미코토가 특히 격해졌다. 눈은 언제 봐도 살기등등했고, 자칫 시비라도 붙으면 상대를 가리지 않고 결판낼 것 같은 분위기였다. 오죽하면 다케루도 '너무 나간다'고 동생을 나무랐을 정도였다.

"유타에게는 말하자면 맹독 같은 게 있었어요. 나한테야 재미있는 정도였지만, 동생에게는 독이 좀 셌던 거죠. 그 애들을 너무 붙여놔선 안 좋겠다고 생각할 즈음 그 사고가 일어났고요."

소메이를 뒤에 태우고 달리던 미코토의 오토바이는 경찰 오토바이와 추격전을 벌이다가 사고를 일으켰고, 미코토는 돌아오지 못하는 사람이 되었다. 소메이는 전치 삼 개월의 중상을 입었다.

"머릿속이 하얘졌어요. 그때 일을 떠올리면 지금도 몸서리가 쳐집니다. 할 수만 있다면 시간을 되돌려 전부 다시 시작하고 싶단 생각을 몇 번이나 했는지. 유타가 입원한 병원을 찾아갔을 때였나, 여러 말 않고 물었죠. '설마 너, 내 동생 죽인 건 아니지?' 그 녀석 말이, 자기는 그저 뒤에 타고 있었을 뿐이래요. 하기는 뭐. 경찰을 피하려다 마주 오는 차와 격돌한 건 미코토였으니까. 그런데 난 왜 그런 생각이 들었을까요. 아무튼 유타라면, 말도 안 되는 일도 말이 되고, 있을 수 없는 일도 있을 수 있다고 할까, 도무지 상식으로는 가늠할 수 없는 녀석이거든요. 가령 그 녀석이 미코토를 죽였다고 해도, 아, 역시? 하는 느낌인 거죠."

그는 거기서 잠시 틈을 두었다.

"아, 맞다, 생각났다. 뭔가 이상한 우화 있잖아요. 아세요? 전갈이 강을 건너고 싶은데 헤엄을 못 쳐요. 때마침 개구리 한 마리가 나타나자 자기 좀 업어서 강 건너편에 데려가달라고 하죠. 개구리는 펄쩍 뛰어요. 널 어떻게 믿고? 도중에 독침을 찌를지 누가 알아! 어, 몰라요, 이 얘기?"

"그랬다가는 나도 같이 물에 빠지는데 내가 왜? 전갈이 그렇게 말하던가요?"

"맞아요, 그거."

"들어봤어요."

딴은 그렇다고 안심한 개구리가 전갈을 등에 업고 강물을 헤엄쳐 간다. 이윽고 강을 절반쯤 건넜을 때, 전갈이 개구리를 찌른다. 물속으로 가라앉으면서 도대체 왜! 하고 따지는 개구리에게 전갈이 말한다. 난 전갈이잖아.

천성이란 그런 것일까.

다케루 씨가 말했다.

"뭔가 그 우화가 떠오른단 말이죠. 유타한텐 꼭 그 전갈 같은 구석이 있었어요. 자기가 죽을 줄 알면서 기어코 찌르고 마는."

"정말 찔렀나요?"

"죽였냐고요? 글쎄요."

"얘 혼자 하는 망상이에요. 다케루, 그 애들은 경찰에 쫓기던 중이었어. 어디 그런 거 생각할 여유가 있었겠냐?" 야마토 씨가 말했다.

"아무튼 미코토의 죽음으로 우리 모두의 인생이 변한 건 분명해요. 그때 의식이 많이 바뀌었죠. 쓸데없는 일에 시간 허비하지 말고 우리가 할 수 있는 일을 제대로 하자, 뭐 이런. 이 유닛도 그래서 시작했고요. 미코토가 죽어서 내가 이렇게 무대에 서 있는 셈이니 동생한텐 감사할 따름이에요. 그리고 이 유닛은 유타 작품이니까. 그 녀석 프로듀스 능력이 없었으면 지금의 우리는 없어요. 유타한테도 감사할 따름이죠."

"소메이 씨는 당시부터 화가를 목표로 했나요?"

"글쎄요. 걔는 뭔가를 목표로 하는 타입이 아니에요. 뭐랄까,

훨씬 찰나적인 인간? 의사도 될 수 있고 화가도 될 수 있는. 뭐, 팔자 좋다면 좋죠. 그게 외려 그 지독한 허무의 근원 아니었나 싶고요. 살아있다는 사실 자체가 무의미하다, 그런 인생관이었죠. 그러니까 우리와 언젠가는 갈라섰을 거예요. 아마라는 보잘 것없는 사람의 들리지 않는 목소리를, 살고 싶다는 비명을 건져 내 음악으로 만드는 그룹이니까. 차별이니 분단이니, 유타한텐 흥미 없는 세계였어요. 아무튼 이럭저럭하는 사이 대학 수험이 닥쳤고, 의대에 들어가더니 영 소식불통이 돼버렸죠. 뭐, 유타와 의 관계는 그렇게 고등학교 때까지. 유타에겐 무수한 서랍이 있 었어요. 아마라는 그 애가 만든 세계죠. 그 애가 우리 손에 붓을 쥐여줬고, 우린 그림만 그리면 됐어요."

다케루 씨는 그렇게 말하고 팔의 문신을 어루만졌다.

"그것도 소메이 씨 작품인가요?" 내가 물었다.

다케루 씨가 고개를 끄덕였다.

"그림은 그때부터도 출중했죠. 그러고 보니 고등학교 동급생 중엔 더 엄청난 녀석이 있다고 했는데. 도저히 당할 수 없는 녀석이 있댔어요."

"고등학교라면……."

"요코하마 가스미가오카 고등학교요. 알아요?"

일순 말문이 막혔다. 알다마다. 내 모교다.

그렇다면…….

"소메이 씨가 몇 년생이죠?"

"미코토랑 같은 학년이니까 1989년생? 아니다, 생일이 1월이었는데. 그럼 90년생인가."

"저보다 두 살 아래네요?"

"아, 그래요? 그거 관계있어요?"

"아, 아뇨."

뭔가 자의식 과잉으로 비친 것 같아 머쓱했지만, 내가 말하고자 한 바는 그게 아니다. 나유타도 한 수 접을 정도로 잘 그리는 인물이라면. 혹시 가세 아닐까? 가세밖에 짐작 가는 데가 없다. 가령 그렇다면, 가세가 나유타에게 무언가 영향을 줄 수도 있었을까? 혹시 그렇다면.

그 가세에게 어설프게나마 유화의 기초를 가르친 것은 다름 아닌 나다.

나유타와 나를 잇는 연이 존재했을지 모른다고? 기분이 묘해지면서 설명하기 어려운 한기가 느껴졌다. 강 한복판에서 개구리를 찌르는 전갈. 그 독침의 기운이 목뒤를 훑고 가는 듯했다.

가세는 알고 있을까.

라이브하우스를 나와 시부야 역으로 향하면서 가세에게 전화를 걸었다.

"소메이 유타카가 우리 학교 다녔대. 알아?"

"아뇨."

"너랑 같은 학년이야."

"몰랐는데요."

"나유타가 우리 학교에 있었다니 굉장하지 않아? 심지어 자기는 어림도 없게 그림을 잘 그리는 애가 동급생 중에 있다고 했었대. 그거, 너 아닐까?"

"네? 모르겠는데요."

"그렇지? 그런 말 들어도. 어쨌든 혹시나 해서. 뭔가 좀 기쁘더라고. 그냥 그 말 하려고 걸었어. 일하는 중일 텐데 미안! 자, 그럼."

나는 총총히 전화를 끊었다. 가세의 반응에 조금 모호한 데가 있다고 느꼈지만, 얼른 연락해야 할 곳이 있어 그냥 지나갔다. 또 하나의 용건은 소메이 마리코 부인이었다.

"밤늦게 죄송합니다. 한 가지 여쭤보고 싶어서요. 유타카 씨는 어느 고등학교를 나왔나요?"

"가스미가오카 고등학교요. 현립. 중학교는 히가시사이와이 중학교고요."

"가스미가오카 고등학교라면, 요코하마에 있는?"

"맞아요."

"실은 저도 거기 나왔어요."

"어머, 그래요?"

"유타카 씨는 몇 년생인가요?"

"1990년이요. 1월 28일생."

"제가 빠른 88년생이니까 저보다 두 학년 아래군요. 딱 일 년이지만 같은 학교를 다녔네요."

"어머나, 그런 우연이."

"학교에서 스쳐 지나갔을 수도 있겠어요. 미술부에 들거나 하진 않았고요?"

"미술부? 아뇨, 그런 얘기는 못 들었어요."

"저, 미술부였거든요. 실력으로 보면 유타카 씨도 미술부였을 법도 한데요. 거꾸로 독학으로 그만큼 그린 거라면 굉장하단 말밖에는 할 말이 없네요."

"초등학교 때는 따로 배웠어요. 미술교실을 다녔답니다. 어린애치고는 잘 그렸는지도 모르겠네요."

"중학교 때는요?"

"1학년 때까지는 다녔죠, 2학년부턴 고등학교 입시 준비도 있어서."

요절한 귀재도 어머니 이야기 속에서는 평범한 아이였다.

"그럼 그 미술교실 선생님이 어린 시절 유타카 씨의 첫 스승이자 유일한 스승이었던 셈이군요?"

"듣고 보니 그렇네요."

"그분 연락처 혹시 아세요?"

"네. 그런데 오타루거든요?"

"오타루요? 홋카이도 오타루요?"

"네."

"음, 머네요."

"당시 저희도 오타루에 살았어요. 유타카도 거기서 태어났고요."

"그랬군요."

"취재해보실래요?"

"네, 가능하면요."

"그럼, 확인하고 메일 드릴게요."

"감사합니다."

이 은사에게 당시 나유타가 갖고 있던 재능의 편린이라도 들을 수 있다면 좋을 것이다. 마리코 부인과는 그러고도 조금 더 수다를 떨었다.

나유타의 아버지, 그러니까 소메이 산부인과 원장은 가와사키 자택에서 태어나 자랐지만, 본인 말로는 '가와사키의 풍토가 아무래도 맞지 않아' 대학은 홋카이도 대학 의학부를 선택했다. 그 캠퍼스에서 문학부 조교였던 아사이 마리코(훗날 마리코 부인)를 만난다. 가와사키와 이웃한 쓰루미에서 태어난 아사이 마리코 또한 본인 말로는 '쓰루미의 풍토가 잘 맞지 않았다'고. 삿포로에서 만난 두 사람은 완전히 의기투합했다.

원장은 졸업 후 오타루 시립종합병원에 근무했고, 아사이 마리코와 결혼해 나유타, 즉 소메이 유타카를 낳았다. 그대로 홋카이도에 뼈를 묻을 작정이었는데, 당시 병원장이던 아버지가 뇌경색으로 쓰러지자 어머니의 간곡한 바람으로 별수 없이 가와사키 병원을 물려받게 됐다. 원장도 그렇거니와 부인도 홋카이도를 사랑해 마지않았기에, 정든 땅을 떠나자니 마음이 쓰라렸다.

그런 연유로 홋카이도의 추억을 지금도 잊지 못하는 부인은 나 홀로 여행을 이따금 떠날 때가 있다고 했다. 추억의 땅에서 옛 친구들과 보내는 한때는 더없이 각별하다고. 불현듯 옛 생각이 밀려들었는지, 부인은 부탁도 하지 않은 이런저런 사진을 속속 메일로 보내왔다. 젊을 때는 지역 주부들을 모아 자택에서 오가닉 요리교실을 열었다고 한다.

부인의 추억담은 둘째치고, 나유타는 어떤 어린 시절을 보냈을까. 꽤 흥미로운 부분이었다.

"가와사키로 옮기신 건 유타카 씨가 몇 살 때 일인가요?"

"아마 중3 때죠? 수험 공부도 해야 했으니 힘든 시기였을 텐데 불평도 안 하더라고요. '아, 그래?' 한마디 하고 끝이었어요."

"중학교 시절엔 어땠나요?"

"아주 성실했죠. 얌전하고…… 죄송해요. 솔직히 인상에 남는 게 별로 없네요. 제 속으로 낳은 아이인데 이상하죠? 제 생활이 하루하루 즐거워서 정작 아들에겐 무관심했는지 몰라요. 그 애도 간섭을 싫어한 데다."

부모와 자녀가 친구처럼 지내는 집도 있다는데, 소메이 가는 그렇지 않았던 듯하다. 살짝 친근감을 느꼈다. 우리 집과 비슷한 거리감이다.

어쨌거나 나유타의 탄생지랄까 원점이 홋카이도라는 게 드러났다.

나유타의 작품 가운데 홋카이도와 인연이 있다면 〈꽃의 거리〉

가 유일했다. 삿포로 버스 사고로 사망한 세 여성을 그린 연작. 출생의 땅과 그 작품에는 뭔가 연관이 있을까? 아무래도 홋카이도에는 한번 가볼 필요가 있을 듯했다. 불쑥 여행 기분에 들떠 가세도 같이 가면 좋겠다는, 사심 가득한 망상이 부풀기 시작했다.

0

시부야 라이브하우스를 다녀온 다음 날 오후, 다마고 화랑을 찾아가 네즈 씨에게 그간의 경과를 보고했다. 자유로이 취재하라고는 했어도 무슨 이야기를 어디까지 써도 되는지 확실히 해두고 싶었다. 제3자도 얽히는 문제인지라 정보를 공유할 필요성도 있었다.

네즈 씨는 "얘기 길어지겠죠? 그럼 나갈까요?" 하고 나를 가까운 카페로 데려갔다. 세월의 흔적이 느껴지는 꽤 분위기 있는 카페였다. 자리에 앉자 나는 거두절미하고 말했다.

"나유타 씨, 죽었던데요?"

"소메이 씨 말이죠?"

"네."

"맞아요. 세상을 떠나고 말았습니다. 유감이에요."

너무 담백하다. 이런 대답이 돌아올 줄은 몰랐다. 심지어 뒷말은 이러했다.

"······뭐, 주문하셔야죠?"

적어도 나유타의 죽음에 대해 이야기하는 중이다. 이건 아니지 않나, 내심 분노하는 사이 네즈 씨는 종업원까지 불러버린다.

"뭘로 하실래요?"

"네? 그럼 전 커피요."

"커피도 종류가 많거든요."

"스페셜 브랜드로 할게요."

"흠, 나는 뭘로 할까. 블루마운틴이 좋을까?"

네즈 씨는 유유히 이쪽의 기세를 꺾어나가는 전술을 구사했다. 나도 간단히 말려들 수는 없었다.

"나유타가 죽었다는 정보는 아무 데도 없잖아요. 기사로 나가도 괜찮나요?"

종업원이 주문을 받으러 왔다.

"스페셜 브랜드하고, 저는······ 음, 오가닉 마일드 브랜드 주세요."

"아, 저도 그걸로 할게요."

"그럼 오가닉 둘이요."

우리는 종업원이 주문을 확인하고 사라지기를 기다렸다.

"······무슨 얘기 했었죠?" 네즈 씨가 말했다.

"그러니까요······ 무슨 얘기였죠?" 내가 말했다.

"아, 기사 나가도 되느냐?"

"음, 그랬네요."

"그걸 왜 저한테 물으세요? 알아서 하시면 될 일이지."

"써도 돼요?"

"원하시면 얼마든지요. 당신이 입수한 정보니까."

"알겠습니다. 쓰겠습니다!"

조금 오기가 생겼다. 네즈 씨가 쓴웃음을 흘렸다.

"뭐라고 쓰시게요? 정체를 안 밝히는 화가인데. 낱낱이 폭로 하나요? 나유타, 본명 소메이 유타카, 가와사키의 병원에 근무 하는 의사였다. 작년 2월 14일에 분신자살. 그런 이야기부터 시 작합니까? 이번 특집."

갑자기 화가 치밀었다.

"뭘 어쩌고 싶으신 건데요?"

"네?"

"뭔가…… 장난하시는 거 아니에요?"

"제가요? 아닌데요?"

"보통은 좀 더 제대로 정보를 내놓지 않나요? 죽었으면 처음 부터 그렇다고 말씀을 해주셔야죠. 무슨, 사람을 미로에 몰아넣 고, 헤매는 거 구경하면서 즐기시는 것 같은데요?"

"그럴 리가요. 다만 취재는 신중하게 해주십사 하는 건 있습니 다."

"무슨 말씀이세요?"

"알기 쉽게 말하면…… 말해도 됩니까?"

"말씀하세요."

"다 안다는 식으로 아무렇게나 쓰지는 마시라는 얘깁니다."

말문이 막혔다. 말을 끝낸 네즈 씨에게서 살기마저 느껴졌다.

"그러니까 제대로 취재해주십시오. 그러고 나서 고민해도 되지 않을까요? 뭘 쓰면 좋을까, 이건 쓰고 저건 빼자."

"……그렇기는 한데요. 여덟 페이지잖아요. 조사한들 쓸 지면이 없다고요."

"그런 말 마세요. 아이들 백일장 아니잖아요, 여덟 페이지 채우면 끝입니까? 최대한 응축해주세요, 응축. 모처럼 나가는 나유타 기사거든요?"

"그러니까 여덟 페이지도 안 된다니까요? 무엇보다 그림을 일단 소개해야 하고요."

네즈 씨는 여전히 불만스러운 기색이었다.

"아니, 무슨 말씀인지 잘 알죠. 저도 최대한 성심껏 취재할 생각이고요. 제가 할 수 있는 일은 그저 열과 성을 다하는 것뿐이니까요."

"《악령》이라고 읽어보셨어요?"

"악령이요?"

"도스토옙스키요. 도스토옙스키의 《악령》."

"안 읽어봤습니다."

"거기 스타브로긴이라는 젊은이가 나오는데, 느닷없이 남의 코를 틀어쥐고 끌고 다니질 않나, 유부녀한테 입을 맞추질 않나, 하여튼 좀 엉뚱해요. 19세기 러시아입니다. 아직 결투가 있던 시대. 서로 떨어져서 권총을 쏩니다. 그럴 때도 눈도 깜짝 안 해요. 죽음 따위 두렵지 않은 거죠. 이 청년이 주인공인데, 또 한 명 중요한 인물이 등장합니다. 베르호벤스키. 이 사람은 혁명가예요. 혁명을 일으킬 생각입니다. 스타브로긴이라는 압도적 카리스마를 지닌 청년을 잘 프로듀스해서 혁명의 상징으로 삼을 심산이죠. 뭐, 뜻대로 잘 안 되지만요.《악령》은 아무래도 좀 비틀린 이야기라서. 주인공 스타브로긴의 인품에는 꽤 많은 페이지를 할애합니다. 당시에는 게재되지 못했던 부분도 있는데, 그건 뭐 스타브로긴의 독무대죠. 사실 이 소설의 알맹이는 혁명가들의 내분에 기인한 살인 사건이거든요. 그런데 스타브로긴은 여기선 쏙 빠져요. 작품의 최대 이벤트는 조역들이 해내버리고, 그걸 총괄하는 인물이 베르호벤스키. 어찌 된 셈인지 도스토옙스키는 이 베르호벤스키에게 무척 야박해요. 이 사람의 프로필에 지면을 전혀 내주지 않아요. 그래서 뭔가 잘 모를 인물이 되어버립니다. 외려 이 사람 아버지 쪽이 훨씬 넉살 좋게 조명을 받죠. 이야기가 이 아버지에서부터 시작될 정도로. 도입부에 아버지의 생활이며 사상, 철학을 장황하게 늘어놓느라 주인공 스타브로긴에게 배턴이 넘어갈 때까지 한참 걸리는 데다, 아들 베르호벤스키는 토지 소유권을 놓고 아버지와 사이가 틀어진 놈 정도로 등장하거든요. 처음엔 조역인 줄 알고 제대로 안 읽고 건너뛰었지 뭡니까. 어려서부터 아버지 사랑을 못 받은 소년으로 묘사되는데, 그마저 초점이 본인의 내면에 맞춰지지 않아요. 그냥 유년 시절 아버지가 이 아이를 우편으로 어딘가에 부쳤다, 하는 거짓말 같은 이야기만 나올 뿐이죠. 그래도 설정이 좀 재미있지 않아요? 자기 자식을 우편으로 부치다니요. 조금 더 제대로 묘사해도 좋을 법한데 도스토옙스키는 쌀쌀맞게도 그의 이야기는 통 하질 않아요. 그러니 이쪽도 억측을 할밖에요. 실은 도스토옙스키는 베르호벤스키를 조금 더 제대로 그리고 싶었던 게 아닐까 하고."

도무지 무슨 소린지. 지금 이 사람은 대체 무슨 말이 하고 싶은 걸까.

"저는요, 생각한답니다. 이 둘은 한 사람이었으면 좋지 않았을까. 아니, 둘이서 한 사람이었던 게 아닐까. 도스토옙스키는 그러고 싶었던 게 아닐까."

"잘 모르겠는데요."

"그래요? 제가 끌어오는 비유는 당최 이해 불가능이란 말, 종종 듣습니다."

"그런 것 같네요."

"너무하시네."

"한 가지만 여쭤봐도 될까요? 나유타와는 처음 어디서 알게 되셨어요? 이건 네즈 씨만 대답할 수 있는 질문인데요. 그 정도는 말씀해주셔야죠."

네즈 씨가 하기는, 하는 표정을 지었다.

"제 고객 중에 산부인과 의사가 한 분 계셨습니다. 오래된 병원의 2대 원장입니다."

"가와사키에 있는 소메이 산부인과군요?"

"맞아요. 거기 원장님이요. 어느 날 그림을 보여주시더라고요. 다 해서 넉 점. 선생 자택에서요. 아드님 그림이라면서 굉장하죠, 하고 자랑하셨어요."

"〈헌체〉군요. 그것도 취재 때 들었습니다."

"그런데 그게, 정말 훌륭한 겁니다! 그것도 들으셨어요? 〈헌체〉를 보고 제가 뭐라고 했는지."

"아뇨, 거기까지는."

"훌륭했어요. 훌륭한 그림은, 한눈에 압니다. 뭐랄까, 사체인데 살아있는 것 같았죠. 대단한 거죠. 언제가 되든 어디서든 꼭 공개하고 싶은 그림이네요, 하고 제가 말했을 겁니다. 얼마 후 아드님이 직접 연락해왔어요. 그림을 세상에 내놓고 싶다, 작가명은 '나유타'가 좋겠다. 뭐, 그런 얘깁니다."

"그때부터 줄곧 나유타 씨와 함께 일을 하셨나요? 그가 죽을 때까지."

"그런 셈이죠."

"그러니까 이미 이것저것 알고 계시겠네요? 지금부터 제가 뭘 조사하고 어떤 정보를 캐나갈지."

"글쎄요. 아는 것도 있고 모르는 것도 있겠죠?"

"아무튼 끝까지 가르쳐주지 않을 작정이시네요?"

"뭐, 솔직히 말합시다. 저도 알고 싶은 건 있습니다. 저도 다

캐내지 못한 부분이 많이 있어요. 그 부분은 그쪽한테 기대도 하고 있고요. 그쪽만이 발견할 수 있는 진상이 반드시 있다고 믿습니다. 그러니까 열심히 취재해주세요."

얼떨결에 격려까지 받고 보니 기분이 나쁘지는 않았다. 내가 그렇게 단순한 인간이란 사실이 좀 분했지만.

"다음엔 어느 언저리를 파볼 생각이신지?" 네즈 씨가 물었다.

"홋카이도에 가볼까 해요."

"드디어 〈꽃의 거리〉에 임하시나요? 기대가 큽니다."

"열심히 하겠습니다."

"도스토옙스키의 《악령》 말인데요, 결국 스타브로긴의 최후는 비극입니다. 베르호벤스키의 말로는 희극이고요. 저는 그런 촌극은 보고 싶지 않아요. 정말 보고 싶지 않습니다. 스타브로긴은 괴로워하고 있어요. 당신은 그를 구해줘야 합니다."

네즈 씨는 뭔가 감회에 차서 말했다. 도무지 무슨 소리인지 알 수 없었다. 그가 말하는 '그'는 이미 이 세상 사람이 아닌데.

0

주말에 윌리엄 윌로스의 비토 씨가 메일을 보내왔다. 퇴사 이후 그의 메일은 계속 무시했는데, 이번만은 그럴 수 없었다. 제목이 '부음'이었다.

다카나시 씨가 죽었다.

이틀 연속 결근한 그녀를 걱정한 영업부 쓰무라 씨가 맨션 관리인에게 연락했다. 관리인이 문을 열고 들어갔을 때, 그녀는 침대에 모로 누워 곰 인형을 안은 채 싸늘해져 있었다.

나는 쓰야에 참석했다. 신유리가오카의 장례식장이었다. 오랜만에 본 옛 직장 동료들은 이벤트 사전 답사라도 온 것처럼 긴장감이라고는 없어서, 침통한 유족과는 사뭇 대조되었다. 하마사키와는 3월에 집에서 본 후로 처음 만났다. 검은 미니스커트가 썩 적절해 보이지는 않았으나, 본인이 하고자 하는 자기표현을 주위에서 이러쿵저러쿵할 필요는 없다고 생각하는 걸 보면 나도 제법 미술계에 익숙해진 걸지도 모른다.

쓰야가 시작되기 전부터 하마사키는 계속 내 옆에 붙어 있었다. 분향을 마치고 로비로 나오니 식사 장소 안내문을 나눠주고 있었다. 얼굴을 내밀 기분이 아니어서 바로 나오려 했는데, 하마사키가 좀처럼 놓아주질 않았다. 둘만 남자, 스파이만 알 법한 뒷이야기를 내 귓전에 속삭였다.

"유족들은 과로사 아니냐고 의문을 제기하거든요. 재판이 불가피할 것 같던데요?"

쾌활하게 말하던 하마사키가 갑자기 입을 다물고 서늘한 표정을 지었다. 비토 씨가 우리를 발견하고 다가오고 있었다. 이런. 일순 긴장이 흘렀다.

"무슨 미술잡지 편집 일을 한다고 들었는데?" 비토 씨가 내 얼굴을 건너다봤다.

"네."

"즐거워 보이네?"

"네? 그렇게 즐거운지 어떤지는 모르겠는데요."

"뭔가 눈이 반짝거려. 우리 회사 있을 때보다."

"그래요?"

기분이 나쁘지는 않았다.

"살이 좀 빠졌나?"

"그거 성희롱이거든요."

말하고 나서 아차 싶었다. 그는 바로 그 성희롱 문제로 회사에서 곤욕을 치렀을 터였다.

"하하하, 그런가? 참 쉽지 않은 세상이 됐네. 하하하."

비토 씨가 웃음을 터뜨렸다. 과연 이게 웃음이 나올 장면인지는 의문이었지만. 비토 씨가 자리를 뜨자 하마사키의 귓속말이 다시 시작됐다.

"비토 씨요, 18일 밤에 다카나시 씨 맨션에 갔다가 19일 심야 1시쯤 자택으로 돌아갔어요. 물론 본인은 함구하고 있지만요. 처음엔 저 사람이 죽인 거 아닐까 했다니까요. 검시 결과는 뭔가 토한 음식물이 기도에 걸려 질식사했다는 것 같던데."

"비토 씨 말로는 곰 인형을 안은 채 죽었다던데?"

"도움을 구하고 보니, 상대가 곰 인형이었다던가? 우와, 무서워라!"

돌아가는 길에는 오다큐 선을 탔다. 집으로 직행하려다 하마사키의 성화에 못 이겨 시모기타자와 역에서 내려 같이 저녁을 먹었다. 쓰야에 다녀오는 길이기도 하고, 점잖게 쇼진 요리일본의 사찰요리라도 먹을까 했는데 괜찮은 가게는 자리가 없어서, 하마사키가 '구루나비'일본의 대표적인 음식점 검색 사이트에서 찾아낸 비건 레스토랑으로 낙착을 봤다. 캘리포니아산 비건 와인을 마시며 고인의 명복을 빌었다.

"괜찮으세요? 원한이 남은 건 아니고요?"

하마사키의 말에 새삼 움찔했다. 글쎄, 원한일까. 좀 다르기는 하지만 앙금은 남아 있었다. 세상을 떠난 사람을 완전히 용서하지 못하는 자신이 조금 한심하게 느껴졌다.

좀처럼 지칠 줄 모르는 하마사키가 시부야에서 한잔 더 하자고 졸랐지만, 볼일이 있다고 떼어내고 역에서 헤어졌다. 모처럼 시모기타자와까지 왔는데. 가세는 시간이 있을까. 메시지를 보내봤지만, 답이 없다. 밤 9시. 이치반가이를 어슬렁거리다 회사 동료인 야지 씨가 피아노를 연주하는 바가 근처에 있었던 걸 떠올리고 그곳으로 향했다. 마침 야지 씨가 피아노 앞에 앉아 있었다. 나를 보고 연주하던 손을 가볍게 들어올렸다. 이곳을 찾은 것은 세 번째였지만, 매번 편집장에게 끌려왔지 내 발로 오기는 처음이었다. 카운터에 앉아 하이볼을 주문했다. 야지 씨의, 캐릭터에 어울리지 않는 섬세하고 편안한 음색. 가슴속에 생각이 자욱해졌다. 야지 씨가 곡을 끝내고 내 자리로 왔다.

"웬일이래요?"

"네? 마침 근처 지나갈 일이 있어서요."

"흠. 누가 불행한 일 당했나 봐요?"

그러고 보니 그런 차림이었다.

"뭐, 신청곡 있어요?" 야지 씨가 물었다.

"네? 몰라요. 뭔가 적당히. 상복 입고 혼자 마시는 여자가 들을 법한 곡이요."

야지 씨가 쓴웃음을 흘리며 피아노 앞으로 돌아갔다. 뭔가 그 럼직한 분위기의 곡을 연주했지만, 누구의 무슨 곡인지는 알 수 없었다.

집에 돌아와 스마트폰을 보니 다나카 선생한테서 메일이 와 있었다. 사진도 몇 장 첨부되어 있었다. 그중 한 장. 침대에 앉은 여자와 젊은 의사. 여자는 활짝 웃고 있다. 그 옆에서 보일락 말락 웃음을 짓는 젊은 의사는 소메이 유타카가 틀림없었다.

야치구사 카논 님

지난번에는 일부러 찾아와주셔서 감사했습니다. 저 자신도 평소 그 친구 일은 잊고 지내던 터라 뭔가 귀중한 기회였다는 기분이 듭니다. 집에 돌아와 새삼 그의 그림을 들여다보노라 니 이것저것 떠올라서, 혹 참고가 되실까 하여 알려드립니다. 첨부한 첫 번째 사진 속 여성은 어쩌면 <나비>의 모델이 아 닐까요. 교통사고로 숨진 가가와 기리코라는 여성입니다. 저와 소메이가 야간응급 근무중일 때 실려 왔던 환자입니다. 생명은 일단 건졌는데 일주일 후 용태가 급격히 악화돼 사망했습니다. 명랑한 분으로, 소메이에게 반해버렸지요. 불과 일주일간의 짧은 사랑이었습니다만. 퇴원하면 데이트해달라고 소메이를 조르는 모습을 목격한 일이 있습니다. 계속 진통제 수액을 맞고 있었으니 어느 정도 의식이 온전했는지는 알 수 없습니다. 소메이를 상대로나마 극심한 고통을 잠시 잊고자 했는지도 모르죠. 적어도 이 사진에서는 건강해 보입니다만. 그런 한때도 있었구나 싶네요. <나비>의 모델이라 생각하면 얼굴도 닮았거니와 환부도 일치합니다.

또 한 장, 여성의 스케치도 나유타의 그림입니다. 너무 훌륭해서 사진을 찍어뒀죠. 완성작은 아니지만 이분 역시 환자였습니다. 하마다 사야카라는, 말기 췌장암 환자였습니다.

이분이 <어머니>의 모델 아닐까요? 삼십대 중반이었다고 기억하지만 십대라 해도 믿을, 동안의 여성이었습니다. 모자 가정으로 아들이 둘이었는데, 당시 두 아이 다 초등학생이었습니다. 개인적으로 제게 세상의 잔혹함을 뼈저리게 느끼게 했던, 잊기 힘든 환자입니다. 사망했을 때는 진심으로 울었습니다. 소메이야 어땠는지 알 수 없지만, 화폭에 옮겼을 정도니까 분명 그의 마음을 울리는 뭔가가 있었겠죠.

두 사람 다 대학교 6학년 일본 의대는 의학과 6년 단일제이다 때, 저희가 폴리클리닉이라는 임상 실습을 할 때 만난 환자입니다.

소메이는 살짝 돈 녀석이기는 했지만 매우 우수한 의사였습니다. 저는 화가보다는 의사로서의 그를 잃은 것이 그저 아까울 따름입니다. 동시에 화가 나유타의 팬이기도 하기에, 근사한 특집 기사가 되기를 바랍니다.

다나카 가즈히로

가가와 기리코라는 여성의 사진과 하마다 사야카라는 여성의 스케치를 번갈아 들여다봤다. 나유타는 왜 이런 대상에게 집착했을까. 왜 죽음의 고빗사위만 작품 모티프로 고집했을까. 곰곰이 생각하다 보니 어쩐지 내 생명까지 위태로워지는 듯해 무서웠다.

다나카 선생의 마지막 문장.

'근사한 특집 기사가 되기를 바랍니다.'

근사한 기사라…… 과연 내가 쓸 수 있을까.

아뇨, 다나카 씨. 어쩌면 그렇게 '근사'하기만 한 이야기는 아닐지 몰라요.

나는 씁쓸하게 웃으며 마음속으로 중얼거렸다.

12

꽃
의
거
리

〈꽃의 거리〉 연작은 나유타 작품 중에서는 가장 최신작이다.

20호 캔버스 세 개에 제각기 그려진 세 여성. 나는 도록을 스캔, 같은 사이즈로 복사해 내 방 벽에 나란히 붙여보았다. 어디로 보나 환락가 여자들이다. 그리고 전원 이미 세상에 없다. 나유타 전시회가 개막되기 열흘 전에 일어난 버스 사고로 숨졌다. 우연일까. 그것이 나유타 '사신 전설'의 최대 미스터리다. 이 작품이야말로 나유타의 '사신 전설' 자체라 해도 좋을지 모른다. 그 수수께끼에 임한다고 생각하니 몸이 떨릴 만큼 흥분됐다.

나는 호기롭게 홋카이도 출장 계획을 세웠다. 삿포로에서 〈꽃의 거리〉를 조사하고, 오타루에서 소메이의 은사를 만나 이야기를 들어본다. 편집장과 담판한 결과, 대신, 홋카이도 관련 취재를 떠안았다.

가세를 넌지시 떠보았지만 이런 답이 돌아왔다.

'죄송해요. 새 일이 들어와서요. 아쉽지만 이번엔 힘들겠네요. 삿포로 가고 싶었는데. 취재 열심히 하세요!'

격침.

밀려오는 허탈감을 추스르며 주섬주섬 여행 준비를 하는데, 하마사키가 불쑥 메시지를 보내왔다.

'WW 그만뒀어요! ww'

W로 에워싼 메시지에 웃음이 터졌다. 마지막 소문자 두 개는 웃음 기호일 터고, 첫머리 대문자 두 개는 내 전 직장이기도 한 윌리엄 월로스의 약자다.

'뭐? 어떻게 된 거야?'

'임무 완료죠, 뭐. 스파이요.'

'와…… 고생 많았어!'

'선배, 이번 주 시간 안 돼요? 위로회 열어주세요!'

'미안. 이번 주는 홋카이도 출장.'

'어, 좋겠다, 저도 따라가도 돼요? 홋카이도에서 위로회 열어 주심 되겠네요! 짐꾼이건 뭐건 다 할게요.'

한없이 가벼운 하마사키의 제안에 덜컥 올라타고 말았다. 가세에게도 거절당한 터라 혼자 나유타를 조사하려니 마음이 무겁던 참이었다. 비용도 스스로 부담한다기에 염치없지만 그러라고 했다.

나는 아침 9시대에 하네다에서 출발하는 항공편을 예약했다.

하마사키는 한 발 먼저, 전날 저녁에 출발해 '하룻밤의 상심 여행을 즐길 예정이에요!'라는 의미 불명의 메시지를 보내왔다.

오전 11시, 신치토세 공항 도착. 쾌속 에어포트로 삿포로 역까지 이동해 예약해둔 역 앞 비즈니스호텔로 향했다. 아직 체크인 시간 전이라 프런트에 가방을 맡기려는데 엘리베이터에서 하마사키가 내렸다. 나를 발견하고 "선배애!" 하고 외치며 달려와 힘차게 안긴다.

"외로웠어요! 삿포로 나 홀로 여행은 너무너무 쓸쓸했다고요! 삿포로 라면 먹고 와서 바로 자버렸어요!"

"저런, 혼자 라면을?"

"그게, 혼자니까요. 어떻게 하실래요? 일단 밥부터 먹어야죠? 어차피 점심때잖아요. 근처에 원조 수프 카레집이 있던데."

삿포로 명물 수프 카레, 더욱이 원조라면 거를 수 없다. 하마사키가 스마트폰 내비게이션을 의지해 가게를 찾고, 나는 그저 따라갔다. 한동안 걷다가 하마사키가 말했다.

"지도상으로는 가까운데, 은근히 머네요. 어쩌실래요? 택시 잡을까요?"

"뭐, 모처럼 삿포로까지 왔으니까 구경도 할 겸 그냥 걸을까?"

"게다가 카레란 말이죠. 카레는 땀 흘린 다음에 먹어줘야 제맛이잖아요?"

과연 올바른 판단이었을까. 결국 한 시간 넘게 걷고 말았다.

"딱 좋은 운동인데요, 선배!" 기운찬 하마사키.

수프 카레의 원조라는 '아잔타 총본가'는 가게 밖까지 카레 냄새가 진동했다. 붐빌 시간대였지만 운 좋게 창가 자리가 비어 있었다.

"선배, 저 데려오시기 정말 잘하신 거예요!"

하마사키가 창밖을 가리켰다. 가게 밖에 그새 긴 줄이 늘어서 있었다.

"아슬아슬했죠?"

"그러게."

"제가 원래 운이 따라주거든요. 마법 소녀다 보니."

"그렇담 기쁜 일이고."

"잘 모시겠습니다, 주인님."

하마사키의 캐릭터는 다소 따라가기 힘든 부분이 있지만, 자고로 여행에는 동행이 있어야 하는 법. 혼자보다야 든든하다. 하마사키는 '치킨 가지 카레'를, 나는 '치킨 야채 카레'를 주문했다. 향신료가 강렬해 땀이 배어 나왔다.

"향신료가 다양하게 들었어. 삼계탕 카레 버전이네, 이거."

"실제로 약선藥膳 수프에 변화를 준 것이 시초래요."

나는 하마사키에게 나유타와 〈꽃의 거리〉에 대해 간략히 설명했다. 하마사키는 맞장구를 쳐가면서 태블릿으로 나유타며 버스 사고 기사에 대해 검색했다.

"아, 이건가? '2일 오후 1시 20분경 홋카이도 삿포로 시 미나미 구 마코마나이 453번 국도에서 관광버스와 대형트럭이 정면

충돌해 버스가 전복되었다…… 경찰에 따르면 관광버스 운전기사는 중태. 여성 세 명이 사망. 삿포로 미나미 경찰서는 사망자 신원 확인을 서두르는 한편 사고 원인을 조사중이다'. 신원은 밝혀졌을까요?"

"알아봤는데, 명확히 언급한 기사가 없어. 어디에도 본명과 얼굴 사진이 공개된 바 없다고 쓴 칼럼도 있던데, 한편으론 인터넷상에서 피해자들을 굳이 파보는 사람도 있어서, 버스 사고 사망자 이 사람 아냐? 하고 올라온 사진도 간혹 있고."

"있네요, 사진. 캬바쿠라 캬바레와 클럽을 합친 일본어 조어에서 일했을까요?" 하마사키가 태블릿을 보면서 말한다. "세 사람 다 스스키노에서 일했던 모양이에요. 이런 사진, 누가 올릴까요? 손님이? 이런 짓 해도 되나요?"

"너무했다."

"프라이버시고 뭐고 없네요."

"일단 이 세 사람부터 찾아볼까 해. 스스키노에서 일했다면 아는 사람이 있을 거야."

"흠, 그렇군요. 알겠습니닷."

하마사키가 익살맞은 얼굴로 경례를 붙였다.

"그럼, 우선 스스키노 캬바쿠라 투어네요."

"가게는 아직 시간이 이르고. 먼저 〈꽃의 거리〉의 배경이 된 장소를 확인해봤으면 좋겠어. 그다음엔 잠깐 미술관에 들러야 하고. 다른 건으로 '삿포로 예술의 숲' 미술관 취재가 있거든. 그

밖에도 이것저것 일이 있는데…….”

내가 변명처럼 중얼거리며 수첩을 뒤적이자 하마사키가 갑자기 커다란 목소리를 냈다.

“선배! 그거! 제가 드린 거네요!”

그 말에 새삼 수첩을 내려다보았다. 분명 하마사키에게 받은 회사 다이어리다.

“아아, 맞아. 그냥. 이왕 받은 건데, 잘 쓰고 있어.”

“뭔가 기분 좋은데요! 심지어 엄청 닳았네요.”

하기는 요 반년 제법 열심히 썼다. 왜 이 수첩을 쓰고 있는지 솔직히 잘 모른다. 싫어서 뛰쳐나온 회사건만, 미련이 남은 걸까. 지금보다 조건이 압도적으로 좋은 안정된 직장이었다. 무엇보다 내 힘으로 노력하고 준비해 들어간 곳이었다. 지금으로 말하자면 언제 잘릴지 모르는 처지. 늘 불안했고, 그래서 이 감색 수첩을 부적처럼 여기고 있었는지도 모르겠다.

금세 반년이 흘렀다. 인생이란 언제 어떻게 될지 모르는 법.

가게를 나와 스스키노로 향했다. 홋카이도 제일의 환락가다. 신주쿠 가부키초, 후쿠오카 나카스와 더불어 ‘일본 3대 환락가’로 불리는 곳. 대낮에 보는 밤의 거리는 사람들이 오가고 있어도 어쩐지 한산하게 느껴졌다. 그런 중에 우리는 〈꽃의 거리〉에 그려진 풍경을 찾았다. 석 장의 그림에는 제각각 〈남6서4〉 〈남7서5〉 〈남11서7〉이라는, 언뜻 암호 같은 제목이 붙어 있다. 번화가 교차로의 신호등에서 이런 표시판이 많이 보였다. 아무래도 주소를 뜻하지 싶은데, 이를테면 '남6서4'는 '남6조 서4초메'를 줄인 것. 교차로 이름도, 거리 이름도 아니고 그냥 주소인 것이다. 교차로의 경우 각 방향의 주소 표시가 전부 다른 경우도 있어서 헷갈릴 수 있지만, 익숙해지면 교차로나 거리 표시보다 훨씬 합리적이다. 스마트폰 지도에 이 주소를 입력하면 해당 지역이 직접 표시된다. 스트리트 뷰를 사용하면 그림과 똑같은 풍경이 바로 뜬다. 이런 기능을 탑재한 스마트폰도 편리하지만, 미래를 예견한 것 같은 주소 표시법이다. 시가지 구획에 조초메제条丁目制 홋카이도 특유의 주소 표기법. 시, 구 이름 뒤에 동네명이 아니라 '숫자＋조(条)'와 '숫자＋초메(丁目)' 형식으로 기재한다가 도입된 것이 1881년이라니 놀라운 혜안이랄까.

9월 말의 삿포로였지만 이날은 의외로 기온이 높아 땀을 흘릴 정도였다. 삿포로가 이렇다면 도쿄나 요코하마는 더 더울 터였다. 우리는 남6서4, 남7서5, 남11서7 순으로 걸었다. 스트리트 뷰로 미리 예습은 해왔지만 실제로 그곳에 서보니 느낌이 각별했다. 그림 모델들이 섰던 자리를 찾아내 서로의 사진을 찍어주었다. 하마사키가 어찌나 리얼하게 모델의 표정을 흉내 내는지 웃음을 멈출 수 없었다.

그다음엔 택시로 삿포로 예술의 숲 미술관으로 향했다. 하마사키가 스마트폰 내비게이션을 봐가면서 운전기사에게 길을 설명했다. 목적지만 일러주면 어련히 알아서 갈까, 일일이 지시할 필요가 있나, 내심 의아했다.

산길을 십 분쯤 달렸을 때 하마사키가 창밖과 스마트폰 지도를 번갈아 보며 말했다.

"이 근천데요, 마코마나이."

"마코마나이?"

"버스 사고 현장, 이 도로변이었던 것 같아요."

"뭐? 진짜?"

정신이 이미 미술관 쪽으로 쏠려 있어 설마 택시가 사고 현장을 통과하리라고는 생각지도 못했다.

"일부러 여길 거쳐 가는 거야?"

"네."

"우와, 굉장하다! 엄청나게 든든한 짝을 데려왔네!"

"뭘요, 주인님. 뭐든 분부만 하시어요."

잠시 후 운전기사가 큰 소리로 말했다.

"아! 저기네요!"

하마사키와 내가 기사가 가리키는 방향을 동시에 바라봤다. 창밖, 편도 1차선 도로의 진행 방향에는 숲이 이어질 뿐, 아무것도 보이지 않았다.

"미술관이요?"

내가 묻자 "아뇨, 버스 사고요, 보세요"란다.

도로변에 놓인 꽃다발이 눈에 들어왔다. 택시가 달리던 차선 쪽 보도다.

"시코쓰 호수에서 오던 길이면 반대 아닌가요?" 하마사키가 묻는다. "졸음 운전 트럭이 차선을 넘어 버스에 돌진했잖아요?

정면충돌이요."

"정면충돌은 아니에요. 버스가 이쪽 편으로 핸들을 힘껏 꺾었으니까. 그런 상태에서 트럭이 비스듬하게 들이받았어요. 그래서 균형을 잃고 한쪽 바퀴만으로 반대 차선을 달리다가 마지막엔 숲속에서 옆으로 쓰러졌죠."

"액션 영화가 따로 없네요. 역시 현장에 와보지 않으면 모르는구나."

"뭐 조사하시나 봐요?"

"네. 보험회사에서 나왔어요. 넘어진 버스 보셨어요?"

"그럼요, 봤죠. 보러 왔는데요. 일부러."

"그 와중에 구경하려요?"

"하하, 그렇게 되나. 그럼, 미술관으로 가도 되죠?"

"아, 부탁합니다."

하마사키, 보험회사라니…… 그런 말이 잘도 나온다. 살짝 어이가 없었다.

"버스에는 몇 명쯤 타고 있었을까요?" 하마사키가 물었다.

"보조석 포함하면 정원이 한 오십 명 되는 관광버스예요. 정원거의 다 채웠던 모양이던데. 한 사람은 하필 트럭이 박은 자리에 탔고, 또 한 사람은 창을 뚫고 들어온 나뭇가지에 희생됐다죠? 나머지 한 사람은 제일 뒷좌석이었는데, 겉으로는 말짱했다잖아요, 속으로 어디가 크게 상했는지, 원."

느닷없이 이런 생생한 정보를 듣게 될 줄이야. 과연 하마사키,

행운을 몰고 다니는 마법 소녀다웠다.

〈그림과 시와 노래〉에는 창간 당시부터 이어져온 '예술을 걷다'라는 연재가 있다. 미술관과 박물관에 스포트라이트를 비춰 편집장이 직접 쓰는 칼럼이다. 나유타 건으로 홋카이도 출장이 결정되자 편집장은 삿포로 예술의 숲을 취재해오라고 명했다. 미야모토 씨 말로는 최근에는 편집장이 워낙 바쁜지라 미야모토 씨나 다무라 씨가 대필하는 일이 많단다. 편집장도 뒤가 켕기는지 원고료가 평소의 3할 정도 많다고 했으니, 테스터 신분에게는 감지덕지랄까.

삿포로 예술의 숲은 40만 제곱미터의 광대한 부지에 미술관뿐 아니라 공방과 아트홀, 야외무대까지 갖춘, 말 그대로 '예술의 숲'이었다.

"기성관념에서 벗어나 늘 새롭고 현대적인 시점으로 아트를 말하고자 합니다. 그림뿐 아니라 사진, 디자인, 만화 등도 취급하죠."

관장이 야외 미술관을 안내해주었다.

"10월 중순이면 단풍이 아주 볼만합니다. 좀 빨리 오셨네요."

"산책하기엔 딱 좋은데요."

서늘한 바람이 기분 좋게 얼굴에 와 닿았다. 바람 끝에 묻어온 짙은 초목 냄새에 나도 모르게 심호흡을 한다. 야외 미술관에는 조각들이 숲과 하나가 된 듯 자리해 있었다.

"재미있는 거 보여드릴게요."

관장이 안내한 장소에는 나무 기둥이 하나 서 있고, 주변에 비슷한 기둥 세 개가 쓰러져 있다.

"스나자와 빗키 작가의 〈네 개의 바람〉이라는 작품입니다. 처음엔 기둥 네 개가 다 서 있었답니다."

그랬더라면 분명 훌륭한 조형물이었으리라. 지금은 버려진 폐재 같아 보기 안타까웠다.

"자연스럽게 썩어가는 것도 포함해서 작품이라는 의미로 그대로 두고 있습니다."

"그럼 저 마지막 기둥도 언젠가는……."

"쓰러지겠죠. 그 또한 좋을 테고요."

한동안 걷자 숲속에 인물 조각상이 서 있었다.

"저런 데도 작품을 놔두시네요?"

"아, 저건 앤터니 곰리 작가의 〈샤프트 II〉라는 작품입니다. 작품을 놓을 장소는 기본적으로 작가가 정합니다. 제작 전에 이곳을 방문해 둘러보고, 전시 장소를 결정한 다음 거기에 맞는 작품을 만들지요."

"작업 조건이 근사하네요."

과연. 작품과 숲이 이토록 조화로운 것은 그 때문이리라. 어느새 두 시간이 지나 있었다. 관장이 회의가 있다면서 본관으로 돌아간 후에도 나는 숲속을 혼자 걸었다. 다니 카라반의 〈감춰진 정원으로 가는 길〉이라는 하얀 원추형 건조물 속으로 들어갔다.

"아" 하고 소리를 내자 반향이 길게 이어졌다.

가세와 함께 왔더라면. 그가 곁에 있었으면 얼마나 즐거웠을까. 그는 어떻게 작품을 감상할까. 하나하나 정성껏 보는 타입일까. 주의를 끄는 작품 앞에서만 잠깐씩 멈추는 타입일까. 그와 나는 같은 작품을 좋아하게 될까. 달랐다 하더라도 어디가 좋았는지 주거니 받거니 이야기할 수 있다면 그건 그것대로 근사하겠지…… 혼자 망상에 빠져 산책하다 보니 해가 넘어가고 있었다.

이런. 하마사키를 까맣게 잊었다. 스마트폰을 꺼내 보니 '중정 연못에서 기다릴게요'라는 메시지가 와 있었다. 시간을 보니 이십 분 전. 나는 서둘러 중정으로 향했다.

중정 연못가에 닿자 하마사키가 서 있는 게 보였다.

뭔가, 마음을 사로잡는 광경이었다.

나도 모르게 멈춰서 사진을 몇 장 찍었다. 해 질 녘의 절경은 담았지만 정작 하마사키가 너무 멀었다. 잔걸음으로 계단을 내려가 스마트폰을 들고 뒤에서 가만히 다가갔다. 천천히 돌아가 옆얼굴을 담으려는 순간 그녀가 알아차렸다. 흠칫해서 손가락이 셔터를 누르는 바람에 스마트폰이 연사음을 울린다.

나는 짧은 숨을 삼켰다. 하마사키는 울고 있었다.

"뭐야, 왜 그래?"

하마사키가 눈물을 닦고 웃음을 지었다. 어딘지 무리하는 듯한 웃음이었다.

"괜찮아?"

내가 다가서자 그녀는 반사적으로 한 발 물러났다.

"네? 뭐가요?"

저쪽이 시치미 떼니 이쪽도 할 말이 없다.

"저녁놀이 예쁘잖아요."

하마사키가 하늘을 올려다봤다. 진홍빛 노을이 서녁 하늘을 아름답게 물들이고 있었다.

"저녁놀이 예쁘면 울어?"

"울죠, 보통. 안 울어요?"

"음. 그런 이유만으로 울어본 적은 없는 것 같은데. 뭔가 부러운걸."

"저는요, 혼자가 되면 바로 울어요."

"의외네? 꼭 그렇지도 않나. 마법 소녀니까."

"네."

좀처럼 이해하기 힘든 세계관이지만 부럽다는 말은 사실이었다. 저녁놀을 보고 울 수 있는 감수성이라니, 나도 한번 가져보고 싶었다.

예술의 숲 미술관을 뒤로하고 마침내 밤의 거리 스스키노로 향했다. 오후 6시, 거리는 이미 일루미네이션으로 반짝였다.

길에 나와 손님을 끄는 점원들에게 〈꽃의 거리〉 연작을 차례로 보여주며 이 여성들을 본 적 있는지 물었다. 다들 사진이라 믿는 눈치였다. 그림이란 사실을 알아차린 사람은 아무도 없었다. 그림이라고 일러주면 하나같이 눈이 휘둥그레졌다. 나유타라는 이름을 안다는 사람은 없었다. 한편, 모델인 세 여성을 모르는 사람은 이 일대에서는 없었다.

리나, 케이, 가나에.

이들을 보면 누구나 얼굴빛이 살짝 어두워졌다. 아아, 그 버스 사고. 가엾게. 꽃 같은 나이에. 그런 말이 사람들의 입에서 흘러나왔다.

세 사람이 일했던 가게는 각기 달랐지만 같은 그룹에 속해 있었다. 이 그룹은 해마다 사원 여행을 보내주었는데, 사고는 그 여행에서 돌아오는 길에 일어났다. 이곳에 와서 알게 된 정보였다.

제일 먼저 '스노 퀸'이라는 가게를 찾아갔다. 리나라는 여성이 근무했던 가게다. 시간이 일러서인지 손님은 없었다. 젊은 지배인과 가게 여성들에게 리나 씨에 대해서는 이런저런 이야기를 들을 수 있었지만, 그녀와 접촉한 화가가 있었는지 아는 사람은 없었다. 애초에 그들은 나유타라는 화가를 알지 못했다. 한 여자애가 스마트폰을 검색해 나유타의 그림을 찾아내고는 소리를 높였다.

"어? 이거 사진 아니에요?"

여자애가 화면을 이 사람 저 사람에게 보여주어, 가게 안이 한바탕 시끌벅적해졌다.

"리나 씨 신원은 결국 확인됐나요?" 하마사키가 지배인에게 물었다.

"아뇨, 끝내 못 알아냈죠. 경찰도 두 손 들었고요."

하마사키와 지배인의 대화가 계속됐다.

"면접 때 이력서나 신분증 제시는 의무 아닌가요?"

"네. 미성년자를 고용하면 곤란하니까요. 문책이 엄해요. 벌금, 징역, 혹은 영업정지. 그래도 위조된 걸 가져오면 우리도 알길이 없거든요."

"신분증은 건강보험증도 가능한가요?"

"사진 붙은 거 아니면 안 됩니다."

"면허증이나 여권 같은 거요? 하지만 그게 없는 사람도 있잖아요?"

"그런 경우엔 졸업앨범을 가져오게 합니다."

"졸업앨범이요?"

"네. 그런데 그것도 위조가 끊이지 않아요. 몇만 엔이면 뚝딱 한 권 만드니까요. 가게 쪽도 위조인 줄 몰랐다, 하면 문책 안 받고요. 말하자면 족제비 꼬리 자르기똑같은 일이 반복되며 일에 진척이 없음을 뜻하는 말랄까요."

"여자아이들 입장에서 가게 쪽에 개인정보를 잡히고 싶지 않아 하는 것도 이유일까요?"

"그럴 수 있죠. 질 나쁜 가게도 있으니까요."

이윽고 화제가 버스 사고로 옮겨갔다. 마침 그 버스에 타고 있었다는 여자애가 있어 당시의 참상을 들을 수 있었다.

"뭐, 부아앙하더니 핑글핑글! 죽는구나 했어요. 아니, 진짜로 죽은 줄 알았어요."

이 가게만 해도 사고 버스에 탔던 여성이 열두 명쯤 있었다는데, 대부분 그만두고 지금은 네 명만 남았단다.

"뭐 딱히 사고 때문은 아니고요"라고 지배인이 말한다. "우리 가게가 경쟁이 워낙 치열해서요."

가게를 나와 케이 씨가 있었다는 '배니티', 가나에 씨가 있었다는 '플로라'를 차례로 찾아갔다. 어디서나 같은 반응으로, 나유타와의 접점은 찾아낼 수 없었다. 케이 씨도, 가나에 씨도 가짜 졸업앨범의 이용자로, 리나 씨와 마찬가지로 신원을 끝내 알아낼 수 없었단다. 어느 가게에나 예의 사원 여행에 참가한 사람이 여러 명 있었지만 역시 대부분 그만둔 뒤였다.

"이른바 '고인 물'은 인기가 떨어져요. '처음 뵙겠습니다아! 잘 부탁드려요오!' 하는 애들을 원하니까요, 손님들은."

'배니티'에서였나, 종업원 중 하나가 그런 말을 들려주었다. 그만둬도 다른 가게로 옮겨 앉을 뿐, 스스키노 어딘가에서 일한다는 말과 함께.

첫 가게에서처럼 다른 가게들에서도 종업원들이 나유타의 그림을 검색해 영락없이 사진이라며 한바탕 소란을 피웠다. 가나에 씨가 있었던 '플로라'에서는 그 와중에 한 여자애가 불쑥 스마트폰의 사진을 내밀며 "나도 그려줬는데요"라고 해서 기겁했다.

"이걸, 나유타가요?" 나는 스마트폰의 작은 화면을 삼킬 듯이 들여다보았다.

"그려줄 수도 있을 뻔했다는?"

그러니까 그냥 사진이었다. 어떤 사진가가 찍어주었다며, 그와 나란히 찍은 사진도 보여주었다. 낯이 익었다. 하마사키가 먼저 알아봤다.

"아, 다카다 씨네!"

분명 다카다 다다노부라는 사진가였다. 나도 CM 촬영을 한 번 같이 한 적이 있다.

"다카다 씨는 유흥업소 여성들을 꾸준히 찍잖아요. 사진집도 몇 권 냈죠, 아마?" 하마사키가 말했다.

몰랐던 사실이다. 사진을 보여준 여자애 말로는 스스키노 일대에서 유명한 카메라맨이란다. 그런 활동을 하고 있을 줄이야.

그날 밤은 근처의 저렴해 보이는 선술집에 들어가 하루를 마무리했다.

"이러니까 꼭 수사 1과 같은데요?" 하마사키가 말했다.

"수사 1과?"

"왜 있잖아요, 경찰 중에서도 살인 사건이나 흉악 범죄를 전문으로 맡는."

"아, 그게 수사 1과구나. 몰랐네."

"문제는 나유타가 언제 어떻게 그 세 사람을 알게 됐고, 어떤 경위로 모델을 부탁해 그림을 그렸느냐 하는 거네요."

그렇다. 그것이 문제의 핵심이다. 이를테면 나유타가 뉴스나 인터넷에서 사건을 알고, 올라온 사진을 토대로 그녀들을 그렸다면.

세 사람이 사망한 것은 1월 2일. 그 열흘 뒤인 12일 금요일이 '헌체 나유타전' 첫날이다. 나유타에게 주어진 제작 기간은 열흘 뿐인 셈이다. 늦어도 전시회 하루 전에는 그림을 반입해야 했을 테니 실제로는 최대로 잡아도 구 일. 준비나 이것저것 자잘한 사정을 감안하면 붓을 쥘 수 있는 시간은 순수하게 일주일쯤일까. 일주일로는, 누가 뭐라 해도 무리다.

그 전해에 그렸다면 어떨까. 실제로 그림의 배경은 여름이다. 모델들은 모두 여름옷 차림이다. 리나 씨는 짧은 자주색 탱크톱, 케이 씨는 검은색 민소매의 아찔한 시스루 차이나드레스, 가나에 씨는 흰색 캐미솔 원피스.

나유타와 세 사람이 어떤 관계였는지는 몰라도, 가령 아는 사이였거나 혹은 오가다 만난 사이였다 치고, 그녀들을 모델로 삼아 그린다면…… 나유타의 심정으로 생각해본다. 행동을 상상해본다. 내가 붓을 잡았다면 어떻게 했을까. 배경이 길거리라는 것이 포인트다. 길에 이젤을 세우고 그렸을까. 풍경화라면 몰라도 인물화라면 있을 수 없다. 사진을 찍어 자료로 확보하는 편이 현실적이다. 사진이라면, 정말 거리에서 스쳐 지나가던 여자에게 말을 걸어 사진을 몇 장 찍고 끝. 그런 상황도 있을 수 있다. 그 사진을 보며 그림을 그린다. 충분히 있을 법한 전개다. 그러나 그들은 작품 제작이 끝난 후 사망했다. 세 사람 다. 그런 일이 우연히 일어났다는 소리다. 수십 명을 태운 관광버스에서 그 세 사람만 사고로 위장해 죽이는 살인 사건? 불가능하다는 말밖에는 할 말이 없다. 진짜 사신이라도 불러오지 않는 한.

"어떻게 생각해?"

나는 하마사키에게 의견을 물었다.

"음, 그러게요……."

테이블에 놓인 석 장의 그림 복사본을 노려보며 하마사키는 생각에 잠겼다.

"역시 사신이 있는 걸까요?"

새삼 그림을 들여다보며 정말 사신의 짓일까 생각하니 오싹했다.

"결국 버스 사고 희생자의 그림으로 '사신 전설'이 탄생했잖아요? 따라서 버스 사고 희생자였다는 사실은 역시 중요하죠. 전시회 열흘 전이라는 점도 중요하고요. 그로 인해 이 불가능한 상황이 태어난 셈이니까요. 사신이라도 없으면 도무지 설명이 안 되는."

하마사키의 고찰은 일일이 지당했다.

"단순한 우연일지도 모르겠네요."

"응?"

"그림 모델 세 명이 그 후 전원 사망했다. 마치 사신이라도 다녀갔을 법한 이야기지만, 자, 그럼 세상에 그런 우연은 절대 있을 수 없느냐? 그건 모를 일이죠."

"뭐, 듣고 보니 그러네."

"그래도 선배, 난처하지 않나요?"

"응?"

"수수께끼 풀어버리면요."

"왜?"

"'사신 전설'이 소멸하잖아요? 그럼 이 화가의 가치는 하락하는 거 아니에요?"

"음…… 가치가 떨어질지 어떨지는 모르겠고. 기사를 들고 가도 퇴짜 맞을 가능성은 있지."

"눈앞에 수수께끼가 있으면 풀고 싶기는 하죠. 풀어버릴까요?"

"으음. 풀 수 있다면."

"제가 풀어도 돼요?"

"물론이지. 풀리는 거면."

밖으로 나오자 밤공기가 서늘했다. 조금 쌀쌀할 정도다. 기온이 도쿄와 확연히 달랐다. 우리는 호텔을 향해 걸었다. 앞서거니 뒤서거니, 갈지자걸음으로.

"내일은 어떡하실래요?" 하마사키가 물었다.

"응, 오타루에 좀 가보려고."

"신난다! 우리 운하에서 사진 찍어요!"

호텔에 도착해 엘리베이터를 탈 때 하마사키가 불쑥 말했다.

"참, 단손에 실린 기사 읽었어요."

오리모 우젠이라는 사람이 쓴 기사다.

"분명히 적혀 있더군요. 세 사람의 본명과 얼굴 사진은 어디에도 공개된 바 없다고."

"응."

"틀림없이 셋 다 신원 불명. 가게에서 쓰던 가명밖에 모르는 여성이었죠. 그런데도 인터넷에는 사진이 조금씩 떠돌았잖아요?"

"그렇다니까. 그러니까 그런 식으로 기사를 쓰는 게 이상하다고."

"아뇨, 이상하지 않아요. 그 기사가 올라온 건 1월 19일이었어요."

엘리베이터에서 내려 6층 복도를 걸으면서 하마사키는 이야기를 계속했다.

"그보다 일찍 올라온 사진은 발견되지 않았어요. 말하자면 기사는 그 시점엔 올바른 것이었다고요."

"어? 그래?"

"가게 여자애들 트위터를 뒤져봤는데, 버스 사고 직후에 올라온 글들이 꽤 있었어요. 리나 씨 등의 이름을 언급한 글도 있고요. 직장 동료들이 휘말린 큰 사고인 만큼 트위터가 벌집 쑤신 듯 소란스러웠어요. 그런데요, 사진이 전혀 안 나와요. 아마 낮에는 평범한 직장에 나가는 처지도 있고, 각자 이런저런 사정 때문에 사진은 기피하는 경우가 많지 싶어요."

"그렇구나. 그래서…… 어떻다는 건데?"

"사건 후에 그랬을 가능성은 한없이 제로에 가까운 거죠. 그리

고 싶어도 사진이 아직 세상에 나와 돌아다니지 않는다는 말이
니까."

우리 두 사람의 방은 나란히 붙어 있었다. 문 앞에 선 채 하마
사키가 말을 이었다.

"어차피 일주일 정도로는 그리지도 못하고요. 이건 뭐 더 고민
할 필요 없겠네요. 와, 개운하다."

"그렇구나."

"대신 수수께끼가 하나 남아요. 단손에 글 올린 기자요. 어떻
게 〈꽃의 거리〉 모델과 버스 사고 희생자를 연결했는지. 그걸 모
르겠단 말이죠."

그때 내가 쥐고 있던 카드키가 문에 닿는 바람에 잠금이 해제
됐다. 하마사키가 멈칫했다.

"아, 죄송해요. 너무 붙잡았죠. 그럼 내일 봬요. 고생 많으셨어
요. 쉬세요."

하마사키의 배웅을 받으며 방으로 들어왔다. 침대에 앉아 스
마트폰을 꺼내, 단손의 기사 페이지를 열어 다시 찬찬히 읽어보
았다.

"……〈꽃의 거리〉 모델은 불행히도 이 사고로 사망한 세 사람
이다. 흥미롭게도 이들의 본명과 얼굴 사진은 어디에도 공개된
바 없다. 나유타는 어떻게 세 사람을 그렸을까. 가령 어떤 경로
를 통해 사진을 입수했고, 그것을 토대로 그렸다고 하자. 사고가
발생한 것은 1월 2일. 전시회 오픈 열흘 전이다. 사고 후에 그렸

다면, 작품 세 점을 불과 열흘 만에 완성했다는 말이 된다. 그런 일이 과연 가능할까."

하마사키의 말대로 기사가 올라온 날짜는 1월 19일. 이 기자는 어떻게 이런 일을 알 수 있었을까.

그 이상은 머리가 돌아가지 않아 체념하고 잘 준비를 했다.

○

오타루는 과거에 청어잡이가 성했던 항구 도시다. 역사적 건축물이 많이 남아 있는 그림처럼 아름다운 도시. 이런 곳에 살면 미적 감각도 남달라지리라. 나유타가 그리는 세계, 독특한 공기가 이 북쪽의 대지에서 길러졌다면 충분히 수긍이 갔다.

이날 우리가 향한 곳은 오타루 시 이시야마초, 스즈키 사치코라는 인물의 자택이었다. 마리코 부인이 열었던 오가닉 요리교실의 참가자 중 한 사람으로, 지금도 부인과 때로 연락을 주고받는 사이다. 지역 아동을 대상으로 미술교실을 운영한다는데, 과거에는 초등학교 교사였다고 한다.

사치코 씨의 어머니 스즈키 다마오는 이 지역에서 유명한 화가다. 애초에 미술교실을 시작한 이도 어머니였다. 그 어머니가 십삼 년 전 봄 뇌경색으로 쓰러지자 외동딸 사치코 씨가 교직을 그만두고 어머니를 보살피며 미술교실을 운영하게 됐다. 팔 년 전 어머니가 세상을 떠난 이래 사치코 씨는 미술교실과 학원 강사로 생계를 꾸려왔다.

소메이 유타카의 초등학교 6학년 때 담임 교사가 이 사치코 씨였다. 그리고 소메이에게 그림의 기초를 가르친 이가 스즈키 다마오였다.

나유타와는 연이 깊은 가족인 셈이다.

호텔 뷔페에서 식사하면서 나는 하마사키에게 이런 정보를 일러주었다. 마리코 부인이 보내온 요리교실 사진 속에 스즈키 사치코 씨의 모습도 제법 있었다. 사치코 씨뿐 아니라 사진에 담긴 부인들은 하나같이 쾌활한 웃음을 짓고 있어서, 나유타가 그리는 세계와는 인연이 없어 보였다. 하마사키는 한 손에 포크를 쥔 채 눈을 번득이며 사진을 한 장 한 장 훑었다.

"뭘 찾아?"

"혹시 소메이 유타카의 소년 시절 모습이 찍히지 않았나 해서요."

"거긴 없지 않아?"

"없네요."

스즈키 사치코 씨의 미술교실은 오타루 만이 내려다보이는 전망 좋은 언덕 중턱에 있었다. 현관문을 열어준 이가 바로 사치코 씨 본인이었다.

자택에는 본인의 그림과 세상을 떠난 모친의 그림이 여러 점 걸려 있었다. 사치코 씨가 이게 어머니 그림, 이건 제 그림, 하고 일일이 가르쳐주었지만 분간할 수 없을 만큼 비슷했다. 그림의 모든 것을 어머니에게 배웠다는 사치코 씨 말마따나 그야말로 빼닮은 작풍이다. 섬세한 붓놀림으로 되살린 홋카이도의 사계. 나유타에게도 이어졌음이 분명한 그 필치 앞에서 나는 적잖이 흥분했다.

사치코 씨는 무엇보다 소메이 유타카의 최후를 한탄했다.

"소메이 군 일은 안타까워요. 어쩌다 그렇게 됐는지. 장례식에라도 가고 싶었는데, 가족끼리 치른 모양이더군요."

하마사키가 의아한 눈빛으로 나를 보았다.

이런.

하마사키에게 그 이야기를 빼먹었지 뭔가.

"네? 나유타가, 죽었다는 말인가요?"

"미안. 깜빡했어."

"선배! 그거 엄청 중요한 정보거든요!"

소메이 유타카의 죽음을 하마사키에게 설명해야 했지만, 그일은 사치코 씨가 대신해주었다. 사치코 씨가 누긋한 어조로 들려주는 나유타의 죽음은 신문기사보다 생생했다. 마리코 부인조차 입에 담기 꺼렸던 이야기를 거침없이 풀어놓는 사치코 씨에게 절로 경외의 마음이 일었다. 과연 나유타의 은사구나 싶었달까.

이윽고 내가 소메이 유타카의 초등학교 시절에 대해 물었다.

"그 무렵 저는 일요일에만 어머니 미술교실을 거들었어요. 소메이 군도 다녔죠. 초등학교 5학년 때부터 아마 중학교 1학년 때까지? 2학년이 되면 아무래도 입시 공부가 바빠지니까요. 그런 사정이었을 거예요. 그림을 특출하게 잘 그렸고 다른 것보다 여자애들한테 정말 인기가 많았어요. 저는 6학년 때 담임이었는데, 학급 위원도 했던 걸로 기억해요. 체육을 살짝 자신 없어 했지만 전체 성적은 학년 톱 수준이었어요."

"성격은 어땠나요?"

"한마디로 성실했죠. 정말 반듯했어요. 나쁜 짓을 저질러 꾸중을 듣거나 한 일은 한 번도 없었을걸요. 저도 야단친 기억이라고는 없어요. 애가 어른스러웠어요. 친구도 별로 사귀지 않았고요. 본인은 필요 없다고, 혼자가 좋다고 그랬죠. 겨울이면 눈의 결정을 그리곤 했어요, 현미경으로 관찰해가면서."

앨범도 봤다. 미술교실 학생들의 단체 사진에서 그는 늘 구석에 있었다. 잠잠하던 하마사키가 불쑥 이런 말을 했다.

"이 아이, 귀엽네요."

"네?"

사치코 씨가 허리를 굽히고 안경을 콧잔등 위로 올리며 사진을 들여다봤다.

"매번 소메이 옆에 있는데요?"

소메이와 비슷한 또래의 소녀다.

"……아아. 고모리 양."

"고모리 양이요?"

"고모리 미오리."

사치코 씨는 무어라 말을 이으려다가 입을 다물었다.

"이 아이, 어디서 본 적 있는 것 같아요." 하마사키가 말했다.

"응? 어디서?"

"음…… 어디지. 그러게…… 어딜까요……."

하마사키가 기억을 불러오지 못해 이야기가 흐지부지되었다.

사치코 씨 댁을 나와, 오타루 운하에 들러 사진을 찍었다. 하마사키는 한껏 관광 기분에 취했지만 나는 어째 썩 동참할 기분이 아니었다. 그래도 관광을 즐기면서 틈틈이 날카로운 추리를 전개하는 하마사키에게 고마운 마음이었고, 어느 정도는 맞춰 줘야지 싶었다. 하마사키가 이끄는 대로 크루즈 보트를 탔다.

운하를 천천히 나아가는 배 위에서 오타루의 경치를 바라보며 하마사키가 말했다.

"소메이 씨도 소년 시절에 이곳에서 이런 경치를 보며 살았겠죠?"

"그랬겠네."

"왜 그렇게 돼버렸을까요."

동감이다. 이처럼 소박하고 아름다운 도시에서 자란 소년이, 가와사키에 나타났을 때는 스도 형제도 한 수 접을 만큼 위험한 소년이 되어 있었다. 대체 무슨 일이 있었을까.

"분신 말인데요…… 정말 자살일까요?" 하마사키가 불쑥 물어왔다.

소름이 살짝 돋았다. 자살이 아니면, 뭐라는 거지?

하마사키가 스마트폰을 허공으로 쳐들었다. 카메라가 향한 곳에서 갈매기 한 쌍이 천천히 선회하고 있었다.

0

이튿날은 시레도코로 향했다. 일은 완전히 잊고 여행 기분을 내기로 했다. 〈꽃의 거리〉가 제작된 시기에 관한 수수께끼는 여전히 풀지 못했지만, 하마사키는 한동안 홋카이도 여기저기를 탐험하겠다며, "뭐 조사할 게 있으면 언제든 말씀만 하세요!"라고 덧붙였다.

홋카이도에 특파원을 한 명 확보한 셈이다. 그렇다면 하루쯤 기분 전환을 하자 싶어 시레도코를 선택했다. 소牛 판화 작가 무로이 가호 씨가 일하는 목장이 있는 곳이기도 했다. 목장부터 찾아가 견학하고 아틀리에도 구경하느라 결국 일 모드로 회귀해, 하마사키의 비웃음을 샀다. 목장주 스가와라 씨가 내어준 마이크로버스로 굿샤로 호수와 마슈 호수를 돌아봤다. 밤에는 다 함께 바비큐를 즐겼고, 스가와라 씨의 동생이 하는 산장에 묵었다. 이튿날 아침 마이크로버스로 노토로 호수, 아바시리 호수, 사로마 호수를 돌아봤다. 무작정 떠나왔는데도 무로이 씨와 스가와라 씨 덕분에 충실한 여행이 되었다. 나는 메만베쓰 공항에서 하

네다행 비행기를 타고, 하마사키는 철도로 왓카나이로 향하기
로 했다. 헤어질 때, 눈물이 그렁그렁 맺힌 하마사키를 나도 모
르게 안아주었다.

"왜 울어?"

"안 울어요? 보통 울거든요."

괜히 나까지 눈물이 날 뻔했다.

13

벽
화

왓카나이로 간다던 하마사키는 소야 곶에서 일본 최북단 기념비를 배경으로 찍은 사진을 보내온 이래, 다이세쓰 산, 후라노, 비에이 등을 돌면서 홋카이도를 만끽중임을 수시로 알려왔다. 인스타그램에 착착 올리면 편할 텐데. 내가 그렇게 말하자, 평소 업무가 업무인지라 그건 무리라는 대답이 돌아왔다. 과연, 스파이 일이란 만만찮구나. 나 같은 사람은 가늠도 할 수 없는 수고로움이 있을 테지. 나 홀로 여행을 즐기는 틈틈이 이쪽 동향이 궁금한지, 그간의 취재 경과를 물어오곤 했다. 특히 사진 자료가 있으면 꼭 좀 보고 싶단다. 따로 생각하는 바가 있나 싶어 일단 있는 대로 다 보냈다. 소메이 유타카의 본가에서 찍은 나유타의 미발표 그림, 어린 시절과 최근 사진, 야마토 씨 문신 사진까지. 마리코 부인의 오가닉 요리교실 사진도 필요하다기에 보냈다. 뭔가 꽤 세세히 조사하는 기색이었지만, 한동안 잠잠하더니 그대로 무소식이었다.

가세를 취재 명목으로 여기저기 끌고 다닌 셈이었다. 신세도 갚을 겸 오랜만의 휴일, 그가 작업중인 리모델링 현장을 찾아갔다. 아침 10시, 미나미아오야마. 리뉴얼 오픈이 한 달 뒤로 다가온 이탈리안 레스토랑이다. 가세는 벽에 쨍한 레몬색 페인트를 칠하고 있었다.

내가 사 들고 간 스타벅스 커피를 내밀자 가세는 고맙다고 말하면서도 일손을 멈추지 않았다. 나는 챙겨 간 긴 소매 앞치마를 꺼내 입고 그의 곁에 나란히 섰다.

"왜요? 도와주시려고요?"

"지난번 답례."

"아니, 됐어요. 괜찮은데."

"하고 싶어!"

가세가 조금 난처한 표정을 지었지만, 나는 단순히 미안해서 그러는 거라 생각하기로 했다.

"그럼, 저기 칠해주세요."

가세가 아직 칠하기 전인 벽면을 가리키고, 페인트를 용기에 담아주었다. 레몬색이 아니라 바탕칠용 진회색 페인트다. 바탕칠이란 표면 색 밑에 숨은 맛을 더해주는 공정이랄까.

"그러니까 내가 칠한 다음 네가 덮어 칠할 작정이네?"

"뭐, 그런 셈인데, 바탕칠이 보통 일이 아니니까 도움돼요."

"좋았어!"

나는 작업을 개시했다. 비록 페인트칠이지만 오랜만에 해보
는 붓질의 감각이 최고였다. 시간을 잊고 몰두했다. 어느새 점심
시간인지 스태프들이 하나둘 현장을 빠져나가는데도 가세는 손
을 멈추지 않는다. 흠뻑 집중한 그의 옆얼굴을 나도 모르게 넋을
놓고 바라봤다.

"안 쉬어?"

"네."

"늘 이래?"

"네."

조금 떨어져서 그가 일하는 모습을 지켜보았다. 뭔가 오라 같
은 것이 느껴졌다. 그렇다면, 단단히 빠졌다는 말인데. 내가 생
각해도 연애에 어지간히 면역력이 없어. 그런 생각을 하는 사이
점심시간이 거의 끝나갔다. 현장으로 돌아온 동료에게 짧은 눈
짓을 보내던 가세가 나를 발견하고 놀란 표정을 지었다.

"계속 거기 계셨어요?"

"응."

"죄송해요. 점심 못 드셨네요."

"괜찮아. 나중에 뭐라도 사 오지 뭐."

"해 질 녘까지 안 쉴 건데요?"

"뭐? 그거 나도 해당해?"

"아뇨, 선배는 원하시는 대로."

내 자리로 돌아와 다시 붓질을 시작했다. 3시를 넘기자 배가 너무 고파, 앞치마를 벗고 밖으로 나왔다. 가벼운 페인트 멀미를 느끼며 거리를 걸었다. 적당해 보이는 동네 빵집에서 전원분 간식을 사서 돌아왔다. 잠깐 쉬자는 현장감독의 말에 스태프들이 하나둘 빵 주변으로 모여들었다.

"여자친구예요?" 스태프 중 한 사람이 내게 물었다.

"네? 아닌데요. 고등학교 선후배예요. 최근에 좀 가깝게 지내고 있고요."

"여자친구네."

"아니라니까요."

정 그렇게 말해준다면 나야 나쁠 것 없지만, 가세는 어떨지. 정작 그는 여전히 벽을 마주한 채 일손을 놓지 않고 있었다.

"가세, 좀 이상하죠? 일 바보라고 할까." 현장감독이 나를 보며 쓴웃음을 지었다.

"그렇군요."

"그래도 저 벽칠은 가세밖에 못 해요. 우리 팀 에이스."

마치 내가 칭찬을 들은 것처럼 기뻤다.

5시. 일이 끝나고 다이칸야마 스페인 식당으로 저녁을 먹으러 갔다. 그와 재회했던 추억의 가게다. 무사히 개업해 손님도 순조로이 드는 듯했다. 그새 친해졌는지 가게로 들어서는 가세를 향해 종업원들이 저마다 알은체를 했다. 우리는 제일 안쪽 자리로 안내되었다. 자리에 앉아 무심코 벽을 바라봤다. 흰색이되 순백

색은 아니며, 갓 칠한 것처럼 보이지도 않지만 일부러 오래된 느
낌을 살린 것도 아니었다. 형용하기 힘든 흰색의 미묘한 가감이
조명을 아늑하게 반사해 마치 보드라운 목화솜처럼 보였다.

"달인이구나, 너."

"그래요?"

"굉장해. 도장계의…… 뭐랄까, 응, 와이어스 같은 느낌?"

"와이어스, 좋아해요."

"그럴 줄 알았어. 그래도 뭔가 성가시다, 이런 해설. 그냥 예쁘
다는 말로 충분한데. 하는 일이 일이다 보니, 뭐라도 한마디 해
야 한다는 강박관념이 있어. 나도 이런 내가 싫지만."

"뭐 어때요, 말하고 싶으면 하고, 말하기 싫으면 안 하면 되죠.
앗, 벌레!"

가세가 내 등 뒤를 가리켰다. 일순 어딘가 했는데, 벽 색과 거
의 구분이 되지 않는 흰색 나방이 한 마리.

"아악!"

비명이 튀어 나가는 바람에 손님들의 눈길이 일제히 내게 쏟
아졌다. 얼굴이 달아올랐다. 아무리 그래도 식당에 왜 이런 벌레
가 있을까. 가세가 웃음을 터뜨렸다.

"그림이에요, 그림."

설마. 나는 문제의 나방에 얼굴을 바짝 가져갔다.

"아니, 아무리 봐도 진짠데…… 와, 맞네, 그림. 뭐야, 어떻게
알았어?"

"제가 그렸으니까요."

"뭐? 아니, 이런 걸 왜 그려?"

"하하, 왜는요, 선배 겁주려고 그랬죠."

"뭐? 그래서 일부러 여기 앉았다고? 응? 다들 공범이야?"

자리를 안내했던 종업원이 멀리서 웃고 있다.

"뭐야…… 이 사람들이!"

나는 얼굴이 새빨개져서 화를 냈다.

작은 나방 한 마리였지만, 돌이켜보면 예사롭지 않은 그림이
었다. 그때는 속았다는 생각에 허둥댔거니와 벌레라면 질색이
라 더 찬찬히 들여다보지는 않았지만.

멀찍이 서서 웃던 종업원이 샴페인을 가져왔다. 우리는 건배
했다.

"오늘은 고마웠어요." 그가 말했다.

"고맙긴. 나야말로 취재 도와준 답례." 내가 말했다.

"어때요, 취재는? 홋카이도는 잘 다녀오셨고요?"

"음. 이것저것 알아내긴 했는데…… 그만큼…… 정신적으로
힘들어졌다고 할까."

"그래요?"

"응. 솔직히 나유타는 너무 센세이셔널해서 순수 예술로는 좀
비판적으로 봤는데, 넘사벽이랄까…… 주변을 파보는 것만으로
기진맥진해버렸어."

"고생하셨어요."

"고마워."

우리는 다시 건배했다. 나는 홋카이도에서 있었던 일을 들려주었다. 수프 카레부터 시레도코 목장까지, 하마사키와의 여행 이야기는 듣는 쪽도 다소 따분했으리라 쳐도, 가세의 반응이 영 신통치 않았다. 〈꽃의 거리〉 미스터리는 흥미로워할 줄 알았는데 그마저도 한 귀로 듣고 한 귀로 흘리는 눈치였다.

"내 얘기 듣는 거야?"

"죄송해요. 오늘따라 술이 빨리 오르는데요."

가세가 물수건으로 얼굴을 닦았다. 버스 사고 현장을 봤다는 이야기를 하다 문득 건너다보니, 그가 소리도 없이 울고 있지 않은가.

"왜 그래?"

"아뇨, 그냥. 그 사람들을 생각하니까……."

그건 그렇지만. 가세는 묘한 타이밍에 눈물샘을 터뜨려 사람을 놀라게 했다.

그러는 나도 여독 탓인지 술이 빨리 올랐다. 취하면 대담해진다. 혹시 그가 그러자고 하면 오늘 밤은 거절하지 않을 텐데, 같은 생각을 하면서 가게를 나섰다. 뭐라고 뭐라고 열변을 토하며 밤의 메구로 강변을 걸었다. 우리 말이야, 평범하게, 앞으로도 이런 밤을 함께할 수 있을까, 하고 말했던 것 같다. 둘이 사랑을 이야기하고, 새벽을 맞고, 아침놀을 보며 미래를 그리고, 나란히 바다를 바라보고, 영화를 보고, 미술관에 갈 수 있을까, 하고 말했던 것 같다. 유텐지 역까지 걸어가, 헤어질 때 내가 먼저 그에게 다가가 팔짱을 끼고…… 그다음부터 기억이 아무래도 모호했다. 유이노結納 약혼의 증거로 예물을 교환하는 일 이야기를 했지 싶다. 결혼식 이야기를 했지 싶다. 가정을 꾸리고, 아이들이 태어나고, 그 아이들이 자라서 날갯짓을 배워 둥지를 떠나고, 남은 우리는 조용히 늙고 쇠하여, 후회가 남는 지난날의 몇몇 광경을 때로 아련히 떠올리기도 하면서, 날개가 차례로 떨어지듯 한쪽이 먼저 가고 한쪽이 뒤따라가는, 그런 인생을 보낼 수 있으면 최고잖아, 하고 내 머릿속 장대한 서사를 술김에 술술 쏟아낸 것도 같고, 아닌 것도 같다. 그다음은 꿈이었는지 환상이었는지…….

"저 같은 녀석한테 그런 얘기 해도 괜찮아요?"

"저 같은 녀석이 어떤 녀석인데?"

아침, 눈을 떴을 때 나는 그의 방이 아니라 내 방 침대에 누워 있었고, 혹시나 했지만 역시나 그는 곁에 없었고, 지독한 숙취로 눈앞이, 천장이 빙글빙글 돌았고, 머릿속에서는 꿈인지 현실인지 모를 기억의 조각들이 차례로 나타나 너울거렸다.

"저 같은 녀석한테 그런 얘기 해도 괜찮아요?"

"저 같은 녀석이 어떤 녀석인데?"

"기억 못 하죠? 저요."

"고등학교 시절?"

"……아니요."

"아니야?"

"……아니에요."

이튿날은 일을 거의 하지 못했다. 숙취도 숙취였지만, 전날 밤의 용감한 고백 탓이었다. 꿈이면 좋으련만 분명 꿈은 아니었다. 내가 뱉은 말 한마디 한마디가 되살아날 때마다 맥박이 빨라지고 얼굴이 화끈거리도록 수치스러웠다.

그건 그렇고 무슨 말일까. 고등학교 시절이 아닌, 그에 대한 기억? 무슨 기억?

가세, 너는 대체, 누구?

14

가
나
에
일
기

하코다테에서 고료카쿠_{하코다테 성곽의 유적} 사진을 보내온 이래 하마사키는 한동안 소식이 없었다. 설마 지금쯤은 도쿄로 돌아왔으려니 했는데 불쑥 오타루 운하 사진을 보내와서 놀랐다. 오타루가 마음에 들어 당분간 머무를 생각이란다. 순수하게 부러웠다. 메일 마지막에 '굉장한 걸 발견했지 뭐예요. 읽어보세요'라는 말과 함께 첨부된 URL 링크를 열자 '가나에 일기'라는 문서가 떴다.

하마사키에 의하면 사망한 세 사람 중 한 명, 가나에 씨의 블로그였다.

'이런 걸 어떻게 찾았어?'

'화상 검색으로요. 그림의 얼굴과 비슷한 사람을 뒤졌죠. 한 번에 찾아내진 못했지만, 나머지는 점의 위치 같은 걸로. 시간

좀 걸렸어요.'

'과연 프로 산업 스파이는 다르네!'

'감사합니닷! 제가 발동이 걸리면 멈추질 않아서요!'

'가나에 일기'는 셀피 사진을 군데군데 섞어가면서 일상이나 지난 이야기를 조곤조곤 적은, 언뜻 보기에는 흔한 블로그였다. 하지만 내용은 사뭇 이색적인 세계관을 담고 있었다. '멘헤라'멘털 헬스'를 줄인 말로, 마음의 병을 앓는 사람을 가리키는 인터넷상의 속어'라는 말도 있다지만, 이런 블로그가 세상에 범람한다 생각하면 뭔지 모를 불안이 엄습했다.

문체가 약간 요란해서, 읽기 쉽게 시간순으로 간추려 정리해 보았다. 순전한 내 추측(혹은 억측)도 덧붙여 여기 소개한다. 인명의 이니셜 표기는 원문을 그대로 따랐다.

0

'유메 가나에.'

이것은 그녀가 초등학교 2학년 때 생각해낸 예명이다. 어릴 때부터 배우가 꿈이었다. 꿈은 염원하면 이루어지는 법'유메(夢)'는 '꿈'. '가나에루(かなえる)'는 '이루어지다'. 일찍이 그 말을 신념처럼 가슴에 간직했다.

'유메 가나에.'

만일 배우가 되면 예명은 이걸로 가자고 마음먹었다. 그러나 그녀를 기다린 것은 그 꿈이 이루어지는 인생이 아니었다.

아버지는 경찰관, 어머니는 공인중개사사무소에서 사무직원으로 일했다.

가나에가 초등학교 3학년 때 부모님이 이혼했다. 어머니는 혼자 집을 나가, 공인중개사사무소 대표인 H에게 몸을 맡겼다. H는 부인과 아이들을 학대해 결국은 도망가게 한 전력이 있는 악명 높은 남자였다. 어머니는 그와 재혼했다. 사춘기였던 가나에는 받아들이기 힘들었다.

가족이 살던 아파트 뒤쪽에 숲이 있었다. 사람의 발길이 거의 닿지 않는, 여름이면 풀이 무성하고 겨울이면 눈에 파묻히는 곳이었다. 그 숲속 호젓한 곳에 작은 돌탑이 몇 개 있었다. 삼도천 물가의 자갈밭 부모보다 먼저 죽은 어린아이가 돌탑을 쌓는 고행을 한다는 곳을 연상시키는 그것들은 어린 시절 가나에가, 다섯 살 많은 언니와 만든 무덤이었다.

딸들을 팽개치고 남자에게 달려간 엄마를 도저히 용서할 수 없었던 가나에는 오랜만에 그 비밀 묘지를 찾았다. 돌탑을 쌓아 엄마의 묘표로 삼고, 슈퍼마켓에서 사온 향을 피우고, 두 손을 모았다. 그리고 나무묘법연화경 법화경에 귀의하는 뜻으로 외는 말을 여러 번 읊조렸다. 이리하여 가나에는 아직 살아있는 엄마의 장례를 치렀다.

멀쩡히 산 채로 딸 손에 장사 지내진 엄마도 안됐지만, 이 금단의 유희에 대해 가나에는 매우 기이한 이야기를 적었다.

가나에가 아직 네다섯 살 때 일이었다. 동물을 좋아했던 가나에의 언니는 생일 때마다 강아지나 고양이를 사달라고 졸랐고, 번번이 붉은귀거북이나 잉꼬나 햄스터로 타협을 봐야 했다. 열심히 키웠지만 결국 전부 죽어버렸고, 그때마다 언니는 무덤을 만들었다. 그 모습을 어깨 너머로 지켜본 가나에도 죽은 제비나 풍뎅이를 발견하면 이곳으로 가져와 무덤을 만들어 주곤 했다.

가나에가 코로보쿠르를 만난 것은 그 무렵이다. 코로보쿠르. 아이누 전설에 나오는 소인小人이다. 아이누의 박해로 그 땅을 떠나면서 저주의 말을 남겼다. 도카푸치. '물은 말라붙고 물고기는 썩으리라.' 이것이 도카치라는 지명의 유래가 되었다. 물론 이런 것은 훗날 학교 도서실에서 책을 뒤져보고 알게 된 사실이었고, 당시에는 코로보쿠르가 뭔지도 몰랐다. 그들은 한 명이 아니었다. 어슴푸레한 기억이지만 네다섯은 되었으리라. 더 많았는지도 모른다. 혼자, 혹은 둘이 나타날 때도 있었다. 남자도 있었고 여자도 있었다. 무얼 하며 놀았고, 무슨 이야기를 했는지는 기억에 없다. 다만 그중 하나가 어느 날 크게 다쳤다. 여우에게 당했다고 했던가. 아무튼 기억 속에서는 여우가 덮친 걸로 되어 있다. 가나에는 집으로 달려가 약을 가져와 상처 입은 코로보쿠르에게 발라주었다. 보살핀 보람도 없이 코로보쿠르는 죽었다. 코로보쿠르 친구들은 안타까워하면서 떠났다. 사체를 그냥 두고 떠나다니, 의외였다. 가나에는 언니를 흉내 내 구덩이를 파서

묻고 흙을 덮은 다음 돌을 쌓았다.

그때부터 가나에는 코로보쿠르의 존재를 줄곧 믿어왔지만, 초등학교 3학년이 되자 역시 간단히는 믿을 수 없는 현상임을 알았다. 그건 대체 뭐였을까. 꿈이었을까. 몇 개나 되는 무덤 가운데 어느 것이 코로보쿠르의 무덤이었는지도 가나에는 이미 기억하지 못했다.

초등학교 4학년 때 아버지가 새엄마를 데려왔다.

가나에는 숲속의 그곳을 다시 찾았다. 엄마의 무덤과 나란히 돌탑 두 개를 더 쌓았다. 아버지와 새엄마의 무덤이었다. 아직 살아있는 부모들의 무덤 앞에서 손을 모으고 마지막 작별을 고했다.

초등학교 5학년 봄, 막 고등학교에 입학했던 언니가 죽었다. 언니에게 무슨 일이 있었는지, 가나에는 자세히 쓰지 않았다. 화제는 오히려 비밀 묘지 쪽이었다. 가나에는 숲속으로 가 언니의 무덤을 만들었다. 화장장에서 몰래 손에 넣은 언니의 뼈 한 조각을 그곳에 묻었다. 손을 모으면서, 그리 머지않은 미래에 자신은 이곳을 떠나게 되리라 직감했다.

그때였다. 무척 아름다운 낯선 무덤 하나가 눈에 들어왔다. 납작한 흰 돌을 쌓은 무덤 주위에는 색색의 마노가 원을 그리듯 놓여 있었다. 뭘까. 대체 누가 이런 걸 만들었을까. 다섯 살이나 많은 언니가 아직도 여기 와서 무덤을 만들었을 리는 없었다.

혹시.

한 가지 생각이 가나에의 머릿속을 스쳤다. 코로보쿠르? 그들이 이 어여쁜 돌들을 놓고 갔을까? 하지만. 설마. 그런 일이.

가나에는 돌을 치우고 흙을 파헤쳐보았다. 흙 속에서 작은 뼈가 나왔다.

"역시 코로보쿠르야! 진짜 있었잖아!"

가나에는 흥분했다. 이 세계는, 그러니까 코로보쿠르도 요정도 얼마든지 살고 있는 세계였다. 믿고 말고는 본인에게 달렸다. 중요한 것은 어느 쪽을 택해야 스스로 행복해지느냐다. 그걸로 결정하면 될 일, 이라고 가나에는 블로그에 적었다.

O

중고등학교 시절에 대해서는 딱히 눈에 띄는 이야기가 없었다. 오타루를 떠나는 먼 원인이 된 첫사랑 이야기 정도일까.

고등학교 때 친하게 지낸 Y라는 여자애가 있었다. 그 애는 같은 반 K를 좋아했다. 가나에도 내심 K를 좋아했다.

어느 날 셋이 패밀리 레스토랑에 가게 되었는데, Y가 불쑥 K에게 고백했다. 그러나 K는 그 자리에서 자신은 가나에를 좋아한다고 대답했다. 그 후로 Y는 가나에를 미워하고, 원망하고, 거짓 소문을 퍼뜨렸다. N선생님하고 생물실에서 섹스했다더라, 같은. 가나에는 견디다 못해 결국 학교에 가지 않게 되었다.

K는 그런 가나에를 진심으로 걱정하고, 따지고 보면 자신의 탓이라며 공부까지 가르쳐주었다. K와 함께 보낸 한때는 가나에의 인생에서 가장 기쁘고 즐거운 기억이 되었다. 크리스마스이브에 두 사람은 마침내 하나가 되었다. 가나에는 여자의 기쁨을 처음 알았다. 어설픈 섹스였지만 K의 품에 안겨 있는 것만으로도 행복했다. 인생에 무슨 미련이 더 있을까. 이대로 죽어버리자 생각한 가나에는 오랜만에 비밀 묘지로 향했다. 잡화점에서 미리 사둔 로프를 가방에 챙겼다. 한겨울, 그곳은 눈에 묻혀 있었다. 눈밭 위로 살짝 드러난 쓰러진 나무에 오도카니 앉아 있자니, 나무 뒤에서 소인이 나타났다. 숫자를 헤아려봤다. 다 해서 열두 명. 가나에에게 어서 집으로 돌아가란다. 짐을 챙겨 그 집을 나오란다. 멀리 떠나란다. 있어야 할 곳을 찾으란다. 꿈을 좇으란다.

꿈. 아, 그렇지. 내 꿈은 배우였는데.

가나에는 갑자기 기운이 샘솟았다.

휴일에 아르바이트를 해 차곡차곡 모아둔 돈이 십만 엔쯤 있었다. 돈과 옷가지를 작은 트렁크에 챙겨 집을 나섰다. 역까지 걸어서 십이 분쯤 걸리는 길이 무척 멀게 느껴졌다. '탈출'이라는 말이 몇 번이고 뇌리를 스쳤다. 어찌나 긴장되던지 누가 부르기라도 하면 심장이 멎어버릴 것 같았다. 그녀를 부르는 사람은 아무도 없었다. 역에서 차표를 사 곧바로 신치토세 공항으로 향했다. 창밖의 풍경에 가슴이 설렜다.

신치토세 공항에서 도쿄 하네다행 비행기에 올랐다. 난생처음 타는 비행기였다. 작은 창 너머로 지도에서 본 것과 똑같이 생긴 시모기타 반도가 보였다.

다시는 돌아가지 않을 거야. 오타루에는. 가나에는 맹세했다.

O

하네다까지는 두 시간이 채 걸리지 않았다. 바람이 조금 따스해서 아, 이게 도쿄구나, 생각했다. 처음 와보는 도쿄. 모노레일을 타고 하마마쓰초로 갔다. 너른 게이힌 운하를 바라보면서, 이곳에서 대체 어떻게 살아가야 할지 문득 불안해졌다. 하마마쓰초에서 야마노테 선으로 갈아타고 시내를 한 바퀴 돌았다. 도쿄타워가 보였다. 거대한 도시였다. 어디서부터 시작해야 할지 막막했다.

아무튼 배우가 되어야 한다. 그런데 어떻게? 일단 전철에서 내렸다.

아키하바라. 그곳은 신기한 동네였다. 아르바이트는 싱거울 만큼 바로 찾았다. 메이드 찻집. 일주일간 트레이닝을 받고 가게로 나갔다. 종업원 숙소도 갖춰져 있어, 살 곳을 찾는 수고를 덜었다. 한 달 만에 가게의 에이스로 등극했다. 이런 빈약한 데 있기는 아깝다며 자기네 가게로 오면 급료를 두 배로 주겠다는 제의도 받아봤다. 그런 건 잘 몰랐다. 애초에 이 동네를 잘 몰랐다. 동료들과 장래 이야기를 할 때는 즐거웠다. 그녀들은 다양한 정보를 갖고 있었다. 배우가 꿈이라고 하자, 연예 기획사의 오디션과 극단 정보가 손에 들어왔다. 아키하바라에 있으면 배우는 되기 힘들다는 선배도 있었는데, 그러는 본인도 배우 지망생이었다.

오 년이라는 세월이 순식간에 흘러갔다. 열일곱 살이던 가나에는 어느덧 스물두 살. 가게의 에이스 자리는 신진에게 빼앗긴 지 오래였고, 단골손님들에게는 '관록의 왕언니'라는 별명까지 얻었다. 설 자리가 좁아진 가나에는 아키하바라를 접고 고엔지로 옮겨 갔다.

PC방에서 살았다. 선술집에서 일하면서, 아르바이트 급료의 대부분을 밀어 넣어 연기자 양성소에 다녔다. 강사 T는 본업이 프로듀서로, 영화 제작에도 몇 편 참여한 인물이었다. 인상이 꼭 폭력배 같았고, 실제로 폭력배 역으로 영화에 출연한 일도 있다고 했다. 어떻게 하면 배우가 될 수 있느냐고 물었더니, 상담해준다며 연락처를 가르쳐달라고 했다. 이런 사람을 쉽사리 믿어도 될지 불안했지만, 마지못해 일러주었다. T는 열심히 연락해 왔다. SNS를 활용할 줄 모르는 옛날 사람이랄까. 연락은 반드시 전화. 의외로 매번 순수하게 일 이야기였다. 실제로 연예 프로덕션 매니저도 몇 명 소개받았다. 그중 한 사람이 AV 배우도 괜찮으면 당장이라도 일을 주겠다고 해 가나에가 난처해하자, 무슨 소리야, 얘는 그런 일은 안 해, 하고 T가 호통쳤다. 가나에는 그런 T가 고마웠다. 은의를 느꼈다. 이대로 배우가 되지 못한다 해도, 혹은 배우가 되어 유명해진다 해도, 이 사람에게는 평생 감사하기로 마음먹었다. 때때로 T가 엑스트라 일을 가져다주었다. 번번이 현장에서 끝없이 대기하다가 카메라에서 머니먼, 화면에 거의 잡히지도 않는 곳에서 그냥 걸어가는 역할이었다. 그래도 가나에는 고맙기만 했다.

언제부턴가 T도 단념해버린 것을 가나에는 눈치채지 못했다. T는 늘 친절했지만, 잘 생각해보면 연락이 끊긴 지 오래였다. 전화를 해도 '만날까?' 하는 말이 없었다. 이쪽에서 만나자고 하면, 스케줄 봐서, 시간 내볼게, 했지만 연락은 오지 않았다. 또 전화해보면 변함없이 친절했다. 그러게 말이야, 이번 주는 바쁘니까 다음 주 금요일쯤 어때, 해놓고는 직전에 취소 메시지가 왔다. 이 무렵에는 T도 메신저나 라인을 자유자재로 썼고, 답은 번번이 메시지로 날아왔다. 통 연락이 없네, 이제 틀린 걸까 생각하던 어느 밤, 마침내 전화가 왔다.

"지금 신주쿠에서 한잔 하고 있는데, 나올 테야?"

기뻐서 달려가 보니 T가 맥없이 소주를 마시고 있었다. 검은 넥타이를 매고 있었다. 쓰야에 다녀오는 길이란다. 지인이 자살했단다. 소주만 찔끔찔끔 마실 뿐, T는 말이 없었다. 이윽고 가나에가 침묵을 깨뜨렸다.

"남자요, 여자요?"

대답이 없다.

"여자구나. 옛날 애인이요?"

"아니라니까."

한마디 하고 다시 묵묵부답. 소주잔이 비자, T는 바닥의 얼음을 하나 입에 넣고 오독오독 깨물었다.

"한 잔 더 하실래요?"

T는 고개를 끄덕이는 것도 아니고 가로젓는 것도 아니고, 졸린 사람처럼 눈만 끔벅이며 담뱃불을 붙였다. 그러고는 띄엄띄엄 이야기를 시작했다.

"남자야. 프리랜서 기자. 자살했어."

"친했어요?"

"아니, 그렇지도 않아. 전혀 아니지. 잘 모른다는 말이 맞을걸. 일 얘기가 몇 번 오갔는데 이런저런 사정으로 실현은 안 됐고, 그냥 같이 술 몇 번 마신 정도? 그런 사람 쓰야에 갔으니 아는 얼굴이 있기를 하나, 맥주는 자꾸 나오는데 말 상대는 없고, 지인이라도 만나려나 싶어 두 시간쯤 버텼는데 영 바늘방석이고. 저 사람, 어지간히 집에 안 간다는 눈초리는 받기 싫잖아. 공짜 술에 공짜 밥 먹으러 온 사람 취급받는 건 억울하지. 엄연히 불렀으니까 간 거고. 어쨌거나 엉덩이가 무거워서 좋을 일은 없으니까 그냥 나왔는데, 뒷맛이 영 별로네? 잘 알지도 못하는 사람 쓰야는 갈 게 못 돼. 그 사람은 왜 죽었을까, 혼자 그런 생각이나 주섬주섬 하다 보니 내가 죽고 싶어졌지 뭐야."

"그래서 전화 주셨어요?"

233

"뭔가 기분이 확 밝아지려나 싶어서. 미안."

"아뇨, 무슨 말씀을, 영광인걸요."

가나에는 T에게 소주 오유와리소주를 뜨거운 물과 섞은 것를 만들어 주고, 자신은 맥주를 주문했다. 어떻게든 T가 기운을 차리게 북돋아주고 싶었지만, 쓰야에 다녀온 사람 앞에서 시시한 농담을 연발하기도 좀 그랬다. 맥주는 두 잔에서 멈추고 소주로 바꾸었을 즈음에는 얼굴도 모르는 그 프리랜서 기자를 생각하며 눈물이 고였다. 그런 가나에를 보고, T는 네가 울 일이 뭐냐며 웃음을 터뜨렸다.

"아무튼 그 사람도, 너까지 이렇게 울어주니 꼭 성불해야겠네."

가게를 나온 것은 밤 11시. 약한 눈발이 흩날리고 있었다.

"도쿄 눈은 좋아요." 가나에가 말하며 T의 팔짱을 꼈다.

"홋카이도 눈은 끈덕져서 싫거든요. 도쿄 눈은 좋아."

"홋카이도 출신이었어?"

"오타루요. 이력서 안 읽으셨구나?"

"샅샅이 들여다보진 않아. 취미랑 특기 정도만 보지."

지나가는 길에 벤치를 발견하고 둘은 나란히 앉았다. 그리고 와락 껴안았다. 키스도 했다.

T도 흥분했는지 입으로 "어디 따뜻한 데로 갈까?"라고 하면서도 손으로는 가나에의 가슴을 더듬어 젖꼭지를 찾았다. 남자가 몸을 만지게 두는 것은 K 이래 처음이었다. 정말 이 사람으로

괜찮을까, 가나에는 자문했다. T씨는 좋은 사람이지만. 아저씨고. 살짝 기분 나쁘기는 해. 그만두는 게 나을까. 그보다 이 사람, 내가 멈추라면 멈출까. 버럭하거나 성질을 부리거나 때리지는 않을까. 그런 생각을 하는데 갑자기 T의 손이 멎었다.

"뭐지, 이거?"

T가 가나에의 가슴을 더듬었다.

"무슨 응어리가 있는데?"

"네?"

가나에도 만져보았다. 확실히 멍울이 만져졌다.

"뭘까요?"

"병원 가보는 게 좋지 않나? 유방암이면 큰일인데."

"아무렴, 유방암 걸릴 나이는 아니지 않아요?"

"나이가 관계있나?"

T가 스마트폰을 꺼내 이것저것 검색하기 시작했다.

"흠, 젊은 층은 상대적으로 드물기는 하다네? 대신 일단 발병하면 '활동적'이라는데?"

"무슨 뜻이에요?"

"진행이 빠르다는 말이겠지."

가나에는 머릿속이 하얘졌다. 흥분도 말끔히 식어버리고 절로 몸서리가 쳐졌다. T가 가나에의 앞섶을 여며주었다.

"아무튼 병원에 가보는 게 좋겠어."

가나에가 고개를 끄덕였다. 난처한 것은 가출 소녀 가나에에게는 건강보험증이 없다는 사실이었다. 자비로 암 검사를 받는데는 얼마나 들까. 큰맘 먹고 T에게 털어놓았다.

"보험이 없다고? 거 곤란하네. 왜 없어?"

"이런저런 사정이 좀 있어서요. 저 가출했거든요. 세금도 연금도 안 내고 있어요."

"그건 안 좋은데. 뭐, 이제 와서 이런 말 해봤자지만."

이거면 되려나, 하면서 T가 만 엔을 내밀었다. 헤어질 때, T는 무슨 일 있으면 바로 전화해, 하고 말해주었다. 가나에는 안도했다. 이 사람이 있어서 다행이다. 정말 좋은 사람이잖아. 혹시라도 나쁜 병이라면 이 사람을 의지하자. 그렇게 생각하니 기운이 조금 솟았다. 공원의 다목적 화장실에 들어가, 상의를 벗고 젖가슴을 거울에 비쳐보았다. 이게 없어지는 건 싫은데. 그럴 바에야 죽는 게 나을지도 몰라.

가나에는 인터넷을 검색해 이튿날 바로 병원을 찾아갔다. 가와사키에 있는 대형 종합병원이었다. 담당의가 적힌 보드에서 유선외과 담당의의 이름을 확인했다(블로그에 S라는 이니셜로 등장하는 의사다). 뭐가 그리 기뻤는지, 가나에는 이렇게 표현했다.

'S선생님! 〃′(ー▽ー=) ♪'

진료 시간이 끝나가자 대기실이 꽤 한산해졌다. 얼마쯤 더 소파에서 버티자, S라는 이름표를 단 의사가 눈앞을 지나갔다.

'S선생님! ∩(≧▽≦)∩'

    가나에는 밖으로 나가 현관 뒤에 숨어 기다렸다. 삼십 분쯤 지나 S선생이 일을 마치고 나왔다. 파카에 청바지. 의사로는 보이지 않았다.

    가나에가 뒤를 밟았다. 역에 도착했다. 귀가하는 사람들로 북적이는 플랫폼. S선생은 다음 특급 전철을 기다리는 줄에 섰다. 가나에도 바로 뒤에 섰다. 전철이 도착하고, 승객들이 혼잡한 차내로 우르르 밀려 들어갔다. 가나에는 S선생과 멀어지지 않으려 필사적으로 버텼다. 문이 닫히고 전철이 출발했다. 무사히 S선생 등 뒤에 자리 잡은 가나에.

    그나저나 뭘 어쩔 셈이었을까.

    S선생과 개인적으로 친해져서 무료 진찰이라도 받을 생각이었을까. 아니면 순수하게 호감이 가서 무턱대고 쫓아간 걸까. 이 부분에 대한 가나에의 셈속이랄까 동기는 조금 뒤에 나오지만, 어쨌든 상당히 무모한 행동이었음은 분명하다. 뒤를 밟으면서 그녀는 고민한다. 흠, 이제 어쩐다. 느닷없이 저랑 데이트하실래요? 했다가는 줄행랑치기 십상이다. 그렇다고 멍하니 있으면 그는 목적지에서 내려버릴 것이다. 집까지 쫓아가? 쫓아간 다음엔? 무작정 초인종을 눌러 들여보내달라고 할 수도 없는 노릇이다. 골똘히 생각하느라 몰랐는데, 그러고 보니 누군가 가나에의 엉덩이를 만지고 있었다. 발 디딜 틈 없는 만원 전철 안, 뒤에서

이런 짓을 해오면 속수무책이다. 손가락이 다리 사이를 더듬는다. 문득 묘안이 떠올랐다. 가나에는 가만히 S선생의 팔을 붙잡았다. S선생이 놀라서 가나에를 흘금 바라보았다.

"죄송한데요, 저……."

가나에가 S선생의 귀에 속삭였다. 치한인 것 같아요, 하고 말을 이으려다 멈칫했다.

혹 이 사람이 정의감에 불타는 열혈한이라면? 당장 치한을 잡겠다고 대난투극이 시작될지도 모른다. 그건 곤란한데.

"저기, 좀 어지러워서요."

스스로 생각해도 훌륭한 작전이었다. 애초에 이 사람은 의사야. 환자를 보면 도와주는 게 일이거든. 그냥 가버릴 리 없지.

"많이 힘드세요?" S선생이 말했다.

"아, 빈혈이……."

치한의 손이 멈췄다. 손가락이 다리 사이에서 물러나는 것이 느껴졌다.

"다음 역에서 내리고 싶은데요."

"도와드릴까요?"

이 분쯤 지나 전철이 다음 역에 멈췄다. S선생은 가나에의 손을 잡고 사람들을 헤치고 나갔다. 가나에는 만원 전철에서 몹쓸 짓을 하는 인간의 얼굴이라도 봐둘 요량으로 슬쩍 돌아봤지만, 이놈도 저놈도 수상해 보였다.

S선생이 가나에를 플랫폼 벤치에 앉혔다.

"어떠세요? 아직 어지러우세요?"

"네."

"앉아서 안정하시면 차츰 가라앉을 겁니다. 운이 좋으셨어요. 저, 의사거든요."

"그러세요? 정말 운이 좋았네요. 죄송해요. 바쁘신데."

"아뇨, 딱히. 집에 가는 길이니까요."

"저기, 실은 치한이었어요."

"네?"

"치한이 몸을 만져서."

"……네? 아, 그랬군요. 치한이면 치한이라고 해주셨으면, 붙잡았을 텐데."

"그러니까요. 큰 소동이 될 것 같아서."

"……그건 그렇죠."

"죄송합니다. 거짓말해서."

"아뇨, 그런 것쯤은. 그래도 뭔가 몸이 안 좋아 보입니다."

그러고 보니 연기를 계속하고 있었다. 갑자기 그만두기도 머쓱했다.

"치한을 만났으니. 속이 메스껍기는 해요."

"그야 그럴 테죠."

다음 전철이 왔다.

"이제 괜찮으세요?"

"네."

"안 타실 건가요?"

"네? 아, 타야죠."

두 사람은 전철을 탔다.

"어디까지 가세요?"

"요코하마요."

"아…… 저도예요."

요코하마까지 침묵. S선생은 자신의 스마트폰만 계속 만지작 거렸다. 전철이 요코하마 역 플랫폼에 진입할 때 가나에가 S선 생의 귀에 속삭였다.

"오늘은 정말 감사했습니다."

"아뇨, 뭘요."

"저기, 혹시 괜찮으시면 연락처를 가르쳐주세요. 감사 인사라 도 드리고 싶어요."

"괜찮습니다. 신경 안 쓰셔도."

보기 좋게 거절당했다. 다시 침묵. 고개를 들지 못하는 가나에 에게 S선생이 명함을 내밀었다.

"……이거."

"아, 네, 감사합니다. 저는 명함이 없어서."

"괜찮습니다. 기분 내키시면 문자라도 주세요."

"감사합니다."

전철에서 내린 두 사람은 함께 개찰구를 나왔다.

"괜찮으세요, 이제?"

"네, 괜찮아요."

"어느 쪽이세요?"

"저쪽이요."

"어? 저도 그쪽인데요."

"네? 그러세요?"

본의 아니게 나란히 걷게 되었다. 처음 와보는 요코하마. 어디가 어딘지 가나에가 알 리 없었다.

"본가와 직장은 가와사키지만 대학이 이 근처라, 자취 시작할 때부터 줄곧 이쪽 동넵니다."

S선생의 집은 역에서 걸어서 오 분쯤 되는 맨션이었다.

"자, 저는 여기라서."

"그러시군요. 그럼 이만, 저는 좀 더 저쪽이라서요."

"저쪽 어디요?"

"조금 더, 저쪽이요."

가나에가 허둥지둥 대답했다. 더 물어도 대답할 재주가 없다. 요코하마에 대해서는 아는 게 아무것도 없었다. 다행히 S선생은 초들어 묻지 않았다.

"그럼, 이만 실례하겠습니다."

"감사했어요."

S선생이 맨션 출입구 너머로 사라졌다. 가나에는 그대로 조금 더 걸었다. 오십 미터쯤 갔다가 발길을 돌려 역으로 향했다. 도중에 걸음을 멈추고, 건네받은 명함을 들여다봤다.

틀림없다. 어릴 때 잘 놀아주던 오빠였다. 아버지도 의사여서 이 오빠도 장차 의사가 되겠거니 했는데, 언제였더라, 도쿄에 오고 얼마 안 되어 인터넷에서 이름을 검색하니 동성동명이 한 사람 떴다. 사진을 보니 인상이 꽤 날카로웠지만 그 오빠가 분명했다. 페이스북 계정을 찾아내 친구 신청을 하자 승인되었다. 그때부터 이따금 그의 페이스북을 열람했다. 메신저로 말을 걸 수도 있었을 텐데, 선뜻 용기를 내지 못했던 모양이다. 말하자면 가나에와 S선생은 생판 초면은 아니었던 셈이다. 이런 경위도 없었다면 가령 우연히 길에서 맞닥뜨려도 단번에 알아보기는 불가능했으리라. 실제로 그는 지금도 알아차리지 못했다. 알아차릴 리도 없었다. 설령 가나에를 기억한다 해도 어린 시절 모습일 테니.

뒤에서 발소리가 들려 돌아보니, 글쎄 S선생이었다.

"어? 또 만났네요."

가나에는 몹시 당황했다.

"아, 아뇨…… 저기…… 어라? 선생님은요?"

"지금부터 혼밥입니다. 이 근처에서. 괜찮으시면 같이 드실래요?"

"네? 그러게요."

생각지도 못했던 기회였다. 두 사람은 역 앞 중화요리점으로 들어갔다. 조용한 방으로 안내되었다.

"이 집은 소룡포를 잘해요. 드실래요?"

"아, 알아서 주문해주세요."

어쩐다. 여기서부터는 완전히 무계획이었다. 어떻게 하면 그에게 진찰받을 수 있을까. 순수하게 좀 봐달라고 부탁하면 좋을 것을, 입이 떨어지지 않았다. 일단 오늘은 이 정도로 해두고 며칠 뒤 기회를 봐서 상담하는 것도 괜찮으리라.

'그래, 조금씩, 조금씩……'

요리가 나왔다. 실로 오랜만에 맛보는 훌륭한 요리였다. S선생이 쓴웃음을 짓는 것을 보고 가나에는 적잖이 무안했다.

"아니, 하도 맛있게 드셔서요."

가나에가 얼굴을 붉혔다. 창피함을 무마하려고 사오싱주를 마셨다. 그나저나 어디서부터 이야기를 꺼내야 할까. 우선, 떠오르는 대로.

"혼자신가요?"

생뚱맞은 질문이 튀어 나갔다.

"혼자라 함은, 독신이냐고요?"

"네."

"독신입니다."

"죄송해요. 쓸데없는 걸 여쭤봤네요."

"아뇨, 괜찮습니다."

다음이 떠오르지 않았다. 뒷말을 고민하며 소룡포를 삼키다

혓바닥을 데었다.

"어, 괜찮으세요?"

"혀를 덴 것 같아요."

"자요, 물이요, 물."

가나에는 물을 머금었다 삼켰다. 그러고는 혀를 내밀었다.

"데었나요?"

"아뇨, 모르겠는데요. 뭐, 괜찮겠죠. 저는 혀 전문은 아닙니다만."

"아, 맞다! 의사 선생님이셨다!"

"네."

"무슨 과예요?"

"유선외괍니다. 유방암이라든가, 그쪽이요."

"우와. 저도 봐주시면 좋겠다."

엉겁결에 내뱉고 말았다.

"다음에 꼭. 병원에 오시면."

"실은 가슴에 뭔가 멍울이 있거든요."

"네?"

"왕진은 안 하시나요?"

"왕진이요?"

S선생이 눈동자를 또록또록 굴리고는 "봐드릴까요?"라고 묻는다.

"여기서요?"

"그러게요. 여기선 안 되겠죠. 어디, 다른 데로 가실래요?"

"네?"

"진찰만입니다."

"어디로 가죠?"

"그러게요."

"러브호텔?"

"아니, 그런, 저희 집도 괜찮으시면……."

"진찰만 하시기예요."

"물론입니다."

일단 해보자는 마음으로 출발해 어찌어찌 목적을 달성한 가나에. 골프로 치면 '보기'를 몇 번이나 치다가 어찌어찌 '홀인'에 성공한 셈이었다.

"그러고 보니 아직 성함도 모르네요." S선생이 말했다.

"……아."

가나에는 일순 말이 막혔다. 엉겁결에 가명을 썼다.

"가나에예요."

"가나에 씨……."

"네."

정체가 탄로나면 안 돼…… 아버지에게 연락이 가서는 곤란하다.

"한자는 어떻게 쓰세요?"

"가타카나예요."

"성은요?"

"……아."

"아니, 딱히 말씀하기 싫으시면."

"유메夢입니다."

"유메 씨. 유메는, 꿈을 이루다, 할 때의 유메요?"

"맞아요."

"좋은 이름이네요. 유메 가나에. 아, 정말 꿈을 이룬다는 뜻이
군요?"

"네."

"꿈은, 이루셨나요?"

"……아뇨, 아무것도."

"그런가요. 뭐, 언젠가 이룰 날이 있겠죠."

"네."

"꿈이 뭔데요?"

"음…… 배우요."

"호."

"앗, 지금 무리라고 생각하셨죠?"

"아뇨, 반댑니다."

"정말요?"

"정말입니다. 유메 가나에는 예명인가요?"

"네."

"그렇군요…… 언젠가 꿈을 이루시면 좋겠네요."

식사가 끝나자 S선생은 가나에를 자택 맨션으로 데려갔다. 넓은 집이었다. 14층 거실에서는 바다가 보였다. 레인보우브리지인가 했는데, 누가 베이브리지라고 가르쳐주었다. 그는 처음부터 그 집에 있었다. 아무도 없는 줄 알았는데 소파에 웬 남자가 누워 있어 당황했다. 머리가 길고 수염까지 길러서 어딘지 노숙자처럼 보이는, 호화로운 이 집과는 도무지 어울리지 않는 남자였다.

S선생이 가나에를 서재로 데려갔다. 방에는 몹시 으스스한 그림이 걸려 있었다. 저도 모르게 들여다보는 가나에.

"아까 그 녀석이 그렸어요." S선생이 말했다.

"화가예요, 저 사람? 잘…… 그리네요."

"잘 그리죠. 화가니까."

"죽은 거 아닌가요? 이 사람."

"그거, 저 녀석이 그린 나."

"그래요?"

S선생은 가나에를 의자에 앉히고 유방을 촉진했다. 그러고는 종양의 가능성은 부인할 수 없다고 병원에서 제대로 검사해보자며 내일이라도 외래로 오라고 했다. 가나에는 병원에 가지 않았다. 가나에가 바랐던 것은 괜찮다는 말이었다. 괜찮지 않다면, 그다음 일은 전혀 생각할 수 없었다.

블로그를 통해 알 수 있는 이야기는 여기까지였다.

'진부한 말로, 머릿속이 진짜 하얘졌다.'

이것이 가나에가 남긴 마지막 기록이었다. 날짜는 2017년 3월 16일.

그녀는 제대로 진찰받았을까? 혹시 그냥 버틴 것은 아닐까? 그런 걱정을 하마사키에게 적어 보내자 바로 답이 왔다.

'진찰받지 않았을 가능성이 크죠. 블로그 내용상 그런 느낌이 잖아요?'

하마사키의 메시지가 이어졌다.

'그것도 그거지만, 주목할 점은 'S선생'이에요. 소메이 씨와 같은 유선외과 의사거든요. 가와사키의 병원에 근무했다는 점까지 일치하고요.'

'가령 S선생이 나유타, 라면 버스 사고 희생자 중 한 사람과는 접점이 있었다는 말이거든요. 이거, 대체 무슨 뜻일까요? 음, 무슨 뜻일까요…….'

'가나에가 집에서 만났다는 화가도 신경 쓰이고요. 나유타의 화가 친구가 놀러 와 있었을까요? 그 친구가 그린 나유타의 초상화가 존재한다는 말이잖아요?'

'어쨌거나 가나에 일기의 등장으로 진상은 더한층 오리무중이네요.'

하마사키의 말대로다. 마지막으로 블로그를 갱신한 후 가나에와 나유타 사이에 대체 무슨 일이 있었을까. 분명 뭔가가 있었다. 그로부터 십여 개월이 지나 버스 사고로 사망한 가나에는, 그 열흘 후 나유타의 그림 속에 있었으니까.

하마사키의 메시지가 또 도착했다.

'그건 그렇고 단손에 그 기사 올린 사람 말인데요. 오리모 우젠이요. 아무래도 어떤 사람의 애너그램 같거든요. 오리모를 거꾸로 읽으면 모리오. 우젠UZEN의 알파벳을 거꾸로 읽으면 네즈NEZU. 네즈 모리오. 이분 아세요?'

소름이 돋았다. 하마사키의 다음 설명을 기다릴 것도 없이.

'네즈 모리오. 나유타 그림을 취급하는 화랑 대표인데요.'

그렇다면 그 기사를 네즈 씨가 썼다는 말일까.

'이 사람이라면 버스 사고 희생자와 〈꽃의 거리〉의 상관관계를 안다 해도 전혀 신기할 게 없잖아요. 선배, 이분, 혹시 아세요?'

알고 말고.

이리하여 나는, 이번에는 네즈 씨와 나의 관계를 하마사키에게 적어 보내야 했다. 첫 만남부터 현재까지 소상히 적어나가는 사이, 이 수수께끼 화랑 대표가 갈수록 무슨 요괴처럼 느껴져 등골이 서늘해졌다.

며칠 후 문제의 요괴, 네즈 모리오가 메시지를 보내왔다.

'에베 씨, 취재 가능할지도 몰라요.'

일순 무슨 말인가 했다. 연이어 메시지가 도착했다.

'나유타 건입니다. 하실래요?'

'무슨 말씀인지요? 에베 씨라니, 에베 쓰미코 씨 말인가요?'

'맞아요.'

'그분이 나유타를 아세요?'

'그건 본인한테 물어보세요.'

여전히 쌀쌀맞은 대답이다. 아무리 그래도 산 넘어 산이다. 요괴 다음에 느닷없이 저 공포의 에베 씨를 상대하라고? 시작하기도 전에 마음이 꺾일 것 같았다. 하지만 이왕 벌어진 일이다. 뛰어드는 수밖에. 불 속의 밤은 주워야 한다 타인의 이익을 위해 일부러 위험한 일에 손을 댄다는 뜻.

에베 씨에게 메일을 보냈다. 조심조심. 솔직히 잔뜩 졸아서.

'나유타 건으로 취재를 부탁드리고 싶습니다만.'

답이 바로 왔다.

'언제라도 좋아요.'

조금 우호적인 대응에 잠시 가슴을 쓸어내리며 가세에게 메시지를 썼다.

'나유타 건으로 에베 쓰미코라는 화가를 취재하게 됐어. 다음

주에 하루쯤 비는 날이 있을까?'

　답은 한참 후에야 돌아왔다. 몹시 짤막하게.

'저는 못 가지만, 열심히 하세요.'

　……란다.

15

항
하
사

恒
河
沙

바다가 보이는 그 고지대에는 별장으로 보이는 건물이 점점
이 흩어져 있었다. 조자가사키 근처. 주소는 요코스카 시 아키야
지만, 하마야에 인접한 동네다. 네즈 씨에 따르면 '항하사'라는
간판이 붙은 건물을 찾으면 된단다. 그곳이 에베 쓰미코의 아틀
리에라고.

급한 오르막길이 끝나는 곳에서 간판을 발견했다. 네모난 금
속판에 '항하사'라 새겨져 있다. 레스토랑으로 착각하기 딱 좋은
그리스풍 흰색 건물이다.

초인종을 누르자 인터폰 너머에서 에베 씨가 답했다.

"들어와요."

현관 잠금장치가 해제됐다.

안으로 들어서자 바로 아틀리에였다. 한창 씨름중인 듯한 신

작이 한복판에 보였다. 에베 씨는 모델 같은 자세로 소파에 누워 있었다.

"굉장하네요! 멋진 작업실인데요!"

"내 건 아니고요. 난 그냥 더부살이. 네즈 씨 단골고객 소유예요. 네즈 씨가 작가들이 공동으로 쓸 아틀리에가 하나 있으면 좋겠다니까 여길 내줬대요."

"그림 그리는 분에게는 최고의 환경이네요."

"글쎄요? 몸이 너무 호강하면 작품이 안 나온다는 사람도 있던데? 여길 쓰라면 나야 굳이 마다할 생각은 없지만요."

"다른 분도 계신가요?"

"지금은 혼자 써요. 작년까지는 2층에 한 사람 더 있었고."

"그러시군요."

발걸음이 절로 작업중인 캔버스로 향했다. 인물의 얼굴이 없는 초현실적 그림이었다.

"이번엔 얼굴이 아예 없나요?"

"아뇨. 얼굴은, 제일 마지막에 그려요."

"그러세요? 뭔가 맨 처음에 그리고 싶을 것 같은데요."

"난 맨 나중. 그런 건 사람마다 다르지 않나? 난 얼굴에 의지하는 게 싫어요. 얼굴 없이도 납득할 수 있을 때까지 그려요. 이거면 됐다 싶어야 얼굴을 시작하죠."

"그러시군요. 이 상태로도 뭐랄까, 충분히 완전한 하나의 표현이네요."

"다들 그렇게 말해요. 나도 가끔 그런 생각이 들고. 앉아요."

에베 씨가 느른한 동작으로 몸을 일으켜 부엌으로 갔다. 나는 그녀가 가리킨 의자에 앉았다.

"커피면 돼요?"

"아, 네."

에베 씨가 밀크팬에 물을 끓이면서 식기 건조대에 엎어뒀던 머그잔 두 개를 개수대에 내려놓았다. 조리대 위가 아니라 개수대 안이다. 궁금해서 잠자코 지켜보는데 에베 씨가 불쑥 말했다.

"지난번엔 신세가 많았어요. 기사, 평판 좋던데요."

"아, 읽으셨어요?"

"아뇨. 사람들 말이. 난 안 읽어요. 전에 한 번 내 인터뷰 기사를 읽은 적 있는데, 뭐라는 건지 나도 모르겠던걸."

물이 끓자 에베 씨는 밀크팬에 인스턴트커피 가루를 부었다. 팬 속에서 끓던 물이 부르르 거품을 일으키는 것이 내 자리에서도 보였다. 에베 씨가 팬을 개수대로 가져가 거품이 이는 커피를 머그잔에 부었다. 과연, 저래서야 조리대 위에서는 무리일 터. 신기한 스타일이었다.

에베 씨가 양손에 머그잔을 쥐고 돌아왔다. 하나를 내 옆의 작은 스툴에 내려놓고, 소파로 돌아가 앉더니 자신의 몫은 바닥에 내려놓았다.

"먼저, 오늘 시간을 내주셔서 감사합니다. 실은 이번에 나유타 특집을 기획중이거든요. 메일에도 썼다시피 네즈 씨가 에베 씨 말씀을 꼭 들어보라고 하셔서……."

"뭘 듣고 싶은데요?"

"네? 그러니까…… 네즈 씨도 자세한 말씀은 해주지 않으셨습니다만. 에베 씨가 나유타 씨에 대해 아시는 게 있으면 말씀을 좀…… 죄송합니다, 이런 부탁 실례인 줄 알지만요."

에베 씨가 머그잔을 집어 들었다.

"좀 마셔봐요."

"네? 아, 네."

나도 머그잔을 입으로 가져갔다. 한 모금 맛봤다.

"맛있어요?"

"아, 네."

"그렇게 끓이면 맛있대서."

한 모금 더 마셨다.

"음…… 정말 맛있는데요! 인스턴트 같지 않아요."

"꽤 괜찮죠? 지인한테 배웠어요."

"그러시군요."

"작년까지 위층에 있었던 사람."

말투도 눈빛도 어딘지 의미심장했다. 둔한 나도 짐작이 갔다.

"혹시 나유타 씨인가요?"

에베 씨가 조그맣게 고개를 끄덕였다.

"위에 계셨다면…… 잘 아시겠군요."

"네즈 씨한테는 어디까지 들었어요?"

"들은 게 전혀 없습니다. 알아서 조사하라고만. 무슨 수수께끼 게임이라도 하는 느낌이에요."

"게임이라면, 그쪽 놀이 상대는 네즈 씨가 아닐 텐데요?"

"네?"

"나유타지."

"그런가요?"

"네즈 씨는 나유타가 하라는 대로 할 뿐이니까요. 나유타에 대해선 어디까지 알아요? 소메이가 죽은 건 알던가?"

"아, 네."

"나유타는 말이죠…… 두 사람이에요. 그건 알고?"

"두 사람이요? 네? 그래요?"

"소메이, 그리고 또 한 사람. 둘이서 만든 유닛이 나유타."

"……유닛이요? 한 사람 더 있다고요?"

"그러니까 있다잖아요. 있으니까 취재 허가가 떨어진 거고."

"네? 그런가요?"

"그야 그렇잖아요?"

"그럼 그분은 살아있네요? 또 한 분 말이에요."

"그러니까 취재를 허락했겠죠?"

안도감이 확 몰려왔다. 허탈해서 의자에서 떨어질 뻔한 것을 간신히 버텼다. 아아, 다행이다. 나유타는 살아있어. 아니, 한 사람은 죽었지만 또 한 사람이 살아있다는 의미로, 나유타는 살아 있다!

"아, 2층, 올라가볼래요? 나유타 그림이 있어요."

에베 씨가 소파에서 몸을 일으켰다. 나도 같이 일어났다. 그런데 에베 씨는 더 움직일 기색이 없어 보였다. 혼자 가보라는 말일까. 나는 계단으로 향했다. 첫 계단을 밟기 전에 혹시나 하고 뒤돌아봤지만, 에베 씨는 여전히 같은 자세로 어서 다녀오래도, 하는 표정이었다.

계단을 올라갔다. 높은 천장을 인 건물의 2층은 1층보다 어두컴컴했다. 창에는 커튼이 쳐 있었다. 캔버스가 얹힌 이젤 몇 개는 전부 천으로 덮여 있었다.

방 한복판의 이젤로 다가가 천을 걷었다.

〈번데기〉 중 한 점이다. 좌우에 놓인 그림 역시 〈번데기〉다. 초현실적 나신상 연작. 각각 〈번데기1〉 〈번데기2〉 〈번데기3〉이라는 제목이 붙어 있다.

〈번데기1〉은 손발이 뒤로 묶인 여자의 몸통에서 넓적다리까지를 극명히 묘사했다. 몸은 뒤로 젖혀졌고, 헝클어진 머리에 뒤덮여 얼굴은 보이지 않는다. 〈번데기2〉는 삼베 같은 천이 전신을 감고 있다. 어깨부터 머리, 그리고 무릎 이하는 천에 가려졌다. 여체의 몸통, 넓적다리, 정강이가 드러내는 포름forme이 어딘가 나비의 번데기를 연상시킨다. 머리와 손발을 빼앗긴 저 여체가 번데기라면, 거기서 무언가가 날개 달고 날아가리라 상상하게 하는 두 폭의 그림이다. 〈번데기3〉은 바야흐로 우화羽化한 여체다. 얇은 슬립을 걸치고 아스팔트 바닥에 모로 누운 여자.

오른발을 앞으로, 왼발을 뒤로 뻗고 있다. 사모트라케의 니케_{루브}
_{르 미술관이 소장한 헬레니즘 시대의 대리석 조각}와 비슷한 느낌이다. 무엇보다
눈을 잡아끄는 것은 니케와 마찬가지로 등에 난 날개다. 다만 이
쪽은 조류의 날개가 아니라 투명한 곤충의 날개다. 마치 요정 같
지만, 배경의 아스팔트와 하나가 된 검은 머리칼로 인해 두부_頭
_部가 떨어져나간 것처럼 보인다. 두 팔 또한 넓적다리 사이에 끼
워져 보이지 않는다.

에베 씨가 계단을 올라온다.

"그 모델에 대해서는 뭐 좀 알아냈어요?"

"……아뇨. 이 작품은 지금부터 조사할 거라서요."

에베 씨는 약간 묘한 표정을 짓더니 고개를 돌리고, 천천히 발
을 옮겨 이젤을 덮은 천을 하나씩 걷어냈다.

〈반려〉. 〈까마귀 공원〉. 그리고 〈꽃의 거리〉. 전부 진품이었다.
나는 전율에 가까운 감동에 사로잡혀 한 폭 한 폭을 들여다봤다.

"두 사람이라고 하셨잖아요. 어느 쪽이 어느 작품을 그렸나
요?"

"같이 그렸어요."

"같이요?"

"그래요. 뭔가 기분 나쁘죠? 하지만 그런 유닛이었거든요. 나
유타는 무한히 큰 수의 단위잖아요? 그들의 나유타는 두 개의
재능을 곱해 무한대가 된다는 의미래요."

"그렇군요. 그런 일이 가능할까요?"

"이를테면 베로키오와 레오나르도 다빈치라든가. 운케이와 가이케이일본 가마쿠라 시대의 불사이자 조각가들라든가."

르네상스 시대에 그림은 주로 공방 단위로 제작했는데, 마에스트로의 지휘 아래 몇 명의 화가가 붓을 잡았고, 운케이는 가이케이를 비롯한 제자들과 더불어 나라 도다이지 난다이몬의 금강역사입상 두 기를 몇 달 만에 완성했다지 않나.

나유타의 창작도 그런 스타일이었을까.

그림을 차례로 들여다보며 걷다 문득 벽에 붙은 몇 장의 사진에 눈이 갔다. 나란히 찍힌 두 남자. 한쪽은 소메이 유타카다. 소메이 산부인과에서 봤던 사진 속 얼굴과 같은 얼굴.

그리고 또 한쪽.

"이 사람이…… 다른 한 분인가요?" 내가 물었다.

"맞아요."

왠지 낯이 익었다.

"왜요?"

"아뇨…… 아니…… 그게…… 누구랑 많이 닮아서요."

"가세 마스미."

"네?"

"가세 마스미. 나유타의 또 한 사람."

나도 모르게 에베 씨를 돌아보았다. 대체 어떤 얼굴을 하고 그녀를 바라봤을까. 상당히 얼빠진 얼굴이었을 것이다. 에베 씨가 웃음을 삼켰다.

"왜 그래요? 귀신이라도 본 줄 알겠네. 아는 사람?"

"네⋯⋯."

"알아요."

"네?"

"고등학교 선후배라면서요? 그쪽이 가세에게 유화를 가르쳤다던데, 맞아요?"

"아, 아뇨, 네."

"그러니까 상대를 잘못 찾아왔다는 거잖아요. 나한테 올 게 아니라 저쪽한테 갔어야지. 가세 마스미. 그 사람은 다 알고 있으니까. 연락해보지 그래요?"

"어⋯⋯ 아⋯⋯."

너무 놀라서⋯⋯ 머릿속이 휑했다.

"내가 해줘요?"

에베 씨가 스마트폰을 꺼내 드는 것을 멀거니 볼 뿐⋯⋯ 나는⋯⋯ 도무지 나는⋯⋯.

"⋯⋯저기요, 본인 취재는 안 된다고 들었는데요."

정리가 되지 않았다.

왜. 그는 왜⋯⋯ 말하지 않았을까⋯⋯ 왜 숨겼을까.

"나유타 취재는 무리죠. 이미 없으니까. 해산해버렸으니까. 그래도 가세 얘기는 들을 수 있잖아요? 이 취재 오케이한 건 그 사람인데?"

"그런가요?"

"달리 누가 있겠어요?"

무릎에서 후르르 힘이 빠졌다. 털썩 주저앉았다. 나는 꼼짝도 할 수 없었다. 나유타의 그림에 둘러싸인 나 자신이 흡사 저주의 마법진魔法陣 한복판에 홀로 서 있는 듯한, 바야흐로 사신이 나타나 내 심장을 도려내는 의식이 시작될 것만 같은, 그런 구체적 망상까지는 아니었어도, 뭔가 그에 필적하는, 쇠망치로 뒷머리를 얻어맞은 것 같은 충격이 나를 강타했다.

그림을 한 폭 한 폭 바라보며 유유히 걷는 에베 씨의 목소리만 등 뒤에서 울렸다.

"원래 훨씬 많았는데 가세가 대부분 본가로 보내버렸어요. 내다 버리지 않았다면 아직 이것저것 있을걸요. 그쪽도 취재해보시지?"

무언가를 취재해보라는 말 같은데 머릿속에 들어오지 않았다. 도무지 뭐가 뭔지, 뭔가를 생각할 여유가 없었다.

"술이나 마실래요? 오늘은 자고 가면 되겠네."

에베 씨가 이끄는 대로 일이 착착 나아갔다. 망연자실 주저앉아 있는 내 손에 에베 씨가 다짜고짜 잔을 쥐여주고 와인을 채웠다. 정신이 들고 보니 나유타의 그림에 둘러싸여, 바닥에 앉은 채 와인을 마시고 있었다.

"소메이와 가세를 처음 만난 건 이곳이었어요. 바로 이 아틀리에 2층. 둘이 여기를 썼고, 아래층엔 구체관절 인형을 만드는 작가가 있었죠. 나는 처음엔 아래층 한쪽을 빌려 작업했는데, 도중에 인형 작가가 나가서 혼자 쓰게 됐고. 그 사람, 왜 나갔는지 알아요? 위층 인간들, 저주받았다면서. '사신 전설'을 진짜로 믿은 거예요."

"사실 저도 잘 모르겠어요. 설마 그런 황당한 일이 있으랴 싶다가도 막상 조사하다 보면…… 〈꽃의 거리〉라든가, 절대 있을 수 없는 일이잖아요?"

"저주받은 건 맞아요."

"네?"

"그럴걸? 난 그렇게 생각하는데?"

"그런 사람들이 위에 있는데, 무섭지 않던가요?"

"멋있지 않아요? 소메이."

"저야 모르죠."

"그런가? 아무튼 거부할 수 없는 매력이 있었죠. 그래 봤자 여기 거의 안 왔지만. 평소엔 의사 노릇을 해야 하니까. 대신 가세는 늘 위층에 있었어요. 거의 살다시피 했죠. 나도 가끔 자고 갈 때가 있었지만, 가세는 줄곧 틀어박혀 뭔가 부지런히 그렸어요. 소메이는 한 번씩 불쑥 나타나서 가세와 갑론을박 떠들거나, 어쩌다 아래층으로 내려와 나랑 마시거나. 곤드레만드레 취해서 같이 자버리기도 하고. 정신을 차려 보니 내가 소메이한테 아주 홀딱 빠져 있더라고. 이런 이야기, 듣기 싫어요?"

"아뇨, 괜찮아요."

대답은 했지만, 머릿속은 여전히 착란 상태였다. 그러게 가세는, 나와 함께 현지를 찾아가고, 모델 관계자도 만나지 않았던가. 아니, 아니다. 만나지는 않았다. 〈까마귀 공원〉 때도 관계자와 직접 만나지는 않았다. 다나카 선생도. 소메이 유타카의 부모님도. 유일하게 만난 사람은 스도 야마토 씨. 그는 가세를 알지못할 테니까? 자신의 얼굴을 아는 사람, 면식이 있는 사람은 피한 걸까.

그렇구나. 자신은 갈 수 없다는 말이 그런 뜻이었다.

에베 씨 앞에 나타나면 "어머, 당신이 웬일이야?"가 되니까. 내머릿속이 온갖 생각으로 부글거리는 와중에도 에베 씨는 하고싶은 말을 마음껏 했다. 이야기는 이쪽저쪽으로 달려가다 어려운 예술론으로 빠지곤 했고, 마침내 그녀가 할 말을 마쳤을 때는날이 희붐하게 밝아왔다. 아직 해가 있을 때부터 마시기 시작해하룻밤을 꼬박 새운 것이다. 와인을 몇 병이나 비우고도 나는 끝내 취하지 못했다. 에베 씨는 결국은 제법 취했지만, 이야기의앞뒤가 어긋나거나 횡설수설하는 일은 없었다.

거기서 얻은 정보를 여기 옮겨보기로 하자.

나유타는 누구였으며, 그들의 시작은 어떠했는가?

긴 이야기였다. 에베 쓰미코는 간간이 옆길로 빠져 소메이 유타카의 중학교 시절도 들려주었다. 시간순으로 따지면 그 이야기가 먼저다. 우선 거기로 거슬러 올라가보자.

16

쓰
미
코
의

이
야
기

"소메이 아버지가 산부인과의란 건 알아요?"

"네. 가와사키 자택에 취재를 다녀왔습니다."

"아버지가 산부인과 의사. 그런 일을 한다는 것만으로도 소메
이는 견딜 수 없었죠. 생명의 탄생에 입회하는 일, 의사 중에선
행복한 편 아닌가? 그런데 그는 싫었던 거야. 피비린내가 난다
나요. 그 피비린내 나는 일이 소메이 가의 가업이었어요. 미리
깔려 있는 그 레일을 달려야 한다는 사실이 소메이로서는 참을
수 없었죠. 중학교 때 가와사키로 옮겨온 후로는 폭력단 비슷한
무리와 어울려 나쁜 짓을 하고 다닌 시기가 있었던가 봐요."

스도 형제에게도 들은 이야기다. 다만 세세한 전말은 여러모
로 느낌이 달랐다. 사실관계는 대개 일치했지만, 에베 씨가 소메
이 본인에게(때로는 잠자리에서) 들었다는 이야기는 내가 아는 것

과는 사뭇 결이 달랐다.

에베 씨는 소메이에게 "죽고 싶었어?"라고 물은 적이 있다. 소메이의 양 손목에 숱한 리스트컷의 흔적이 있었기 때문이다.

그 대답이 다름 아닌 '미야'로 시작되는 이야기였다.

소메이는 중학교 3학년 가을, 가와사키로 전학 왔다. 그전에는 오타루에 살았는데, 에베 씨는 거기까지는 알지 못했다. 그녀가 들은 이야기는 가와사키 시절부터였다.

그건 그렇고 전학생 소메이에게 관심을 품은 학생이 있었다. 미야다.

스도 형제의 막내 여동생 미야. 삼형제가 통제 불능 음란녀라 부르며 안절부절못했던 그 미야가 소메이를 낙점한 것이다. 소메이 말로는, 미야의 목적은 처음부터 섹스였단다.

"아니, 겨우 중학생인데. 그게 말이 된다고 생각해요?"

그렇게 물으면 이쪽은 "음, 상상하기 좀 힘들죠"라고 대답할 수밖에 없다.

다케루와 미코토가 만족을 모르는 이 여동생에게 사내 녀석들이 붙지 못하도록 철저히 경계했음에도 미야는 오빠들의 눈을 요령껏 피해 소메이와 밀회를 되풀이했다.

미야라는 여자아이의 조숙함도 조숙함이지만, 그것을 상대해낸 소메이도 굉장한 남자였던 셈이다.

놀이 감각으로 절도를 되풀이했던 스도 형제는 주머니가 무척 두둑했고, 그것을 여동생이 마음대로 갖다 써도 딱히 신경 쓰지 않았다. 그런 특수한 환경 속에서, 중학교 2학년 미야는 아무튼 씀씀이가 남달랐다. 소메이와 놀 때도 계산은 전부 미야가 했다. 게임센터도, 노래방도, 러브호텔도. 오빠들의 깨끗하지 못한 돈을 가져다 거침없이 쏟아부을 만큼 미야는 소메이를 좋아했다. 주도권을 쥔 쪽은 소메이였지만, 한없이 헤픈 이 조숙한 여자애를 성가셔하면서도 빠져들어 끊어내지 못하는 것이 그의 모순이었다.

"……섹스 중독." 에베 씨가 말했다.

처음 들어보는 말도 아니지만, 아무려면 중학생이?

"본인도 제어가 안 돼요. 자기 입으로 그랬다니까? 긴말 안 해도 나도 잘 아는걸, 소메이의 섹스 중독이라면. 이 언저리, 더 소상히 알고 싶어요?"

상당히 저항감이 느껴지는 화제였지만, 취재라 생각하면 못 들을 것도 없었다.

"네, 꼭 좀 부탁드려요"라고 되받자 "싫은데"란다.

"싫은데"는 대체 뭐였는지, 에베 씨는 태연히 말을 이었다.

"길어요. 아무튼 길다고. 몇 시간은 일도 아니라니까요. 그야말로 절륜絶倫이지. 도무지 멈추질 않아요. 멈추기는커녕 하면 할수록 달구어져서, 몸도 마음도 아주 산산조각 나기 직전까지 간다고. 결국은 내가 항복하고 울음을 터뜨리고 말아요. 뭐, 통곡. 늘 똑같은 패턴이죠. 내 이야기는 그만 됐고."

에베 씨가 스도 형제로 이야기를 되돌렸다.

"미야가 음란녀 취급을 받게 된 건 다 소메이 탓이지 싶어요. 소메이가 달콤한 말로 꼬여내 가지고 논 느낌?"

아니, 그렇지만······.

"아직 아이들 세계잖아요, 그런 남녀의 역학力学이 통용할까요? 불가능할 것 같은데요." 내가 말했다.

불가능할 것 같은데, 하필 내게는 경험이 없었다.

"그 정도는 해야겠죠? 소메이니까. 괴물이니까." 에베 씨가 말했다.

아무래도 위화감이 남았다. 스즈키 사치코 씨 댁에서 봤던 중학교 시절 사진. 그 소년이 가와사키로 오면서 갑자기 그런 괴물이 될 수도 있는 걸까.

솔직히 이건 에베 씨 나름의 해석 혹은 각색 아닐까. 에베 씨는 소메이를 괴물로 만들어두고 싶은 것이리라. 그것이 과장을 낳고 픽션을 만든다. 작가란 흔히 그런 사고 회로를 지니는지도 모르고, 작가의 눈으로 보면 맞아떨어지는 이야기인지도 모른다. 그러나 내가 알고 싶은 것은 사실이다. 스도 형제는 혈육인 미야를 성욕의 괴물처럼 말했다. 어쩌면 그들에게도 수치였을 여동생의 성벽을 과연 본인들 입으로 과장했을까. 미야와 소메이의 관계를 더 리얼하게, 더 적확히 파악한 쪽은 스도 형제 쪽이 아닐까.

어느 쪽의 애욕이 더 강력했는지는 차치하고, 화려한 밀회를 되풀이하던 두 사람의 소문이 급기야 스도 형제의 귀에 들어가,

소메이는 어느 날 불려가 격렬한 폭행을 당했다. 이 대목은 내가 알고 있는 사실과 일치했다. 다케루 씨 말로는, 맞아도 맞아도 다시 일어나는 소메이에게 협기를 느끼고 한편으로 받아들였다고 했지만, 소메이 본인이 에베 씨에게 들려준 이야기는 당시 그의 마음속에서 벌어진 일을 한결 극명히 드러냈다.

미코토에게 폭행을 당하면서 소메이는 스스로도 놀랄 만큼 죽고 싶어했다는 사실을 깨달았다. 여기서 이 녀석에게 맞아 죽으면 수고를 더는 셈이다. 그런 생각까지 들자 고통은커녕 몸이 떨리는 희열을 느꼈다. 이런 쾌감 속에서 죽을 수 있다면 더할 나위 없으리라. 그 황홀감은 소메이 안에 깊이 새겨졌다.

스도 형제의 총애 속에 소메이는 팀의 독보적 존재가 되어갔다. 어느덧 당당히 여자친구 행세를 하는 미야가 차츰 거추장스러워졌다. 그보다 성가신 상대가 미코토였다. 동급생이었던 미코토는 소메이와 잠시도 떨어지려 하지 않았다. 다케루 형도 인정하는 친구를 독점함으로써 존재감을 과시하고 우월한 자리를 확보하고 싶었는지도 모른다.

"머리 나쁜 애들일수록 그런 재미없는 계산을 하는 거라던데. 그래요?" 에베 씨가 말했다.

어느 날 그들은 경찰 오토바이에 쫓겼다. 오토바이 뒷자리에 소메이를 태운 채 미코토는 미친 듯이 달렸다. 무면허였고, 훔친 오토바이였다. 경찰이 쫓아온 것도 바로 그 오토바이 때문이었다. 아무리 달려도 경찰 오토바이가 따라붙었다.

그때였다. 소메이의 머릿속에 한 가지 생각이 스쳤다. 지금이다. 죽으려면, 지금이야.

교차로 반대 차선에 우회전을 하려는 차가 보였다. 미코토가 차를 피해 중심을 왼쪽으로 기울였다. 소메이는 몸의 중심을 반대쪽 그러니까 오른쪽으로 기울였다. 미코토의 중심이 저항하는 것을 느끼며 소메이는 있는 힘을 다해 몸을 오른쪽으로 꺾었다. 오토바이가 차와 충돌했다. 미코토는 죽고, 소메이는 살았다.

스도 다케루의 직감은 적중했던가. 사람을 죽였다. 소메이 유타카가.

미코토의 죽음을 슬퍼하는 형제, 가족, 무리의 멤버들. 소메이는 생각했다. 이 소박한 사람들은 슬퍼하는 법을 아는구나. 그게 무엇인지 나는 모른다.

"두 더듬이가 뜯겨 나간 곤충이랬던가, 물속에서 세상을 보는 듯한 감각이랬던가, 아무튼 본인 말로는 그랬어요."

그런 감각에 들볶이는 소메이에게는 그들이 드러내는 희로애락이 조금도 와 닿지 않았다. 그런데 어떤가, 그 무가치한 무리 속 한 사람에 지나지 않았을 미코토. 그 미코토가 손끝이 닿은 감촉까지 실감할 수 있는 존재가 되어 있었다. 붙어 있을 때는 성가시기만 하던 녀석이 이제 조용히 곁을 지키며 그의 병든 정신을 이토록 달래주다니.

소메이의 스케치북은 어느새 미코토의 얼굴로 가득 채워졌다. 소메이는 미친 사람처럼 그리고 또 그렸다. 그리하여 그 손으로 친구의 혼을 쓰다듬고, 자신이 살아있음을 실감했다.

그것도 잠시. 반년쯤 지나자 미코토의 존재는 차츰 엷어졌고, 마침내 완전히 자취를 감추었다. 미코토가 사라진 자리에는 죄책감이 자리 잡았다. 내가 미코토를 죽였다. 소메이는 반년이나 걸려 가까스로 거기 도달한 것이었다.

"여기까지가 나유타라는 작가의 '절반'이 만들어진 이야기." 에베 씨가 말했다.

가슴이 답답해졌다. 소메이가 미코토라는 친구를 죽였단다. 더욱이 영문도 모를 동기로.

그의 변덕이 일으킨 살인은 경찰에게 쫓기던 와중이었다는 점도 있어서 그대로 묻혔다. 그의 죄가 법정에서 파헤쳐지는 일은 없었다. 그는 무사히 퇴원해 모두의 축복을 받는 기묘한 상황에 놓였다.

"면책. 그게 그를 미치게 한 거죠." 에베 씨가 말했다. "그가 살았던 곳은 이쪽이 아니라 저쪽. 오로지 저쪽에서만 살아있음을 실감했다고. 그런데 그건, 죽은 거 아닌가? 나는 죽었다. 그렇게 생각함으로써 자기 자신을 실감한 거죠. 소메이 자신이 유령이고, 사신이었어."

그 뒤 소메이가 미코토의 형 다케루의 아낌을 받으며 '아마라' 라는 음악 유닛을 프로듀스했다는 사실은 에베 씨도 몰랐다.

"어머나, 그런 일도 했다고요? 그 형도 안됐네. 제 동생 죽인 줄도 모르고 애지중지하다니."

소메이는 그 음악 유닛에서 이미 '나유타'라는 이름을 썼다. 중요한 포인트다. 그 시점에 벌써 다른 한 사람을 만났다는 말일까? 요컨대 가세를. 생각이 거기 미치자 가슴이 또 답답해졌다. 가세에 대해서는 아직 마음이 정리되지 않았다. 에베 씨는 가차 없이 그곳을 건드렸다.

"소메이가 가세 마스미와 만난 것은 고등학교 때……."

소메이에게 학교생활은 따분하기만 했다. 쾌활하게 학창 시절을 보내는 아이들이 그에게는 존재감이 매우 희박한, 베일 너머로 바라보는 먼 풍경 같았다. 소메이의 눈은 그런 집단에서 떨어져 홀로 떠도는 생령生靈 같은 아이에게로만 향했다.

소메이는 에베 씨에게 말했다.

"나부터가 생령이었으니까, 어디 딱 나 같은 녀석이 없나 물색했겠지? 그러다 만난 애가 가세 마스미. 뭐, 칙칙한 녀석이었어. 완전 외톨이. 그게 좋았지. 둘이 학교를 빠져나가도 딱히 뭘 하는 게 아니야. 요코하마 역 근처를 어슬렁거리거나, 하릴없이 걷거나. 뭐야, 여기 어디냐, 하고 보면 어느새 신코야스까지 와버렸다거나. 그대로 가와사키까지 걸어가서 우리 집에서 하룻밤 자고 다음 날 같이 등교할 때도 있었지."

내가 '쾌활한 학창 시절을 보내던' 그 장소에, 죽음에 들린 소메이라는 소년이 있었고, 그 소년이 이번에는 가세라는 소년에게 들렸다는 말인가. 쉽사리 믿기 힘든 이야기였다. 그런 학생이 왜 평범하기 짝이 없는 우리 학교에? 뭐, 그러니 본인도 생령을 자처하며 우리가 '존재감이 매우 희박'하다고 했겠지만. 흡사 '곰팡이'가 연상되어 기분이 썩 좋지 않았다. 일정한 어둠과 습도가 주어지면 먹물 번지듯 번식하는 곰팡이.

소메이는 에베 씨에게 말했다.

"그 녀석은 그림이 취미였는데, 말도 안 되게 잘 그렸지. 고등학생 수준이 아니야. 프로야, 프로. 보면 알아. 그림이라면 나도 꽤 자신 있었지만, 얘한텐 안 되겠다고 바로 알았지."

어느 날 소메이는 기묘한 생각을 해냈다. 가세에게 자신의 사체를 그려달라고 부탁한 것이다.

"그 무렵 나는 몇 번이나 자살을 시도했지만 번번이 실패했어. 자해도 되풀이했어. 생과 사의 경계가 모호해졌지. 죽음조차 날 버린 거야. 사신에게도 버림받은 나란 놈을 그 애가 그려주길 바랐어. 나는 그 애를 공장 철거지로 데려가, 그럴듯한 장소를 골라 드러눕고, 이렇게 죽어 널브러진 나를 그려달라고 했어. 지금 생각하면 얼굴이 화끈거릴 만큼 나르시시스트였지. 가세는 기꺼이 응했어. 그려주겠다고."

그것은 결코 녹록한 작업이 아니었다. 그들이 추구하는 바도 예사롭지는 않았다.

"살아있는 나는 의미가 없다. 죽은 나를 그려줘야 한다. 고등학생이 들어주기에는 허들이 높은 주문이지. 애초에 사체는 어떤 얼굴을 하고 있을까. 자료 수집부터 시작했어. 나는 아버지 서재에서 검시 해부 사진이며 사체 사진을 찾아내 걔한테 가져다 날랐어. 개는 개대로 도서관에서 시신 그림을 보면서 연구했고. 장폴 로랑스의 〈마르소 장군 시신 앞 오스트리아 참모들〉, 오라스 베르네의 〈죽음의 천사〉, 폴 들라로슈…… 존 에버렛 밀레이…… 그런 일이 없었다면 평생 기억할 일도 없을 그림과 화가를 알게 됐지."

등에 전율이 지나가고 피가 뜨거워졌다.

존 에버렛 밀레이…… 〈오필리아〉…… 내가 가세와 처음 만났던 도서실. 그게 그때였던가.

"그러다가 가세가 그러는 거야. 이럴 바에는 기절이라도 하면 사체처럼 보이지 않겠냐고. 격투기에서 상대를 까무러트리는 방법이라면 나도 좀 알았으니까, 가세에게 직접 전수했지. 가세는 몇 번 기절하더니 요령을 터득하고, 다음엔 나를 기절시켰어. 몇 번 해봤지만 역시 그걸로는 뭔가 부족하더라고. 사실 내가 죽어서, 그 얼굴을 그 애에게 보여주면 제일 좋은데, 지금껏 번번이 실패한 내게는 그럴 용기도 없었어. 뭐, 그러니까 그림이나 원했겠지만. 그때 또 아이디어가 번쩍했어. AED라고 알아? 자동 체외식 제세동기. 영화나 드라마에 곧잘 나오잖아. 죽어가는 사람 심장에 전기 충격을 가하는 장치. 요즘은 거리에도 여기저기 설치되어 있지. 그걸 쓰면 어떨까. 그거, 멈춰버린 심장을 움직이는 장치로 아는 사람이 많은데, 반대거든. 심장을 멈추는 장치야. 무맥성 심실빈맥이나 심실세동은 심장 마사지가 듣지 않아. 심장이 경련을 일으킨 상태니까, 일단 경련부터 잡아야 한다

고. AED를 써서 심장을 완전히 정지시켜. 요컨대 한 번 죽이는
거야. 그런 다음 심장 마사지로 소생시키지. 그게 AED. 나는 그
걸 나한테 써볼 생각을 한 거야. 그럼 난 분명 한 번 죽어. 그 애
는 죽은 내 모습을 충분히 들여다본 뒤에 심장 마사지. 소생하면
박수갈채. 실패하면 뭐, 그땐 그때고. 그 생각을 하니 너무 좋아
서 웃음이 멈추지 않더라고. 난생처음, 살아있다고 실감한 순간
이었는지도 몰라. 우린 실행했어. 그 결과가 저 그림. 난 이렇게
살아있고. 그 후로 죽고 싶다는 생각은 한 번도 안 했어. 뭔가가
제자리로 돌아간 거지. 내 안의, 비틀어졌던 뭔가가. 지금 생각
하면 유치한 애들 장난이야. 절대 권장은 안 해. 무사히 소생했
을 땐 대가로 갈비뼈 세 대가 부러져 있었어."

에베 씨의 손가락이 겨드랑이 밑을 쓸었다. 소메이도 아마 똑
같이 했으리라. 에베 씨 앞에서. 그 광경이 내 눈앞에 떠올랐다.
말이건 동작이건, 에베 씨의 묘사력은 참으로 정교하고 치밀하
며 섬세했다.

"……뭐, 이렇게 둘의 공범 관계가 스타트. 가세라는 재능을
만남으로써 그는 제 손으로 그릴 필요가 없어졌어요. 가세를 움
직여 자신을 그리는 방법을 선택한 거죠. 본인 입으로 한 말인
데, 정말 그럴까? 그 결단에 이르기까지는 가세 마스미라는, 넘
을 수 없는 재능에 대한 패배가 있었겠죠. 그 재능을 자신이 아
닌 다른 누군가가 지녔다니, 나라면 도저히 못 견뎠을걸. 소메이
도 마찬가지였을 거예요. 가세를 움직였다? 말은 그럴싸하지만

결국 싸움에서 진 개가 뒤에 가서 짖는 꼴이잖아요? 뭐, 소메이
경우는 크나큰 허무를 안고 있었다는 전제가 있으니까. 허무. 염
세. 흔한 말로 '나는 누구인가' 따위 아무래도 좋았던 거 아닐까?
아니면 재능이니 개성이니 하는 것도 그에게는 그저 쩨쩨하고
빈티 나는 속박일 뿐이었는지도."

　소메이가 의대 재학중에 그린 〈헌체〉는 가세에게 마무리를
맡겼다. 가세의 붓질을 옆에서 관찰하고 기술을 훔치려 했단다.

　"그림만큼은, 향상되고픈 마음이 아직은 있었던 거죠. 그런데
도 소메이는 화가가 아니라 의사의 길을 택했어요. 산부인과 가
업 따위 애초에 이어받을 생각이 손톱만큼도 없던 사람이, 죽음
에 들린 남자가, 결국은 의사를 지망했다고. 난 그게 무척 신기
해요. 돈? 경제적 안정? 아닐걸요. 그의 안에서 무언가가 소용돌
이쳤겠죠. 그거, 중요하잖아요? 나도 그게 뭐였는지 알고 싶어
요. 그는 결국 죽음을 선택했으니까."

　나유타는 왜 죽었을까. 소메이 유타카는 왜 죽었을까. 그것은
나유타 최대의 수수께끼였다. 이 비밀을 풀지 못하는 한 취재는
끝나지 않을지도 모른다.

　"그 사람, 이런 말을 했어요. '나는 누구도 행복하게 해주지 못
해, 누구도 구하지 못해. 나에겐 그런 저주가 걸려 있어.' 뭘까
요? 한때 사귀다 차버린 여자한테 들은 말일까?"

　하늘이 밝아질 무렵 에베 씨는 소파에 누워 조그맣게 숨소리
를 내며 잠들었다. 나는 아래층으로 내려가 소파에 몸을 눕혔다.

지금껏 들은 이야기만으로도 힘에 부쳤다. 그런데 아직 절반이라니. 나유타에는 한 사람이 더 있다. 한숨이 나왔다.

가세가 나유타. 나유타가 가세. 이 사실을 아무래도 이해할 수 없었다. 머릿속에서 연결이 되지 않았다. 연결된다 한들 결과적으로 나는 그에 대한 믿음을 잃게 되리라. 당연하다. 그는 나를 속였으니까. 그 사실이 무서웠다.

취재는 계속하자. 그게 내 일이니까. 다짐하듯 중얼거렸다.

둘러보니 '웃는 얼굴'이 새벽빛을 받아 파랗게 떠올라 있다. 에베 씨의 그림에 둘러싸여 잠들기는 쉽지 않았다. 눈이 향한 곳에 인형이 하나 보였다. 구체관절 인형이다. 앳된 얼굴이 이쪽을 바라보고 있었다. 에베 씨가 오기 전 이곳에 있었다는 사람이 두고 갔을까.

인형은 작은 테이블 위에 다리를 뻗고 앉아 있다. 인형 작가는 에베 씨가 항하사에 오기 전의 나유타를 알고 있다. 이 아틀리에 한구석에서 인형을 만들었던 그 사람은 과연 어떤 나유타를 보았을까. 가능하다면 이야기를 한번 들어보고 싶었다.

인형의 크고 푸른 두 개의 눈동자가 점차 흐릿해지고, 이윽고 잠이 찾아왔다.

……아무리 그래도. 이날 일을 새삼 돌이켜보면, 에베 씨는 가장 핵심이라 할 부분을 알면서도 끝내 함구했다. 그리고 그 부분에 대해 그녀에게 직접 들을 기회를 나는 여전히 얻지 못하고 있다.

17

코
로
보
쿠
르
의
뼈

항하사에서 에베 씨와 보낸 하룻밤의 후유증은 예상보다 훨씬 심했다.

소메이라는 인간의 악마 같은 사춘기와 청년 시절. 그 독기에 당하기도 했거니와, 무엇보다 나유타가 가세였다는 사실이 너무 큰 충격이었다.

그 후 일주일쯤은 나유타 안건을 제대로 마주할 수 없었다. 에베 씨에게 들은 이야기를 정리해야 하는데, 몸과 마음이 전력으로 거부했다. 그런 상태가 한동안 계속됐다. 선배들이 부탁하는 잡무에만 매달리는 현실 도피의 나날. 때로 네즈 씨가 메시지를 보내왔지만 무시했다. 이 사람은 뭔가 꿍꿍이가 있다. 뭘 노리고 내게 이런 취재를 맡겼을까.

가세는 연락이 없었다. 나도 연락할 엄두가 나지 않았다. 대체 그는 이번 일에 어디까지 관여했을까. 상식적으로 생각하면 네즈 씨와 공범이다. 아니, 오히려 주모자인지도 모른다.

그는 무슨 생각을 하는 걸까. 뭘 어쩔 셈일까.

아무렇지도 않은 얼굴로 나를 현장까지 데려다주고, 묵묵히 내 이야기에 귀 기울였다. 가와사키에서, 야마토 씨 댁에서, 모르는 사람인 양 소메이의 과거 이야기를 들었다. 왜? 그렇게까지 해서 자신의 정체를 감춰야 할 이유는 뭘까. 대체 무엇 때문에? 나유타가 베일에 싸인 작가라서? 그것이 그들의 룰이라서? 무슨 몰래카메라라도 되나? 생각하면 할수록 현기증이 일어 정말 생각하고 싶지 않은데, 무슨 영문인지 아무리 생각을 다른 데로 돌리려 해도 끝내 그쪽으로 흘러갔다. 고통스러웠다.

헛되이 열흘쯤 흘려보냈다.

이대로는 안 된다. 일은 일, 깨끗이 받아들여야 한다.

에베 씨의 항하사 건을 정리하는 일은 일단 보류하고, 그나마 좀 즐거울 성싶은 데서부터 착수하기로 했다. 이 취재에 과연 그런 게 있을까 궁리하다가, 나유타와 관련이 있었던 한 인물을 떠올렸다. 에베 씨 전에 항하사에 있었다던 인형 작가.

인터넷을 뒤져봤다. 검색어는 '인형 작가', 그리고 '항하사'.

……나왔다.

메로 지사토.

구체관절 인형 작가 메로 지사토. 가마쿠라 출신. 아버지는 쇼
난 대학 문학부 철학과 교수 메로 하지메로, 위키피디아에 긴 설
명이 확인될 정도의 인물이었다. 초등학생 때 아버지 서재에서
한스 벨머와 요쓰야 시몬의 인형 사진집을 보고 인형에 빠져버
렸다고 블로그 프로필에 적혀 있다. 아버지가 타계한 후 어머니,
언니 들과 오후나로 옮겨 살다가 현재는 도쿄 메구로에 거주. 주
말에는 인형교실을 열어 십여 명의 수강생에게 인형 제작을 가
르치고, 한 달에 한 번은 노인복지 센터의 문화교실에도 나간다.
선량한 시민과 교류하기를 즐기며, 환경 문제에도 깊은 관심을
지니는 인물임이 본인의 블로그와 SNS에서 전해진다.

사이트에 기재된 메일 주소로 연락해 취재를 타진했다. 나유
타 특집을 기획중인데, 항하사에 같이 계셨다는 말을 에베 쓰미
코 씨에게 들었습니다. 만나 뵙고 이야기를 좀 듣고 싶습니다.
그러자 이내 본인이 담백한 답을 보내왔다. '언제가 좋으세요?'
10월 17일 목요일 오후 1시로 약속을 잡았다.

아틀리에는 메구로 혼초, 옛 서민 동네 분위기가 짙은 좁은 골
목에 자리 잡고 있었다. 오래된 2층 전통 가옥을 개조한 정취 있
는 공방이었다.

직접 보니 낯가림이 좀 있을 법한 인물이었다. 차를 탁자에 내
려놓고, 앤티크풍 의자에 앉더니 꼼짝도 하지 않았다. 질문을 기

다리는 건지 아닌지도 가늠이 되지 않았다.

입이 꽤 무거워 보여 별 기대 없이 시작한 취재였지만, 역시 겉만 보고는 알 수 없는 게 사람이다. 메로 씨는 입이 트이면 멈추지 않는 타입이었다.

"바쁘신 와중에 시간을 내주셔서 정말 감사합니다."

"아뇨. 소메이 씨 일은 참 안타까워요."

"아, 네. 실은 저도 취재 전엔 사망하신 걸 몰랐어요. 애초에 나유타라는 작가는 한 사람이라고 생각했고요. 실제는 소메이 씨와 가세 씨 두 분이 창작 활동을 하셨더군요?"

"네, 맞아요. 맞는데요, 소메이 씨는 말만 하는 사람이니까, 사실상 가세 씨 한 사람의 창작으로 봐야 한다고 저는 생각해요."

"아, 그러시군요. 가까이서 가세 씨의 창작 활동을 보셨을 텐데, 그렇게 생각하셨군요."

"본인들은 그런 창작 스타일을 뭐라더라, 유닛이라 불렀지만요. 그것도 무척 현대적인 사고방식이니까 완전히 부정하지는 않겠습니다만, 저는 직인이라 그런지, 아무래도 착착 손을 움직이는 사람이 작가라고 생각해요. 낡은 사고방식인지 몰라도."

"아뇨, 낡다니요. 대단히 귀중한 의견입니다. 소메이 씨는 그러니까 붓을 거의 쥐지 않으셨군요? 그도 상당한 기량이라고 들었는데요."

"이따금 밑그림 단계에서 직접 그린 스케치 같은 걸 가세 씨에게 보여주는 일은 있었어요."

"그랬군요. 에베 씨 말씀으로는, 두 사람이 같이 그림을 그렸다고……."

"저는 본 적 없어요. 에베 씨가 뭘 오해하신 거 아니에요?"

"그럴까요? 저도 거기까지는, 흠. 아키야에 있는 아틀리에, 항하사였나요. 거긴 얼마나 계셨는지요?"

"저는 이 년, 아니 삼 년 정도였죠, 아마."

"그렇군요. 그, 네즈 씨 소개였나요?"

"네, 맞아요."

"항하사에는 어느 분이 먼저 들어가셨나요?"

"저예요. 제가 들어갔을 땐 2층에 다른 화가가 계셨답니다. 꽤 연로한 분으로, 유화를 그리셨는데 엄청 서툴렀죠. 그분 대신 들어온 게 나유타였고요. 나중에 안 사실인데, 그림 엄청 못 그리던 그분이 건물주였다지 뭐예요. 아니, 그런 걸 귀띔을 안 해주면 어떡하느냐고 네즈 씨를 타박했더니, 처음에 분명히 말했다네요? 제가 듣고도 잊어버렸는지. 그림 진짜 별론데요, 같은 말이라도 했으면 바로 쫓겨날 뻔했잖아요."

메로 씨가 씁쓸하게 웃었다.

"그래서, 메로 씨가 그곳을 나오신 후에 에베 씨가 들어가셨던가요?"

"아뇨, 도중부터 1층을 나눠 썼어요. 에베 씨 이전에도 몇 명인가 들락날락했죠? 저야 장소를 많이 차지하지 않으니까. 대신 2층은 나유타가 죽 독점했어요. 항하사도 소메이 씨가 멋대로 붙인 이름이고, 원래는 이름도 없었어요."

"그랬군요."

메로 씨가 갑자기 말을 멈추었다. 어딘가 먼 곳을 보면서 생각
에 잠기는 눈치였다. 내가 다음 질문을 생각할 때 그녀의 입에서
의외의 이름이 나왔다.

"가나에, 라는 여자아이가 있었는데 말이죠."

"네?"

"한동안 거기서 지냈어요."

"항하사에 말인가요?"

전혀 예기치 못했던 사실이었다.

"알아요?"

"아, 네. 〈꽃의 거리〉 모델 가운데 한 사람이죠?"

메로 씨가 작게 고개를 끄덕였다. 먼 곳을 보는 눈동자에 눈물
이 고였다.

"눈에 선해요. 비 오는 날이었지요. 가세 씨는 전날 철야로 작
업하고 2층에서 자고 있었던가. 저는 그 무렵엔 본가에 살면서
전철과 버스를 갈아타고 항하사까지 다녔거든요. 그날 아침엔
비가 많이 왔는데, 문 앞에 웬 여자애가 비를 쫄딱 맞고 서 있잖
아요? 무슨 일이냐고 물었더니 소메이 씨한테 듣고 왔대요. 갈
데가 없다고 했더니 여길 일러주더라고. 아무튼 몹시 떨고 있어
서 일단 데리고 들어갔어요. 2층의 가세 씨를 불렀죠. 가나에가
대뜸 그래요. 심부름도 하고, 필요하다면 모델도 서고, 하여간

뭐든 하겠다고요. 알고 보니 가세 씨와는 안면이 있었어요. 가세 씨도 아, 소메이네 맨션에서 봤죠, 하더군요. 그래서 한동안 거기서 지내게 됐어요."

"어떤 사람이던가요?"

"최고죠."

"네?"

"작가의 창작욕을 불붙이는, 한마디로 존재 자체가 작품 같은 사람? 모델이 작품의 좋고 나쁨을 얼마나 좌우하는지 새삼, 역력히 깨달았다고 할까요. 처음엔 장도 봐 오고 하니까 여러모로 편한 아이 정도로 생각했는데, 본인이 기꺼이 하겠다니까 가세 씨가 먼저 모델로 썼어요. 그러고는 아주 흠뻑 빠져버렸죠. 〈번데기〉라는 작품을 연이어 세 장 그렸어요."

"〈번데기〉의 모델이 가나에 씨였다고요?"

"그래요."

〈가나에 일기〉에서 〈꽃의 거리〉까지의 공백. 그 사이에 〈번데기〉라는 퍼즐 조각이 들어갈 줄이야. 아무리 그래도 아주 흠뻑 빠졌다니. 가세가, 가나에 씨에게?

"알몸이 되는 것쯤 개의치 않았죠. 우리에게 보탬만 된다면 뭐든 할 수 있다는 아이였어요. 저도 그 애를 모델로 하나 만들었답니다. 보실래요?"

메로 씨가 2층으로 나를 안내했다. 좁은 계단을 올라가자 협소한 작업장에 제작중인 인형이 몇 개나 들어차 있었다. 그 자체로도 사뭇 예술적 광경이라 허락을 얻고 사진을 몇 장 찍었다.
이 가운데 가나에 씨 인형이 있다는 말일까. 찬찬히 둘러봤지만
이거다 싶은 것은 찾지 못했다. 그때 메로 씨가 안쪽 방에서 인
형 하나를 안고 돌아왔다.

의자에 앉은 그 인형은 어린애만 한 크기였지만 얼굴에서 어
딘지 가나에 씨가 보였다.

"2분의 1 스케일."

"닮게 제작하셨나요?"

그녀가 고개를 끄덕였다.

"딱 이런 아이였어요."

실눈을 뜨고 엷게 웃는 메로 씨의 얼굴에는 그리움이 배어 있
었다.

"즐거웠어요. 가나에가 거기 있었던 나날을 생각하면. 인생에
는요, 때로 아주 소중한 시기란 게 있다는 걸 절감한답니다."

메로 씨는 그렇게 말하고 가나에 인형의 머리를 가만히 쓰다
듬었다.

아티스트를 위한 공동 작업실이랄까, 셰어 아틀리에랄까, 그
것이 항하사였다. 가나에 씨는 그 항하사의 상주 스태프가 된 셈
이었다. 메로 씨는 자택에서 다녔지만, 가세는 집에 거의 돌아가
지 않고 2층에 살다시피 했다.

그 넓은 저택에 몇 명이 더 산다 한들 대수랴만, 매일 밤 가세
와 가나에 씨 단둘이 한 지붕 밑에 남았다. 둘 사이에 무슨 일이

있었다 해도 놀랄 것은 없다. 실제로는 어땠을까. 몹시 궁금했지만, 그것은 취재 범위를 넘는 질문이다. 선뜻 묻지 못하는데 메로 씨가 먼저 운을 뗐다.

"사실 처음엔 가나에가 함께 사는 게 좋지는 않았어요."

"그러신가요."

"그래요."

메로 씨가 미간을 찡그리고 입술을 내밀었다.

"가세 씨가 거기서 살다시피 했으니까요. 사생활 공간은 엄연히 나뉘어 있었다지만, 아, 그 집엔 손님방만 세 개나 있었거든요. 그래도 한지붕 밑에 살다 보면 선 넘는 일도 생길 수 있잖아요? 남녀 일은 모르는 법이고, 가나에만큼 매력적인 여성이 그리 흔치 않고요. 제가 대놓고 그 아이를 떠봤답니다, 그 언저리는 어떠냐고. 그랬더니 '다들 이렇게 잘해주시는데 그런 생각을 어떻게 해요' 하더군요. 저는 뭔가 너무 기뻐서 눈물이 나지 뭐예요. 그게 뭐 울기까지 할 일이냐고요? 제가, 실은 가세 씨를 좋아했던가 봐요. 이 아이한테 가세 씨를 빼앗기긴 싫다고 내심 생각했던 거죠. 저쪽이 저를 연애 대상으로 보지 않는 거야 알았죠. 알았지만, 그런다고 사람이 사람 좋아하는 게 적당한 선에서 참거나 포기가 되나요? 마음먹는 대로 되나요? 제가 가세 씨에게 아무 감정 없었다면 가나에가 들어와서 사는 걸 반대했을지 모르죠. 그런데 마음속에 그런 생각이 있으니까 외려 들킬까 봐…… 환영까지는 아니어도 뭐 괜찮지 않아? 한 거죠. 나도 모

르게 그렇게 마음이 왔다 갔다 했네요, 지금 생각하니. 가나에라
는 여자애, 무척 좋은 아이였어요. 저도 그만 정이 흠뻑 들었죠.
가나에만 생각하면 마음이 따스워진다고 할까, 기분이 몽글몽
글해진다고 할까. 정작 그 아이는 2층에서 알몸으로 모델을 서
고 있는데. 그 생각을 하면 속이 좀 시끄럽죠. 차라리 둘이 진짜
로 사귀면 저도 마음 편했을 텐데. 가세 씨는 가나에를 어디까지
나 모델로만 봤어요. 때로 제가 올라가봐도 아무렇지도 않은 얼
굴이란 말이죠. 어찌나 몰두해서 작업하는지 제가 뒤에 있거나
말거나 몰라요. 그 정도면 모델은 뭐 산 제물이나 다름없죠. 그
림을 위해 제 몸을 바치는 거잖아요? 그건 그것대로 무척 고상
한 일일 수 있죠. 다만 저는 그런 부분이 썩 깨끗이 정리가 안 되
는 사람이더군요. 저도 그때 처음 알았지만요. 과연 나는 어떨
까? 나도, 가나에를 모델로 뭔가 만들면 지금 저들의 협업과 비
슷한, 저들이 맺은 것 같은 관계를 구축할 수 있을까. 그래서 부
탁했답니다. '나도 너를 만들게 해줘'."

"해보시니 어떻던가요?"

"꽤 좋은 선까지 갔지 싶어요. 그런데 말이죠, 가세 씨와 같은
지평에 서보고야 깨달았답니다, 저는 도저히 그를 따라갈 수 없
다는 사실을. 역시 작품 앞에서 모델은 어디까지나 산 제물이어
야 해요. 왜냐하면 작가 자신이 작품의 산 제물이니까요. 그걸
가세 씨에게 배웠네요. 보세요, 애 좀. 다른 아이들과 어딘가 다
르죠? 이거, 절대 가세 씨 영향이거든요. 이 아이를 제작할 때만

큼은 저도 좀 정신이 이상했던 거죠."

메로 씨가 잠시 뜸을 두었다가 고개를 가로저었다.

"아니다, 아니야, 이런 얘길 하려던 게 아니고. 무슨 얘기였죠? 아, 맞다. 둘이 어떤 관계냐고 대놓고 물었더니, 아무 사이 아니래요. 저는 너무 좋아서 울어버렸어요. 물론 은연중에 가세 씨를 좋아했던 것도 있지만, 한편으론 가나에도 좋아했지 뭐예요, 제가. 가세 씨가 가나에를 좋아하나 싶으면 가나에를 질투하고, 가나에가 가세 씨를 좋아하나 싶으면 가세 씨를 질투하고. 그런데 둘이 아무 사이 아니라니까 뭘까, 나도 같은 편으로 받아들여졌나 싶어 기뻤는지. 그냥 눈물이 나더란 말이죠."

나도 어딘지 안도했다. 그렇구나, 아무 사이 아니었다니 다행이다.

"그런데 안심한 것도 잠시, 결국 보고 싶지 않던 모습을 보고 말았어요. 가나에가 도무지 내려오질 않아서 올라가 보니 둘이 침대에 있지 뭐예요. 그 충격이란."

나도 충격이었다. 의외일 만큼 충격이 컸다. 실은 이날 메로 씨에게 들은 어떤 이야기보다 충격적이어서, 극복하는 데 일주일은 걸렸다. 그러니 이날의 취재를 다시 제대로 들여다보고, 심히 기이한 그 내용에 현기증이 일었던 것은 간신히 충격을 털고 일어난 뒤의 일이었다.

"뭐 별수 있나요. 전 아줌마인걸. 대놓고 나 충격받았어, 하는 얼굴은 못 하잖아요? 그럴 땐 아줌마란 게 이득이랍니다. 만일 그쪽이 제 입장이었다면 배신감 느끼고 뛰쳐나가지 않겠어요? 아줌마가 그러면 이상하죠. 뭐야? 저 사람 가세 좋아했어? 한마디로 웃음거리가 돼요. 아줌마는 꾹 참는 수밖에. 분수를 알자, 자신을 타이르는 거죠. 말하자면 아줌마는 아무것도 잃지 않아요. 잃을 게 없거든요. 봐요, 이득이죠? 어쨌거나 그런 나날을 보내다 보니 이 기묘한 동거가 정말 소중해졌답니다. 제게는 그건 그것대로 가족이었는지도 몰라요. 아, 이런 얘기 들어줘서 고마워요. 말하고 나니까 속이 좀 후련하네요. 그 두 사람이 보기엔 저는 항하사 1층 한 귀퉁이에서 쩨쩨하게 인형 만드는 과묵한 직인쯤 됐을 테죠. 음, 과묵은 아닌가. 시시한 이야기는 잔뜩 했으니까. 손을 움직이면 말이죠, 뭔가 입도 멋대로 움직이거든요."

"아, 저도 알아요, 그거 뭔지."

"알아요? 그죠? 그렇다니까요. 그런데 사람은 또 진짜 깊은 데 품은 말은 정작 못 해요."

"시시한 이야기라면, 이를테면 어떤 걸까요?"

"시시한 이야기요? 그러니까. 뭐였더라?"

메로 씨는 조금 생각에 잠겼다가 말을 이었다.

"……아, 피 있잖아요? 그, 인간이나 동물 몸속에 흐르는 피. 가나에는요, 어릴 때 그게 '피가'인 줄 알았대요. 피가 나면 늘 '피가 났어!'가 아니라 '피가가 났어!'라고 했대요. '피가'까지가 한 단어인 줄 알고서. 실은 저도 비슷한 경험이 있거든요. 모기

있죠? 사람 무는 모기요. 저는 어릴 때 그게 '모기다'인 줄 알았답니다. 왜 보통 '앗, 모기다!' 하잖아요? 그래서 '모기다'가 한 단어인 줄 안 거죠."

"네? 왜요?"

"뭔가, 한 글자 '피'와 '모기'는 일본어로 각각 '지(血)'와 '카(蚊)'이다만으로는 아무것도 표현하지 못한다고 생각한 거죠. 의미를 지니려면 최소 두 글자 이상은 되어야 한다는 고정관념이 있었어요. 그거 아세요? 아이들이 훨씬 쉽게 고정관념에 사로잡힌다는 거. 아이들 머릿속은 흰 도화지 같은 줄 알지만, 실은 어른보다 착각이나 고정관념이 격한 법이랍니다. 나방 있죠? 나비 말고. 그것도 전 '나방이'인 줄 알았어요. 오죽하면 레이디 가가가 등장했을 때 나방을 떠올렸을까요 일본어로 '나방이'는 '가가'로 발음한다? 뭐, 주로 그런 이야기."

"흠, 확실히 상당히 시시한 이야기라 할 수 있겠네요."

"시시하죠, 시시해. 매일 그런 얘기나 하면서 왁자지껄 웃고 살았어요. 즐거웠어요. 가나에가 좀 별난 아이라 괴상한 얘기도 많이 했는데, 제일 묘했던 게 코로보쿠르 이야기. 어릴 때 글쎄 코로보쿠르를 만났다잖아요. 증거도 있다고. 설마, 거짓말! 했더니 절대 아니래요. 무덤도 있다면서."

블로그에도 등장했던 예의 기이한 이야기다.

"그럼 다 같이 보러 가자 했죠. 그 코로보쿠르라는 거. 지금 생각하면 바보 같은 이야긴데, 그땐 저도 아드레날린 분비가 살짝 더 됐거든요. 밤낮 없이. 그래서 정말로 셋이 훗카이도로 날아갔어요. 삿포로, 오타루. 그 아이 고향으로요. 그때의 추억을 가세 씨가 화폭에 담았어요. 〈꽃의 거리〉. 아, 그리워라. 생각하면 눈물 나요."

메로 씨가 목에서 늘어뜨린 앞치마 자락으로 눈가를 훔쳤다.

이리하여 세 사람의 기묘한 여행이 시작되었다. 초여름. 훗카이도의 신록은 한없이 싱그러운 연둣빛을 머금고 있었으리라. 은행나무도 느티나무도 자작나무도. 코로보쿠르 운운은 반쯤 핑계였고, 계획이라고는 없는 여행이었다. 바람 부는 대로 발길 닿는 대로 움직였다고, 메로 씨는 회상했다.

가세와 메로 씨는 각자 스케치북을 끼고 걸으며 삿포로와 오타루의 풍경을 그렸다. 그 풍경을 배경으로 가나에를 화폭에 담았다.

"가세 씨는 어째선지 스스키노의 아침 풍경을 좋아했어요. 특히 까마귀가 쓰레기를 파헤치는 풍경을. 제가 '모처럼 훗카이도까지 와서 왜 하필 그런 걸 그리고 싶을까?' 했더니 '그게 나유타니까요'라고. '나유타가 아니었으면 뭘 그렸는데?' 했더니 '분명 더 재미없고 따분한, 하지만 아름다운 그림?'이래요. 저는 그쪽 그림을 보고 싶었는데……."

〈꽃의 거리〉는 가세가 훗카이도에서 돌아와 반년 들여 마무리한 대작이지만, '대작'이라 부르는 데는 위화감이 좀 있다고 메로 씨는 말했다.

"그건 어디까지나 스케치의 연장선이었지, 높은 완성도 같은 걸 의식한 작품이 아니에요."

그들은 홋카이도에 열흘 정도 머물렀다.

"월요일에 출발해 금요일엔 돌아올 작정이었어요. 4박 5일. 처음 예정은 그랬죠. 결국은 열흘이나 있었지만."

코로보쿠르의 무덤을 찾은 것은 애초 예정했던 마지막 날의 전날. 목요일이었다.

가나에가 만든 비밀 묘지. 메로 씨는 조금 더 번듯한 장소를 상상했는데, 평범한 잡목림이었다. 가나에는 자신 있게 한 지점으로 향하더니 이거요, 하고 가리켰다. 과연 수풀 속에 유난히 눈에 띄는 무덤이 있었다. 층층이 쌓은 납작한 흰 돌 주변에 색색의 마노가 원을 그리듯 놓여 있었다. 겨울이면 눈에 파묻혀버린다면서, 딱 좋은 계절에 왔다고 가나에는 말했다. 무엇보다 비가 내리지 않아서 다행이었다. 당장이라도 비를 뿌릴 것처럼 하늘이 칙칙했다.

그들은 미리 사 온 모종삽으로 무덤을 파기 시작했다.

뼈처럼 보이는 것이 하나, 흙 속에서 나왔다. 메로 씨도 가세도 흥분했지만 신중하게 작업을 계속했다. 묻혀 있던 뼈가 조금씩 모습을 드러냈다. 이윽고 두개골과 늑골, 척추가 온전히 이어진 한 덩어리가 나오자 두 사람은 환호했다. 가나에는 너무나 당연하다는 얼굴로 "그게 제가 뭐랬어요"라고 했다. 출토한 뼈를 모아 나란히 늘어놓았다. 인간이라기에는, 가령 갓난아기라

해도 너무 작은, 무언가의 뼈다. 가세가 지면에 코가 닿다시피 하고 조심스럽게 흙을 걷어내며 남은 파편이 없는지 훑었다. 메로 씨도 이미 파낸 흙에 뼛조각이 섞여 있을세라 살살 뒤적였다. 이때 이미 두 사람은 다음에 할 일을 암묵적으로 합의했던 것 같다고 메로 씨는 말했다. 고고학자라면 반드시 하는 일, 요컨대 복원.

"마침 기념품으로 산 과자가 있어서, 과자만 꺼내고 상자에 뼈를 다 담았어요. 가져가도 될까? 가져가고 싶은데, 하고 우리가 두런거렸더니 가나에가 말하기를, 그런 짓 하면 코로보쿠르의 신이 벌을 내릴 거라고. 그래도 말리지는 않더군요."

호텔로 돌아온 것이 오후 6시. 비가 내리고 있었다. 저녁을 먹으러 나가자니 가나에가 몸이 살짝 안 좋다고 했다. 그녀만 방에 남겨두고 두 사람은 번화가로 나갔다. 돌아오니 가나에가 보이지 않았다. 호텔 프런트에 물어보니 외출하는 모습을 봤단다. 가나에는 다음 날 아침이 되도록 돌아오지 않았다. 꼬박 하루를 기다렸지만 연락조차 없었다. 경찰에 신고해야 할까? 그러나 그들은 그녀에 대해 아는 것이 별로 없었다. 본명도 몰랐다. 아는 것은 본인에게 들은 가나에라는 이름뿐.

"호텔에 체크인 할 때 숙박 카드 쓰잖아? 그 아이, 자기 이름을 뭐라고 썼을까."

여행은 항공권부터 호텔까지, 두 사람의 어시스턴트나 다름없는 가나에가 준비를 도맡았다. 그 과정을 되짚어가면 그녀의 풀네임에 가 닿을 터였다.

두 사람은 프런트로 내려가 직원을 붙잡고 털어놓았다.

"좀 이상한 이야긴데요, 지금 저희가, 같이 온 일행을 찾고 있는데 이름을 몰라서요. 가르쳐주실 수 있을까요? 그렇게 횡설수설 설명했죠."

접수계 직원이 그녀의 숙박 카드를 찾아주었다. 카드에는 이렇게 적혀 있었다.

'유메 가나에.'

"이게 이름이야?" 메로 씨는 놀랐다. "아무리 봐도 무슨 예명 같은데?"

가세도 말없이 숙박 카드에 적힌 글자만 내려다볼 뿐이었다.

메로 씨가 문득 깨달았다. 소메이라면 알지 않을까, 제대로 된 이름을. 가세에게 메시지를 쓰게 했다. 셋이서 오타루에 있는데, 가나에가 이틀 전부터 행방불명이다, 경찰에 신고하려 해도 본명을 모른다, 네가 알면 좀 가르쳐다오.

가세는 메로 씨에게 일일이 물어가며 소메이에게 보낼 메시지를 작성했다.

"그때는 가세 씨도 참, 야무진 데라고는 없더군요. 도무지 보탬이 안 된다고 할까. 짜증은 좀 났지만 저한테 기대는 느낌이 귀엽기도 했죠."

소메이에게서 답이 왔다. 우선 '셋이서'가 누구인지 모르는 눈치였다. 메로 씨를 성은 떼고 지사토로만 기억했던 탓이었다.

"그런 허술한 부분이 참 그 사람답지만요."

가나에로 말하자면, 전혀 모르는 기색이었다. 이야기가 묘하게 뒤엉키는 것을 보고 메로 씨가 직접 통화를 시도했다.

"아니, 유메 가나에라고 있잖아, 갈 데가 없다니까 당신이 아키야의 아틀리에, 항하사, 거기 가보라고 한 거 아니야?"

메로 씨가 단숨에 쏟아냈다.

나는 놀랐다. 가나에 씨가 처음 항하사에 찾아왔을 때, 이 사람들은 소메이와 그 이야기를 공유하지 않았던 것이다.

"설마 이런 일이 생길 줄은 몰랐으니까요"라는 메로 씨.

"아니, 생판 모르는 사람이 찾아와서 같이 지내게 됐는데, 보통 확인하지 않나요?"

"내 손님이라면 그랬겠죠. 근데 2층 나유타 손님이었으니까, 그건 가세 씨가 알아서 할 일이라 생각했거든요." 메로 씨는 대답했다.

그 '가세 씨'로 말하면 소메이에게 아무것도 묻지 않았다. 가세와 소메이의 기묘한 거리감이 엿보이는 대목이었다.

아무튼 통화 이야기로 돌아가서, 소메이가 가나에를 요코하마 맨션에 데려왔던 날 이야기를 꺼내자 비로소 말이 통했다. 이윽고 그 여성이 두 사람과 홋카이도를 여행중이라는 것, 아니, 그보다 항하사에 눌러앉았다는 것을 알고 소메이는 놀랐다.

"항하사에 가란 말, 한 적 없는데" 하는 것이 소메이의 주장이었다. "애초에 만난 것도 딱 두 번이라고. 첫 번째는 요코하마 맨션에 데려간 날, 또 한 번은 그로부터 이 주일쯤 지나서였나. 전철 안에서, 우연히."

우연히, 하고 소메이는 말했지만, 가나에가 다시 그의 뒤를 밟았는지도 모른다. 소메이가 병원에는 갔느냐고 묻자 갔다고만 하더란다.

"그래서, 뭐래요?" 했더니 "아무것도 아니래요"라더란다. 그러고는 끝이었다.

"아, 그러고 보니" 소메이가 덧붙였다. "그때 항하사 얘기를 했나? 아틀리에가 생겼다고 안내용 엽서 만들었잖아? 그걸 건넸는지도 몰라. 확실한 기억은 없지만."

여우에게 홀린 것 같았다. 메로 씨도, 가세도.

소메이도 이름은 모른단다. '이름 정도는 들었는지도 모르지. 듣고도 잊어버렸는지, 애초에 묻지 않았는지, 아무튼 기억이 없어.' 그녀에 대한 소메이의 기억은 그 정도로 희미했다.

메로 씨와 가세는 어찌할 바를 몰랐다. 하는 수 없이 경찰서를 찾아가 사정을 설명했다. 유메 가나에. 본명인지 뭔지 몰라도 단서는 그것뿐이라고 전했다. 담당 경찰관의 태도는 극히 사무적이었다. 이쪽의 난처한 상황을 헤아릴 생각은 없는 듯했다.

"별수 없죠. 경찰 탓도 못 해요. 따지자면 우리도 평범하진 않았으니까요. 같이 살았다면서 이름을 알기를 하나, 어디서 뭘 하던 사람인지 알기를 하나. 완전히 정체불명인 사람과 한지붕 밑에서 지낸 셈이잖아요. 심지어 여행까지 하고."

이틀 더 오타루에 머물렀지만 끝내 소식을 알 수 없었다. 두 사람은 결국 체념하고 돌아가기로 했다.

이리하여 그들은 가나에를 잃었다.

일단 취소한 항공권을 다시 구입해야 했다. 그때 메로 씨가 한 가지 사실을 떠올렸다. 코로보쿠르의 뼈. 수하물 검사 게이트에 그것을 통과시키면 어떻게 될까. 잠깐, 이건 뭡니까? 한바탕 소동이 일어나리라. 그건 성가셨다. 두 사람은 비행기 대신 당시 막 개통한 신칸센을 선택했다. 신하코다테호쿠토 역에서 하야부사를 타, 신아오모리, 모리오카, 센다이, 오미야를 거쳐 다섯 시간이 안 되어 도쿄에 도착했다.

메로 씨는 본가로 돌아가는 대신 가나에가 지내던 방에 짐을 풀고, 한동안 거기서 지냈다. 밤마다 가나에의 침대에서 가나에를 그리워하며 눈물도 흘렸다.

그로부터 석 달 동안, 메로 씨는 코로보쿠르의 뼈를 복원하는 데 몰두했다.

완성한 골격 표본을 메로 씨가 보여주었다. 모자라는 부위는 점토로 빚어져 있었다. 오동나무 상자에 담긴 그 뼈는 아이누 옷을 입고 있었다. 감색 바탕지에 수놓인 섬세한 자수. 머리에는 아이누어로 '마탄프시'라는 아이누 전통 띠를 둘렀다.

"이게, 코로보쿠르의 뼈라고요?"

"신기하죠?"

"아니……."

덜컥 믿기는 어려웠다. 손바닥에 올라갈 정도의 크기. 머리가 유난히 크다. 삼등신이나 사등신 정도일까. 흡사 만화 캐릭터 같았다.

"죄송합니다. 저기, 죄송한데요. 이거…… 아니, 메로 씨, 저 놀리시려는 거 아니고요?"

"아뇨, 그럴 리가!"

"아니, 이거요. 아무리 봐도 가짠데요?"

"음, 마무리가 지나치게 깨끗했나요? 그대로 두자니 너무 꾀죄죄하고 으스스했거든요."

메로 씨 말마따나 골격 표본은 그녀의 다른 인형 작품들처럼 클렌징과 에이징 가공이 되어 있었다. 요컨대 리얼하게 완성되었다. 지나치리만치 훌륭한 기술로 표본이 외려 가짜처럼 보이는 눈의 착각인 셈인데, 그런 건 아무래도 좋았다. 이런 소인이 존재할 리 없지 않은가. 어느 사찰엔가 인어의 미라가 있다는, 사진까지 첨부한 기사를 본 기억이 있지만, 아마 다 가짜일 터. 그런 걸 순순히 믿는 사람이 과연 있을까.

눈앞의, 아이누 옷을 입은 골격 표본도 바로 그런 부류였다.

"메로 씨는 믿으세요? 이게 정말 코로보쿠르의 뼈라고 생각하세요?"

"믿어요. 그렇게 믿어줘야죠. 그 아이의 소중한 추억이니까요. 이 정도쯤 믿어준다고 벌 받는 거 아니잖아요?"

메로 씨의 말이 가슴을 파고들었다. 그렇지만 이것이 과거에 살아서 걸어 다녔다고는 도저히 생각할 수 없었다. 역시 누군가 만든 가짜라고 보는 것이 자연스럽다. 가나에 씨가 아니라면 대체 누가, 이런 것을 만들어 땅에 묻었단 말인가. 머릿속이 온통 물음표였다.

한편 메로 씨가 뼈를 복원하는 사이, 가세는 아틀리에 2층에서 홀로 〈꽃의 거리〉 제작에 몰두했다. 그는 그 나름대로 사라진 가나에에게 향하는 생각을 캔버스에 쏟아냈으리라.

이윽고 네즈 씨의 소개로 새 동거인이 들어왔다. 에베 씨였다.

"저는 그 사람, 좀 견디기 힘들더라고요." 메로 씨가 말했다.

"에베 씨가, 성격이 상당히 특이하시긴 하죠."

"그건 상관없었어요. 그림 그릴 땐 조용한 사람이어서, 제가 떠들어도 별 반응도 없었고요. 그보다 그 그림이요. 그것들에 하루 종일 둘러싸여 보세요. 정신이 못 버텨요."

"그게 힘드셨군요. 웃는 얼굴이, 안 맞으셨나요?"

메로 씨가 세차게 고개를 저었다.

"웃는 얼굴 아니에요, 그거. 웃는 것처럼 보이지만 본인 말로 고뇌의 표정이래요."

얼떨결에 에베 씨 그림의 비밀을 알고 말았다. 의외로 쉽게 수긍이 간다고 할까. 에베 씨의 웃는 그림에 등장하는 인물들은 결코 즐거워 보이지 않았다. 무언가를 지그시 견디는 듯한, 더욱이 보는 쪽에게도 견디라고 압박하는 듯한 부분이 있었다.

"그런 얼굴들이 같은 공간에 그득하다고요. 아침부터 밤까지.

그걸 무슨 재주로 견뎌요? 그렇다고 에베 씨한테 나가 달랄 수는 없잖아요. 그 사람이 열심히 그리고 있는 작품인데, 저기요, 나는 그거 못 견디겠으니까 나가주세요? 이러면 창작 활동 자체를 부정한다는 뜻이잖아요? 제가 떠나는 게 맞죠. 에베 씨에게는 적당히 둘러댔어요, 나유타는 저주받았다, 더는 이곳에 있고 싶지 않다. 어차피 마침 잘됐죠. 언제까지 가나에 생각만 되새길 수는 없잖아요. 좋은 의미로 여러 가지를 털어내게 해준 셈이지요, 에베 씨 그림이."

다른 작업장을 찾는 일은 네즈 씨의 도움을 받았다. 운 좋게 발견한 장소가 메구로 혼초의 이 전통 가옥이었다.

그리하여 메로 씨는 항하사를 떠났다.

18

트
릭

메로 씨 취재는 좀 수월히 정리될 줄 알았는데, 예상을 크게 빗나가 외려 상처에 소금을 뿌린 꼴이었다. 가나에 씨라는 존재가 내 앞을 가로막아, 질투인지 망집인지 번뇌인지 모를 상념에 들볶여 만신창이가 되었다. 간신히 마음이 가라앉을 무렵, 이번에는 코로보쿠르의 저주에라도 걸렸는지 우울과 허무가 뒤범벅된 정신 상태에 빠졌다. 몹시 난처했다. 돌이켜보면 정신적으로 가장 불안정했던 시기가 아니었을까.

네즈 씨가 이따금 메시지를 보내왔지만 확인할 기분이 아니었다.

애초에 이 사람은 다 알고 있었다. 내가 발로 뛰어다니며 얻어낸 정보 따위 이미 훤히 알면서 굳이 나를 현장에 던져 넣었다. 게임하듯. 그걸 생각하면 분노 이전에 공포를 느꼈다. 대체 무슨 꿍꿍이일까. 이 사람은 나를 이용해 뭔가를 하려는 게 분명하다. 고작 여덟 페이지짜리 특집 기사에는 적합하지 않은 뭔가를, 내게 짊어지우려 한다. 아니, 나는 이미 감당하지 못할 만큼 짊어졌다.

이쪽이 무시하자 저쪽이 집요해졌다. 본인은 세상 쌀쌀맞아도, 남이 쌀쌀맞게 굴면 못 견디는 성미일까. 메시지 개수가 나날이 쌓여갔다. 스마트폰에 팝업으로 뜨는 통지가 보기 싫어도 눈에 들어왔다.

'연락주세요!'

급기야 편집부를 경유해 독촉을 해오기에 이르렀다. 하는 수 없이 메시지를 확인하니, 전혀 다른 안건이지 뭔가.

출간을 앞둔 사진집이 있는데 특집으로 다뤄주면 좋겠단다. 사진가를 직접 한번 만나보라고 한다. 그런 안건이면 굳이 거절할 것도…… 생각할 뻔했는데, 아니나 다를까, 이것도 덫이었다. 사진가는 내가 아는 사람이었다.

다카다 다다노부.

스스키노에서 일하던 여자애가 나유타의 그림이라면서 보여줬던 사진. 그 사진을 찍은 인물이다. 우연일까? 아마 아닐 것이다. 등줄기가 서늘해졌다. 어쨌거나 불 속의 밤은 줍는 수밖에.

다카다 다다노부의 메일 주소는 이미 주소록에 저장되어 있었다. 오랜만에 연락해 시부야 도겐자카에 있는 카페에서 만나기로 했다. 다카다 씨는 약속 시간보다 십오 분 늦게 나타났다.

"늦잠 자는 바람에. 죄송합니다."

쓴웃음을 지으며 건너편에 앉는 사람이 사진가 다카다 다다노부. 53세. 코밑수염이 희끗희끗했다. 니트 모자에 덮인 머리도 제법 벗어졌던 걸로 기억한다.

"오랜만에 뵙네요. 기억하세요?" 내가 물었다.

"네? 만난 적 있던가요?" 다카다 씨가 난처한 듯 머리를 긁적였다.

"이전에 윌리엄 윌로스에 있었거든요. 현장에서 한 번 뵌 적 있어요."

"아아, 그러시구나. 무슨 일이었죠?"

"화장품이요."

"아아……."

"포토제니 제품……."

"아…… 아…… 아……."

기억 못 하는 눈치였다.

그가 가방에서 노트북을 꺼내 PDF 파일을 열었다. 사진집 샘플이다. 다카다 다다노부는 광고업계 제일선에서 활약하는 사진가였다. 광고 사진만 찍는 줄 알았는데, 다카다 다다노부의 순수 예술사진은 완전히 별세계로, 한눈에도 유흥업소에서 일하는 듯한 여자들의 인물 사진이 대부분이었다. 내 속을 들여다본 것처럼 그가 해명했다.

"광고 일만 하다 보면 욕구불만이 되니까요. 뭐, 이쪽이 제 라이프워크랄까요."

"그러고 보니 지난번 삿포로에 갔다가, 다카다 씨가 사진을 찍어주셨다는 사람을 만났어요."

"네? 어디서요?"

"스스키노요."

"그런 가게엘 갔어요?"

"취재거든요?"

"그런 취재도 해요? 〈그림과 시와〉도 노선 바뀌었나 봐요?"

나유타 취재 건을 굳이 말할 생각은 없는지라 그냥 넘어갔다.

"지금껏 '여자들'이라는 시리즈로 사진집을 세 권 냈습니다. 그것도 가져왔어요. 미안해요, 짐이 되겠네요."

다카다 씨가 묵직한 종이 가방을 내게 건넸다. 사진집이 세 권 들어 있었다. 한 권을 꺼내 몇 장 넘겨봤다. 역시 환락가 여성들의 사진들이다.

"저한테는 유흥업소가 연인이니까요. 말하자면 전부 연애 사진이자, 러브 스토리죠."

전혀 공감할 수 없는 발언이었지만, 사진에는 솔직히 꽤 압도당했다. 호오는 제쳐두고 그의 정열과 감성만은 진짜라고 생각했다.

몇 장 넘기다가 한 사진에 눈이 머물렀다. 이 사람, 본 기억이 있다. 분명 케이 씨다. 〈꽃의 거리〉에 그려진 여성 중 한 명이다.

"저 이 사람 알아요."

"아아, 네." 다카다 씨가 말한다. "지금 나유타 취재하시죠? 몰라보면 좀 곤란하죠."

"〈꽃의 거리〉. 우연인가요?"

"사실 입 닫고 있기로 약속했는데, 네즈 씨가 그러대요, 그쪽이 물어보는 건 뭐든지 대답해주라고."

다카다 씨가 말문을 열었다. 역시. 덫이 맞았다. 어쨌거나 여기까지 온 이상 물러날 수는 없었다.

"뭐가 알고 싶어요?"

정작 그 말을 듣자 아무것도 떠오르지 않았다.

"죽은 여자애들 이야기?"

"그러네요. 나유타 취재니까…… 나유타에 관한 일일까요."

"그거라면 저보다 네즈 씨한테 듣는 게 빠를 텐데요?"

글쎄, 가르쳐주질 않아서요, 하고 말하려다 말았다.

"흠, 그럼 뭐, 제가 아는 걸 얘기할까요?"

"부탁드립니다."

"저야 〈꽃의 거리〉라는 그림에 대해서만 좀 알 뿐인데요."

〈꽃의 거리〉. 나유타 수수께끼의 핵이 아닌가. 갑자기 몸이 움츠러들었다.

"괜찮아요? 안색이 안 좋은데요?"

목이 막혀 말이 잘 나오지 않았다.

"……아…… 아뇨. 괜찮습니다."

지뢰를 밟은 심정이 이럴까. 현기증이 났다.

"버스 사고가 있었던 게…… 작년 1월 2일이었던가요."

"1월 2일 맞습니다."

"저는…… 인터넷 뉴스에서 우연히 봤어요. 이런 사진을 찍다 보니 설마, 혹시, 싫잖아요? 아는 가게에 전화해봤습니다. 사망한 세 사람 얘길 물었어요. 뉴스에는 삿포로에 사는 여성이라고만 나왔으니까. 친한 지배인이 가르쳐주더군요. 안됐지만 셋 다 제 사진 속에 있었어요. 네즈 씨와는 마침 지난번 사진집을 준비하던 때라, 그 세 사람 사진도 공유한 터였죠. 파일 번호, 사고 뉴스 링크도 첨부해 바로 네즈 씨에게 연락했습니다. 유족 의향을 묻고 새로 허가를 얻을 필요가 있었거든요. 사진 찍을 때 본인한테선 수락 서명을 받아뒀으니 문제없다면 문제없는데, 본인이 사망해버렸잖아요? 출간 후에 유족 측에서 말이 나올 수도 있으니까, 그런 문제를 네즈 씨와 의논했어요. 얼마 후 네즈 씨한테서 연락이 왔는데, 사망한 세 사람 사진을 그림 소재로 빌리고 싶다는 거예요. 나유타가 그리고 싶어한다고. 저야 나유타 씨 팬이라 쾌히 수락했습니다만. 문제는 유족이에요. 본인들이 세상에 없으니 유족 동의라도 받아둬야 뒤탈이 없거든요. 네즈 씨가 다 알아서 처리한다기에 저도 마음을 놨습니다. 나유타 씨 전시회도 봤어요. 첫날 초대받아서. 〈꽃의 거리〉. 놀랐습니다. 죽은 세 사람이 그림 속에 있었어요. 일주일도 안 지났는데. 심지어 제 사진을 그대로 갖다 쓴 것도 아니에요. 저는 모르는 앵글과 포즈예요. 틀림없이 그 여자애들인데 말이죠. 전시회장에 나유타 씨도 있었던 모양인데, 뭐, 정체를 드러내지 않는 사람이니. 네즈 씨가 '글쎄요, 여기 어디 있겠죠?' 하면서 웃더군요. 아무리 그래도 연락받고 닷새도 안 지났거든요. 이걸 닷새에 그렸다고요? 했더니 네즈 씨 말이, 얼굴만 바꿔 그렸다는 겁니다. 아아, 그럼 이해가 아주 안 되는 일도 아니지만. 사람 셋 얼굴을 닷새만에 새로 그리다니. 어지간히 손이 빠르지 않고는…… 그때 네즈 씨가, 난처한 일이 하나 있다는 거예요. 세 사람 신원을 영 알수가 없대요. 가게에도 직접 알아봤는데, 경찰도 애를 먹는다더라나요. 나유타는 아랑곳하지 않고 그려버렸고요. 오히려 신원이 밝혀질 수도 있다면서. 뭐, 그 말도 일리는 있죠. 그럼 저도 사진집에 실어도 되겠다 싶어 출판사와 상의해서 결국 실었고요. 아, 잠깐, 괜찮아요?"

다카다 씨가 내 손에서 사진집을 가져가 획획 넘겼다.

"이 여자애는 한낮에 스스키노를 걷다가 만났는데, 편의점 비닐봉투였나, 손바닥만 한 봉지를 들고 있었어요. 뭐가 들었느냐고 물었더니 손톱깎이래요. 사진을 여러 장 찍었어요. 그중 한 장이 이거. 제가 찍었지만 회심작이죠."

내 쪽으로 돌려놓은 페이지에는 〈꽃의 거리〉 모델 중 한 사람의 사진이 실려 있었다.

"가나에 씨군요."

"맞아요. 사진 좋죠?"

"네."

그것은 분명 마음을 뒤흔드는 사진이었다. 그 일순의 표정이 그녀의 전 인생을 담고 있는 듯했다. 이것이 사진의 힘일까. 한숨이 새어 나왔다.

"사진이란 게, 때로 무척 잔혹하고 죄가 많아요. 찍는 건 일순. 찰나의 그 초상이 언제까지라도 남죠. 그걸 대체 뭐라고 해야 할지. 지금도 자문자답합니다." 다카다 씨가 말했다.

다카다 씨가 돌아간 뒤에도 나는 사진집을 손에 든 채 멍하니 앉아 있었다. 직전에 얼굴만 바꿔 그렸다. 그것이 〈꽃의 거리〉의 트릭이었나. 새삼 사진집을 한 장씩 넘겨봤다.

가나에 씨 사진을 들여다봤다.

인기척이 나서 돌아보니 네즈 씨가 서 있었다. 너무 갑작스러워 잠시 말문이 막혔다.

"무슨 얼굴이 그래요?"

네즈 씨는 쓴웃음을 지으며 건너편에 앉았다.

"어땠어요? 다카다 씨, 사진 다 괜찮죠?"

"아, 네."

"더 높은 평가를 받아도 될 사람이에요. 훌륭한 걸 가졌죠."

"사진은, 근사했어요."

"그렇죠? 본인 말로, 취미로 찍는 사진은 오로지 좋아하는 것만 찍겠다네요. 그게 그런 사진들이라니까, 뭐."

"그건 그것대로 개성이겠죠."

"그러니까요. 저는 머리가 굳어서. 자랑할 일도 아니지만요.

다만 무책임한 말을 할 입장도 아니라."

솔직히, 바로 일어나고 싶었다. 어서 이 자리를 뜨라고 몸이 격렬히 신호를 보냈다.

"……그래서 어떻습니까? 취재는?"

"아, 네…… 뭐, 조금씩."

"다행이네요."

"저기…… 가세가……."

나는 뒷말을 삼켰다. 나유타였군요…… 내가 내놓는 카드에 따라 이 사람은 또 새로운 일을 꾸밀 것이 틀림없었다. 네즈 씨가 눈치껏 말을 이어받았다.

"맞습니다. 그가 또 한 사람의 나유타예요."

"어라? 오늘은 뭐든 다 공개할 작정으로 나오셨나요?"

네즈 씨가 희미한 미소를 떠올리고 고개를 끄덕였다. 나는 내심 안도했다. 꼬였던 매듭이 풀리는 기분이었다. 미리 짜둔 판이었다지만, 이 게임도 마침내 끝날 때가 왔는지 모른다. 갑자기 눈물이 찔끔 나왔다.

"괜찮아요?"

"네."

"그래도 이미 대부분의 비밀을 스스로 풀지 않았나요?"

"아니요. 아직 모르는 것투성이에요."

"제가 대답할 수 있는 건 썩 많지 않겠지만. 아는 대로 답해드리겠습니다."

"감사합니다."

"아뇨, 아뇨."

"조금 전, 다카다 씨에게 들었어요. 〈꽃의 거리〉의 트릭. 전시회 직전에 얼굴만 바꿔 그린 거였군요?"

네즈 씨는 대답하는 대신 사진집을 가져가 몇 장 뒤적였다.

"본인 얘기로는 여성을 천 명 이상 찍었다더군요. 워낙 꼼꼼하게 파일링해두니까, 몇 년 몇 월 며칠 어디서 찍었는지까지 기록이 남는대요. 그런 그 사람이 어느 날, 버스 사고 뉴스를 봤어요. 스스키노의 한 업소 계열사 사원 여행이었다는 걸 알고, 혹시 자신의 모델 중에 희생자가 없는지, 친한 가게에 문의해봤답니다. 세 사람 다 그가 찍었던 여성이더래요."

"그 얘긴 들었습니다."

"음. 미안합니다. 제가 시간순으로 짚어가지 않으면 이야기를 못 해서요. 뭐, 늙어서 그럴 테지만."

네즈 씨가 쓴웃음을 짓고 사진집을 테이블에 내려놓았다.

"사실 〈꽃의 거리〉 연작은 거의 완성은 했지만, 출품 예정은 없었어요."

"왜요?"

"가세 군이 내켜하지 않았어요. 마무리가 안 된 그림이었거든요. 삿포로 여행 이야기는 들었나요? 모델 여자애가 행방불명된 이야기요."

"네. 메로 씨와 셋이 갔다더군요."

"맞아요."

"메로 씨도 충격이 컸다고 들었습니다."

"그랬겠죠. 가세 군도 마찬가지였을 테고요. 〈꽃의 거리〉는 그 여자애를 생각하고 그린 연작이었는데, 정작 중요한 얼굴을 다 그리기 전에 가세 군이 붓을 던져버렸죠. 전시회는 닥쳐오고 전시 공간은 채워야 하고. 그것도 내놓자고 졸랐는데 좀처럼 수락을 안 하는 겁니다. 거의 포기했을 즈음일까요, 해가 바뀌고 그 버스 사고가 났어요. 다카다 씨한테 들은 얘기를 어쩌다 제가 소메이 군에게 했단 말이죠, 정말, 별생각 없이. 사망한 세 사람 사진을 보여주면서. 소메이 군이 사진을 뚫어지게 들여다보더니 불쑥 이래요, 이거, 소재로 좀 빌려도 되겠냐고. 그려야겠다고. 흔한 말로 인스피레이션 아니겠어요? 하늘에서인지, 우주에서인지 내려온. 다카다 씨 승낙은 제가 나서서 받았고. 소메이 군은 가세 군에게 사진을 건네면서 〈꽃의 거리〉를 완성하라고 했죠. 그리고 반입하는 날……."

네즈 씨가 말을 멈추고 먼 곳을 바라봤다. 당시의 광경을 뇌리에 그려보는 것이리라. 이윽고 그가 말을 이었다.

"아침 일찍 항하사를 찾아갔어요. 글쎄 인물화 두 점은 끝났고, 가세 군이 나머지 한 점을 필사적으로 마무리하고 있더군요. 소메이 군은 소파에서 코를 골며 자고 있고요. 소메이 군 손하고 셔츠도 온통 물감투성이였어요. 시간이 없으니 그도 도왔던 거겠죠. 말하자면 〈꽃의 거리〉는 가세 군과 소메이 군의 공동작품입니다. 저는 소메이 군이 붓을 쥔 모습을 직접 보지는 못했지만, 에베 씨가 슬쩍 들여다봤답니다. 그런 돌관공사로 해치우다니 그림이 우습냐며 분개하던 에베 씨도 가세 군의 완성작을 보고는 할 말을 잃었죠. 혀를 내두를 밖에요."

"덮어 그리기 전 얼굴은, 누구였나요? 에베 씨 얘기로 짐작하건대, 가나에 씨죠?"

"맞아요. 셋 다 가나에 씨요. 그중 두 장의 얼굴을 지우고 다른 두 사람으로 바꿔 그렸습니다."

"가나에 씨를 군이 지우고요? 왜 그런 일을?"

"그땐 저도 잘 몰랐어요. 하지만 나유타니까요. 그런 걸 그리는 게 좋으려니, 정도로만 생각했죠."

"가세가 그런 일을 할까요?"

"뭐, 결과적으로는 해버렸잖아요? 이거 중요한 대목입니다. 꼭 조사해주세요. 그건 그렇고 가세 군이 마지막 그림을 마무리하는 사이, 저는 먼저 완성된 두 점을 다른 작품과 같이 운반했습니다. 작품이 다 마르지 않아서 보통 일이 아니었죠. 마지막 그림이 완성된 것은 한밤중. 오프닝 전날입니다. 소메이 군은 일어나질 않고, 가세 군도 눈을 조금 붙이고 싶대서 항하사에 남겨두고, 제가 그림들을 갖고 부랴부랴 미술관으로 향했습니다."

네즈 씨가 문득 고개를 들었다. 시선이 먼 곳을 향한다.

"장관이었죠. 미쓰시마 기념 미술관 갤러리 A. 좀 떨어진다, 하는 작품이 단 하나도 없었어요."

내 눈앞에도 같은 광경이 펼쳐졌다. 아오야마의 미쓰시마 기념 미술관에는 나도 몇 번 간 적 있었다. 백야드까지는 들어가보지 못했지만, 본 적 없는 그곳이 선명히 뇌리에 떠올랐다. 반입구를 통해 옮겨지는 나유타의 그림. 한 점 한 점 세심하게 벽에 걸리는 그림들.

"그건 사건이었습니다. 진짜 명화를 볼 기회는 많아도, 움직이는 명화를 볼 기회는 흔치 않죠. 벽에 걸린 그림과는 달리, 반입 때의 그림은 공간을 이동합니다. 그 묘미! 아세요? 와, 이런 명작에 우리가 능동적으로 관여하고 있다는 긴장, 흥분. 어지간한 걸작 아니고는 그런 기분은 맛보지 못해요. 그런 박력이 그의 그림에는 있었어요. 뭐, 이런 건 논리로 설명이 안 돼요. 그때 저는 새삼 확신했습니다. 말도 안 되는 재능과 만나버렸다고."

흥분해서 말하던 네즈 씨가 말을 멈추고, 커피 잔으로 손을 가져갔다. 하지만 갑자기 표정을 바꾸더니 잔에서 손을 뗐다.

"그런데 전시회가 시작된 후 인터넷에서 묘한 소문이 돌기 시작했어요. 열흘 전 버스 사고로 죽은 세 여자의 그림이 있다더라, 나유타라는 화가 작품이다, 유괴된 여자아이 그림도 있다…… 이른바 나유타의 '사신 전설'입니다. 스멀스멀 생겨난 소문이 아니, 저런, 설마, 하는 사이에, 기껏 사흘이나 걸렸을까요, 삼시간에 도시전설로 완성돼버린 겁니다. 입소문을 타고 전시회에 사람이 몰려들었어요. 실은 전부 소메이의 연출이었지만. 나유타가 그림을 그린 후에 모델들이 죽었다는 스토리를 노렸던 겁니다. SNS의 소문도 부계정을 사용한 자작자연이었고요."

"왜 그런 일을?"

"처음엔 저도, 그렇게 해서라도 첫 전시회를 성공시키고 싶었으려니 했어요. 그런데 아니에요. 그가 불쑥 이런 말을 해요. 나유타는 진짜 사신이 됐다고."

"진짜 사신⋯⋯?"

"미쳤죠? 그러게, 미쳤다니까요. 그때만은 한 대 때려주고 싶더군요. 때리는 대신 한마디 해줬어요. 당신이 나유타를 망쳤다고. 그는 멀뚱한 표정을 지었죠. 말귀를 전혀 못 알아듣는 눈치여서, 설명해줬습니다. '사신' 따위 별명이 따라다니는 화가가 별 볼 일 있겠느냐고. 저 사람이 그리면 죽는다더라, 그런 뒤숭숭한 뱅크시 부류, 인터넷 뉴스의 먹잇감밖에 못 된다고. 제 말 틀립니까?"

"안 틀려요."

"소메이 군은 아니래요. 뒤숭숭한 뱅크시가 자기는 좋대요. 같잖은 화단의 인정 따위 받아봤자 의미 없다고. 뭐, 일리는 있죠. 하지만 결국 세상을 속이는 짓이거든요? 그런 촌극이 들통나면 화단만이 아니라 세간의 총공격을 받아요. 득 될 게 없다고요. 제 말 틀립니까?"

"안 틀려요."

"소메이 군이 그래요, 정말로 끝나느냐고. 반대 아니냐고. 그때야말로 세상의 주목이 쏠려 누구나 나유타를 기억에 새기는 빅 이벤트가 되는 거 아니냐고. 대실패. 그보다 사람들이 좋아하는 소재가 있냐고. 그 대실패를 어떻게 연출할 것인가. 네즈 씨, 나는요, 아마 거기에 흥미가 있는 거 같거든요, 그럽디다. 그건 그저 노이즈 마케팅이잖아요? 소메이 군은 아니래요. 노이즈 마케팅이 좋대요. 아주 열렬한 노이즈 마케팅 예찬론자예요. 노이즈 마케팅으로 실패한 사람은 못 봤다는 겁니다."

"많지 않나요?"

"많죠. 그런데 소메이 군은 아니래요. 실패는 노이즈 마케팅 탓이 아니라 죄책감 탓이다, 남의 비난과 악평을 견디지 못하는 건 그 사람이 '좋은 사람'을 버리지 못해서, 진부한 양심을 버리지 못해서다. 세기의 예술가를 만들어내는 데 그런 게 필요하냐, 외려 그리 되물으면서요."

나는 한숨을 뱉었다.

"악마네요."

"악마죠. 결국 다 그의 생각대로 됐어요. 연출은 적중했고 전시회는 대성공. 단순히 사신 전설뿐이었다면 그렇게는 안 됩니다. 요는 가세 군의 그림이 지닌 힘이죠. 그게 압도적이어서 사신 전설이라는 진부한 연출까지 간단히 순풍으로 바꿔버린 겁니다. 뭔가 정말로 사람의 생과 사를 궁구窮究하는, 틀림없는 '진짜'인 무언가가 깃든 그림. 뭐, 항복입니다. 소메이 군은 거기까지 읽고 있었다는 말이니까요. 악마일지도 모르지만, 프로듀서로서는 가히 천재죠. 소메이 군은 좀처럼 그림을 팔려 들지 않았어요. 그런 가격이 아니라고 본 겁니다. 나유타의 그림은 지금도 계속 평가가 치솟는 중입니다. 전부 그의 시나리오대로 된 셈이죠. 아세요? 인터넷 기사. 오리모 우젠인가 하는 프리랜서 기자가 쓴…… 벌써 읽지 않으셨을까?"

"오리모 우젠…… 아아, 네. 그거…… 네즈 씨 아니에요?"

"어라, 눈치가 빠르시네요."

"애너그램이죠? 모리오가 오리모?"

"맞아요. 네즈NEZU는 알파벳으로 거꾸로 읽어서 우젠UZEN. 그런데 제가 아니고요, 소메이 군입니다. 소메이 군이 쓰고 멋대로 제 이름으로 장난쳐서 기고했어요."

"민폐네요."

"누가 아니랍니까. 하지만 그렇게 해서 그는 나유타라는 불세출의 아티스트를 세상에 내보냈습니다. 물론 거기에는 가세 마스미라는, 또 하나의 불세출의 재능이 있었지만."

"무적의 콤비로군요."

"그건, 글쎄요."

네즈 씨가 말을 멈추고 나를 바라봤다. 그러고는 한마디씩 또박또박 말했다.

"가세 군은, 그걸 마지막으로, 그림을 그만뒀어요. 지금은 아시다시피 도장공입니다."

"그건…… 어째서?"

"둘 사이에 아마 뭔가 있었겠죠. 결국 나유타는 해산. 그다음 달에 가세 군이 항하사를 나갔고, 소메이 군은 죽었어요. 작년 2월입니다."

2월, 나는 무엇을 했던가.

광고 회사에서 수당 없는 야근을 해가며 필사적으로 일하기는 했다. 언젠가 기획 회의에서 나유타가 화제에 올랐던 일이 떠올랐다. 또 수상한 녀석이 등장했다며 모두 웃었다. 나도 그쪽에 있었다. 가세가 한창 고통받던 그때, 흔한 동정심 한 조각 품지 않고, 광고에는 써먹지 못할 소재라며 잘라버리고, 두 번도 돌아보지 않았다. 그 무렵엔…… 아니, 지금도 마찬가지다. 타임라인에 날마다 흘러 들어오는 타인의 실패, 좌절, 아픔, 괴로움을 집게손가락으로 획획 날려버릴 뿐.

안타까움이 밀려왔다. 고개를 숙이자 무릎 위에 사진집이 펼쳐져 있다. 가나에 씨가 거기에 있었다. 눈물이 떨어졌다. 눈물을 미처 닦기도 전에 또 한 방울이 그녀의 얼굴 위에 내려앉았다.

"가세 군은 붓을 버리지 못했어요. 그래서 시작한 것이 도장 아르바이트입니다. 그는 그림을 그릴 수밖에 없는 사람이에요. 하지만 더는 이 세계를 그리지 못해서, 벽을 마주하고, 〈벽〉이라는 추상화 연작을 계속 그리는 겁니다. 저는 그렇게밖에 생각할 수 없어요."

눈물이 뚝뚝 가나에 씨 얼굴에 떨어졌다. 아아, 그를 보고 싶다. 만날 자격 따위 없지만, 그래도 만나고 싶다.

"가세 군과 얘기는 해봤습니까?" 내 속을 들여다본 것처럼 네즈 씨가 말했다.

내가 고개를 저었다.

"그때 이후로 안 만났어요."

"만나주세요."

"……하지만."

"전에 말했죠? 스타브로긴은 괴로워한다고. 구해야죠, 그를!"

"저는 그럴 자격 없어요."

"이제 그쪽뿐입니다. 그를 구할 수 있는 사람은."

"왜 저예요?"

"가세 군이 기다리니까요. 그쪽이 자신의 전부를 이해해주기를, 기다리고 있으니까요. 제멋대로죠? 그쪽이 그저 오랜만에 재회한 선배로만 머무는 건 싫은 겁니다."

할 수만 있다면 그를 구하고 싶다. 하지만 어떻게? 아무 생각도 떠오르지 않는다. 그저 뭔가 해야 한다는 생각만 가슴속에서 와글거렸다. 왜일까. 아아, 그렇구나. 중요한 사실이 떠올랐다.

"그에게 처음 유화를 알려준 게 저예요."

"그렇다더군요."

밖을 보았다. 진홍빛 노을이 하늘 서편을 물들이고 있었다.

19

스
케
치
북

10월 27일 일요일, 요코하마 역 주변을 산책. 역 서쪽 출구를 나와, 가타비라가와 강변을 따라 주택지를 한동안 걷자 모교인 가스미가오카 고등학교가 보였다. 이곳에서 나는 가세와 일 년을 같이 보낸 셈이다.

울타리 바깥에서 정겨운 학교 건물을 바라봤다. 원래 여자 고등학교로 출발했던지라 여학생 비율이 높았다. 남학생이라면 이른바 초식남이 대다수이리라 지레짐작했는데, 그 가운데 가세와 소메이 유타카가 있었고, AED로 자살 비슷한 일을 실행했다니, 참, 모를 일이다.

그건 그렇고, 요코하마 역 주변을 산책한 것도, 모교 앞을 지나간 것도, 목적은 따로 있었다.

네즈 씨와 만난 다음 날, 그가 메시지를 보내왔다. 매우 짤막

한 메시지였는데, 모르는 외국어로 "Удачи вам!"이라 적혀 있었다. 검색해보니 러시아어로 '화이팅!'이라는 뜻이었다.

뒤이어 주소가 두 개 첨부되어 있었다. 가세의 본가, 그리고 지금 살고 있는 시모기타자와의 아파트.

거기로 가보라는 말일 터다. 더는 망설이지 않았다. 내가 할 수 있는 일이 있다면 뭐든 하자. 그것이 가세를 위한 일이라면.

요코하마 시 니시 구 도베초.

고교 시절 통학로에서 보면 학교를 사이에 두고 반대쪽에 자리 잡은 동네. 학교에서 먼 것도 아닌데 한 번도 가본 기억이 없다. 나에게는 미지의 땅인 그 동네에 가세의 본가가 있었다. 스마트폰 지도 앱에 의지해 미로 같은 좁은 골목을 나아갔다. 처음 보는 작은 흰 새 몇 마리가 저만치 앞에 모여 앉아 있었다. 내가 다가가자 후루룩 날아올랐다가 조금 더 가서 내려앉았다. 흡사 길 안내인처럼 앞장서서 날아갔다 내려앉기를 되풀이했다. 모이라도 주기를 기대하는 건지. 흰색과 검은색이 섞인 꼬리가 길다. 할미새의 일종일까.

이윽고 레트로 정취를 물씬 풍기는 상점가가 나타났다. 쇼와 1926년-1989년 일본의 연호의 흔적이 정겹게 남아 있다. 이런 데가 있었다니. 스마트폰으로 사진을 찍으며 걸었다. 너무 노골적으로 찍어댄 탓일까, 지나가던 아주머니가 내 얼굴을 뚫어지게 쳐다봤다. 나는 스마트폰을 가방에 넣고 발걸음을 빨리했다.

상점가를 벗어나자 작은 흰 새들이 또 보였다. 이번에도 앞서

가며 길을 알려준다. 뭘까, 이 새들은. 마치 누군가 연출이라도 한 것 같다. 문득 나유타의 '새' 연작이 떠올랐다. 〈까마귀 공원〉 〈카나리아의 집〉〈백로의 숲〉 그리고 남은 하나가…… 〈할미새 의 골목〉 아니었나?

우연일까? 아마 그럴 테지만, 기분이 살짝 으스스했다. 골목 이 끝나는 곳에 명도(불교에서 사람이 죽어서 간다고 여기는 영혼의 세계)라도 펼 쳐지려나. 도깨비가 나올지, 뱀이 나올지. 어쨌거나 나유타를 찾 아가는 여정도 클라이맥스에 가 닿은 것이리라. 그렇게 생각하 자 어쩐지 유쾌해졌다.

가세의 본가는 특히 고풍스러운 분위기의 골목 한 모퉁이에 있었다. 작은 정원에 빨래가 널려 있다. 인기척이 나서 돌아보니 체격이 좋은 중년 여성이 서 있었다. 장 본 물건을 담은 봉지를 들고 있다. 조금 전 상점가에서 나를 노려봤던 아주머니다. 그때 부터 따라왔을까?

"미안해요. 뒤를 밟아버렸네요." 여자가 말했다.

미행한 게 맞구나.

"무슨 일이신데요?"

"그쪽, 마스미 여자친구죠?"

"네? 마스미라면, 가세 씨 말씀인가요?"

"그래요, 우리 아들."

놀랐다. 가세 어머니였다니.

"아뇨, 여자친구는 아닙니다만."

왜 나를 여자친구라 생각했을까. 그보다 나를 어떻게 알지? 일단 내 소개부터 해두려고 가방에서 명함을 꺼냈다.

"아, 저는 〈그림과 시와 노래〉라는 잡지에서 편집 일을 하고 있습니다. 야치구사라고 합니다."

어머니는 명함을 받아 들고, 소리 내어 내 이름을 읽었다.

"야치구사 카논 씨……."

"네."

"아무튼 우리 애랑 아는 사이죠?"

"네. 같은 고등학교 나왔어요."

"어머, 그래요? 그러니까 실은 여자친구 맞네. 아니에요?"

"아뇨, 아니라고 생각하는데요."

"우리 집 온 거죠? 들어가요. 차라도 마시고 가요."

거절하기도 난처해서 따라 들어갔다.

현관 신발장 위에 그림이 한 점 장식되어 있다.

"봐요, 이거. 우리 애가 그렸는데, 그쪽 맞죠?"

10호 캔버스에 그린 유화. 확실히 나를 꼭 닮았다.

"기억해요? 이 그림, 고등학교 때 그렸어요. 그때부터도 이렇게 잘 그렸답니다."

"아뇨, 저는 기억에 없습니다."

"어머, 모델을 섰을 거 아녜요?"

"아닌데요."

"그럼 이걸 어떻게 그렸을까? 사진?"

"그냥 떠오른 이미지로 그리지 않았을까요?"

"그래요? 떠올리는 걸로 이렇게 그릴 수 있나?"

거실로 들어서다가 "우와!" 하고 탄성을 올렸다. 벽에 걸린, 노인을 묘사한 한 폭의 정밀한 연필화.

"이것도 가세가 그렸나요?"

"맞아요. 그 애 할머닙니다. 이건 대학 때. 줄곧 병석에 계셨는데, 돌아가시고 나서 그 애가 여기 걸었어요."

짐작건대 〈요람〉의 에스키스다.

가세 어머니가 부엌에서 차를 준비하는 사이, 나는 거실 소파에 몸을 내려놓았다. 소파가 거슬리는 소리를 냈다. 몹시 오래된 소파 같았다. 방 한 귀퉁이에 작은 불단이 있었다. 영정임 직한 사진 속에서 젊은 남자가 환하게 웃고 있다.

"저분은……."

"아, 남편이요."

가세의 형이라 해도 믿을 것 같다. 거의 우리 또래로 보였다.

"젊으시네요."

"고베 지진 때 세상을 떠났어요."

"들었습니다."

"딸아이도, 이 사람과 같이 가버렸고요."

조금 더 자세히 듣고 싶었는데 썩 건드리기 싫은지 가세 어머니가 재빨리 화제를 돌렸다.

"그림, 볼래요? 그 아이 방에 많이 있어요."

"와, 그래도 될까요? 보고 싶어요."

같이 2층으로 올라갔다. 내심 아틀리에를 기대했지만, 캔버스에 파묻혀 창고가 되다시피 한 방이었다.

"하야마 쪽에 작업실이 있었는데, 작년에 거기서 나와서 시모기타자와로 이사했어요. 그때 필요 없다면서 전부 여기로 가져왔답니다. 이것들 좀 어떻게 하랬더니, 그냥 버리라는 거예요."

"네? 버려요? 아깝게!"

"내 말이요. 기껏 그린 걸. 그렇다고 이대로 두기도 그렇잖아요?"

"아까워요."

"그림이 죄다 으스스하죠? 그 애가요, 어릴 때부터 영감이 강해요."

나는 짧은 숨을 삼켰다. '사신 전설' 따위는 없다는 것이 네즈 씨의 증언으로 판명된 마당에 이게 무슨…… 설마, 정말로?

"영감이라면, 귀신이 보인다는 말씀이세요?"

우선 제일 무난한 질문을 던져보았다.

"뭐랄까. 죽은 사람을 잘 찾아내요."

"네? 그게 무슨 말씀이세요?"

"지진 때 말이죠, 유해를 몇 구나 찾아냈답니다. 그 애가 가리키는 데를 파헤치면 밑에서 사체가 나왔어요. 어떻게 알았느냐고 물으면 카논이 가르쳐줬다는 거예요."

"카논요?"

"딸아이요. 그 애 누나."

"저도…… 카논인데요. 이름이 같네요."

"그러게요, 아까 명함 보니 그렇대요? 희한한 우연이네. 우리 애는 히라가나를 썼지만. 아무튼 마스미에게는 잊지 못할 이름 일 거예요."

"그렇군요. 그, 누나가 가르쳐줬다는 건 무슨 말씀이세요?"

"아니, 그러니까요. 말이 안 되죠, 그때는 이미 세상에 있지도 않았는데. 가슴이 얼마나 철렁했게요. 사진이라도 있었으면 위 안이 됐을걸. 지진 때 화재로 다 잃었답니다. 마스미에게 누나를 그려보라고 했어요. 매일 들여다보고 합장이라도 하면 좋잖아 요? 그런데 마스미가요, 누나 얼굴이 기억나지 않는대요."

떠올리기조차 괴로웠을까.

"뭔가, 빵집을 하셨다고 들었습니다만."

조금이라도 평온한 화제로 되돌리려 했지만 뜻대로 되지 않 았다.

"아주 조그맣게 했어요. 빵집이니 아침이 빨랐죠. 지진은 이른 새벽에 났어요. 다들 잠들어 있을 시간에. 우린 이미 가게에서 준비중이었고요. 그러니까 대피할 틈이 있었을 것 같죠? 천만에 요. 너무 큰 지진이었어요. 2층이 살림집이고 1층이 가게였는데, 그 1층이 납작하게 주저앉았어요. 저는 기다시피 해서 간신히 빠져나왔는데, 남편은 건물에 깔려 어떻게 됐는지 알 수 없었어 요. 조리장에서 불을 사용했으니까…… 연기가 엄청났어요. 우선 애들한테 달려갔어요. 2층 창문을 부수고 들어갔더니, 마스미가 얼굴이 새파랗게 질려서 있더라고요. 주위는 뭐 말도 못 하게 엉망이고요. 애를 들쳐 안고 정신없이 나왔는데, 이웃집도 뭐 전부 형체가 없었어요. 일단 마스미를 찻길 한복판에 내려놨어요. 어디 마땅한 장소가 있어야죠. 찻길이라니, 평소 같으면 큰일 나게요? 하지만 자동차고 뭐고 달릴 상태가 아니니까. 전신주도 죄다 쓰러졌고. 여기서 꼼짝 말라고 단단히 일러놓고 집으로 다시 들어가려는데, 그새 불길이 다 번졌어요. 이미 무리였어요. 카논. 카논이 아직 안에 있었는데. 카논! 불러도 대답이 없어요. 부르고 또 불러도. 불길이 어마어마해서 도저히 다가갈 수가 없었어요. 이러다 마스미까지 위험하겠다 싶어 일단 돌아가려는데…… 아, 미안해요. 그때만 떠올리면 마음이 찢어져서."

가세 어머니가 굵은 눈물을 닦았다.

"'엄마!' 하는 소리가 들렸어요. 딸아이가 저를 불렀어요. 딱 한 번이요. 저는 미친 사람처럼 부르짖었어요. 카논! 카논! 카논! 정신을 차려 보니 마스미가 제 허리를 꽉 붙들고 있어요. 안간힘을 다해 절 잡아당겨요. 그 어린 것 눈에도 엄마가 위험해 보였던 거죠."

잠시 침묵이 흘렀다. 가세 어머니는 몇 번이고 코를 훌쩍이며 눈물을 닦았다.

"며칠은 피난소에서 지냈어요. 마스미하고 둘이서. 맨몸으로요. 입고 있던 흰색 앞치마는 당장 벗어서 버렸어요. 무슨 염치

로 그걸 두르고 있겠어요. 우리 집에서 시작된 불길로 몇 집이나
잿더미가 됐는데. 양쪽 집은 아무도 살지 못했어요. 우리가 빵집
만 아니었어도…… 사람들을 볼 낯이 없었어요. 머릿속이 그냥
휑했어요. 남편이 죽은 것도, 딸아이를 잃은 것도, 우리 집에서
난 불이 번져 이웃이 죽은 것도. 남편과 딸의 유해는 나고야 화
장터로 옮겨졌어요. 이쪽에 살던 부모님과 오빠가 거기로 달려
와줬지요. 오빠가 척척 여러 일을 처리해줬어요. 이게 참, 남한
테 의지하기 시작하면 한도 끝도 없어요. 갈수록 무기력해져요.
이 집도 오빠가 알아서 구해줬답니다. 많이 낡은 집이었는데 깔
끔하게 리모델링까지 해줬어요."

가세 어머니가 갑자기 입을 다물었다. 정원 너머를 바라보는
눈에 눈물이 가득했다. 갖가지 풍경과 생각이 가슴속에서 왕래
하는 것이리라.

"고생하셨네요."

그런 말밖에 생각나지 않았다. 가세 어머니가 쓴웃음을 지었다.

"인생, 참 알 수 없죠. 빵은 다시는 못 만들 줄 알았는데, 얼마
전부터 글쎄 호시카와에 있는 빵집에서 일한답니다. 결국 그 재
주밖에 없으니까요."

"부군도 기뻐하시지 않을까요, 그러시는 것을."

"그러네요…… 미안해요. 뭐 좋은 얘기라고 이런 말을 다."

"아니에요. 아닙니다."

"갖고 싶은 그림 있으면 가져가요."

"네? 그래도 될까요?"

"되지 않겠어요? 본인이 버리라고 하니까."

가세 어머니가 계단을 내려갔다. 혼자 남은 나는 그림을 본격적으로 살펴보기 시작했다. 이쯤 되면 가히 보물섬이다…… 뒤집어 세워둔 캔버스를 하나씩 들어 올려 창문 앞으로 가 볕에 비춰보며 몇 번이나 "굉장해!"라고 탄성을 올렸는지. 아무렇게나 쌓인 스케치북을 펼쳐 넘기면서 몇 번이나 숨을 삼키고 신음을 흘렸는지. 엄청난 분량의 에스키스와 10호 캔버스에 담긴 시작품. 일찍이 내가 봤던 걸작들은 천재의 손끝에서 단번에 그려진 것이 아니었다. 그것들이 거쳤을 수십 수백의 준비 과정을 확인하자 가슴이 뜨거워졌다. 〈번데기〉를 위한 스케치일까. 가나에 씨 초상화가 몇 개나 나왔다. 누드 데생도 있다. 이것만은 조용히 덮어두는 편이 정신건강에 좋으련만, 보지 않을 수 없었다. 질투가 전신을 훑고 갔다. 어느새 나는 들짐승처럼 거친 콧숨을 몰아쉬고 있었다. 그러는 사이 재채기가 쉴 새 없이 터졌다. 창에서 흘러든 햇빛 속을 떠도는 먼지 알갱이는 그냥 보면 아름다웠지만, 결코 평범한 농도가 아니었다. 콧물을 그림에 떨어뜨리지 않도록 손수건으로 코를 막은 채 발굴을 계속했다.

한 장의 그림 앞에서 숨이 멎었다. 가세와 나였다. 내가 그와 처음 이야기를 나눴던 날. 가스미가오카 고등학교 도서실에서, 밀레이의 〈오필리아〉를 봤던 둘의 모습이 극명히 그려져 있다. 그뿐 아니다. 그때부터 나온 한 무더기의 그림은 어느 것이나 나

327

였다. 뭐야, 멋쩍게. 그러니까 가세는, 나를 좋아한 건가. 짝사랑. 학창 시절의 비밀스럽고 달콤한 추억. 주인도 없는 방에서 이런 걸 멋대로 봐도 될까. 죄책감과 동시에 정반대의 감정, 무어라 말할 수 없는 기쁨이 가슴속을 가득 채웠다. 저 고등학교 건물 복도에서, 계단에서, 체육관에서, 운동장에서, 도서실에서, 그는 줄곧 나를 바라보았다. 그리고 화폭에 담았다. 그런 생각을 하자 그가 몹시 애틋하게 느껴졌다.

고등학교 시절만이 아니었다. 나를 확 어리게, 마치 초등학생처럼 그려놓은 그림도 있다. 보는 내가 다 쑥스러워지는 스케치북이 몇 권이나 됐다. 란도셀 가방을 멘 나를 발견하고는 웃음을 터뜨리고 말았다. 이쯤 되면 망상의 세계다. 살짝 악취미랄까. 파자마 차림으로 침대에 앉아 있는 나도 있다.

"이건 선을 좀 넘었는데? 뭐야……."

파자마를 입은 채 공원처럼 보이는 곳의 벤치에 앉아 있는 어린 나.

침대에 누워 불안한 눈빛으로 이쪽을 바라보는 어린 나.

"설마 누드 같은 건 없겠지."

혼잣말을 하면서 스케치북을 넘기다가 생각지도 못한 그림을 발견했다. 이번엔 내가 아니다. 어린 소년의 초상화다.

나는 숨을 삼켰다.

분명 내가 아는 소년이다. 이 아이를, 나는 어떻게 알고 있을까. 거기서 먼 기억이 이어졌다. 스케치북을 들고 계단을 뛰어

내려갔다. 그리고 그림을 가세 어머니에게 내밀었다.

"이 아이는 누구인가요?"

"네? 아…… 우리 마스미네. 입원했던 때네요. 이런 걸 그렸구나."

"입원을 했었나요?"

"초등학교 때요."

"어느 병원이요?"

"요코하마 대학 부속병원."

"그런가요? 무슨…… 병이라도 있었나요?"

"아니, 어린애가 그림을 잘 그려도 너무 잘 그리니까. 뭔가 예삿일로는 안 보이잖아요? 걱정할 수밖에요, 지진도 겪었고. 병원에선 기억 장애라더군요. 기억이 뭉텅 날아간 구간이 있대요. 하기는 지진 직후엔 저도 이따금 그랬답니다. 나중에 아니, 내가? 언제? 하는 일이 많았어요. 가까운 이웃 아저씨도 세상을 떠나서, 부인이 현관 앞에 웅크려 앉아 우는데 제가 손을 맞잡고 같이 울었대요. 그때 제 눈물을 보고 마음을 다잡았다고, 그분이 저더러 고맙다고 하시는데, 전 기억이 전혀 없어요. 어? 내가? 사실 지금도 기억이 없답니다. 딴 사람과 착각한 거 아닐까 싶을 정도예요. 비슷한 일이 꽤 있었죠."

"그, 가세의 기억 장애는 나았나요?"

"그것도 잘 모르죠. 이 주일쯤 입원했다 퇴원했나 그래요."

나는 2층으로 돌아왔다. 그의 방으로 들어가 책상 앞에 앉았

다. 다시 스케치북을 넘긴다. 비둘기. 이건…… 나도 아는 그림
이다. 본 적 있다.

　나는 어릴 때부터 그림 그리는 걸 좋아했다. 입원중에도 어린
이 병원학교에서 수업을 들었는데, 미술 시간을 제일 기다렸다.
수업 때 그림을 제대로 그리지 않는 사내아이가 있었다. 그림을
싫어하는 줄 알았는데, 병원 중정에서 혼자 스케치북에 뭔가를
그리는 모습을 곧잘 목격했다. 그림이 서툴러서 혼자 연습하나
보다, 씩씩한 아이구나, 그렇게 생각했다.

　어느 날, 뒤에서 살금살금 다가가 들여다보려는데 그 애가 알
아차리고는 재빨리 스케치북을 덮었다. 좀 보여달라고 해도 고
개를 가로저었다.

　"내 그림은 기분 나빠."

　기분 나쁜 그림이라니, 더 보고 싶어졌다. 한참을 조르자 마지
못해 보여줬다.

　"거짓말! 뭐야! 엄청 잘 그리잖아!"

　"정말?"

　"응. 정말. 기분 나쁠 만큼 잘 그려."

　비둘기. 영락없이 사진이다.

　더 없느냐고 묻자 그 애는 나를 병실로 이끌더니 침대 밑에서
비장의 스케치북을 끄집어냈다. 거기에는 입원한 아이들을 비
롯해 병원 사람들이 가득 그려져 있었다. 그 스케치북 가운데 한
권을 그 애가 내게 주었다. 내 초상화도 여러 장 담겨 있었다.

잘도 기억을 바꿔치기했구나. 그렇다, 우리 집에 있던 스케치북은 내 것이 아니었다.

이윽고 우리는 고등학교에서 다시 만났다. 나는 알아보지 못했지만, 그는 알아보았다. 줄곧 기억하고 있었다.

……나를.

그에게 전화를 걸었다. 그러지 않고는 견딜 수 없었다. 그가 전화를 받았다. 아무 말이 없다.

"나야." 내가 먼저 말했다.

"아."

"지금 너희 집에 와 있어."

"네?" 그가 놀란 목소리를 낸다.

"네 방이야. 그림 봤어."

"……어어. 창피한데."

"미안."

"아뇨, 괜찮아요."

"어디야?"

"네? 집인데요."

"시모기타자와?"

"네."

"가도 돼? 지금 출발할게."

"네? 아…… 네."

"보고 싶어. 지금 당장 만나고 싶어. 거기서 기다려."

전화를 끊고, 방을 나와 계단을 뛰어 내려갔다. 가세 어머니와 눈이 마주쳤다.

"좀 나갔다 올게요."

근처에 장이라도 보러 가는 사람처럼 말하고, 나는 그의 집을 나와 달리기 시작했다.

20

인
터
뷰

시부야에서 이노가시라 선으로 갈아타 시모기타자와에서 내
렸다. 오후 4시 조금 전. 해가 기울기 시작했다. 어느새 가을빛
이 완연했다. 네즈 씨에게 받은 주소에 의지해 집을 찾았다. 초
등학교 서쪽의 좁은 골목에 자리 잡은 오래된 2층 아파트. 한 층
에 두 집씩이다. 계단을 올라가 안쪽이 가세가 사는 집이다. 문
을 두드렸다.

방 안에서 소리가 들리고, 가세가 현관으로 걸어오는 기척이
느껴졌다.

문이 열리고 가세가 얼굴을 내밀었다.

"오셨어요." 가세가 말했다.

"저기……" 내가 말했다. "나유타 씨 되시나요?"

"네?"

"취재를 부탁드려도 될까요?"

가세가 피식 웃는다.

"취재는 사절인데요, 선배라면 좋아요."

눈앞에 있는 사람은 나유타. 나는 독보적 그림들을 그린 화가와 지금 마주하고 있다. 그 사실을 의식하자 이 숫기 없는 후배에게서 압도적 오라마저 느껴져 새삼 몸이 움츠러들었다.

"들어오세요."

나유타가 한 발 물러나며 공간을 만들어주었다. 나는 안으로 들어섰다.

부엌 딸린 원룸. 물건이 별로 없는 집이다.

작은 부엌 옆에 테이블과 의자 두 개가 놓여 있다. 나유타가 그것들을 방 가운데로 조금 옮기고, 의자를 빼준다.

"앉으세요."

"아, 네."

나유타가 부엌으로 가 포트에 물을 담았다.

"도와줄까?"

"괜찮아요. 앉아 계세요."

역시 가세다. 목소리도, 몸짓도, 얼굴도. 머릿속이 혼란스럽다. 포트 물이 끓자, 가세는 가스 불을 켜고 빈 밀크팬을 올린 다음 끓는 물을 부었다. 밀크팬이 슈욱 하고 날카로운 소리를 냈다.

"인스턴트지만요."

가세가 커피 한 숟가락을 밀크팬에 넣고, 부르르 거품을 일으키는 밀크팬을 재빨리 들어 올려 능숙하게 컵에 따랐다.

"에베 씨도 그렇게 만들던데."

"제가 가르쳐줬어요. 전 엄마한테 배웠고, 엄마는 아버지한테 배웠대요."

가세가 김이 오르는 잔 두 개를 탁자에 내려놓았다.

"드세요."

한 모금 마셨다. 에베 씨 커피보다 살짝 연하고 부드럽다. 가세가 건너편에 자리 잡았다. 바야흐로 인터뷰의 시작이다.

"배 안 고프세요?"

"괜찮아."

"끝나면 밥 먹으러 갈까요?"

나는 모호하게 고개를 끄덕였다. 이 인터뷰가 어떻게 끝날지에 달렸다. 어쩌면 말없이 돌아가야 하는 선택지도 있으리라. 흰색 캔버스가 몇 개, 벽에 기대어 세워져 있다. 유난히 시선을 잡아끄는 것은 코로보쿠르의 뼈 그림. 메로 씨가 예의 골격 표본을 복원하는 동안 가세도 같은 제재로 캔버스를 마주했던 것이리라. 검은 안와가 이쪽을 노려보는 것 같다. 으스스한 시선을 느끼면서, 가세라 해야 할지 나유타라 해야 할지 모를 인물의 인터뷰가 시작됐다.

"뭘 알고 싶으세요?"

"그러게요. 이것저것 있어요."

"뭐든 물어보세요."

"먼저 〈요람〉에 대해 말씀해주실래요?"

"〈요람〉이라. 그건 대학 1학년 때예요. 5월 초에 할머니가 뇌경색으로 쓰러지셨어요. 며칠이나 의식불명이었죠. 매일 가슴이 술렁였어요. 처음엔 할머니가 어떻게 될까봐 걱정 돼서 그런 줄 알았는데, 아니더라고요. 할머니를 제대로 그리고 싶은 충동. 그게 술렁임의 정체였어요. 할머니가 세상에서 사라져버린다. 내가 그려야 해. 할머니를 남겨드려야 해."

어느 날, 나유타는 화구를 챙겨 은밀히 할머니의 병원을 찾았다. 할머니는 침대에 누워 미동도 하지 않았다. 의식도 없었다. 인공호흡기가 그녀의 폐에 공기를 보내는 소리만이 조용한 방을 가득 채웠다. 이 주일쯤, 그는 스케치만 계속했다. 본가에서 본 그림도 그중 몇 장이었으리라. 〈요람〉은 학교 아틀리에에서 제작했다. 믿기 어려운 이야기지만, 그림을 마무리하고 붓을 내려놓은 직후 휴대전화가 울렸고, 할머니의 부음을 전해 들었다고 한다.

"할머님은 언제 돌아가셨나요?"

"기일이 6월 27일이니까……."

"대학 1학년 6월……."

"네."

나는 수첩에 숫자를 적고 계산을 해봤다.

"그럼 내가 대학 3학년 때니까…… 2008년."

"그러네요."

나는 손을 멈추고 그를 건너다보았다. 그리고 물었다.

"왜, 내게 취재를 시켰어?"

나유타는 말이 없었다. 입가에 희미한 웃음을 떠올린 채, 손에 쥔 컵을 가볍게 돌리며 안을 들여다볼 따름이었다. 이윽고 웃음을 거두고 그가 조용히 말했다.

"아마 이날을 줄곧 기다렸기 때문이겠죠."

"……줄곧?"

"네. 유년 시절 얘기부터 시작해도 될까요?"

"……응."

"지진이 났을 때 저는 네 살이었는데, 그때 일은 놀랄 만큼 선명하게 기억해요. 어머니에게 안겨 집을 나온 순간도, 집이 불타버린 것도. 잔해 속을 걸어 다닌 것도…… 찌부러진 지붕 위를 걸었어요. 무너진 건물들 사이 틈으로 들어가보기도 하고요. 솔직히 즐거운 추억이에요. 어린아이한테 그건 비극적 풍경이 아니라 유니버설 스튜디오에라도 온 것 같은, 말하자면 영화 속으로 들어온 것 같은……."

"사체를 곧잘 찾아냈다고, 어머니한테 들었는데."

"그게…… 묘한 얘긴데요, 제 기억 속에선 누나랑 같이 있었어요. 폐허 속에서 누나와 탐험 놀이를 했거든요. 누나가 발이 훨씬 빠르니까 번번이 앞질러 갔죠. 그러다 한 번씩 멈추고 가만히 있어요. 제가 그쪽으로 다가가면 누나가 말해요. 엄마 불러와. 어? 엄마? 여기로? 그게, 꽤 멀리 왔단 말이에요. 뭐 아이들 걸음이니까, 엄청 먼 거리는 아니지만. 제가 돌아가서, 누나가 엄마 오래, 같은 말을 아마 했겠죠. 그때 어머니 표정은 지금도 잊히지 않아요. 말 그대로 눈이 튀어나올 것 같았죠. 어머니랑 가보면 누나는 안 보이고, 그곳에서 누군가의 유해가 발견되는 거예요. 무서워서 저는 제대로 못 봤지만. 대소동이죠. 어머니가 사람들을 불러오고, 소방관과 경찰이 출동하고. 그런 일이 몇 번이나 있었어요. 누나는, 뭐였는지. 잔해에서 놀다가 사체를 찾아내고는 저더러 엄마를 불러오래요. 누나가 언제 나타나서 언제 사라졌는지는 기억에 없어요. 신기하죠? 뭐, 네 살 때니까, 그 기억도 완전히 믿을 수는 없지만요. 혼자 상상하고 그대로 믿어버렸는지도 모르죠. 혹시 그렇다면, 제힘으로 사체를 찾아냈단 말일까요? 그럴지도 모르고 아닐지도 모르죠."

"신기한 이야기네."

"제가 제일 속상한 건, 누나 얼굴이 기억나지 않는 거예요. 전혀요. 요코하마로 옮겨 오고 나서 어느 날엔가 문득 깨달았어요. 그때의 충격은 아직도 생생해요. 정말 무서웠어요. 아버진 그나마 젊을 때 사진이 몇 장 남아 있었지만, 누나는 사진이 한 장도 없었어요. 다 불타버렸거든요. 말로 못 할 죄책감을 느꼈어요. 잊다니. 그렇게 소중한 걸. 엄마가 알면 야단치실까봐 한동안 숨겼어요. 그날 이후, 정신을 차려보면 누나 이름을 중얼거리고 있더군요. '카논, 카논, 카논……' 그림을 그리게 된 계기도 그거였어요. 제 기억을 못 믿겠더라고요. 구멍 난 가방처럼, 어느새 줄

줄 새서 텅 비어버리지 않을까. 그런 생각을 하면 얼마나 불안하던지. 만에 하나 잊어버려도 되게끔 그림을 그려두기로 했죠. 솔직히, 그 집착이 전부였을 거예요. 재능이나 소질하고는 다르다는 생각이 들어요."

"그 그림을 보고, 어머니가 병원에 데려가셨고?"

"네. 꺼림칙할 만도 하죠. 고베에 살 때도 크레용화 정도는 그렸을걸요. 화재로 다 사라졌지만. 어머니 말씀으로는 그냥 평범한 애들 그림이었대요. 그랬는데, 요코하마로 오면서 느닷없이 사진 같은 그림을 그리기 시작했으니 놀랄 밖에요. 무슨 병은 아닌지, 걱정하는 것도 무리는 아니에요. 제 입으로 고베 시절 기억이 없다고 말했는지, 의사가 이것저것 질문하는 과정에서 자연히 알아차렸는지, 아무튼 기억 장애라는 진단을 받았어요. 한 이 주일 입원했을 거예요. 같은 소아 병동에, 누나랑 이름이 같은 아이가 있었어요. 침대에 히라가나 이름표가 붙어 있었어요. '카논.' 성은 적혀 있지 않았어요. 병원에선 아이들을 이름만으로 불렀으니까요. 그 아이가, 선배였어요."

"네 스케치북이 우리 집에 있어."

"그래요?"

나유타는 반가운 듯 살짝 소리를 높였다. 이 사람을 나유타라 부르는 일은 이제 그만두자. 눈앞에 있는 사람은 내가 아는, 그리고 아직 내가 모르는 것투성이인 가세 마스미였다.

"내 기억도 참 엉터리지. 그거, 내가 그렸다고 생각했지 뭐야."

"그건 좀 너무한데요? 제가 드렸거든요."

"아까 생각났어. 너희 본가…… 네 방에서. 그래도 그림은 나도 그렸단 말이야. 그건 기억해."

가세가 일어나 벽장을 열고 뭔가를 찾기 시작했다. 이윽고 무언가를 들고 테이블로 돌아와 내 앞에 내려놓았다.

"이거."

스케치북이다. 나는 빠르게 넘겨봤다. 첫 장부터 마지막 장까지, 어린애 솜씨로 그린 그림이 가득했다.

"선배가 저한테 준 스케치북이에요. 교환했어요, 우리."

"뭐? 그랬어?"

"그랬어요."

새삼 한 장씩 들여다본다. 초등학교 시절 스케치는 내가 봐도 제법이었지만, 소년 가세의 그림 앞에서는 한없이 평범했다.

"병원에서 만났을 때, 제가 누나 얘기 했는데, 기억하세요?"

"누나 이야기? 어떤?"

"조금 전에 한 얘기요."

"어?"

"지진 때 누나 유령 본 얘기요. 그땐 너무 어려서, 제대로 전달이나 했는지 모르지만."

"그 이야기를?"

"네."

"기억 안 나세요?"

"아니, 너야말로 잘 기억하네? 기억 장애 아니었어?"

"그래서 더욱 기를 쓰고 기억하려 했어요. 잊는 게 무서웠어요. 절대 잊기 싫은 것은 매일매일 떠올렸어요."

"나는? 그 이야기 듣고 뭐랬어?"

"믿는 눈치였어요. 뭐, 아직 어렸으니까요. 그런 다음, 선배도 제게 잊을 수 없는 이야기를 들려줬어요."

"무슨 이야기?"

"지하철 이야기요."

"뭐?"

나는 숨을 삼켰다.

"다카사키에서 돌아오는 길에도 들었지만요. 같은 얘기, 두 번 들려주신 셈이죠."

"……미안해. 그건 기억이 없어. 아니, 기억 장애는 나였네?"

"선배가 사라졌던 날도 기억해요. 죽은 줄 알았어요. 어떤 아이가 대충 한 말을 그대로 믿은 거죠. 누군가 어느 날 갑자기 안 보이면 죽은 게 되거든요. 정말 죽은 아이도 있었잖아요. 이런저런 아이들이 있었죠. 그런 아이들을 많이 그렸어요."

"응. 무거운 병을 앓는 아이도 있었지. 붕대를 감은 아이도 있었는데, 왠지 겁이 나서 똑바로 쳐다볼 수 없었어."

"선배는 그 후에, 어떻게 됐어요?"

"도쿄에 있는 병원으로 옮겨 수술받았어. 심장 수술. 어찌어찌 성공했고."

나도 모르게 가슴에 손을 갖다 댔다.

"지금도 흉터가 있어서, 가슴이 파인 옷은 못 입어."

나는 그를 흘금 쳐다봤다. 그는 멍하니 창밖을 바라보고 있다.

"그럼, 그거구나, 죽은 줄 알았던 사람이 고등학교에 있어서 놀랐겠네?"

"네. 설마설마했어요. 이름도 '카논'인 걸 알고 틀림없구나, 했죠. 기억하세요? 제가 물어봤거든요? 요코하마 대학 부속병원에 계셨죠, 하고."

"그런 걸 물어봤다고?"

"물어봤어요."

"나는 뭐랬어?"

"그렇다고요. 저 기억하느냐고 물었더니, 기억한다고."

"내가…… 그랬어?"

"그랬어요."

"안 되겠다. 전혀 기억이 안 나."

"괜찮아요. 저도, 잘 모르겠으니까. 죽었다고 생각했기에 더 잊지 못했고, 이름이 누나와 같아서 더욱 잊기 힘들었겠죠. 다행히, 살아있었어요. 게다가 고등학교에서 다시 만났고요. 그런 우연이 세 번이나 계속되면 어떨 것 같아요?"

"세 번?"

"이렇게 또 재회한 셈이니까. 세 번째죠."

"그러네. 굉장한 우연이다."

"심지어 선배는 잡지사 기자로 제 앞에 나타났어요."

"응."

"이야기가 길어졌는데, 이게, 취재를 부탁한 이유일까요."

"……응."

"이유라기에는 약한가요?"

나는 커다랗게 고개를 가로저었다.

"그래요? 다행이네요. 화내실 줄 알았어요, 줄곧."

"화 안 난다고는 안 했어. 계속 나를 속였잖아."

"죄송합니다."

그가 쓴웃음을 지었다.

아무리 그래도…… 이토록 장대한 이야기가 숨겨져 있을 줄이야.

나는 새삼 그의 얼굴을 건너다봤다. 구름 한 점 없는 새파란 하늘로 빨려 들어갈 것 같은 불안감과 함께, 상쾌함이 가슴속을 가득 채웠다.

21

악
령

"……소메이 씨 이야기를 듣고 싶어."

"어떤 이야기요?"

"음…… 우선 첫 만남부터?"

"첫 만남……."

"어떻게 만났어?"

"같은 반이었어요. 고1 때. 입학 당시의 인상은 제로예요. 본인 말로는 첫 이삼 일은 등교했다는데 저는 기억에 없어요. 교실 구석에 계속 빈자리가 하나 있어서, 어떤 녀석일까 했던 정도? 뭐, 그게 첫인상이었어요. 이거 첫인상이라고 해도 되나요?"

"첫인상은, 책상이었군."

"그러네요."

"그다음엔?"

"5월에 오토바이 사고로 입원해서 여름방학 끝나고야 다시 등교했어요. 처음부터 뭔가 오싹한 오라가 있던 애였죠. 과장도 뭣도 아니고요. 오토바이를 친구랑 둘이 타고 가다 걸려서 경찰 오토바이에 쫓겼는데, 사고 나서 친구는 죽고 재만 살았다더라. 소문이 짜했어요. 개학하고 학교 나왔는데, 뭐, 누구든 옆에 오기만 해봐, 하는 분위기. 얼굴빛도 푸르죽죽해서 혹시 유령이 전학 온 거 아닌가 했다니까요. 솔직히 저도 별로 가까이 가고 싶진 않더라고요. 하루는 수업 끝나고 집에 가는데, 그 녀석이 대뜸 '너, 뭐 업고 다닌다' 하는 거예요. 개랑 저 둘뿐이었는데. 그러면서 하는 말이, 자기가 영감이 센 편이래요. 저한테 뭐가 씌었다나요. 혹시 그렇다면 누나겠지 싶었죠. 그런 말을 들으니까 저도 관심이 갈밖에요. 그 녀석, 자기한테 들린 유령들이 외로움을 많이 타서 친구를 찾으면서 운다고, 황당한 소릴 했어요. 정말 <u>으스스</u>한 아이였죠."

거기서 내가 말허리를 끊었다.

"유령들…… 이라고 했어?"

사소한 대목이지만 마음에 걸렸다.

"네."

"하나가 아니라?"

"하나라는 말로 들리진 않았어요."

"미코토 씨 유령인지 잔상인지로 괴로워했다는 얘기는 에베 씨도 하던데."

"미코토 유령 얘기는 저도 자주 들었어요. 근데 그것만이 아니라 몇이나 업고 있다는 투였어요. 그러면…… 사는 게 힘들잖아요. 그러니 늘 죽는 것만 생각했겠죠. 〈마진〉을 그려달라는 얘기도 그래서 나왔고요. 〈마진〉은 보셨죠? 그 애 본가에서."

"소메이 씨 초상화? 죽은 얼굴을 그렸다는."

"네."

"가나에 씨가 요코하마 맨션에서 본 것도 그거야?"

"네. 그 무렵에는 거기 있었어요."

"제목이 〈마진〉이었구나."

"그 녀석이 붙였어요. 그때부터네요. 둘의 협업이 시작된 건."

"누가 그림을 그렸는지 아직 뚜렷하지 않은데, 가르쳐줄래?"

"거의 제가 그리긴 했는데요, 말하자면 그 녀석은 그저 제 손으로 그리기 귀찮았던 거 아닐까요?"

"그래? 네 재능을 인정했던 거 아니고? 자신은 도저히 못 따라갈 애가 있다고, 다케루 씨에게는 말했다던데."

"그건 잘 모르겠어요. 제 그림을 칭찬하기는 했지만, 솔직히 저는 저대로 그 녀석 그림이 충격이었으니까. 서로 없는 걸 갖고 있었는지 모르죠. 그 녀석 철학이며 세계관에는 정말 비범하고 특출난 것이 있었어요. 한번은 저한테 이런 말을 했어요. 물감과 붓과 캔버스로 그리는 게 네 그림이냐고. 그럼 초등학생 미술하고 뭐가 다르냐고. 네 안에는 그려야 할 무언가가 더 있을 거야, 그걸 들여다봐. 기억을 쥐어짜보라고. 말하자면 세뇌당한 거죠,

멋들어지게. 그렇게 해서 그린 작품이 고3 때 상을 탔어요. 누나를 그린 그림이었죠."

"〈놀려고 죽었던가〉."

나도 모르게 중얼거렸다. 가세가 고개를 끄덕였다.

폐허 위에 서 있던 소녀의 뒷모습. 누나였구나. 제목의 의미를 마침내 이해한 것 같았다.

"논다는 건 사체 찾기?"

"맞아요. 제목은 소메이가 붙였어요."

이윽고 두 사람은 대학에 진학해 가세는 〈요람〉을, 소메이는 〈헌체〉를 그린다.

2011년 3월 11일, 동일본 대지진이 일어났다.

"그해 4월, 둘이서 피해 지역을 돌았어요. 가보자는 말을 꺼낸 건 그 애였고요. 이와테, 미야기, 후쿠시마. 북에서 남으로. 가마이시, 오후나토, 리쿠젠타카타, 게센누마, 이시노마키, 센다이, 나토리, 이와누마, 미나미소마…… 쓰나미가 전부 휩쓸어가버린 광경을 보면서 우린 거의 말이 없었어요. 파도 소리만 들리는 풍경 속을 그저 걸었죠. 벽이 무너져 안이 훤히 드러난…… 갈기갈기 찢어진 사진들이 첩첩이 쌓인 것 같은 집을…… 숱하게 봤어요. 그 체험이 그 애에게 어떤 영향을 미쳤는지 저는 몰라요. 그렇지만 그게 나유타의 시작이었지 싶어요. 나유타라는 작가가 무얼 그려야 할지, 그 애는 그때 거기서 명확히 파악했던 거죠. 저로 말하면, 기이한 감각이었어요. 옛날 생각이 났어요. 그리웠어요, 묘하게. 고베의 풍경과 포개져서."

"재해를 모티프로 한 작품이라면……."

"〈모자이크〉라는 연작이 넉 점 있죠."

"그게……."

"딱히 모델이 있는 건 아니고, 굳이 말하자면 죽은 누나예요."

나는 그제야 가방을 열어 도록을 꺼냈다.

〈모자이크〉…… 네즈 씨에게 아무 정보도 듣지 못한 연작이
다. 제각기 〈상중喪中〉〈성좌〉〈이형異形〉〈쓴 물〉이라는 제목이
붙은 그림 넉 점으로, 모델의 얼굴이 말 그대로 모자이크로 처리
되어 있다. 의도적으로 얼굴을 그리지 않은, 대담하다면 대담한
작품이다. 누나 얼굴을 기억하지 못한다는 가세. 새삼 들여다보
면 모자이크에 그 안타까움이 담겨 있는 듯하다.

"'새 연작'은 소메이의 발상이었어요. 현실의 사건과 그림을
링크시키는 것이 소메이의 테마였죠. 〈카나리아의 집〉은 오사카
에서 있었던 아동 학대 사건이에요. 엄마의 동거남이 열 살 여자
아이를 학대한 끝에 살해한 사건이요. 〈할미새의 골목〉은 지바
현 가시와 시 여대생 살해 사건이에요. 처음으로 '성매매'를 시
도했던 여대생이 인터넷을 통해 알게 된 남성에게 살해됐던.
〈백로의 숲〉은 이바라키 현 미호무라에서 일어난 일가족 살해
사건이 제재였고요. 자신의 가족을 전원 죽이고 혼자만 살아남
은, 뭐라 말할 수 없는 사건이었죠."

나도 모르게 한숨이 나왔다. 각각의 그림에 그 정도로 비참한

분위기는 없다. 배경에 그런 사건이 관련되어 있을 줄이야.

"소메이 눈에는 미흡했겠죠. 더 다이나믹하게 그려주길 원했거든요. 저는 그렇게밖에 표현할 수 없었고요. 그건 뭐, 작가성의 차이겠죠. 텔레비전에서 매일 흘러나오는 뉴스와 사라져가는 뉴스. 우린 실제로 현장을 걸으면서 창작을 해나갔는데, 대체 왜 그런 사건이 일어나는지 저는 솔직히 이해하지 못했어요. 정말 모르겠더라고요. 그런 모티프를 화폭에 담으면서, 어떤 의미로는 논픽션을 픽션으로 바꿔 앉히면서, 어디선가 논픽션이 외려 픽션으로 느껴진달까, 자꾸 그런 생각에 시달렸죠. 새를 모티프로 넣은 건 제 아이디어였어요. 새의 시선으로 인간 세계를 바라보고 싶었어요."

"그다음이 〈반려〉 〈어머니〉 〈나비〉."

"그건 원점 회귀라고 할까, 제게는 〈요람〉, 소메이에게는 〈헌체〉의 연장선상에 있었던 작품이에요."

"〈반려〉의 모델을 만나러 간 건, 소메이 씨?"

"남편은 소메이가 만났지만, 부인은 제가 만났어요. 직접요."

"부인을 그린 스케치도……."

"네. 저예요."

"주지님이 너한테 무척 고마워했어."

"아니, 그건. 과분해요."

"〈어머니〉와 〈나비〉 모델은 소메이 씨가 만난 환자들이지?"

"네."

"대학 재학중이거나 레지던트 시절이거나, 시기가 각각 달랐을 텐데 제작 연도가 같더라고?"

"〈어머니〉와 〈나비〉는 소메이 작품이에요. 〈반려〉가 완성됐을 무렵, 갑자기 그 두 점을 가져와서는 저더러 마무리하래요. 그래서 결과적으로 같은 해가 된 거죠. 그는 세 점을 하나의 연작으로 생각했겠죠. 자료가 사진 몇 장뿐이라 고생했어요. 다만 그 애가 가져왔을 때도 무척 훌륭한 그림이었어요. 〈나비〉는 제가 손댄 게 거의 없어요."

"그 이듬해에 착수한 것이 〈번데기〉 연작?"

"솔직히 그 무렵 저는 막다른 골목을 만난 느낌이었어요. 소메이도 살짝 길을 잃었던 거 아닐까요. 그때 가나에가 나타났어요. 선명하고 강렬했어요. 뭐랄까, 진심으로 그리고 싶어졌죠."

갑자기 눈을 반짝이는 그를 보며 가슴이 욱신거렸다. 가나에 씨를 가나에라고, 친근하게 부른 것도 마음이 어지러웠다.

"처음으로 생명의 고동 같은 걸 그린 느낌. 그리면서 생각했어요, 아, 나는 이런 걸 그리고 싶었구나. 그림을 조금 더 자유롭게 풀어주고 싶다는 생각이 들었고, 그게 〈꽃의 거리〉의 발상으로 이어졌어요. 그런데 가나에가 갑자기 사라졌죠. 오타루에서. 완전히 모습을 감췄어요. 여행에서 돌아와 〈꽃의 거리〉에 착수했는데, 붓이 영 나아가질 않았어요. 우리 앞에서 사라진 가나에를 아무래도 그릴 수 없어서…… 너무 근접 거리에서 일어난 일이라 누긋하게 붓을 움직일 심경이 아니었던 거죠. 해가 바뀌어 전시회가 코앞에 닥쳤지만 〈꽃의 거리〉는 끝내 완성하지 못했어요. 그런데 어느 날, 소메이가 사진 몇 장을 들고 왔어요. 한 장은 가나에, 나머지 두 장은 모르는 여성. 뭔가 했더니, 가나에가 죽었대요. 버스 사고로. 다른 두 사람도 사고 희생자라고. 소메이가 사진을 입수한 경위를 들려주는데, 저는 충격이 너무 커서 슬픈지도 모르겠더라고요. 그저 사진을 바라보면서, 좋은 사진이다, 그런 생각만 들었어요. 그런데 느닷없이, 네, 정말 뜬금없이 소메이가 엉뚱한 말을 꺼냈어요. 그 두 여자를 그리라고. 그러면 〈꽃의 거리〉가 완성된다고. 의미를 모르겠더라고요. 소메이가 의미 따윈 없어, 그냥 그리면 돼, 하는데 눈빛이 뭐랄까, 살벌했어요. 그런데도 빨려 들어갈 것 같은…… 뭔가 엄청난 영감이 얘한테 내려왔구나 싶었죠. 그땐 순수하게 그렇게 생각했어요."

"가나에 씨 얼굴은 왜 지웠어? 죽은 사람 얼굴을 굳이 지웠다는 게 좀 이해하기 힘들었어. 소메이 씨 아이디어였지?"

"네."

"네가 그 요구에 응했다는 사실이 의외였어."

"그 녀석이 멋대로 덮어 그린 거예요."

"소메이 씨가?"

"네……."

가세의 표정이 굳어졌다.

"〈꽃의 거리〉는 석 장 다 그리다 만 상태였어요. 전부 가나에였고요. 소메이 말로는, 가나에는 석 장이나 필요 없대요. '두 장은 지우고 이 사람들로 바꿔. 이들을 여기 그리면 너는 예언자야. 너는 곧 죽을 세 사람을, 그렇게 될 줄 모르고 그런 거야. 아니, 그럴 줄 알고 그린 거지. 네가 선택한 거라고. 아니, 네 붓이 선택했지. 지금부터 죽을 사람들을. 이로써 나유타는 전설이 된다. 그래. 그거야말로 내가 원했던 나유타야. 나유타는 신에게까지 닿는 존재가 되는 거라고.' 그 말을 하는데, 그 녀석, 눈이 완전히 돌아 있더라고요. '사신 전설.' 나유타의 '사신 전설'…… 하고 엄청 해맑은 표정으로 중얼거렸어요. 끝났구나. 저는 생각했어요. 나유타는 끝났다. 그 녀석 마음속에 그리는 나유타가 대체 어떤 것인지 더는 모르겠더라고요. 적어도 저는 아니었어요. 제가 있을 곳은 아니었어요. 결국 인간은 같은 꿈 따위 꾸지 못해요. 아마도. 제가 말했어요. 나유타를 해산하자고, 전시회가 끝나면. 그 녀석, 설마 그런 말이 나올 줄 몰랐는지 몹시 동요했어요. 그러고는 냅다 그래요. 그럼 넌 나유타에서 나가라고. 저도 되받았죠. 그래, 나갈게. 소메이는 지금 당장! 하고 소리쳤고, 저도 말했어요. 그래, 나갈게. 그 녀석은 씩씩대며 나가버렸고, 저도 제 방으로 가서 드러누워버렸죠. 전시회 준비로 계속 눈을 붙이지 못했던 터라 옷 입은 채 곯아떨어졌어요. 눈을 떴을 땐 한밤중이었는데, 아틀리에 쪽에서 소리가 들렸어요. 가봤더니, 소메이가 붓을 휘두르고 있어요. 〈꽃의 거리〉를, 가나에의 얼굴을 직접 바꿔 그리는 거예요. 화가 폭발했죠. 녀석을 밀어버렸어요.

그림을 보호하고 싶었어요. 그 애는 눈을 치뜨고 미친 듯이 소리
쳤어요. '이건 전부 내 거야! 뭘 어쩌든 너하고는 이미 상관없다
고!' 보니까, 벌써 상당히 진척이 됐어요. 그걸 본 순간 분노와는
좀 다른 기분이 들더군요. 뭐랄까, 그 애가 뭘 원했는지 조금 알
것 같았다고 할까요. 제가 그리던 건 행방불명이 된 가나에였어
요. 그런데 가나에를 중심으로 양쪽에 같은 버스 사고로 죽은 여
성들을 놓고 보니, 그 셋이 제가 아는 가나에와는 별개의 존재인
거예요. 어딘가 숭고하기까지 해요. 저도 모르게 털썩 꿇어앉아
서, 정말 홀린 듯 들여다봤어요."

"……그랬구나."

"그래도 신기하지 않아요? 인터넷에선 사진이 제법 돌아다니
는데 지금껏 신원을 모른다니. 가나에뿐 아니라 리나 씨에게도,
케이 씨에게도, 남에게 말할 수 없는 인생이 분명 있었다. 거기
에 생각이 미치자, 이건 틀림없이 나유타의 그림이다 싶었어요."

"하지만 소메이 씨 목적은 '사신 전설'이었잖아?"

"그럴 계획이었죠. 그 녀석도 그것 말고 다른 생각은 없었을걸
요. 그래도 결국 알 수 없네요, 그림이란. 붓을 쥐어보지 않으면.
그 녀석, '그림으론 너를 못 이겨'라고 늘 말했지만 소메이의 붓
에는 저한테는 없는 재능이, 신이 깃들어 있었어요. 그때 깨달았
죠. 이 녀석이 하겠다는 대로 두자…… 시간에 못 맞출 것 같으
면 얘기하라고 했어요. 그랬더니 두말 말고 당장 도우래요. 그래
서 저도 같이……."

가세는 거기서 말을 멈추었다. 당시의 광경이 눈앞에 되살아난 것이리라.

"그래서…… 음, 어느 쪽이 어느 쪽을 그렸어?" 내가 물었다.

"그게…… 처음엔 각자 작업했는데요, 정신이 들고 보니 한 캔버스에 둘이 달라붙어 있더라고요. 완전히 일체화한 거죠. 한 몸으로 그리는 듯한 신기한 감각이었어요. 에베 씨가 보러 와서, 나유타는 둘이 같이 그리는 유닛이냐고, 기분 나쁘다고……."

그러니까 에베 씨가 봤던 것은 이 장면이었나. 그다음은 네즈 씨 이야기와 일치했다. 〈꽃의 거리〉는 전시회의 메인으로 전시되었고, '사신 전설'은 소메이의 계획대로 집행됐다.

인터뷰도 마침내 종반으로 접어들었다.

"소메이 씨가 죽은 날 이야기를 듣고 싶어. 그는 왜 죽음을 선택했어?"

"그건 저도 몰라요. 2월 13일…… 화요일이었나요. 저는 항하사를 나왔어요. 스케치와 에스키스가 제법 됐으니까, 일단 그것부터 요코하마 본가로 가져갔어요. 그 김에 본가에서 하루 자고, 여기로 옮겨온 건 다음 날이고요."

"결국 해산은 흔들림 없었구나."

"네…… 마음은 상당히 흔들렸지만요."

"그러고는?"

"본가에 도착해 짐을 푸는데 소메이한테서 연락이 왔어요. '이건 뭐냐?' 뒤이어 사진도 한 장. 작업중이던 코로보쿠르의 뼈 그림이요."

그 그림은 지금 이 방에 있다. 가세 뒤로 보이는 벽에, 조금 전부터 줄곧 내 시선을 받으며 세워져 있다. 메로 씨의 뼈는 귀여운 아이누 의상을 걸치고 있었지만, 가세의 그림 속에서는 헐벗은 채다. 유아용 의자에 앉혔어도 그보다 더 작디작은 뼈는 어딘지 숭엄해 보이기까지 했다.

소메이는 그 그림이 가세 것인지 나유타에게 귀속되는지 확인하고 싶었을 뿐이었다. 가세는 그것은 아마 나유타의 작품일 거라 답하고, 소메이에게 조금 긴 이야기를 들려주었다. 홋카이도에서 있었던 일의 전말이다. 사실 전에도 한 번 했지만 소메이가 흘려듣는 눈치여서 자세히 언급하진 않았다. 코로보쿠르의 뼈라니, 화제가 화제인지라 듣는 쪽이 진지하지 않으니 말할 기분이 들지 않았다. 그런데 그날의 소메이는 여느 때 없이 온화했고, 가세는 안심하고 이야기를 하다 어느새 코로보쿠르의 뼈 얘기까지 털어놓았단다.

이리하여 소메이는 자신이 과거에 놓쳤던 이야기를 다시 듣게 되었다. 혼자, 가세가 떠난 항하사 아틀리에에서.

그날 밤, 소메이가 다시 연락해왔다.

'나를 그려줘.'

'넌 나를 그려야만 해.'

'지금 당장 여기로 와.'

여기, 라며 소메이가 보내온 주소는 고등학교 시절, 두 사람이

어리석은 '죽음의 실험'을 했던 가와사키의 공장 빈터였다.

"그가 뭘 하려 했는지는, 상상이 됐어?" 내가 물었다.

"……고등학교 때 했던 짓과 비슷한 일이려니 짐작은 했어요. 다만 더 진지하게 생각해보진 않았어요. 제가 뭘 상상하건, 늘 그보다 더한 걸 들고 나오는 게 소메이였으니까요."

그의 움직임이 일순 멈췄다. 그때 일을 떠올리는 듯했다. 이윽고 그가 말을 이었다.

"솔직히 더는 그 녀석의 교묘한 예술관에 장단 맞출 기분이 아니었어요. 그 녀석의 재능에 삼켜져, 그 녀석이 보여주는 광경에 열광하던 나날도 있었지만…… 저 혼자서는 나유타의 세계를 도저히 표현할 수 없었는데, 그조차 깨닫지 못했는지 모르죠. 그랬는데, 당시의 저는 아무것도 느끼지 못했어요. 그 녀석에 대한 고마움과 존경도 마음속 어딘가에 예전과 다름없이 남아는 있지만, 먼지를 뒤집어쓴 트로피처럼 빛을 잃었다고 할까요."

그는 소메이의 말을 끝내 무시했다.

새벽녘, 소메이가 메시지를 보내왔다. 가세가 메시지를 연 것은 아침 10시가 넘어서였다.

짤막한 메시지였다.

'연옥 나유타.'

그뿐이었다.

유서는 없었다고 알려진 소메이 유타카 분신자살 사건. 그 유서는 가세가 받았다. '연옥'이라는 두 글자로.

"마지막에 녀석이 그리고 싶었던 그림의 제목이겠죠."

"〈연옥〉…… 어떤 그림을 생각했을까?"

"죄를 씻는 불, 아니겠어요?"

"설마…… 자신이 불타는 모습을?"

가세가 조그맣게 고개를 끄덕였다.

"아니, 아무리 그래도……."

믿기 어렵다. 그런 일은. 가세가 말을 이었다.

"그 애가 죽고 반년쯤 지나, 에베 씨가 느닷없이 연락해서는 묻더라고요. 〈연옥〉, 안 그릴 거냐고. 안 그린다고 했어요. 그러자 에베 씨가 그래요. 그린다면, 보여주고 싶은 것이 있었다고."

"뭘?"

"춤추는 소메이의 동영상이래요. 소메이의 스마트폰으로 촬영한."

"춤을 춰? 동영상?"

"모르시겠어요?"

침묵이 내려앉고 나는 생각에 잠겼다. 머릿속으로 춤추는 소메이의 모습을 그려보다가, 움찔했다.

"설마, 최후의 모습?"

"아마 그렇겠죠."

나는 할 말을 잃었다. 가세가 말을 이었다.

"문제는, 왜 에베 씨가 갖고 있는가죠. 그런 동영상을."

"왜지?"

"그곳에 있었던 거예요."

"뭐? 어떻게?"

"저는 안 갔지만 에베 씨는 갔어요. 그뿐이에요. 가지 않았던 제가, 차가운 놈이에요. 에베 씨는…… 분명 에베 씨도 소메이의 메시지를 받았을 테죠. 자기를 그려달라는. 그녀는 순수하게 유언을 들어줬어요. 그리고 이루어줬죠. 그런 얘깁니다."

에베 쓰미코의 신작을 떠올렸다. 만면에 웃음을 띤 채 하늘을 올려다보는 사람. 남자인지 여자인지 모를 그는 긴 머리칼을 헝클어뜨린 채 춤을, 분명 춤을 추고 있었다. 작품명은…… 〈연옥〉.

'나는 예술지상주의'…… 인터뷰 때 선언했던 그녀의 목소리가 귓전에 울렸다.

"가솔린을 뒤집어쓰고 제 몸에 불을 붙인 소메이를, 불길에 휩싸여 춤추는 소메이를, 그 사람은 촬영했어요. 굉장한 사람이죠. 저는 흉내도 못 낼. 자신이 좋아하는 남자라고요."

에베 쓰미코는 거기까지 해냈던가. 예술을 위해?

"소메이는 악마예요. 자신을 좋아한 여자에게 그런 십자가를 지운 놈이니까. 에베 쓰미코罪子, 본명 에베 요시코美子. 아름다운 요시코를 죄 많은 쓰미코로 만든 건 소메이예요. '그 여자 그림은 죄가 많아. 죄가 많아서 아름답지'. 소메이는 곧잘 말했어요. 마지막엔 정말 죄를 짊어지우고 세상에서 사라졌고요. 형편없는 녀석이죠? 소메이 유타카."

가세는 거기서 한 박자 쉬었다. 뭔가 생각하는 눈치더니, 조그

많게 한숨을 뱉었다.

"대충 이 정도예요. 제가 아는 건 이게 전부예요. 결국 그가 왜 죽었는지는 저도 몰라요. 어쩌면 선배가 밝혀내주지 않을까 내심 기대했는데."

"미안. 기대에 못 미쳐서. 전혀, 짐작도 안 가."

가세는 몸을 틀어 벽에 걸린 그림을 바라봤다.

"제가 마음에 걸리는 건 저거예요. 코로보쿠르의 뼈요. 저게 어떤 계기가 되어서 그 애를 자살로 몰아붙였다는 생각을 떨칠 수 없어요."

"설마 그거, 코로보쿠르의 저주라든가?"

"아니…… 생각하기 싫지만, 만일 그거라면 저나 메로 씨도 무사하진 않을걸요."

"난 괜찮을까? 직접 봐버렸는데."

"약간은 뭔가 있을지도 모르죠."

"뭐라고? 그건 싫은데."

"있을까요? 저주라든가, 악령이라든가."

"믿어, 그런 거?"

"글쎄요. 뭔가 사람 마음이 만들어내는 환상 같기도 하고."

"나도 그쪽이 더 공감된다고 할까."

"그게 더 무서울 수도 있어요. 저주나 악령이라면 퇴치할 수도 있겠지만, 그게 자기 마음 자체라면 도망칠 곳이 없잖아요."

"하기는."

"그 애는 처음 만났을 때부터 죽음에 들려 있었어요. 언제 죽어도 이상할 게 없었죠. 향년 28세. 오래 살았는지도 몰라요. 그런 생각도 드네요."

그렇게 말하고 가세는 몸을 일으켰지만 이내 털썩 주저앉고 말았다.

"괜찮아?"

"죄송해요. 살짝 현기증이."

나는 그에게 가려고 일어났지만, 한 발짝 떼고는 무릎이 후들거려 주저앉았다.

"괜찮아요?"

"아, 나도 현기증이."

나란히 탈진인가. 우리는 마주 보고 피식 웃었다.

"그러고 보니 빈속이네요. 뭐 좀 먹으러 갈까요?"

"찬성!"

어느새 밤 10시가 지나 있었다.

22

창
고
에
서

꺼
내
기

발단은 가나키바 에이지라는 프리랜서 기자였다. 나는 이 사람에 대해 아는 것이 거의 없지만, 편집장의 오랜 친구로, 굳이 말하면 문화계보다 가십 쪽 기사를 쓴다고 했다.

이 인물이 편집장에게 기획안을 하나 가져왔다. 목소리가 우렁차서 회의실 밖으로 대화 내용이 띄엄띄엄 들려왔다. 엄청난 스캔들이라느니, 잡지 판매 부수도 껑충 뛴다느니, 평소에 들을 일이 별로 없는 문장이 난무했다. 그 사이에서 여러 번 나오는 이름이 있었다.

가시와기 슈조.

일본화단의 거장이다. 아쉽게도 2015년, 68세를 일기로 타계했다. 당시 〈그림과 시와 노래〉도 추모 특집을 꾸려 그의 업적을 되돌아본 바 있다. 니혼 대학 예술학부 명예교수이기도 했다.

어느 날 편집장에게 붙들려, 야지 씨까지 셋이서 에비스 요코 초의 노점에서 한잔할 때 상세한 내막을 들었다. 그것은 실로 기묘한 이야기였다.

가시와기 슈조는 해마다 꾸준히 신작을 발표해왔다. 그런데 가나키바 에이지에 따르면 이 화가는 타계하기 오 년쯤 전부터 심한 백내장을 앓았다. 시력 저하는 그림 작업에 치명타일 터인데, 그는 끄떡도 없이 정력적으로 활동을 계속했다. 모르긴 해도 뒤에 고스트 작가가 있으리란 게 가나키바 에이지의 추리였다. 단순한 억측만도 아닌 것이, 가시와기 슈조의 제자 몇 명이 이 비밀 작업에 관여했다는 증거도 확보했단다. 이것을 기사로 쓰고 싶다면서 편집장을 찾아왔다는 이야기였다. 편집장은 썩 끌리지는 않았지만, 그대로 묻어버릴 수도 없었다. 가나키바 에이지가 굳이 부추기지 않아도, 가시와기 슈조 뒤에 고스트 작가가 있었다면 단연 특종이다. 잡지의 판매 부수가 크게 움직일 터였다. 〈그림과 시와 노래〉의 색과 정체성은 지키면서 이 스캔들을 기사화한다, 하려고 들면 못할 것도 없지 않겠느냐 하는 말을 무심코 흘린 죄로 "그럼, 자네가 해"라고 편집장의 지명을 받고 말았다. 나유타 취재로 많이 지치기도 했던 참이라, 기분 전환이라면 어폐가 있지만 아무튼 나도 달리 집중할 일이 필요한 시기였다. 일본화단의 거장이라 해도, 요컨대 나쁜 짓을 한 화가의 진상 규명이다. 더욱이 본인은 타계했다. 원고는 가나키바 에이지가 직접 쓴다니 내가 딱히 바빠질 일은 없으리라. 야지 씨도 손을 보태기로 해, 어찌어찌 업무 목표가 섰다. 나도 참 학습이란 걸 할 줄 모르는 인간이다. 생각해보면 나유타 안건도 마찬가지였다. '사신 전설'이라는 자극적인 캐치프레이즈의 화가를 만만히 보고 덜컥 취재를 시작했다가 엄청난 회오리에 말려들지 않았나. 그걸 까맣게 잊고 또 이런 일에 손을 뻗다니.

일단 조사에 착수했다. 야지 씨와 함께 가나키바가 접촉했다는 세 화가를 세타가야 구 교도에 있는 공방에서 만나보기로 했다. 기무라 소노코, 48세. 가사이 유지로, 42세. 사사키 기요코, 37세.

모두 가시와기 슈조의 제자다. 그리고 모두 가시와기 슈조를 숭배했다. 스승의 시력이 떨어지면서부터는 그의 지시에 따라 구상을 화폭에 옮기고, 일손을 나누어 첨삭했다. 제각기 '특기'로 삼는 모티프도 있어서 그에 맞추어 역할을 분담했다. 주눅 드는 기색도 없이 어쩌나 담백하게 털어놓는지 이쪽이 외려 당황스러웠다.

가나키바는 늦게 도착해 도중부터 합류했다. 다다미 바닥에 털썩 앉아 가부좌를 틀고는 주머니에서 담배를 꺼냈다가, 아, 여긴 안 되려나 하며 다시 집어넣고 머리를 긁었다. 아무튼 동작 하나하나가 소란스럽다. 그 박력에 압도됐는지 어째 조금 전까지 술술 이야기하던 화가들의 말수가 줄었다. 그래도 이 건이 스캔들로 다뤄지기를 원치 않는다는 것만은 누누이 말했다. 더없이 선량한 사람들이다.

돌아가는 길, 가나키바가 가볍게 한잔하자고 했다. 썩 내키지 않았지만 거절할 수도 없는 노릇이다. 그와는 제대로 의사소통을 해두어야 한다. 가나키바가 앞장서서 교도 역 앞 선술집으로 들어갔다.

"어때요? 좀 이상한 사람들이죠?"

"음, 스승을 숭배한 나머지 컬트 집단의 사제 관계처럼 되어버렸네요." 야지 씨가 말했다.

"죄책감이란 게 전혀 없어요. 가시와기 화백이 어지간히 잘 길들인 거지."

정말 그럴까.

나는 문득 나유타를 떠올렸다. 소메이와 가세의 관계를. 일견 무모해 보이는 둘의 협업은 비극적 결말을 맞았지만, 그 짧은 활동중에 그들만이 할 수 있는 표현을 나름대로 성취한 영역이 분명히 있었다. 가시와기 문하의 제자들에게 내가 묘한 호감을 품은 데는 그림을 대하는 그들의 자세가 더없이 순수하다는 것도 있었지만, 나유타에 대한 공감도 작용했는지 모른다.

가나키바와 야지 씨의 대화를 들으며 혼자 생각하는 사이, 이 안건, 의외로 재미있겠다는 예감이 들었다. 어쩌면 예술의 한 윤곽을 드러낼 수 있지 않을까. 할 수만 있다면 내가 기사를 써보고 싶을 정도였다. 하지만 그 일은 어디까지나 가나키바의 몫. 나 같은 새파란 신참의 의견 따위 들어주겠는가. 그래도 〈그림과 시와 노래〉는 어디까지나 예술 잡지다. 제아무리 가나키바라

해도 품위 없는 기사는 쓰지 못할 테고, 설령 써 와도 고쳐 쓰게 하는 것이 내 일이다. 보고하는 김에 그런 희망적 관측도 덧붙였는데, 편집장은 어깨를 늘어뜨렸다.

"이게 말이지, 그 친구가 이 기획을 우리한테만 가져왔을 리 없잖아."

편집장에 따르면, 가나키바에게 〈그림과 시와 노래〉는 화가들을 구슬리기 위한 가짜 미끼란다. 사정을 알고는 화가 치밀었지만, 받아들인 이상 우리는 우리대로 일을 해야 했다.

어쨌거나 취재가 거듭되면서, 아무래도 화가들이 가나키바와 나의 온도차를 어렴풋이 감지한 듯했다. 어느 날, 가사이 유지로가 메시지를 보내왔다. 가나키바를 빼고 이야기하고 싶다고 했다. 나는 혼자 공방으로 찾아갔다. 그곳에는 세 화가 말고 한 사람 더 있었다. 가세였다.

내게 직접 상담해야 한다는 것은 가세의 의견이었다고 가사이 씨가 말했다.

"대체 무슨 관계인데?"

"대학 시절, 가시와기 선생님께 일본화를 배웠어요."

그러고 보니 가세는 니혼 대학 예술학부 출신이었다.

내게 배웠던 유화가 그랬듯이, 대학 시절 가세에게 일본화는 미지의 영역이었다. 손품이 많이 드는 화법에 매료되어 열심히 배웠단다. 하기는 나유타의 그림에는 어딘가 일본화의 정밀한 에센스가 느껴졌다. 유화에서도 세밀한 붓질을 체현했던 그에

365

게 일본화는 친화성이 높았으리라. 가시와기 슈조는 그런 가세의 재능을 높이 샀는지, 때로 공방에 불러 작업을 돕게 했다. 요컨대 가세는 가시와기 슈조의 고스트 작가 가운데 한 명이었다.

왜 내게 직접 이야기하지 않았을까. 가세의 좋지 않다면 좋지 않은 버릇이다. 나를 믿지 않는 구석이 있다. 인간을 믿지 않는다. 아무튼 그런 이야기는 접어두고.

"우린 고스트 작가라 생각하고 작업했던 게 아니에요. 아무리 그런다 한들 가시와기 선생님의 세계에 미치지도 못하고요." 가세가 말했다.

"눈이 나빠진 후로 오히려 선생님의 감성은 구석구석까지 맑아졌으니까요." 가사이 씨가 말했다.

가시와기 화백의 아내 가요코 씨가 차를 내왔다.

"천천히 들고 가세요."

부인은 그 말만 남기고 안쪽 방으로 사라졌다.

나는 세 화가의 이야기를 경청했다. 그들이 제일 지키고 싶은 사람은 조금 전 차를 두고 나간, 화백의 아내 가요코 씨였다. 올해 75세. 남편보다 두 살 연상이었다. 부인도 화백과 마찬가지로 니혼 대학 예술학부에 다녔는데, 일찍이 그의 재능에 반해 본인은 붓을 내려놓고 남편의 창작 활동에 전부를 바쳤다. 말하자면 '성모 같은 분'이라고 세 화가는 입을 모았다. 남편의 시력이 떨어진 이후라지만, 이 은밀한 작업을 진두지휘한 이가 가요코 씨였다. 가시와기 슈조라는 상상력의 거장, 그리고 가시와기 가

366

요코라는 프로듀서가 있었기에 우리는 기꺼이 그 손발이 되기를 자처했다, 이런 제작 방식을 기사를 통해 올바르게 세상에 전해줄 수 없겠는가, 제대로 취재해준다면 방법을 공개할 용의가 있다. 조건은 하나. 가나키바 에이지를 취재에서 제외할 것.

그들의 기분은 아프도록 잘 알았지만 나는 아직 테스트중인 인턴이었다.

일단 회사로 돌아가 상의해보겠다고 했다.

제자 중 가장 나이가 많은 기무라 소노코 씨가 눈물을 훔치며 말했다.

"부인이, 병을 앓고 계세요. 폐암 4기예요. 시간이 많지 않아요."

그런 말을 들으면 어떻게든 해보는 수밖에 없었다. 회사에 돌아가니 이미 밤이었다. 에비스 요코초의 단골 노점에서 한잔하고 있던 편집장을 찾아내 전부 설명했다. 편집장은 긴 신음을 흘렸다.

"흠…… 그렇단 말이지…… 뭐, 하기는."

그러고는 어느 음악가의 고스트 라이터 사건을 끄집어냈다.

"그 사건도 왈가왈부 말이 많았지만, 결론은 '고스트 라이터는 몹쓸 짓'이란 일원론적 해석으로 귀착해버렸지. 디지털이다 AI다 하는 요즘 시대에, 사실 본인 손으로 그린 것만 가치가 있다는 말도 좀 이상하지. 무라카미 다카시의 아트만 해도 카이카이

키키 아티스트와 서포트 직원을 고용해 창작 활동에 종사하게 하는 유한회사 형태의 공방 라

는 공방에서 제작하잖아? 말하자면 르네상스 공방 스타일이지. 자칭 '예술가 구마 씨'로 통하는 누구야, 시노하라 가쓰유키의 금속 아트도 그래. 그거 실제 작업은 동네 공장 직인들이 맡거든?"

"제 말이요!" 내가 목소리를 높였다. "표현은 자유로이 하면 되는 거라고요!"

"음, 맞는 말인데, 그럼 숨기지 말고 했어야지."

"그건 그렇지만. 그래서 이제라도 공개하겠다고 하잖아요?"

"좋아, 알았어! 이렇게 하자. 우린 그 노선으로 진행하자고. 다만 가나키바를 배제하기는 불가능해. 그 친구가 가져온 기획인걸. 그 친구는 그냥 자기 일 하게 하면 돼. 스캔들이 될 수도 있어. 세상의 웃음거리가 될 수도 있어. 거장의 이름에 상처가 날지도 몰라. 그래도 아는 사람은 알 거야. 예술이란 그런 거거든. 알 사람은 알고 모르는 사람은 모르는 것, 그게 예술이라고!"

어쩌 묘하게 느슨한 편집장의 예술론으로 이야기가 흘러가는 감은 있었지만.

"저는 편집자로서 가나키바 씨와 싸울 거예요!"

"오, 착착 밀어붙여!"

그런 요지의 이야기를 가세에게 전했다. 에비스 요코초 노점에서 나카메구로의 카페 바로 장소를 옮겨서.

"괜찮겠네요." 가세가 말했다. "리스크는 꽤 있지만, 그게 제일 낫겠어요. 가시와기 화백의 마지막 오 년간의 작품군은 초기나

중기 작품보다 훨씬 고가로 책정되어 있어요. 관객에게 올바른
정보를 전하지 않는 건 바람직하지 않고…… 제가 이런 말 하기
도 좀 그렇지만요."

"내 말이." 내가 쓴웃음을 지었다.

"모두에게 그렇게 전해둘게요."

"이제 더 감추는 건 없지?"

"네."

"그럼, 그런 방향으로!"

"아, 한 가지."

"뭔데?"

"마지막 작품이 한 점 있어요."

"마지막이라면, 〈창궁〉?"

가시와기 화백의 유작으로, 하늘을 배경으로 그린 만년의 자
화상이다.

"아뇨. 그거 말고 하나 더 있어요. 미발표 작품. 부인을 그린
한 점. 미완인 채로 창고로 들어간 그림이요."

"왜 미완인데?"

"왜라뇨, 선생님이 돌아가셨으니까요. 그대로 작업을 계속했
으면 완성했겠지만. 제자들은 선생님이 계셨으니 거들었을 뿐,
돌아가신 후까지는 생각하지 않았던 거예요. 갑론을박했죠. 완
성하자, 그 선을 넘으면 선생님 그림이라고 할 수 없다…… 결국
합의를 못 본 채 작업도 중지된 상태예요. 지난번, '방법을 공개

할 용의가 있다'라던 말은 그 그림을 마무리하겠다는 뜻이에요. 그걸 선생님 작품으로 인정하느냐 마느냐는 관객이 결정할 일 아니겠느냐고. 선생님의 유작이 〈창궁〉이냐, 아니면 창고로 들어간 그 그림이냐는 역사가 결정해주지 않겠느냐고."

"그런 결론에 도달했구나."

"네. 제가 제안했더니, 다들 선선히 이해해주셨어요."

"그랬구나."

"가능하면 그 과정을 낱낱이 촬영해주면 좋겠어요. 제대로 영상으로 남기고 싶어요."

굉장한 이야기다. 가시와기 화백의 마지막 신작이 탄생한다. 그 순간에 입회하는 것이다. 그것을 가시와기 화백의 작품으로 인정해도 좋으냐를 두고 일본화단을 양분하는 일대 논쟁이 복발하리라. 혼자 너무 앞서가는지도 몰랐지만, 어쨌거나 좀처럼 흥분을 식힐 수 없었다.

바로 준비에 착수했다. 공개 작업을 촬영하자면 인원이 필요했다. CM 감독 모리카와 데쓰야 씨에게 연락했다. 애초에 나를 이 잡지사 편집장에게 소개해준 은인이다. 지난번처럼 시부야 소재 한 호텔 라운지에서 만났다. 예산은 별로 없는데요, 하고 운을 떼며 사정을 설명하자, 자원봉사라도 좋다며 감독 겸 촬영까지 기꺼이 맡아주었다.

"촬영 부탁할 만한 친구들도 몇 있으니까 물어보지 뭐. 카메라는 집에 있는 4K 미러리스 몇 대로 충분할 테고."

모리카와 씨는 구체적인 아이디어를 속속 제안했다. 순식간에 당일의 절차가 잡혀가는 것을 보며 나는 그저 감탄할 따름이었다.

미팅이 끝나갈 즈음 화제가 다카나시 씨 이야기로 넘어갔다. 모리카와 씨는 고별식고인과 최후로 작별하는 의식. 장례식 직후, 출관 전까지 이어 진행하는 것이 일반적이다에도 참석한 모양이었다. 내가 쓰야 때 다녀왔다고 하자, 모리카와 씨가 고개를 끄덕였다.

"잘했네. 다카나시 씨가 늘 그쪽 걱정 많이 했는데."

아무것도 모르는 모리카와 씨에게, 하마사키에게 들은 이야기를 들려주면 어떤 얼굴을 할까. 아니, 이제 와서 그런다고 무슨 의미가 있으랴. 모리카와 씨에게 다카나시 씨가 좋은 사람이었다면 그냥 좋은 사람인 거지. 그런 생각을 하는데 모리카와 씨가 불쑥 물었다.

"무슨 일 있었나봐? 다카나시 씨하고."

"아뇨, 별로."

"뭔가 응어리가 있는 것 같은데? 뭔데 그래?"

이 사람에게는 사실을 말하는 것이 좋을지도 모른다. 내게는 은인이거니와. 괜히 감추는 게 더 의리 없는 짓이리라.

"비토 씨랑 저랑 사귄다고."

"응?"

"아뇨, 사실무근이에요. 그냥 소문을 낸 거죠."

"누가?"

"다카나시 씨요."

"진짜?"

"네. 여기서만 하는 얘긴데요, 심지어 비토 씨랑 사귄 사람은 다카나시 씨였던가 봐요."

"으응? 설마, 아무려면…… 와, 아니, 다카나시 씨는 아닐걸? 그쪽을 진심으로 염려했다고. 자기가 매사에 너무 엄격했던 것 아닐까 걱정했다고."

"겉으로만 그런 거 아닐까요?"

"그래? 하기는 겉만 봐서는 모르는 게 사람이니까. 그 얘긴 누구한테 들었어? 누구 정보야?"

"그건 말하기 좀 그래요."

"아, 그래? 뭐, 상관없지만. 설마 하마사키는 아니겠지?"

내 얼굴빛이 살짝 변했을까. 모리카와 씨는 놓치지 않았다.

"하마사키 정보야? 진짜?"

"아뇨, 저 아무 말 안 했는데요."

"알아? 하마사키 그만둔 거."

"아, 네."

"누구한테 들었어?"

"……본인한테요."

"허어. 뭐래? 왜 그만뒀다고 해?"

"아니, 뭐, 그리 구체적으로는."

"비토 씨하고의 관계가 들통나서 회사에 더 있을 수 없어진 모양이더라고."

"네?"

"하마사키 정보만큼은 믿어선 안 돼. 허언증이 있거든. 자신은 조사 회사 스파이네 뭐네 하고 다닌 거 알아? 그럼 다들 자기 말을 믿겠지 한 모양인데, 그런 짓까지 해서 우위를 점하고 싶을까? 한심해서, 원."

"네……?"

머릿속이 하얘졌다. 모리카와 씨 얘기가 사실이라면…… 나는 지금껏 뭘 믿어왔단 말인가? 그러고 보니 대부분의 정보는 하마사키에게서 나왔다. 게다가 실로 부자연스러운 내용투성이였다. 왜 눈치채지 못했을까. 애초에 조사 회사 스파이라는 말을 왜 순순히 믿었을까. 아니, 그 이전에 하마사키를 왜 세상 물정 어두운 덕후 여자애라 단정했을까. 덕후라고 누구나 세상 돌아가는 데 둔감하란 법은 없는데. 아니, 더 거슬러 올라가서, 애니메이션에 진심인 사차원 캐릭터란 정보는 어디서 왔을까. 머릿속이 뒤죽박죽이었다. 스스로의 어리석음 때문에 울고 싶어졌다.

"저, 다카나시 씨에게 몹쓸 짓을 했는지도 몰라요. 줄곧 의심했거든요. 하마사키 말을 철석같이 믿었어요."

"뭐, 별수 없지. 거짓말한 쪽이 나쁜 거니까."

"다카나시 씨한테 정말 신세 많이 졌는데."

"그쪽이 나쁜 거 아니야. 원망하려면 하마사키를 원망해야지."

"아뇨, 무리예요. 원망 못 해요. 그러게 하마사키…… 저한테
는 굉장히 좋은 아이니까요."

"응? 아니…… 나 참, 속고 있다니까?"

"제 일도 열심히 도와줬고요, 그 그림을 알려준 것도……."

"뭐?"

내게 제로의 〈늦여름〉을 알려준 사람이다. 말은 나오지 않고,
눈물이 흘렀다.

"와, 하마사키…… 진짜 어디까지 민폐를 끼칠 셈인지."

나는 세차게 고개를 저었다. 머릿속은 여전히 뒤죽박죽이었
지만, 하마사키가 없었더라면 나유타 취재는 절반도 성공하지
못했을지 모른다. 그녀에게 감사해야 할지 화를 내야 할지. 판단
이 서지 않았다.

"아니, 그 하마사키는, 지금 어디서 뭘 한대?"

"……홋카이도에 있어요."

"홋카이도?"

"그러니까…… 아마도요."

지금은 어디에 있을까. 그러고 보니 한동안 연락이 없었다.

0

11월 17일 일요일, 아침 9시, 미야모토 씨, 야지 씨와 함께 공

방을 찾았다. 미야모토 씨는 어젯밤 시모기타자와 바에서 야지 씨의 이야기를 듣고 열렬히 합류를 원해 동행하게 되었다. 가세는 이미 현장에서 동료들과 미팅중이었다.

조금 늦게 편집장이 가나키바 에이지와 함께 나타났다. 어디 솜씨 좀 보자는 양 득의양양한 가나키바 에이지의 얼굴이 밉살스러웠다. 가세의 손이 잠깐 비었을 때 그를 모두에게 소개했다. 그가 나유타라는 사실은 밝히지 않았다. 나유타는 여전히 수수께끼의 화가이며, 더욱이 현장에는 가나키바 에이지도 있었다. 다른 스캔들로 발전해서는 곤란했다.

모리카와 씨와 비디오 스태프는 아침에 제일 먼저 와서 준비를 마친 상태였다.

가세는 이번 작업에 참가하는 것을 처음에는 사절했지만, 가요코 부인의 간곡한 부탁으로 첫날만 참가하게 되었다. 그가 맡은 것은 부인의 눈 부분이었다.

마침내 창고에서 그림을 내오는 시간. 카메라는 이미 돌아가고 있다. 공방으로 옮겨진 것은 100호 사이즈 패널. 덮개를 걷자 가요코 부인의 초상이 모습을 드러냈다. 미완성작이라는 사실을 믿기 어려웠다. 내 눈에는 완벽한 한 폭의 그림으로 보일 뿐이었다. 제자들 말로는 아직 군데군데 거친 곳이 남아 있단다. 단지 그것만으로 가시와기 화백의 유작을 창고에 넣었던 공방 사람들의 엄격함에 경외심이 일었다.

어느새 공방에 꽤 많은 관객이 모였다. 가나키바가 각 방면의 사람을 불러들였으리라. 여기저기서 카메라 셔터가 터졌다.

일본화는 물감을 만드는 데 시간이 꽤 걸린다. 안료에 아교를 섞어 물에 녹인다. 화가들의 동작 하나하나를 현장의 모든 이가 마른침을 삼키며 지켜봤다. 앞으로 몇 달에 걸쳐 이어질 긴 작업이 바야흐로 시작되려는 참이었다. 지금, 이 자리에서.

준비가 끝났다. 가느다란 일본화용 붓을 쥔 화가들이 그림 앞에 섰다. 비디오카메라가 일제히 돌아갔다.

가세가 붓을 들고 가시와기 슈조의 그림과 마주했다. 그의 붓끝이 거장의 세계에 닿는다. 붓이 움직인다.

일필一筆. 그 붓이 빛을 머금은 듯 보인 것은 나의 착각일까.

○

그 주말, 나는 가세와 함께 길을 나섰다. 오다큐 선을 타고 신유리가오카에서 내렸다. 거기서부터 언덕길을 한참 올라가 닿은 곳은 공원묘지였다. 오자고 권한 건 나였지만 이곳에 오는 건 나도 처음이었다. 광대한 원내를 이십 분 이상 걸어 마침내 한 묘비 앞에 닿았다.

다카나시 게이코. 향년 42세.

미리 가져온 향에 불을 붙여 무덤 앞 향로에 꽂고, 나는 독경 대신 읊조렸다.

"모습은 닮기 어렵고 뜻은 닮기 쉬우니."

"그게 뭐예요?" 가세가 물었다.

"다카나시 씨가 좌우명으로 삼았던 말. 마음을 흉내 내기는 쉽지만 형상을 흉내 내는 일이야말로 어렵다는 뜻이래. 어떻게 생각해?"

가세는 잠시 생각하더니 대답했다.

"마음과 형상을 분리해 생각한 적이 없었는지도 몰라요."

잘 넘기기는. 분명 그는 그게 어렵다고 생각한 적이 없으리라.

……아마도. 나는 평범한 인간이라 잘 모르지만.

23

사
신

死
神

하마사키에게서 오랜만에 메시지가 왔다.

'잘 지내세요? 지금 시레도코예요!'

홋카이도를 만끽하겠다더니, 글쎄 스가와라 씨 목장에 머물며 일하는 대담한 선택을 했다지 뭔가. 지금은 매일 소젖을 짜며 지낸단다. 무척 씽씽해 보이는 사진을 몇 장이나 보내왔다.

그 홋카이도 여행이 하마사키의 인생을 이렇게까지 바꿔버릴 줄이야. 알 수 없는 게 인생이다. 돌이켜보면 하마사키는 사소한 일에도 감동해 울었더랬다. 자업자득인지 몰라도, 회사에서 설 자리를 잃고 어쩔 수 없이 퇴사해 상심에 잠겨 있었다면 그때 그 눈물도 납득이 간다. 홋카이도 출장에 따라나서겠다고 했을 때는 나도 당황했지만, 본인은 현실에서 도피할 무언가를 찾고자 했는지도 모른다. 그 속도 모르고 내 생각만 하며 이용했던 게 새삼 미안했다.

나도 그녀에게 속았으니 피해자인 셈이지만, 그 덕에 회사를 나와 새 자리를 찾고, 가세와 재회하고, 나유타의 세계를 알게 되고, 내게 자극을 주는 많은 사람들을 만났다. 홋카이도 취재에서는 하마사키의 혜안과 추리에 두루두루 도움도 받았다. 따지고 보면 하마사키에게는 고마운 일투성이였다.

나는 이참에 그간 얻은 정보를 따로 정리해 하마사키에게 보내주었다. 삼십 분도 지나지 않아 어마어마한 분량의 답이 돌아왔다. 어지간히 흥분했는지, 한 건 한 건에 대해 특유의 사차원 소녀풍 문체로 감상을 빼곡하게 적었다. 날카롭게 번득이는 추리에 절로 고개가 끄덕여지는 대목도 있는가 하면, 영 잘못 짚은 대목도 있다. 나도 감상을 덧붙이는 김에 고마운 심정을 꽤 절절히 적어 보냈다. 거기에 감명받았는지 마침내 그녀가 고백했다.

'저, 선배한테 거짓말을 잔뜩 했어요.'

'알아. 덕분에 난 새 인생을 손에 넣었고. 그것도 포함해서 고맙게 생각해.' 내가 답을 보냈다.

그녀가 보내온 답은 이러했다.

'죄송해요. 저 지금 펑펑 울고 있어요.'

며칠 후, 하마사키가 또 메시지를 보내왔다.

'소메이 씨 자택을 한 번 더 조사해주실 수 있어요? 뜻밖의 수확이 있을지 몰라요. 가능하면 그림이나 편지 위주로요. 중고등학교 시절의.'

셜록 하마사키, 뭔가 또 번쩍했는지도 모른다.

나는 마리코 부인에게 연락해 약속을 잡고, 다시 자택을 방문했다.

소메이가 미술교실에서 그린 그림은 전에 본 것이 대부분이었다. 그때 찍은 사진들이 여전히 내 스마트폰에 저장되어 있었다. 그런데도 놓친 것이 더러 있었다. 풍경화, 정물화, 그리고 여성을 모델로 한 작품이 몇 장 있었는데, 한 장은 사치코 씨, 또 한 장은 교복을 입은 여중생. 사치코 씨 댁에서 봤던 사진 속의 소녀, 미오리 양이 분명했다.

"편지라고 해봐야, 이런 것뿐인데요."

마리코 부인이 얇게 먼지를 뒤집어쓴 상자를 꺼내왔다.

안에는 꽤 많은 연하장이 들어 있었다. 그 자리에서 다 훑어보기는 힘들 성싶어 일단 상자째 빌리기로 했다. 마리코 부인은 그림도 가져가라면서 봉투에 넣어주었다. 나는 그것을 가지고 가세의 아파트를 찾아갔다.

소메이가 중학교 시절에 그린 그림을 가세는 뚫어지게 들여다보았다.

편지 상자를 열었다. 대부분 연하장이었다. 당시 친구들의 꾸밈없는 일러스트며 손글씨로 적은 글만 봐서는 소메이도 지극히 평범한 어린아이였던 듯했다.

편지…… 하마사키는 대체 무얼 기대했을까.

연하장을 일일이 살펴나가자, 귀여운 강아지 그림 옆에 손글씨로 적은 글이 눈에 들어왔다.

'미오리가 죽은 거 알아?'

보내는이는 남자 이름이고, 주소는 오타루 이리후네. 이번에는 가세가 연하장 다발 속에서 관제엽서 한 장을 찾아냈다. 미오리의 장례식 안내장이었다. 받는이를 적은 글씨에서 어린 티가 났다. 장례식 날짜와 장소가 인쇄된 옆에도 같은 글씨로 적혀 있다. '언니가 죽었어요. 시간이 되면 와주세요.'

"죽었구나. 이 아이."

"그러게요."

소메이의 초등학교부터 중학교 시절 중반까지 가까이 있었던 소녀의 죽음. 그것이 소메이에게 뭔가 영향을 주지는 않았을까.

나는 마리코 부인에게 전화를 걸어 소메이가 고등학교 때 오타루에 돌아간 일이 있는지 물었다. 없었단다. 중학교 동급생이 죽었다는 이야기는 들어봤는지 묻자 기억이 있단다. 무척 귀여운 여학생이었다는데, 자세한 내막은 부인도 아는 바가 없었다. 전화를 끊고 돌아보니, 가세가 교복 입은 여학생의 그림을 들고 나를 바라보고 있었다.

"왜?"

가세가 그림을 뒤집었다. 뒷면 오른쪽 밑에 '미오리 소메이 유타카'라고 적혀 있다. 그림 제목과 서명이리라. 가세가 왼쪽 밑을 가리켰다. 작은 글씨로 몇 줄 적혀 있었다.

누구도 행복하게 해주지 못해

누구도 구하지 못해

너도, 그리고 나도

안녕

나유타 미오리

"나유타." 나도 모르게 소리 내어 말했다.

나란히 적힌 나유타와 미오리.

"뭘까, 이거…… 너도, 그리고 나도, 안녕?"

"시 같은 걸까요?"

다시 읽어보니 어쩐지 등이 서늘해졌다.

'누구도 행복하게 해주지 못해, 누구도 구하지 못해'…… 과거에 소메이가 에베 씨에게 했다던 말이다. 애초에 미오리가 했던 말이었나.

"이 미오리라는 여학생, 대체 누구지? 소메이에게 어떤 존재였을까?"

"미코토가 트라우마의 원인인 줄 알았는데, 그보다 먼저 뭔가 있었는지도 모르겠네요."

그날의 수확을 일단 하마사키에게 전했다. 일주일쯤 지나 하마사키가 메일을 보내왔다. 거기에는 여전히 수수께끼에 감싸인 소메이 죽음의 동기에 대한 그녀 나름의 추리가 담겨 있었다. 처음 읽었을 때는 너무 황당무계해서 상상력을 마음껏 발휘한

픽션, 그 이상도 이하도 아니라 생각했다. 다만 그냥 흘릴 수 없는 몇 가지 중요한 발견이 있는 것은 사실이었다. 여기에 메일 전문을 옮겨둔다.

보내는사람: 하마사키 스미레
받는사람: 야치구사 카논

카논 선배, 잘 지내시죠?
아무래도 마음에 걸리는 게 있어서 그새 오타루에 다녀왔어요.

스즈키 사치코 씨 댁에서 본 사진 속 아이, 그 귀엽게 생긴 고모리 미오리 말인데요, 어디서 봤다 했는데 역시 맞았어요. 마리코 부인의 오가닉 요리교실 사진에도 있었어요. 그나저나 선배, 왜 이분을 꼬박꼬박 마리코 '부인'이라 부르시는지? 뭔가 웃겨요. 아무튼 이 미오리라는 아이, 화살표로 표시한 사진 첨부하니 확인해주세요.

사치코 씨도 다시 뵙고 이야기를 들어봤어요. 미오리의 어머니는 오가닉 요리교실 회원 중 한 명이었대요. 어머니도 화살표 표시해뒀어요. 뭐, 따님에 비하면 극히 평범한 시골 아주머니랄까요.

미오리는 반년쯤 어머니를 따라 요리교실에 다녔어요. 두 사람 다 도중부터 안 나왔지만요. 워낙 작은 도시잖아요? 이

혼과 재혼을 거치면서 소문이 무성했던 탓일 거라네요. 미오리 어머니의 전남편은 경찰관. 현 남편은 공인중개사. 둘 사이에 아이가 셋 있다네요. 그리고 그 미오리 말인데, 고1 때 죽었대요. 무려 독극물을 마시고요. 독극물 종류까지는 선생님도 기억 못 하셨지만. 음독자살이라니, 뭔가 예사롭지 않잖아요? 미오리에게는 여동생이 있었는데, 이름은 나에. 이 아이도 어릴 때부터 미술교실에 다녔대요. 사치코 씨 말로는 소메이를 무척 따랐다는데, 언니와 비슷한 시기에 역시 얼굴을 비치지 않게 됐대요. 소문에 의하면 고등학교 때 가출했다는군요.

어때요? 이 스토리, 가나에 일기에 나오는 그 가족 자체 아닌가요? 우연일까요? '가나에'라는 이름 속엔 '나에'라는 글자가 들어가죠. 우연일까요?

미오리의 여동생 나에가 혹시 가나에 씨 아닐까요?

일단 그렇다 치고, 〈가나에 일기〉의 후반부를 떠올려주세요.

가나에가 고모리 나에, 그녀가 만나러 간 의사 S가 소메이 유타카. 블로그에 따르면, 고모리 나에는 소메이가 누구인지 알고 있었어요. 반면 소메이는 블로그나 메로 씨 증언으로 보건대 그녀가 고모리 나에라는 걸 알아채지 못했죠.

소메이는 몰랐다. 가나에는 알았다.

신분증도 보험증도 없는 가나에는 어떻게든 소메이에게 개인적으로 진찰받을 궁리를 했다는 게 블로그에 소상히 적혀 있었죠. 그녀는 끝내 자신의 정체를 밝히지 못했고, 아무것도 모르는 소메이는 그녀에게 그저 일반 외래를 통해 검사를 받으라고 권했어요.

가나에 씨로서는 난감했겠죠. 의지가지없이 결국 항하사를 찾아갔고요. 항하사는 대체 어떻게 알았을까요? 소메이가 일러줬을까요? 소메이 본인은 기억이 모호하다니까 어쩌면 가르쳐줬을 가능성도 있죠. 소메이 유타카를 아무리 검색해도 나유타는 안 나와요. 본인 입으로 일러주지 않는 한 항하사도 알 길이 없다는 얘기죠. 가령 아무도 안 가르쳐줬다고 해도 방법이 아주 없지는 않아요. 한동안 소메이의 맨션 근처를 지키다가 그곳을 드나드는 가세 씨를 봤고, 뒤를 밟아 항하사에 가 닿았다든가. 어디까지나 제 상상이지만 아무튼 그녀는 항하사에 가 닿았어요. 그리고 가세 씨와 메로 씨에게 부탁해 그대로 눌러 살게 됐고요.

가나에 씨는 그곳에서 소메이를 계속 기다렸는지도 모르죠. 그는 좀처럼 나타나지 않았지만. 어쨌거나 항하사는 그녀에게 비밀의 화원 같은 별세계였어요. 어릴 때 미술교실에도 다녔다니 미술도 꽤 좋아했을 테죠. 가세 씨나 메로 씨의 모델을 하면서 즐거웠을 거예요. 행복했을 거예요. 저는 그렇게 믿고 싶어요. 어쩌다가 두 사람에게 예의 이야기를 털어놨어요. 코로보쿠르의 뼈 이야기요. 반쯤 장난처럼 오타루까지 간 세 사람은 뼈를 발견했고요. 갑자기 행방을 감춘 이유는 모르

겠어요. 몸이 안 좋아져서 문득 무서워졌는지도 모르죠. 모두
에게 폐를 끼치기 싫었는지도 모르죠. 코로보쿠르가 뭐라고
속닥여 데려갔는지도 모르고요. 저는 그쪽이 정답에 제일 가
깝지 않나 싶지만요. 그녀의 마음속에는 분명 코로보쿠르가
존재했을 테니까요.

문제는, 뼈예요.

가나에 씨 마음속에만 있어준다면 상관없지만, 자, 코로보
쿠르가 실재한다? 이러면 사실 저라도 선뜻 믿기 힘들거든요.

그래서 한 가지 가설을 세워봤어요. 어쩌면 소메이는 뼈 그
림과 홋카이도 여행 이야기를 듣고 뭔가를 알아차렸던 게 아
닐까. 그게 뭘까. 가나에가 고모리 나에라는 사실을 안 게 아
닐까. 고모리 나에라고 깨달은 일이, 왜 그의 죽음으로 이어
져야 했을까.

사흘 밤낮을 생각했어요.

제가 끌어낸 결론은 현실과 엄청 동떨어진 감도 있지만, 코
로보쿠르가 실재했다는 판타지성 결론보다는 그나마 낫지
싶어요. 나에의 언니, 미오리. 저는 사실 처음부터 이 소녀가
마음에 걸렸거든요. 사치코 씨 댁에서 사진을 봤을 때부터요.
묘한 오라라고 할까, 임팩트가 있는 아이였어요. 그리고 소년
시절의 소메이. 오타루 시절 우등생 그 자체였던 소년이 가와
사키에 나타났을 때는 흡사 사신처럼 변해 있었죠. 더욱이 미
오리는 같은 무렵 오타루에서 스스로 목숨을 끊었고요. 두 가

지 사실 사이에 뭐가 있었을까요? 아무것도 없었을 리 없잖아요?

사치코 씨에게 물어봤어요. 고모리 미오리는 대체 어떤 아이였는지. 공부를 썩 잘하는 아이는 아니었대요. 동생 나에도 마찬가지였고요. 둘은 꼭 닮은, 아주 귀여운 자매였어요. 결과론인지 몰라도, 왜 있잖아요, 불행의 길을 걷고 만 미모의 소유자? 그 비슷한 표현을 쓰시더군요. 사치코 씨 증언이 뭔가를 결정적으로 뒷받침하는 건 아니지만, 소메이쯤 되는 인간을 푹 빠지게 만들자면 상당한 마력이 필요할 테죠. 마력까지는 몰라도, 미오리에게는 분명 소메이를 사로잡는 매력 정도는 있었을 거예요.

요컨대 소메이는 미오리에게 빠져 마음이 어지러웠다.

그런데 이거요, 이들의 나이를 생각하면 '첫사랑'이기 쉽잖아요? 흔히 말하는 아련한 추억이요.

여기서 또 한 가지 가설을 세워봤어요.

이 두 사람 앞에 아련하고 귀여운 추억으로는 끝나지 않는, 어린아이들이 도저히 짊어질 수 없는 엄청난 일이 기다리고 있었다면?

그것이 저 코로보쿠르라면?

그것이 두 사람의 아이라면?

어느 날 미오리의 생리가 멈춘다. 그녀는 임신을 의심하고 소메이에게 상담한다. 기구하다 해야 할지, 소메이는 병원집 아들이었죠. 심지어 산부인과요. 이것저것 알아볼 수단이 분명 가까이 있었을 거예요. 임신 테스트기쯤이야 어디서나 손에 들어왔을 테고요. 그리하여 둘은 임신 사실을 알았다. 자, 어떻게 됐을까요?

아무에게도 털어놓을 수 없는 생명을 둘이서 짊어지고 말았다. 두 사람은 이 문제를 대체 어떻게 해결했을까요?

가세 씨의 그림과 메로 씨의 인형으로 가늠해보면, 머리와 신체의 비율로 미루어 아기는 이십 주째 언저리거든요. 대개 육 개월 정도. 배 속에선 조그맣게 웅크리고 있었겠지만, 손발을 펴면 반드시 아기로는 보이지 않죠. 딱 소인국의 소인쯤으로 보여요. 가나에 씨가 코로보쿠르라고 깨끗이 믿어버린 건 의외로 그래서였을지 몰라요.

임신 육 개월째의 태아. 설령 태어났다 한들 살아남지 못했을 테죠. 가엾지만요. 대체 배 속에서 어떻게 나왔을까요? 병원에서 중절했을까요? 그렇다면 자신들 손으로 숲에 묻는 건 불가능해요. 평화로운 작은 도시, 환하게 웃는 어머니들이 모이는 오가닉 요리교실 뒤편에서, 소년소녀는, 누구에게도 말 못 할 비밀을 어떻게든 둘만의 힘으로 해결하려 했다…… 다시 말하지만 소메이 아버지는 산부인과 의사예요. 여러 가지 조사할 수단이 가까이 있었을 거라고요. 그렇게 손에 넣은 어설픈 지식으로 혹시 뭔가를 시도했다면요? 가령 미오리의 부탁으로 소메이 소년이 직접 집도했다거나? 만일 그랬다면,

그야말로 경악할 병원 놀이죠.

죄송해요. 아무래도 너무 악마적인 공상이죠? 이런 망상을 부풀리는 제가 저도 싫어요. 하지만 이 정도 쌓아 올리지 않는 한 나유타의 세계에는 다가가기 힘들지 않겠어요? 다만 한 가지, 그 뼈요. 적어도 그게 코로보쿠르나 요정은 아니라는 증명은 됐다 싶어요. 뭐, 결국 당사자만 아는 일투성이지만요.

태아가 어떻게 세상에 나왔는지는 본인들밖에 모르죠. 어쨌거나 고모리 미오리는 아기를 비밀 묘지에 묻었겠죠. 소메이도 함께했을 테고요.

만일 이 가설이 사실이라면, 그 인생도 참.

만일 이런 소년 시절이 있었다면, 소메이 유타카가 아니더라도……

사람은 누구나 세상이 다 제 것인 줄 알고 태어나죠. 하지만 세상을 겪을수록 분수를 알게 돼요. 자신의 존재가 얼마나 미소한지를. 이 소년소녀는 어린 손으로 작은 생명 하나를 땅에 묻고, 자신들이야말로 태어나서는 안 될 인간이었다고 생각해버렸는지도 몰라요.

그렇다면 너무나…… 구제할 길이 없네요. 그런 일이 정말 있을까요?

미술교실에서, 요리교실에서, 그토록 구김살 없이 웃었던 고모리 미오리. 하나같이 환하고 원만해 보이는 가족들이 교류하는 커뮤니티 속에서 소메이와 미오리, 두 사람은 어떻게 그런 관계에 도달해 결국 추락했을까요? 생각해보면 요리교실은 소메이 소년의 자택이잖아요. 계단을 올라가 문만 열면 소메이가 있었어요. 초등학교 시절 미술교실에서 친해진 두 사람에게 사춘기가 찾아오고, 중학생인 그들은 요리교실을 이용해 2층에서 밀회를 거듭한다. 몇 번이고, 금단의 밀회가 되풀이된다…….

음. 완전히 제 망상의 영역이네요. 위험하다, 위험해.

마지막으로 이 수수께끼 풀이에 도전합니다.

누구도 행복하게 해주지 못해
누구도 구하지 못해
너도, 그리고 나도
안녕
나유타 미오리

왜 이 그림에 이런 글이 적혀 있을까요. 애초에 이 그림은 소메이가 그려 미오리에게 선물한 것 아닐까요? 짐작건대 두 사람이 미술교실에 다니던 무렵에. 아직 무구한 어린아이였을 때. 시간이 흘러 두 사람은 사랑에 빠졌고, 난생처음 체험하는 감정, 흥분, 두려움, 전율 속에서 결국 일선을 넘었고, 아이가 생겼다. 그리고 아이를 은밀히 매장하고 말았다. 그 후 소메이는 가와사키로 옮겨 가게 됐어요. 본인이 원한 바는 아니었지만 오타루를 떠난 소메이. 혼자 남은 미오리의 심정은 어땠을까요. 무거운 죄를 나누어 짊어졌던 유일한 공범자가 곁을 떠난 거예요. 그것은 분명 견디기 힘든 고독이었을 테고, 결국 그녀는 스스로 목숨을 끊었어요. 이 자살 수단도 상당히 마음에 걸려요. 왜 독약 같은 걸 지니고 있었을까요? 여기까지는 저도 제대로 조사하지 못했어요. 이럴 때 흔히 상상할 수 있는 게 청산가리나 질산스트리크닌이죠. 어떻게 손에 넣었을까요? 혹시 소메이가 어디선가 입수해 건네거나 했다면요? 그렇다면 왜? 사는 게 도저히 버틸 수 없이 힘들어지면 이걸 마셔, 같은? 만일 그렇다면 이것도 일종의 사랑이랄 수 있나요?

소년이 오타루를 떠나기 직전에 그런 대화가 오갔을지도 모를 일이죠. 소녀가 그림을 되돌려준 것도 비슷한 무렵 아니었을까요. 그림 뒷면에 수수께끼 같은 글을 몇 줄 적어서요.

누구도 행복하게 해주지 못해
누구도 구하지 못해
너도, 그리고 나도
안녕
나유타 미오리

여러 가지로 검증해봤는데요, 저 나름대로 추리하건대 이 메시지는 아래처럼 자르면 읽기 쉽더라고요.

누구도 행복하게 해주지 못해 누구도 구하지 못해 너도, 그리고 나도 / 안녕 나유타 / 미오리

너와 나는 누구도 행복하게 해줄 수 없고, 누구도 구할 수 없어. 그런 죄를 저지른 자신들을 자책하는지도 몰라요. 미오리는 본인 서명이겠죠.

안녕 나유타

소메이를 나유타라 불렀을까요? 소메이의 닉네임이 나유타였을까요? 연애하는 남녀가 자신들끼리만 통하는 닉네임을 부르는 일이 더러 있잖아요. 어디까지나 제 생각이지만.
공상하는 김에 한 가지 가능성을 더 생각해봤어요.
나유타는, 그들이 죽은 아기에게 붙였던 이름이 아니었을까요?
그렇게 생각하고 메시지를 다시 봐주실래요?

누구도 행복하게 해주지 못해 누구도 구하지 못해 너도, 그리고 나도 / 안녕 나유타 / 미오리

저는 이쪽이 한결 와 닿거든요. 제가 여자라서 그럴까요? 제게도 모성이 있어서일까요?

뭐, 가령 후자라 치고요.

소녀와 헤어져 오타루를 떠난 소년도 줄곧 죽음만 생각했다. 미코토와 당했던 사고. 친구를 잃고 자살 미수가 거듭되던 와중에 가세를 만났다. 그림이라는 표현 속에서 자신이 있을 곳을 찾았다. 그러나 가세마저 떠나버리자, 그는 우리가 상상하는 것보다 훨씬 큰 타격을 받았는지도 몰라요. 그림 속 말고는 살아갈 곳이 없었다면. 그러다가 가세가 그린 <코로보쿠르의 뼈>를 봤어요. 소메이는 무슨 생각을 했을까요? 혹 그것이 자살의 동기라면, 무엇이 그 결심을 거들었을까요? 가나에가 미오리의 여동생 나에임을 알아차렸다, 자신은 미오리뿐 아니라 나에도 구하지 못했다, 아니, 구하려 들지도 않았다. 이런 자책이었을까요? '누구도 행복하게 해주지 못해, 누구도 구하지 못해'라는 미오리의 말을 떠올렸을까요? 후회의 심경이었을까요? 분명 만감이 교차했을 테죠. 아니, 오히려 아무 생각도 할 수 없었던 건 아닐까요? 무엇보다, 거기에 있었던 그 뼈야말로, 하나의 메시지였죠.

그 뼈는 누구인가? '나유타'예요.

무언가의 운명이 전부 맞물리는 순간이 왔어요. 코로보쿠르의 뼈는 그에게 진짜 '사신'이었는지도 몰라요. 적어도 그에게는 그렇게 보였는지도 몰라요. 그 그림을 만난 순간 그의

안에서 스위치가 켜졌는지도 모르죠. 다 알아버렸는지도 모
르죠.

마침내 데리러 왔구나.

여기까지 오면 순전히 제 망상일 뿐이지만, 혹 이게 다 사실
이라면요? 나유타의 '사신 전설'은 정말로 있었다는 말이 되
지 않나요? 마지막에 소메이 스스로 그 전설을 체현했을 뿐
아니라, 소메이가 줄곧 코로보쿠르의 뼈를 짊어지고 살아왔
다면, 사신의 정체는 그 뼈가 아닐까요? 요컨대 나유타 말이
에요. 소메이는 나유타에게 살해되었다. 나유타를 죽인 것은
나유타. 나유타에 의한 장대한 나유타 살인 사건…… 제가 너
무 멀리 갔나요?

글이 길어졌지만, 저는 이렇게 추리해봤어요. 참고해봐주
세요.

난필 난문으로 실례 많았습니다.

하마사키 스미레

나는 신음을 흘릴 수밖에 없었다. 아무리 공상이라지만 하마
사키, 이건 너무 잔혹하잖아. 그렇게 답을 보내려 했지만 눈물이
봇물처럼 터져 한참을 오열했다.

며칠 후 가세에게 이 이야기를 조금 들려주자, 하마사키의 글
을 읽고 싶다고 했다. 나는 파일을 보내주었다.

그 감상을 나는 아직 제대로 듣지 못했다. 가세와는 나유타에 대해, 소메이 유타카에 대해, 그때 이후로 거의 이야기를 하지 않고 있다. 한 가지 에피소드 말고는. 그 에피소드를 들은 것은 〈그림과 시와 노래〉(겨울 1월호)가 출간된 날이었다.

24

그
림

12월 10일에 발간된 〈그림과 시와 노래〉(겨울 1월호)는 나유타 특집이 첫 장을 장식했다. 여덟 페이지에 걸친 큰 특집이기는 했으나, 지금까지의 여로를 생각하면 턱없이 부족한 지면이었다. 더욱이 그림을 제대로 보여주고 싶어서 원고는 최대한 간략히 정리했다. 나유타가 대체 어떤 인물인지, 그 수수께끼는 일절 건드리지 않았다. 호기심을 품고 잡지를 들춘 독자에게는 전혀 성에 차지 않는 기사였을지 모른다. 하지만 나는 사신 전설보다 화가 나유타의 작품이 더 온전히 평가받기를 바랐다.

기사를 높이 산 편집장은 마침내 수습 종료를 선언했다. 나는 사자나미 글방에 정식으로 채용되었다. 정직원이 되고 제일 먼저 얻어낸 것은 넉살 좋게도 조금 이른 겨울 휴가였다. 그야말로 완전히 불태워서 연말까지는 아무것도 못 하겠다고 편집장에게

읍소했다.

판매 부수는 예상을 웃돌았지만, 이전 호인 가을호에는 미치지 못했다. 그쪽은 에베 쓰미코 특집호였다. 현재 에베 쓰미코는 나유타보다 높은 지명도를 자랑하는, 가장 주목받는 젊은 작가였다.

나는 갓 나온 잡지를, 도움받은 분들에게 보내기로 했다.

〈반려〉를 취재할 때 신세 졌던 도미자와 주지와 다나카 선생.

〈까마귀 공원〉의 모델인 도모코 양의 어머니 다치바나 후사코 씨. 돌이켜보면 가세는 도모코 양에게 누나를 투영했음이 분명하다.

갑작스러운 취재에 흔쾌히 응해준 소메이 료헤이 씨와 마리코 부인. 마리코 부인과는 지금도 메일이며 SNS로 교류하는데, 요리나 가드닝 사진을 부지런히 보내오는 걸로 보아 아무래도 나는 부인의 말상대로 낙점을 받은 듯하다.

가와사키 시절 이야기를 들려주었던 스도 야마토 씨와 다케루 씨. 이 형제는, 돌이켜보면 특별한 임팩트가 있었다. 세상을 떠난 미코토 씨와 그들의 여동생 미야 씨도 포함해서. 나유타와의 관련을 더 파고들면 또 하나의 청춘 이야기가 그곳에 있으리라. 다케루 씨는 언젠가 정식으로 취재해보고 싶은데, 어떤 쪽으로 접근할지는 더 고민해보려 한다. 나유타와 문신이라든가. 가와사키라는 도시에 초점을 맞추어도 재미있는 글이 나오지 않을까.

〈꽃의 거리〉 취재에 협조해준 가게에도 한 권씩. 오타루에서 보낸 소메이의 순수했던 초등학교 시절을 증언해준 스즈키 사치코 씨에게도.

에베 쓰미코 씨. 메로 지사토 씨. 다카다 다다노부 씨. 가세의 어머니.

가시와기 슈조 화백의 부인 가요코 씨와 제자들에게도. 며칠 전 취재의 성과는 다음 호에 게재될 예정이다.

모리카와 씨에게는 각별한 감사를 담아서. 그가 사자나미 글방을 소개해준 덕분에 지금이 있다. 이것저것 삐걱댔던 비토 씨에게도. 언젠가는 다카나시 선배 영전에도 가져갈 생각이다.

시레도코에 머무는 사차원 소녀 하마사키에게는 두 권. 한 권은 무로이 가호 씨 몫이다. 내가 처음 취재했던 작가니까.

네즈 씨에게는 다마고 화랑으로 찾아가 직접 건넸다.

"뭐야. 결국 그림 이야기뿐이네요?"

기사를 넘기면서 네즈 씨가 말했다.

"네. 처음부터 그럴 생각이었으니까요."

"그렇게 잔뜩 취재해놓고요? 아까워라."

네즈 씨가 소리 없이 웃었다.

"네. 언젠가, 기회가 되면 제대로 해보고 싶은 생각은 있어요."

"꼭 그렇게 해줘요. 에베 쓰미코 씨가 다음 주에 경찰에 출두한다더군요. 소메이 씨에 대해 알고 있는 대로 진술하겠다네요."

"그럼, 소메이 씨가 나유타라는 것도요?"

"매스컴에 정보가 흘러나오겠죠. 분명 자극적으로 써대지 않겠어요? 가세 군은 취재에 일절 응하지 않는다니까. 야치구사 씨 취재 말고는. 그러니까 꼭 써주세요. 나유타 책."

"……나유타 책."

"언젠가 꼭!"

네즈 씨의 말이 마음에 남았다. 최소한 내가 조사한 일만이라도 정리해두고 싶어 이 글을 쓰기 시작했다. 신기루 같은 유화 유닛, 나유타. 여전히 수수께끼에 감싸인 이 유닛이 언젠가 더 각광받을 날이 올지도 모른다. 그때는 이 기록이 귀중한 자료가 되리라. 그런 날이 올 때까지, 이 글은 내 컴퓨터 깊숙이 담아두려 한다.

다마고 화랑을 나와 세타가야의 미슈쿠로 향했다. 가세가 레스토랑 리모델링 현장에 있었다. 4층 잡거빌딩의 텅 빈 1층 점포에서 가세는 사다리에 올라 천장을 칠하고 있었다. 내가 〈그림과 시와 노래〉 최신호를 흔들자 그가 민첩하게 내려왔다. 장갑을 벗고, 갓 나온 잡지를 양손으로 받아든다.

"나왔군요!"

"나왔어! 덕분에!"

한 장씩 넘겨보는 가세. 이윽고 나유타 특집에 이르자 그는 오, 하고 조그맣게 소리를 냈다. "선배 이름!"

'총력 특집_나유타'라는 큼직한 제목 귀퉁이에 깨알만 한 명조체로 '취재 및 글_야치구사 카논'이라고 쓰여 있다.

"꿈, 이루셨네요."

"응."

나도 모르게 쓴웃음을 지었다. 이룬 게 맞을까. 이것도 저것도 지금부터 시작일 터다. 문득 가나에 씨가 떠오른다. 유메 가나에. '꿈을 이루다.' 가세가 실눈을 뜨고 〈까마귀 공원〉을 들여다본다.

나도 그림을 보려고 조금 다가섰다. 그러자 그는 움칫하더니 나를 보고 말했다.

"참, 드릴 게 있는데! 잠깐만요."

그가 키친카운터 뒤로 뛰어갔다. 그곳에 개인 물품을 놔두는지, 뭔가 부스럭대면서 말을 잇는다.

"한 가지 잊어버리고 말 안 했던 에피소드가 있는데요."

"뭐? 이제 와서?"

"네, 죄송해요."

"뭔데? 뭔데?"

"아니, 그러니까…… 어디서부터 얘기해야 하나…… 나유타를 그만두고, 저는 완전히 껍데기만 남은 것 같아서…… 그림을 그만둘 생각이었어요. 진심으로."

"응."

"그런데 그것도 코로보쿠르의 저주인지, 밤마다 소메이가 꿈에 나오는 거예요. 얼마나 툴툴대던지. 대놓고 막 뭐라 하는데, 심지어 너 때문에 내가 죽었어, 라질 않나. 그러면서 저더러 그림을 그리래요. 넌 네가 그리고 싶은 걸 그려, 그럼 돼. 제가 물었죠. 그림을 그리면, 그땐 사라져줄래? 그랬더니 고개를 끄덕여요. 꿈속의 그 녀석이. 믿어야 하나 말아야 하나. 어느 날, 오랜 만에 붓을 쥐어봤어요. 모처럼 기분 좋게 그렸어요. 그림을 그리는 동안은 그 녀석도 꿈에 나오지 않았고요. 그림이 완성되자, 이번엔 붓을 놓고 싶지 않은 거예요. 도장 일도 그 무렵부터 시작했어요. 덕분에 오늘까지 그 녀석 꿈은 안 꾸고요. 말하자면 이거, 죽을 때까지 그림을 그리라는 저주 아닐까요?"

"저주라면 어느 쪽? 완전히 고역이야? 아니면, 할 만해?"

"글쎄요…… 나쁘지 않을지도 몰라요."

상처 입은 새가 다시 날갯짓을 하려 한다. 그 순간과 조우한 것 같아 나도 모르게 눈시울이 뜨거워졌다.

가세가 갈색 종이에 싸인 네모난 물건을 안고 돌아왔다.

"그런 연유로, 소메이 성화에 못 이겨 그린 게 이거예요. 네즈 씨에게 맡겨뒀었는데, 오늘 아침 돌려받았어요."

그가 물건을 내게 건넸다.

"뜯어보세요."

내가 끈을 풀고 포장지를 걷었다. 캔버스가 드러났다. 나유타의 작품 중에서는 보지 못했던 한 점의 그림. 나는 그 그림을 알고 있었다.

"……제로의 〈늦여름〉."

나도 모르게 중얼거렸다.

"화가로서 처음부터 다시 시작하자. 그래서 활동명도 '제로'. 이 모델은 저한테 처음 유화를 가르쳐준 사람이에요."

머릿속이 텅 비어버렸다.

무엇이었을까. 그때, 내 안에서 일어났던 현상은. 그림이 뜻하는 바를 단숨에 이해한 느낌이었다. 애써 설명해주지 않아도 이 그림이 무엇인지 처음부터 알고 있었던 것 같았다. 낯익은 장면들이 숱하게, 쉴 새 없이 눈앞을 지나가는 듯한, 그런 급물살 같은 감정이 나를 지배했다. 눈앞에 있는 그림은 참으로 숭엄했고, 오로지 그것을 바라보느라 나는 가세를 돌아보는 것조차 잊고 있었다.

"전시장에 아마 모델이지 싶은 사람이 왔더라는 이야기를 학예사가 했다고, 네즈 씨에게 들었어요. 설마설마했죠. 그다음엔, 갑자기 네즈 씨가 명함 사진을 보내왔어요. 〈늦여름〉 속 그 사람을 만난 것 같다면서. 선배가 이 그림을 볼 줄이야. 뭘까요, 이 우연은. 이것도 혹시 저주인가요?"

"그럴지도 모르지."

가세가 의자를 가져와 등받이에 그림을 기대어 세웠다. 우리는 나란히 그림을 바라봤다. 캔버스에서 조금 떨어져서. 한두 걸음 다가서거니 물러서거니 하면서.

서로의 거리를 좁혀가면서.

이윽고 어깨와 어깨가 맞닿을 만큼 가까워졌을 때 그가 내 손을 잡았다. 손은 의외로 따뜻했다.

"어쨌든 용케 여기까지 오셨네요."

"……뭐야, 남 말 하듯."

"정말, 고생 많으셨어요."

"⋯⋯그러게. 지쳤어."

넘치는 눈물을 주체하지 못하고 나는 그의 가슴에 얼굴을 묻었다. 그리고 울고 싶은 만큼 울었다.

〇

가세는 최근에 다시 유화를 시작했다. 〈늦여름〉에 이은 제로의 두 번째 작품이다.

둘의 휴일이 겹치거나 일이 일찍 끝나는 날이면 나는 그의 집으로 간다. 옷을 전부 벗고 그의 앞에 앉는다.

나를 그려줘. 내가 자청했다.

"목숨 걸어야 하는데?" 그가 말했다.

"괜찮아. 나유타 사신 전설, 내가 끝낼 거야." 내가 되받았다.

꽤 거창한 선언이 되어버렸지만, 분명 인생에선 누구에게나 한 번은 이런 일이 찾아온다. 수많은 우연과 필연이 한 점에 집결하여, 나는 이걸 위해 태어났던가, 하고 깨닫는 순간이.

유년 시절 나를 살리기 위해 가차 없이 그어졌던 상처의 자국. 그걸 그에게 드러내며 나는 순수하게 실감했다.

나는 이 사람에게 그려지기 위해 태어났다고.

그래서 이 사람에게, 그림을 가르쳤던 거라고.

옮긴이 홍은주

이화여자대학교 불어교육학과와 동 대학원 불어불문학과를 졸업했다. 일본에 거주하며 프랑스어와 일본어 번역가로 활동하고 있다. 옮긴 책으로 무라카미 하루키의 《TV피플》《타일랜드》《기사단장 죽이기》《도시와 그 불확실한 벽》《양 사나이의 크리스마스》, 마스다 미리의 《여탕에서 생긴 일》《엄마라는 여자》, 미야모토 테루의 《등대》, 미야베 미유키의 《안녕의 의식》, 이요하라 신의 《달까지 3킬로미터》, 델핀 드 비강의 《실화를 바탕으로》 등 다수가 있다.

제로의 늦여름

1판 1쇄 발행 2024년 9월 30일 **1판 2쇄 발행** 2024년 12월 10일

지은이 이와이 슌지 **옮긴이** 홍은주
펴낸이 박강휘
편집 장선정 **디자인** 윤석진
마케팅 이헌영 박유진 **홍보** 반재서 박상연

발행처 김영사
주소 경기도 파주시 문발로 197(문발동) 우편번호10881
등록 1979년 5월 17일(제406-2003-036호)
구입 및 문의 전화 031)955-3100 **팩스** 031)955-3111
편집부 전화 02)3668-3295 **팩스** 02)745-4827
전자우편 literature@gimmyoung.com
비채 블로그 blog.naver.com/viche_books
인스타그램 @drviche @viche_editors **트위터** @vichebook
ISBN 979-11-94330-48-6 03830 책값은 뒤표지에 있습니다.

비채는 김영사의 문학 브랜드입니다.